LA ÚLTIMA CARTA

REBECCA YARROS

LA ÚLTIMA CARTA

Título original: *The Last Letter*

Copyright © 2019 por Rebecca Yarros
Publicado por primera vez por Entangled Publishing, LLC
Derechos de traducción gestionados por Alliance Rights Agency y Sandra Bruna Agencia Literaria, SL
Todos los derechos reservados

Traducido por: Yara Trevethan Gaxiola

Derechos reservados

© 2025, Editorial Planeta Mexicana, S.A. de C.V.
Bajo el sello editorial PLANETA M.R.
Avenida Presidente Masarik núm. 111,
Piso 2, Polanco V Sección, Miguel Hidalgo
C.P. 11560, Ciudad de México
www.planetadelibros.com.mx

Primera edición impresa en México: junio de 2025
ISBN: 978-607-39-2923-3

No se permite la reproducción total o parcial de este libro ni su incorporación a un sistema informático, ni su transmisión en cualquier forma o por cualquier medio, sea este electrónico, mecánico, por fotocopia, por grabación u otros métodos, sin el permiso previo y por escrito de los titulares del *copyright*.

Queda expresamente prohibida la utilización o reproducción de este libro o de cualquiera de sus partes con el propósito de entrenar o alimentar sistemas o tecnologías de Inteligencia Artificial (IA).

La infracción de los derechos mencionados puede ser constitutiva de delito contra la propiedad intelectual (Arts. 229 y siguientes de la Ley Federal del Derecho de Autor y Arts. 424 y siguientes del Código Penal Federal).

Si necesita fotocopiar o escanear algún fragmento de esta obra diríjase al CeMPro (Centro Mexicano de Protección y Fomento de los Derechos de Autor, http://www.cempro.org.mx).

Impreso en los talleres de Impregráfica Digital, S.A. de C.V.
Av. Coyoacán 100-D, Valle Norte, Benito Juárez
Ciudad De Mexico, C.P. 03103
Impreso en México - *Printed in Mexico*

*Para los niños que libran la batalla contra el cáncer:
Para David Hughes, quien venció su diez por ciento de
probabilidad con cien por ciento de corazón.
Y para aquellas personas como Beydn Swink,
cuyas almas eran inconmensurablemente
más fuertes que su cuerpo.
Nunca serán olvidadas.*

CAPÍTULO UNO

Beckett

Carta núm. 1

Querido Caos:

Al menos, así dice mi hermano que te dicen. Le pregunté si alguno de sus amigos necesitaba recibir un poco más de correspondencia y me dio tu nombre. Hola, soy Ella. Conozco la regla del intercambio epistolar de no usar los nombres reales. He estado escribiendo estas cartas durante el mismo tiempo que mi hermano ha estado haciendo lo que hace… que supongo también es lo que tú haces. Antes de hacer a un lado esta carta y mascullar un incómodo «Gracias, pero no, gracias», como acostumbran hacer los chicos, quiero que sepas que esto es tanto para mí como para ti. Si consideramos que podré tener un lugar seguro para desahogarme lejos de las miradas curiosas de este pequeño pueblo de entrometidos, podríamos pensar que soy yo quien te está usando a ti. Así que, si quieres ser mi oído, estaría agradecida y, a cambio, con gusto seré el tuyo. Además, cocino unas galletas de crema de cacahuate maravillosas. Si no llegaron galletas junto con esta carta, entonces desquítate con mi hermano, porque él se las robó. ¿Por dónde empiezo? ¿Cómo me presento sin que suene como publicidad de solteros en busca de pareja? Déjame aclararlo: no busco nada más que un corresponsal, un corresponsal que esté muy lejos, te lo prometo. Los chicos que están en el ejército no son para mí. Los chicos en general no son para mí. No es que no me gusten, es solo que no tengo tiempo para ellos. ¿Sabes qué sí tengo? Un profundo arrepentimiento por escribir esta carta con pluma. Soy la menor, pero estoy segura de que mi hermano ya te lo dijo. Tiene una bocota, y eso significa que probablemente también sabes que tengo dos hijos. Sí, soy mamá soltera, y no, no me arrepiento de mis decisiones. ¡Hombre!, me enferma que todo el mundo me lo pregunte o que su mirada implique esa pregunta. Casi borro la última oración, pero es la verdad. Además, soy demasiado floja como para reescribir todo. Tengo veinticuatro años y estuve casada como tres segundos con el donador de esperma de los mellizos. Solo el tiempo suficiente para que las rayitas se pusieran rosas, que el doctor dijera que había dos latidos y que él empacara en el silencio de la noche. Los niños nunca fueron lo suyo y, francamente, lo más probable es que estemos mejor así. Si una corresponsal con hijos no es lo tuyo, no me sentiré ofendida. Pero no habrá galletas. Las galletas solo son para los amigos por correspondencia. Si eres bueno con las relaciones por carta con madres solteras, sigue leyendo. Mis mellizos tienen cinco años, y si haces el cálculo correcto, quiere decir que nacieron cuando yo tenía diecinueve. Después de provocar un escándalo en mi pequeño pueblo cuando decidí criarlos sola, casi les provoco un infarto cuando me hice cargo del Solitude tras la muerte de mi abuela. Tenía solo veinte años y los mellizos aún eran bebés. Ella nos educó en este hotel, así que me pareció un buen lugar para criar a mis hijos. Lo sigue siendo. Qué te digo… Maisie y Colt son casi toda mi vida. En el buen sentido, claro. Es ridículo lo sobreprotectora que soy con ellos, aunque lo reconozco. Tengo tendencia a exagerar, a construir una fortaleza a su alrededor. En cierto sentido, eso me aísla, pero, en fin, hay peores defectos, ¿no? Maisie es la callada y en general puedo encontrarla escondida detrás de un libro. Colt… bueno, casi siempre está en algún lugar en donde no debería estar o haciendo algo que no debería estar haciendo. Los gemelos pueden ser una locura, pero ellos dirán que son el doble de geniales. ¿Yo? Yo siempre hago lo que tengo que hacer y jamás lo que de verdad debería o quisiera. Pero creo que esa es la naturaleza de ser mamá y encargada de un negocio. A propósito de eso, el lugar empieza a despertar, así que lo mejor será que cierre esta caja y la envíe. Responde si quieres. Si no quieres, lo entiendo. Solo deseo que sepas que hay alguien en Colorado que te envía sus mejores deseos.

Ella

Hoy habría sido el día perfecto para maldecir por segunda vez.

En general, cuando estamos en pleno despliegue de misión toda la situación es bastante repetitiva: la misma porquería todos los días. Había un patrón casi predecible y acogedor en la monotonía.

No voy a mentir, yo era un gran aficionado de la monotonía. La rutina era predecible. Segura, o tan segura como podía serlo en el campo de batalla. Llevábamos ya un mes en una ubicación no divulgada, en otro país en el que nunca estuvimos de verdad, y la rutina era lo único cómodo de aquel lugar.

Hoy pasó todo menos lo rutinario.

Misión cumplida, como era costumbre, pero a un precio. Siempre había un precio, y últimamente era cada vez más alto.

Miré mi mano y flexioné los dedos, porque aún podía hacerlo. ¿Ramírez? Él había perdido hoy esa capacidad. El tipo tendría que cargar a su bebé con una prótesis.

Mi brazo dibujó un arcó y lancé el Kong. El juguete de la perra cruzó el cielo en un destello rojo contra el azul prístino. El cielo era lo único limpio en este lugar. O quizá todo el día de hoy me parecía sucio.

Havoc cruzó el terreno a toda velocidad, a trancos seguros, enfocada en su objetivo hasta que...

—Diablos, es buena —dijo Mac acercándose detrás de mí.

—Es la mejor —respondí, mirándolo por encima de mi hombro; luego volví la vista hacia Havoc, que corría de regreso a mí.

Tenía que ser la mejor para haber llegado donde estábamos: un equipo de primer nivel que operaba, aunque técnicamente no existiera. Era una perra de operaciones especiales que estaba como a millón y medio de kilómetros por encima de cualquier otro perro de trabajo militar.

También era mía, y eso automáticamente la hacía la mejor. Mi chica era una labradora retriever de 32 kilos. Su pelaje negro contrastaba con la arena cuando se detuvo justo a mis pies. Su cuarto trasero golpeó el suelo y me extendió el Kong con ojos alegres.

—La última —dije en voz baja, quitándole el juguete del hocico.

Salió disparada incluso antes de que echara el brazo hacia atrás para lanzarlo.

—¿Noticias de Ramírez? —pregunté mientras esperaba que Havoc se alejara lo suficiente.

—Perdió el brazo, del codo hacia abajo.

—Pfff —Lancé el juguete lo más lejos posible.

—Déjalo. Parece que hoy es apropiado.

Mac se rascó la barba de un mes y ajustó sus lentes de sol.

—¿Su familia?

—Christine se reunirá con él en Landstuhl. Van a enviar carne fresca. Llegan en cuarenta y ocho horas.

—¿Tan pronto?

En verdad éramos bastante prescindibles.

—Nos vamos. La reunión es en cinco.

—Entendido.

Al parecer, se trataría de la siguiente ubicación secreta.

Mac miró mi brazo.

—¿Ya fuiste a que te lo vieran?

—El doc me dio unas puntadas. Era solo un raspón, nada de qué preocuparse.

Una cicatriz más entre las docenas que ya marcaban mi piel.

—Quizá necesitas a alguien que sí se preocupe.

Miré a mi mejor amigo por el rabillo del ojo.

—¿Qué? —preguntó encogiéndose de hombros de manera exagerada, luego, con un movimiento de cabeza señaló a Havoc, quien ya regresaba, igual de emocionada que la primera vez que le lancé el Kong, o la trigésima sexta.

—Havoc no puede ser la única mujer en tu vida, Gentry —agregó.

—Es leal, hermosa, puede buscar explosivos o derribar a alguien que quiera matarme. ¿Qué le falta?

Tomé el Kong y acaricié a Havoc detrás de la oreja.

—Si tengo que decírtelo, ya eres un caso perdido.

Regresamos al pequeño recinto, que consistía en unos cuantos edificios que rodeaban un patio. Todo era café. Las construcciones, los vehículos, la tierra, incluso el cielo parecía haber adquirido ese tono.

Lo que faltaba, una tormenta de polvo.

—No tienes que preocuparte por mí. No tengo ningún problema cuando estamos acuartelados —dije.

—Ah, eso lo tengo muy claro, especie de imbécil con cara de Chris Pratt. Pero, hombre... —Puso la mano sobre mi brazo para detenerme antes de entrar al patio donde estaban reunidos los demás— ...no tienes ninguna conexión con nadie.

—Tú tampoco.

—No, ahora no tengo una relación, pero eso no significa que no tenga vínculos, gente que me preocupa y que se preocupa por mí.

Sabía adónde quería llegar y no era el momento ni el lugar, nunca lo era. Antes de que pudiéramos profundizar más, le di una palmada en la espalda.

—Mira, podemos llamar al doctor Phil o podemos largarnos de aquí y pasar a la siguiente misión.

Seguir adelante, eso era lo que se me hacía más fácil. No fomentaba vínculos porque no quería hacerlo, no porque fuera incapaz. Los apegos a personas, lugares o cosas eran inconvenientes y me fastidiaban porque solo existía una certeza: el cambio.

—Hablo en serio —repuso entrecerrando los ojos, con una expresión que había visto muchas veces en nuestros diez años de amistad.

—Sí, bueno, yo también. Estoy bien. Además, tengo un vínculo contigo y con Havoc. Todos los demás son secundarios.

—¡Mac! ¡Gentry! —llamó Williams desde la entrada del edificio norte—. ¡Muévanse!

—¡Vamos! —grité en respuesta.

—Oye, antes de que entremos, dejé algo en tu cama.

Mac se frotó la barba, como siempre hacía cuando estaba nervioso.

—Sí, sea lo que sea, después de esta conversación ya no me interesa.

Havoc y yo empezamos a caminar hacia la reunión. Ya sentía en el cuerpo ese anhelo que me impulsaba a moverme, a dejar este lugar atrás y saber qué nos aguardaba.

—Es una carta.

—¿De quién? Toda la gente que conozco está en esa habitación —dije señalando la puerta mientras cruzábamos el patio vacío.

Eso pasa cuando te criaste de un asilo a otro y luego te enlistaste al cumplir dieciocho años. La cantidad de personas que consideras dignas de conocer es un pequeño grupo que cabe en un helicóptero Blackhawk, y hoy ya nos faltaba Ramírez.

Como dije, los vínculos son inconvenientes.

—De mi hermana.

—¿Cómo? —Mi mano se paralizó en el pomo oxidado de la puerta.

—Me escuchaste. De mi hermanita Ella.

Mi mente dio vueltas como si fuera un tarjetero giratorio. Ella era rubia, con una sonrisa suave y asesina; sus ojos amables eran más azules que cualquier cielo que jamás había visto. Mac me había mostrado muchas fotografías en la última década.

—Gentry, vamos. ¿Te hago un dibujito?

—Sé quién es Ella. ¿Por qué demonios hay una carta suya sobre mi cama?

—Pensé que podrías necesitar una amiga por correspondencia. —Su mirada cayó sobre sus botas sucias.

—¿Amiga por correspondencia? ¿Como si fuera un proyecto de quinto con una escuela hermana?

Havoc se acercó a mí, su cuerpo descansaba contra mi pierna. Estaba en sintonía con cada uno de mis movimientos, incluso los cambios más sutiles de mi estado de ánimo. Eso era lo que nos hacía un equipo invencible.

—No, no… —Negó con la cabeza—. Solo trataba de ayudar. Me preguntó si sabía de alguien que necesitara recibir cartas, y como tú no tienes familia…

Lancé una risita, abrí la puerta y lo dejé parado ahí afuera. Quizá algo de ese polvo le llenaría la boca abierta. Odiaba esa palabra. La gente se quejaba amargamente de la suya con frecuencia, en realidad, todo el tiempo. Pero en cuanto se enteraban de que uno no tenía una, era como si uno fuera una aberración que había que arreglar, un problema que había que solucionar o, peor aún, alguien a quien compadecer.

Estaba tan lejos de la compasión de cualquiera que casi era gracioso.

—Okey, chicos —dijo el capitán Donahue a nuestro equipo de diez miembros, menos uno, que estaba alrededor de la mesa de conferencias—. Lamento decirles que no regresarán a casa. Tenemos una nueva misión.

Todos los que empezaron a quejarse, porque sin duda extrañaban a su esposa o sus hijos, solo confirmaban mi postura sobre el tema del apego.

—¿En serio, Chico Nuevo? —me quejé cuando el novato se puso a gatas para limpiar la basura que cayó del casillero que me servía como buró.

—Perdón, Gentry —masculló al tiempo que recogía los papeles.

Era el típico chico estadounidense, recién salido del entrenamiento de operadores y que todavía no tenía nada que hacer con nuestro equipo. Necesitaba unos años más y unas manos mucho más firmes, eso quería decir que era familiar de alguien que tenía contactos.

Havoc ladeó la cabeza en su dirección y luego me miró.

—Es nuevo —le dije en voz baja, rascándole detrás de las orejas.

—Toma —dijo el chico pasándome un montón de cosas, con los ojos muy abiertos, como si fuera a correrlo de la unidad por ser tan torpe.

Dios, ojalá que fuera mejor con su arma que con mi buró. Puse el montón en los pocos centímetros libres sobre mi cama, los que no estaban ocupados por Havoc. Ordenarlos solo me tomó un par de minutos. Artículos de periódicos que estaba leyendo sobre varios temas y… «Carajo».

La carta de Ella. La había recibido hacía casi dos semanas y no la había abierto. Tampoco la había tirado.

—¿Vas a abrirla? —preguntó Mac, oportuno como todos los fastidiosos.

—¿Por qué nunca dices groserías? —preguntó Chico Nuevo al mismo tiempo.

Fulminé a Mac con la mirada, metí la carta hasta abajo del montón y encima puse el artículo de periódico que hablaba de nuevas técnicas en búsqueda y rescate.

—Está bien. Respóndele al nuevo —dijo Mac poniendo los ojos en blanco; se echó a su catre con las manos en la nuca.

—Sí, me llamo Johnson…

—No, te llamas Chico Nuevo. Aún no te has ganado un nombre —lo corrigió Mac.

El chico puso una cara como si hubiéramos pateado a su cachorro, por lo que traté de ser un poco más amable.

—Alguien me dijo alguna vez que usar malas palabras es una pobre excusa para disimular un pésimo vocabulario. Hace que parezcas de clase baja e ignorante. Así que dejé de hacerlo.

Dios sabía que tenía mucho en mi contra. No quería que mis palabras reflejaran la mierda que había vivido.

—¿Nunca? —preguntó Chico Nuevo inclinándose hacia adelante como si estuviéramos en una pijamada.

—Solo en mi mente —dije, pasando a otro artículo del periódico.

—¿En serio es una perra de trabajo? Se ve tan amable… —dijo Chico Nuevo extendiendo la mano hacia Havoc.

La perra levantó la cabeza de inmediato y peló los dientes en su dirección.

—Sí, lo es, y sí, te mataría si se lo ordenara. Así que haznos un favor y nunca más trates de tocarla. No es una mascota.

Dejé que Havoc gruñera un segundo para dejarlo claro.

—Tranquila —le dije a Havoc, pasando la mano por su cuello.

De inmediato se relajó y la tensión desapareció de su cuerpo, se desplomó sobre mi pierna y parpadeó como si nada hubiera pasado.

—Diablos —murmuró.

—No lo tomes personal, Chico Nuevo —dijo Mac—. Havoc es mujer de un solo hombre, y ni de lejos eres tú ese hombre.

—Leal y letal —dije con una sonrisa al tiempo que la acariciaba.

—Algún día —dijo Mac señalando la carta que se había deslizado sobre la cama, junto a mi muslo.

—Hoy no es el día.

—El día que la abras te vas a arrepentir de no haberlo hecho antes.

Se inclinó sobre su catre y cuando se incorporó tenía un paquete de galletas de mantequilla de cacahuate; se comió una haciendo sonidos casi pornográficos.

—En serio.

—En serio —gimió—. Tan buena...

Reí y volví a poner la carta hasta abajo del montón.

—Ya duerme, descansa un poco, Chico Nuevo. Mañana entraremos en acción.

El chico asintió.

—Esto es todo lo que siempre quise.

Mac y yo compartimos una mirada cómplice.

—Repítelo mañana en la noche. Ahora, cierra los ojos y deja de tirar mis cosas, o tu sobrenombre será Dedos de Mantequilla.

Abrió los ojos de par en par y se desplomó en su catre.
Tres noches después, Chico Nuevo estaba muerto.

«Johnson». Se había ganado su nombre y perdió la vida sacando del apuro a Doc.

Permanecí acostado, despierto, mientras todos dormían, mis ojos se desviaban hacia el catre vacío. Estaba fuera de lugar aquí, todos lo sabíamos y expresamos nuestra preocupación. Aún no estaba listo. No estaba preparado para la misión, para el ritmo de nuestra unidad ni para morir.

Aunque a la muerte no le importara.

La manecilla del reloj avanzó y yo cumplí veintiocho años.

«Feliz cumpleaños a mí».

La muerte siempre me parecía distinta cuando estábamos en despliegue. En general pertenecía a dos categorías: o la ignoraba y seguía adelante, o mi mortalidad me parecía algo repentino y tangible. Quizá se debía a que era mi cumpleaños o a que Chico Nuevo era poco más que un bebé, pero esta era del segundo tipo.

«Hola, mortalidad, soy yo, Beckett Gentry».

Sabía que ahora que la misión había terminado regresaríamos a casa en un par de días o iríamos al siguiente infierno; pero en ese momento, una necesidad primitiva de establecer un vínculo se apoderó de mí, al grado de que lo sentía como una presión física en el pecho.

«Ningún apego», me dije. Esa mierda solo creaba problemas.

Quería relacionarme con otro ser humano de una manera distinta a la conexión que tenía con los hermanos con quienes servía o incluso a mi amistad con Mac, que para mí era lo más cercano a una familia.

Por puro impulso saqué mi linterna y la carta de debajo de una revista sobre alpinismo.

Sujeté la linterna contra mi hombro, rompí el sobre y abrí la carta escrita en papel de cuaderno rayado, llena de una caligrafía clara y femenina.

La leí una, dos... decenas de veces, colocando las palabras con las imágenes de su rostro que había visto todos estos años. La imaginé robando unos minutos a la mañana para escribir la carta, me pregunté cómo había sido su día. ¿Qué tipo de hombre abandonaba a su esposa embarazada? «Un imbécil».

¿Qué tipo de mujer se hacía cargo de unos mellizos y de un negocio cuando ella misma seguía siendo una niña? «Una muy fuerte».

Una mujer fuerte y capaz a quien tenía que conocer. Me inundó un deseo incómodo e innegable.

Con el mayor silencio posible, saqué un cuaderno y una pluma.

Media hora después, cerré el sobre y con él golpeé a Mac en el hombro.

—¿Qué demonios...? —exclamó, volteando.

—Quiero mis galletas —dije pronunciando cada palabra con la seriedad que acostumbraba reservar para las órdenes que le daba a Havoc.

Él rio.

—Ryan, hablo en serio.

Dirigirme a él por su nombre de pila eran palabras mayores.

—Sí, bueno, si te descuidas, te quedas sin galletas —respondió con una sonrisa sarcástica.

Se volvió a acostar en el catre; segundos después, respiraba profundamente.

—Gracias —dije en voz baja, sabiendo que no podía escucharme—. Gracias por ella.

CAPÍTULO DOS

Ella

Carta núm. 1

Ella:

Tienes razón, tu hermano se comió sin más las galletas. Pero en su defensa, esperé mucho para abrir tu carta. Supongo que, si hacemos esto, debemos ser honestos, ¿cierto? Así que, en primer lugar, no soy bueno con las personas. Podría darte un montón de excusas, pero la verdad es que sencillamente no soy bueno con ellas. Atribúyeselo a que digo lo que no debo decir, soy directo o no veo la necesidad de tener pláticas tontas ni nada de eso. Sobra decir que nunca he escrito cartas a... nadie, ahora que lo pienso. En segundo lugar, me gusta que escribas con pluma. Significa que no regresas para corregirte. No piensas de más, solo dices lo que quieres decir. Apuesto a que también eres así en persona: dices lo que piensas. No sé qué contarte sobre mí que no pudiera borrarse, así que qué te parece esto: tengo veintiocho años desde hace como cinco minutos, y aparte de mis amigos aquí, no tengo ninguna relación con el mundo. La mayoría del tiempo estoy bien así, pero esta noche me pregunto qué sería ser como tú. Tener tanta responsabilidad y tanta gente que depende de ti. Si pudiera hacerte una pregunta, sería esta: ¿Qué se siente ser el centro del universo de alguien?

Muy respetuosamente,
Caos

Leí la carta por tercera vez desde que llegó esta mañana, rocé con los dedos la caligrafía irregular conformada solo por mayúsculas. Cuando Ryan dijo que había alguien en su unidad que podría ser mi amigo por correspondencia, pensé que se había vuelto loco.

Los tipos con los que servía generalmente eran tan abiertos como el seguro de una pistola. Nuestro padre había sido así. Francamente, después de que pasaron semanas sin una respuesta pensé que había rechazado mi oferta. En parte me sentí aliviada, ya tenía bastante con lo mío. Pero una hoja de papel en blanco ofrecía la posibilidad de decir algo. Poder verter mis pensamientos con alguien a quien jamás conocería era en cierto sentido liberador.

Por su carta, me preguntaba si él sentía lo mismo.

¿Cómo alguien podía llegar a los veintiocho años sin tener… a nadie, para nada? Ry había dicho que su amigo tenía los labios sellados y que su corazón era tan accesible como un muro de ladrillos; sin embargo, Caos me parecía… solitario.

—Mamá, estoy aburrida —dijo Maisie a mi lado, pateando debajo de la silla.

—¿Sabes qué? —pregunté con voz melodiosa, guardando la carta en mi bolso.

—¿Que solo la gente aburrida se aburre? —respondió, parpadeando con los ojos azules más grandes del mundo. Ladeó la cabeza y frunció la nariz en muchas arruguitas—. Quizá no serían tan aburridos si tuvieran algo que hacer.

Negué con la cabeza, pero sonreí y le ofrecí mi iPad.

—Ten cuidado con él, ¿okey?

No podíamos permitirnos comprar otro, no con tres cabañas para huéspedes a las que debíamos cambiarles el techo esta semana. Ya había vendido diez hectáreas al fondo de la propiedad para financiar las reparaciones tan necesarias e hipotequé la propiedad al máximo para financiar la expansión.

Maisie asintió, su cola de caballo se movía de arriba abajo al tiempo que deslizaba un dedo sobre la pantalla del iPad para buscar sus aplicaciones favoritas. Cómo demonios una niña de cinco años usaba esa cosa mejor que yo, era un misterio. Colt también era un mago para eso, aunque no tan experto en tecnología como Maisie. Sobre todo porque también estaba ocupado escalando cualquier lugar por el que no tenía que subir.

Miré enseguida el reloj. Las cuatro de la tarde. El médico ya llevaba media hora de retraso para la cita que él me había pedido. Sabía que a Ada no le importaba cuidar a Colt, pero odiaba tener que pedírselo. Tenía sesenta y tantos años, y aunque estaba llena de vida, Colt no era fácil. Decía que era un «relámpago en una botella», y no estaba muy lejos de la verdad.

Sin prestar atención, Maisie se sobó la zona en su cadera de la que se había estado quejando. Había pasado de ser una punzada a una molestia y luego a un dolor constante que no la abandonaba.

Justo antes de perder la paciencia y dirigirme a la recepcionista, el médico tocó antes de entrar.

—Hola, Ella. ¿Cómo te sientes, Margaret? —preguntó el doctor Franklin con una sonrisa amable y un portapapeles.

—Maisie —lo corrigió mi hija con mirada seria.

—Por supuesto —accedió asintiendo y sonriendo un poco en mi dirección.

Sin duda, a sus ojos yo seguía teniendo cinco años, ya que el doctor Franklin también había sido mi pediatra. Su cabello era más gris y tenía unos buenos nueve kilos más en el vientre, pero seguía siendo el mismo que cuando mi abuela me traía a su consultorio. No gran cosa había cambiado en nuestro pequeño pueblo de Telluride. Aunque cuando llegaba la temporada de esquí nuestras calles se inundaban de turistas con Land Rovers, la marea siempre acababa por retroceder y dejaba atrás a los locales que continuaban con su vida cotidiana.

—¿Cómo está el dolor hoy? —preguntó acuclillándose para quedar a su nivel.

Maisie se encogió de hombros y se concentró en el iPad.

Se lo quité de las manitas y arqueé una ceja ante su expresión desaprobadora. Suspiró, y el sonido era mucho más viejo que el de una niña de cinco años, pero volteó a ver al doctor Franklin.

—Siempre duele. Hace toda una vida que no ha dejado de doler.

Él volteó a verme en busca de una aclaración.

—Por lo menos seis semanas.

Asintió y frunció el ceño poniéndose de pie; pasó las fojas en su portapapeles.

—¿Qué?

Sentí un nudo en el estómago por la frustración, pero me mordí la lengua. Perder el control no ayudaría en nada a Maisie.

—Los resultados del escaneo óseo están limpios.

Se recargó en la mesa de exploración y se frotó la nuca. Mis hombros se desplomaron. Era el tercer examen que le hacían a Maisie y nada había aparecido aún.

—Limpios, eso está bien, ¿no? —preguntó Maisie.

Forcé una sonrisa, por ella, y le devolví el iPad.

—Querida, ¿por qué no juegas un poco mientras hablo con el doctor Franklin en el pasillo?

Asintió, feliz de regresar al juego que le había interrumpido.

Salí al pasillo con el doctor Franklin y dejé la puerta entreabierta para poder echarle un ojo a Maisie.

—Ella, no sé qué decirte. —Cruzó los brazos sobre el pecho—. Le hemos hecho radiografías, escáneres, y si pensara que puede estar quieta el tiempo suficiente para hacerle una resonancia magnética, podríamos intentarlo. Pero francamente, no encontramos ningún problema físico.

Su mirada compasiva fue la gota que derramó el vaso.

—No lo está inventando. El dolor que padece es real y algo lo está provocando.

—No digo que el dolor no sea real. La he visto las veces suficientes como para saber que algo pasa. ¿Algo ha cambiado en casa? ¿Algo nuevo que le provoque estrés? Sé que para ti no debe ser fácil dirigir el negocio con dos hijos pequeños que cuidar, sobre todo a tu edad.

Alcé la barbilla unos buenos dos centímetros y medio, como hacía cada vez que alguien hablaba de mis hijos y de mi edad en la misma oración.

—El cerebro es un poderoso...

—¿Está sugiriendo que es psicosomático? —espeté—. Porque ahora hasta le cuesta trabajo caminar. Nada ha cambiado en nuestra casa. Es la misma desde que los llevé desde este mismo hospital, y ella no está bajo ningún tipo de estrés en el jardín de niños, se lo aseguro. El problema no está en su cabeza, sino en su cadera.

—Ella, no tiene nada —dijo con voz suave—. Buscamos fracturas, rasgaduras de ligamentos, todo. Podría ser un caso muy grave de dolor por crecimiento.

—¡No son dolores por crecimiento! Hay algo que no está viendo. Busqué en internet...

—Ese fue tu primer error. —Suspiró—. Buscar en internet

te convencerá de que un resfriado es meningitis y un dolor de pierna es un coágulo gigante listo para desprenderse y matarte.

Me quedé pasmada.

—No es un coágulo, Ella. Hicimos un ultrasonido. No hay nada. No podemos solucionar un problema que no vemos.

Maisie no lo estaba inventando. No estaba en su cabeza. No era un síntoma por haber nacido de una mamá joven o por no tener a un papá en la vida. Tenía dolor y yo no podía ayudarla.

Estaba por completo y absolutamente impotente.

—Entonces, supongo que me la llevaré a casa.

Disfruté el paisaje rural de vuelta a la casa principal. Ir a recoger el correo en esta época del año era siempre mi manera de escaparme, y lo gozaba aún más ahora que esperaba las palabras de Caos. La número seis llegaría cualquier día de estos. La brisa de finales de octubre era fresca, pero aún faltaba un mes más para que abrieran las pistas. En ese momento, un torrente de reservaciones se tragaría mis breves momentos de serenidad.

Gracias a Dios, porque en verdad necesitábamos esos clientes. No era que no disfrutara el ritmo tranquilo del otoño, cuando los senderistas de verano regresaban a casa, pero eran los inviernos los que mantenían al Solitude en números negros. Y con nuestros nuevos y dolorosos pagos de la hipoteca, el ingreso era necesario.

Pero por ahora, esto era perfecto. Los álamos se habían vuelto oro y empezaban a perder las hojas, que en este momento cubrían la calzada bordeada de árboles desde la avenida hasta la casa. No era lejos, unos noventa metros aproximadamente, pero la distancia suficiente para darles a los visitantes ese sentimiento de retiro que buscaban.

Nuestra casa principal contaba con algunos cuartos de huéspedes, una cocina profesional, comedor y sala de juegos, además de una pequeña sala residencial donde yo vivía con los niños. Siempre desbordante de vida cuando alguien necesitaba compañía. Pero el Solitude recibía su nombre y su reputación de las quince cabañas apartadas, esparcidas en las ochenta hectáreas de terreno. Si alguien deseaba aprovechar los beneficios de un hospedaje de lujo y la cercanía a la civilización, pero con la posibilidad de huir de todo eso, nosotros éramos el lugar perfecto.

Si tan solo pudiera pagar la publicidad para que reservaran las cabañas. Por más que me esforzara todo el día, la gente solo vendría si sabía que existían.

—Ella, ¿estás ocupada? —preguntó Larry desde el porche delantero.

Sus ojos brillaban bajo sus espesas cejas canosas que parecían rizarse en todas direcciones.

—No. ¿Qué pasa?

Eché un vistazo al correo mientras subía la escalera, haciendo una pausa en un escalón que quizá necesitaba reparación. El problema con renovar la imagen de un centro turístico de lujo era que las personas esperaban perfección.

—Algo te espera encima de la mesa.

—¿Espera?

Ignoré su sonrisa, el hombre jamás sería un buen jugador de póker, y entré.

Me quité las botas y las puse debajo de una de las bancas del vestíbulo. La duela recién restaurada estaba caliente bajo mis pies cuando crucé frente al escritorio de la recepcionista.

—¿Fue una buena caminata? —preguntó Hailey sonriendo, levantando la vista de su teléfono.

—Solo fui por el correo, nada especial.

Tomé el montón de cartas en la mano, prolongando la

tortura unos momentos más. Además, el sobre de hasta arriba era una factura del doctor Franklin, y no tenía prisa por abrirla.

Había pasado casi un mes desde que llevé a Maisie a consulta, y aún no había diagnóstico para el dolor, que era cada vez peor. Esta era otra factura que me recordaba que había contratado la prima de seguro médico más baja posible para no irme a la ruina este año.

—Ajá. No estás buscando una carta, ¿o sí? —Abrió mucho sus ojos castaños con fingida inocencia.

—No debí contarte de él.

Nunca me dejaría en paz, pero, francamente, no me importaba. Esas cartas eran lo único que tenía solo para mí. El único lugar donde podía abrirme y ser honesta sin juicios ni expectativas.

—Oye, eso es mejor a que vivas de manera indirecta a través de mi vida amorosa.

—Tu vida amorosa cambia todo el tiempo. Además, solo nos escribimos. No hay nada romántico. Ryan necesitaba un favor, eso es todo.

—Ryan. ¿Cuándo vuelve a casa? —Suspiró, con el suspiro nostálgico que la mayoría de las chicas locales dejaban escapar siempre que se mencionaba a mi hermano.

—Debería venir un poco antes de Navidad. En serio, ¿cuántos años tenías cuando se enlistó? ¿Doce?

Hailey era solo dos años más joven que yo, pero yo me sentía infinitamente más vieja. Quizá envejecí diez años con cada hijo, o la gestión del Solitude me había mandado de manera prematura a la adultez. Fuera lo que fuera, entre nosotras había toda una vida de distancia.

—¡No pierdas el tiempo! —insistió Larry, casi daba de saltos.

—¿Cuál es el problema?

—¡Ella, ven! —llamó Ada desde el comedor.

—¿Los dos están contra mí ahora?

Negué con la cabeza hacia Larry, pero lo seguí al comedor.

—¡Ta-tan! —exclamó Ada, agitando los brazos hacia la mesa rústica de madera oscura.

Seguí los movimientos. Ahí estaba la revista que había estado esperando. Su portada azul brillante sobresalía contra la madera.

—¿Cuándo llegó? —dije con voz débil.

—Esta mañana —respondió Ada.

—Pero... —Levanté el montón de correo.

—Ah, dejé todo el resto ahí. No iba a privarte de tu momento favorito del día.

Pasó un momento de silencio tenso, mientras miraba fijamente la revista. *Vacaciones en la montaña: las mejores en Colorado, 2019. Edición de invierno.*

—No te va a morder —dijo Ada, deslizando la revista hacia mí.

—No, pero podría despedazarnos.

—Léelo, Ella. Dios sabe que yo ya lo hice —explicó, acomodándose los lentes sobre el puente de la nariz.

Tomé la revista de la mesa, en su lugar eché el montón de cartas y empecé a hojearla.

—Página ochenta y nueve —me apremió.

Mi corazón latía con fuerza, y parecía que mis dedos se pegaban en cada página, pero al fin llegué a la ochenta y nueve.

—Número ocho, «¡Solitude, Telluride, Colorado!» —exclamé.

Mis manos temblaban al sostener las fotografías brillantes de mi propiedad. Sabía que habían enviado a alguien para clasificarnos, pero nunca supe cuándo.

—¡Nunca habíamos estado en los primeros veinte, y ahora estamos entre los diez primeros! —dijo Ada jalándome para abrazarme, su complexión me hacía más pequeña—. Tu abuela estaría tan orgullosa. Todas las renovaciones que has hecho, todo lo que has sacrificado. ¡Estoy orgullosa de ti, Ella! —Se apartó y se enjugó las lágrimas—. Bueno, no te quedes ahí lloriqueando, ¡lee!

—No es ella la que está lloriqueando, mujer —dijo Larry acercándose a su mujer para abrazarla.

Ambos formaban parte del Solitude tanto como yo. Habían estado con mi abuela desde que inauguró el lugar y yo sabía que se quedarían conmigo tanto como pudieran.

—«El Solitude es una joya escondida. Anidada en las montañas de San Juan, el complejo turístico no solo ofrece un ambiente familiar en la casa principal, sino más de una docena de cabañas de lujo recientemente renovadas para quienes no están dispuestos a sacrificar su privacidad por la proximidad de las pistas. A tan solo diez minutos en coche de las mejores pistas de esquí que Colorado puede ofrecer, Solitude brinda exactamente eso: un remanso alejado de Mountain Village, atestado de turistas. Este establecimiento es más un complejo turístico ideal para quienes buscan lo mejor de ambos mundos: un servicio impecable y la sensación de soledad de las montañas. Es la experiencia de Colorado por excelencia».

¡Nos amaron! ¡Somos una de las diez primeras opciones en Colorado! Sujeté la revista contra el pecho y dejé que la alegría me inundara. Momentos como este no se vivían todos los días, tal vez ni siquiera cada década, y este era mío.

—La experiencia de Colorado por excelencia es la que vivimos cuando los turistas se van a su casa —masculló Larry con una sonrisa.

Sonó el teléfono y escuché al fondo que Hailey respondía.

—¡Apuesto a que las reservaciones se agotarán! —canturreó Ada mientras bailaba con Larry alrededor de la mesa.

Con una reseña así, era una apuesta segura. Estaríamos a

tope, y pronto. Podríamos pagar la hipoteca y el préstamo que pedí para la construcción de las cabañas del lado sur.

—Ella, llaman de la escuela —me dijo Hailey.

Dejé la revista con el resto de la correspondencia y fui a contestar.

—Habla Ella MacKenzie —dije, preparándome para escuchar lo que fuera que Colt había hecho para molestar a su maestra.

—Señora MacKenzie, habla la enfermera Roman, de la escuela primaria.

Su tono estaba cargado de algo más que pura preocupación, así que no me molesté en corregir mi estado civil.

—¿Todo está bien?

—Maisie está aquí. Se desmayó en el patio de juegos y tiene cuarenta grados de fiebre.

«Desmayo. Fiebre». Unas náuseas profundas, que solo podría describir como presentimiento, se apoderaron de mi vientre. Al doctor Franklin se le había escapado algo.

—Voy para allá.

CAPÍTULO TRES

Beckett

Carta núm. 6

Querido Caos:

Te envío otro paquete de galletas. Escóndelas de mi hermano. No, no es broma. Es un ladrón desvergonzado cuando se trata de ellas. Es la receta de nuestra madre, bueno, en realidad de nuestra abuela, y es adicto a ellas. Cuando perdimos a nuestros padres, a mi papá en Irak y a mamá en un accidente de coche un mes después (seguramente te lo contó), siempre había estas galletas en la cocina, esperándonos después de la escuela, de las penas de amor, de victorias y derrotas en el futbol. Para él, son su hogar. Y ahora tienes un pedazo de mi hogar contigo. Me preguntaste algo en tu primera carta, ¿hace cuánto? ¿Un mes? En fin, me preguntaste qué se sentía ser el centro del universo de alguien. No supe qué contestar en ese momento, pero creo que ahora lo sé. Francamente, no soy el centro del universo de nadie. Ni siquiera de mis hijos. Colt es demasiado independiente y está convencido de que él está a cargo de velar personalmente por la seguridad de Maisie... y la mía. Maisie es segura de sí misma, pero su silencio puede confundirse con timidez. Lo gracioso es que no es tímida. Es muy buena para juzgar el carácter de las personas y advierte las mentiras a kilómetros de distancia. Me gustaría tener la misma capacidad, porque si hay algo que no soporto es la mentira. Maisie tiene un instinto increíble sobre la gente, y definitivamente no lo heredó de mí. Si no te habla no es porque sea introvertida, sino porque no cree que valga la pena perder su tiempo contigo. Ha sido así desde bebé. Le caes bien o no. Colt le da una oportunidad a todo el mundo, y una segunda y tercera... ya entiendes la situación.

Supongo que eso lo heredó de su tío, porque admito que yo jamás he podido dar segundas oportunidades cuando se trata de lastimar a la gente a la que amo. Por mucha vergüenza que me dé admitirlo, sigo sin perdonar a mi padre por abandonarnos, por la expresión en el rostro de mi hermano, ni por esa mentira fácil de que solo se iría unas semanas por su contratación temporal... pero jamás volvió. Por haber elegido divorciarse de mi madre. Diablos, ya han pasado catorce años y sigo sin perdonar al oficial que dio la orden que lo mató, por romper el corazón de mi madre por segunda vez. En serio odio eso de mí. Sí, Colt definitivamente heredó el corazón bondadoso de mi hermano, y espero que nunca lo pierda. A los cinco años de edad, mis hijos ya son mejores personas de lo que yo jamás seré y estoy muy orgullosa de ellos. Pero no soy el centro de su universo. Más bien soy como su gravedad. Por el momento los tengo con controlados, con los pies en el suelo y su camino trazado. Mi trabajo consiste en mantenerlos seguros. Pero conforme crecen, cedo un poco y les doy espacio. Al final los dejaré libres para que vuelen y solo les pondré límites cuando me lo pidan o si lo necesitan. Qué diablos, tengo veinticuatro años y a veces necesito que me pongan límites. Sin embargo, es cierto que no quiero ser su centro, porque ¿qué sucede cuando ese centro ya no existe? Todo... todo se sale de órbita. Al menos eso fue lo que me pasó a mí. Así que soy muy buena con la gravedad. Después de todo, controla las mareas, el movimiento de todas las cosas e incluso hace la vida posible. Y cuando estén listos para volar, quizá encontrarán a alguien que les ayude a tener los pies en la tierra, o tal vez volarán con ellos. Espero que sea un poco de ambos. Ahora, ¿puedo saber por qué te llaman Caos? ¿O eso es tan secreto como tu fotografía?

Ella

—Caos, ¿quieres compartir algo? —preguntó Williams por el equipo de comunicación, haciendo un gesto hacia la carta.
—No.
Doblé la carta número seis y la guardé en el bolsillo de mi camisa; el helicóptero nos llevaba al operativo. Havoc seguía entre mis rodillas. No era muy adepta a los helicópteros ni al rapel que tendríamos que realizar, pero estaba tranquila.
—¿Estás seguro? —bromeó Williams, su sonrisa deslumbrante contrastaba con su piel oscurecida por el camuflaje.
—Sin duda.
No iba a tener ni la carta ni una galleta. No iba a compartir nada de Ella. Era la primera persona que había sido solo mía, aunque nada más fuera por carta. Era una sensación de la que no quería deshacerme.
—Déjalo en paz —dijo Mac a mi lado. Echó una mirada a mi bolsillo y agregó—: Mi hermana te hace bien.
Casi lo mando a volar, pero lo que él me había dado era un regalo, no solo a Ella, sino una relación que iba más allá de mis compañeros, de la misión. Me había brindado una ventana a una vida normal, fuera de la caja en la que me había confinado los últimos diez años. Así que le dije la verdad.
—Sí —asentí.
Fue todo lo que pude decir. Me dio una palmada en el hombro con una sonrisa, pero no dijo «Te lo dije».

—En diez minutos —gritó Donahue por el equipo de comunicación.

—¿Cómo es? Telluride —le pregunté a Mac.

Puso esa mirada nostálgica que solía inquietarme. Ahora estaba desesperado por imaginar ese pueblito en el que vivía.

—Es hermoso. En el verano es verde, exuberante, y las montañas se elevan como si intentaran acercarte al paraíso. En otoño se vuelven doradas, cuando los álamos cambian de color... como ahora. En invierno es un poco ajetreado por la temporada de esquí, pero la nieve cae alrededor del Solitude y es como si todo estuviera cubierto de nuevos comienzos. Luego llega la primavera y los caminos se vuelven lodosos. Los turistas se van y todo vuelve a nacer, igual de hermoso que el año anterior.

Echó la cabeza hacia atrás, contra el asiento del UH-60.

—Lo extrañas.

—Todos los días.

—Entonces, ¿por qué sigues aquí? ¿Por qué te fuiste?

Giró la cabeza hacia mí con una sonrisa triste.

—A veces tienes que irte para entender qué fue lo que dejaste. En realidad, no valoras algo hasta que lo pierdes.

—¿Y si nunca lo tuviste?

Mi pregunta era más bien por curiosidad. Nunca me había encariñado con ningún lugar ni sabía lo que era un hogar. Nunca había estado en ningún lugar el tiempo suficiente para que ese sentimiento echara raíces. Quizá me lo habían arrebatado tantas veces que al final se negaban a crecer.

—Te diré algo, Gentry. Cuando este desplazamiento haya terminado, tú y yo tomaremos unas vacaciones y te enseñaré Telluride. Sé que sabes esquiar, así que iremos a las pistas y luego a los bares. Hasta podría dejarte conocer a Ella, pero antes tendrás que pasar por Colt.

«Ella». Un par de meses más en esta misión de fuerza de

reacción rápida, y luego podíamos decirle adiós y disfrutar de un poco de tiempo libre, que yo acostumbraba rechazar, pero que ahora me daba un poco de curiosidad. Pero ¿Ella? Esa curiosidad no era poca, en ningún sentido. Quería verla, hablar con ella, averiguar si la mujer que escribía las cartas en realidad existía en un mundo que no era perfecto en papel.

—Me gustaría —respondí despacio.

Me lo había ofrecido muchas veces, pero nunca acepté.

Arqueó las cejas, sorprendido, su enorme sonrisa era casi cómica.

—¿Quieres conocer Telluride o a Ella?

—A los dos —respondí con sinceridad.

Asintió, y por el equipo de comunicación anunciaron que llegaríamos en cinco minutos. Luego se inclinó para que solo yo pudiera escucharlo, aunque los otros no hubieran podido oírnos por el ruido de los rotores.

—Se harían bien el uno al otro. Si alguna vez permites que tus pies permanezcan en un solo lugar el tiempo suficiente para que algo eche raíz.

«No vales la pena. Arruinas todo». Aparté de mi mente las palabras de mi madre y me concentré en este momento. Evocar esa época era llamar al desastre. En mi mente, le azoté la puerta a ese recuerdo.

—No soy bueno para nadie —le dije a Mac.

Antes de dar más explicaciones, revisé el arnés de Havoc para asegurarme de que estaba bien sujeto y que no la perdería en la bajada. La gravedad podía ser una desgraciada.

Los comentarios de Ella sobre ese tema pasaron por mi mente. ¿Qué se sentiría tener a alguien que te llevara a tierra? ¿Sería reconfortante o sofocante sentir esa seguridad? ¿Era el tipo de fuerza en la que confiabas o de la que huías?

¿En verdad existían personas que se quedaban contigo el

tiempo suficiente como para confiar tanto en ellas? Si las había, nunca había conocido a ninguna. Esa era la razón por la que no me molestaba en relacionarme. ¿Por qué demonios estaría uno dispuesto a invertir en alguien que acabará por decir que tenías demasiados defectos, que eras demasiado complicado como para permanecer a tu lado?

Incluso Mac, mi mejor amigo, estaba obligado por contrato a estar en la misma unidad que yo, y hasta esta amistad tenía límites, y yo me había asegurado de nunca ponerlos a prueba. Sabía con certeza que él podría matar a cualquiera que lastimara a Ella.

Diez minutos más tarde aterrizamos, y esa fue la única gravedad en la que pude pensar.

CAPÍTULO CUATRO

Ella

Carta núm. 6

Ella:

Gracias por las galletas. Y sí, tu hermano las robó mientras yo estaba en la regadera. No sé cómo no pesa ciento cuarenta kilos. Pensé en lo que dijiste sobre la gravedad. La verdad es que yo no he tenido nada de eso, nada que me anclara a ningún lugar. Quizá cuando me enlisté en el ejército, pero la realidad es que eso fue más cuestión de afinidad por la unidad que por un lugar o una persona. Hasta que conocí a tu hermano y empezaron a seleccionarnos. Por desgracia, le tengo mucho afecto, igual que a la mayoría de los hombres de nuestra unidad. Es una desgracia porque a veces tu hermano puede ser un verdadero dolor de cabeza. ¿Por qué me llaman Caos? Esa es una historia larga y poco favorecedora. Prometo contártela algún día. Digamos solo que tiene que ver con una pelea de bar, dos sacaborrachos muy enojados y un malentendido entre tu hermano y una mujer a la que confundió con una prostituta. No lo era. Se trataba de la esposa de nuestro nuevo comandante. Ups. Quizá lo convenza de que sea él quien te cuente la historia. En tu última carta mencionaste que Maisie no se sentía bien. ¿Los médicos pudieron saber qué tenía? No puedo imaginar lo difícil que debe ser para ti. ¿Cómo va Colt? ¿Ya empezó sus clases de surf en nieve? Tengo que irme, nos están llamando y quiero asegurarme de que recibas esta carta.

Hasta pronto.
Caos

Los únicos sonidos en la sala de hospital eran los pensamientos que vociferaban en mi cabeza, suplicando salir de ella. Querían respuestas, gritaban para encontrar a todos los médicos en este hospital y obligarlos a que me escucharan. Como sabía que en Telluride no harían nada más, la llevé al hospital más grande en Montrose, a una hora y media.

Era casi medianoche. Habíamos llegado poco después de mediodía y los dos niños estaban dormidos. Maisie estaba acurrucada, y se veía pequeña sobre la gran cama de hospital. Unos cuantos cables indicaban sus signos vitales en los monitores. Gracias a Dios habían apagado los pitidos incesantes. Tan solo ver ese hermoso latido de su corazón me era suficiente.

Colt estaba acostado en el sofá, con la cabeza sobre mi regazo, su respiración era profunda y regular. Aunque Ada se ofreció a llevárselo a su casa para cuidarlo, él se negó, sobre todo cuando Maisie se aferró a su mano y no lo soltó. Nunca han podido estar separados mucho tiempo. Pasé los dedos sobre su cabello rubio, del mismo tono casi blanco que el de Maisie. Sus rasgos eran tan similares; sus almas, tan distintas.

Sonó un ligero clic cuando la puerta se abrió lo suficiente para que el médico se asomara.

—¿Señora MacKenzie?

Levanté el índice y el doctor asintió. Salió y cerró la puerta con cuidado. Con el mayor sigilo posible levanté a Colt de mi regazo y reemplacé mi calor por una almohada, luego tapé su pequeño cuerpo con mi chamarra.

—¿Ya nos tenemos que ir? —preguntó acurrucándose más en el sofá.

—No, pequeño. Tengo que hablar con el doctor. Quédate aquí y cuida a Maisie, ¿Okey?

Abrió sus ojos azules despacio y su mirada se encontró con la mía. Estaba más que medio dormido.

—Yo me encargo.

—Sé que lo harás —respondí rozando su sien con los dedos.

Con pasos seguros y dedos muy inseguros, abrí la puerta y la cerré detrás de mí, sin despertar a Maisie.

—¿Señora MacKenzie?

Leí el gafete del médico. Doctor Taylor.

—No estoy casada.

Parpadeó rápidamente y asintió.

—Sí. Claro. Mil disculpas.

—¿Qué saben? —pregunté jalando los extremos de mi suéter para cubrirme mejor, como si la lana pudiera ser una suerte de armadura.

—Vayamos al final del pasillo. Las enfermeras están aquí, los niños estarán bien —me aseguró al tiempo que me guiaba hacia un área rodeada de paneles de vidrio que parecía una sala de conferencias.

Otros dos médicos esperaban. El doctor Taylor me hizo una seña para que me sentara y eso hice. Los hombres en la sala estaban tensos, sus sonrisas no se reflejaban en sus miradas y el de la derecha no dejaba de juguetear con el bolígrafo.

—Señorita Mackenzie —dijo el doctor Taylor—. Hicimos el análisis de sangre de Margaret y también drenamos un poco de fluido de su cadera, donde encontramos una infección.

Me acomodé en mi asiento. Infección... eso era fácil.

—Entonces, ¿antibióticos?

—No exactamente. —El doctor Taylor miró hacia la puerta. Yo también miré y vi a una mujer de unos cuarenta y tantos, recargada contra el marco.

Tenía una belleza clásica, su piel morena era perfecta, igual que su chongo en torcido francés. De pronto fui muy consciente de mi desaliño, pero evité llevar las manos a mi chongo despeinado.

—¿Dra. Hughes?

—Solo observo. Vi el historial médico de la niña cuando empezó mi turno.

El doctor Taylor asintió, respiró profundo y volvió a concentrar su atención en mí.

—Bien, sí tiene una infección en la cadera eso explica el dolor de la pierna y la fiebre, ¿o no? —dije cruzando los brazos sobre mi vientre.

—Posiblemente, sí. Pero encontramos una anomalía en las pruebas sanguíneas. El recuento de glóbulos blancos presenta una elevación preocupante.

—¿Eso qué significa?

—Bueno, él es el doctor Branson, de Ortopedia. Él nos ayudará con la cadera de Margaret. Y él... —El doctor Taylor tragó saliva—. Es el doctor Anderson, de Oncología.

«¿Oncología?».

—Miré de inmediato al viejo médico, pero no pude abrir la boca. No hasta que él dijo las palabras por las que lo habían llamado como especialista.

—Señorita MacKenzie, los exámenes de su hija indican que podría tener leucemia...

Su boca se siguió moviendo. Vi que forma tomaba, observé cómo sus rasgos faciales se animaban, pero no escuché nada. Era como si se hubiera convertido en la maestra de Charlie Brown y todo pasara por un filtro de un millón de galones de agua.

Y yo me ahogaba.

Leucemia. Cáncer.

—Un momento. Espere. —Extendí las manos con las palmas hacia enfrente—. La llevé con el pediatra al menos tres veces en las últimas seis semanas. Me dijeron que no era nada, ¿y ahora ustedes dicen que es leucemia? ¡No es posible! Lo hice todo.

—Lo sé. Su pediatra no sabía qué buscar y nosotros ni siquiera estamos seguros de que sea leucemia. Debemos tomar una muestra de médula ósea para confirmarlo o descartarlo.

¿Qué médico dijo eso? ¿Branson? No, él era de Ortopedia, ¿o no?

Fue el médico del cáncer. Porque mi bebé necesitaba hacerse exámenes para el cáncer. Estaba al final del pasillo y no tenía ni idea de que un grupo de gente la sentenciaba al infierno por un crimen que ella no había cometido. Colt... Dios mío, ¿qué iba a decirle?

Sentí que una mano apretaba la mía y levanté la vista en piloto automático: la doctora Hughes estaba sentada a mi lado.

—¿Podemos llamar a alguien? ¿Quizá al papá de Maisie? ¿A su familia?

El papá de Maisie ni siquiera se había molestado en conocerla. Mis padres llevaban catorce años muertos. Ryan estaba a medio mundo de distancia haciendo Dios sabía qué. Ada y Larry sin duda dormían en la casa principal del Solitude.

—No. No hay nadie.

Estaba sola.

Los exámenes empezaron en la mañana. Saqué un pequeño cuaderno de mi bolso y empecé a escribir notas de lo que los médicos decían, de las pruebas que hacían. Al parecer, no podía asimilarlo todo. O quizá la enormidad de la situación sencillamente era demasiada como para comprender.

—¿Otro examen? —preguntó Colt, apretó mi mano cuando los médicos le sacaron más sangre a Maisie.

—Sí —respondí forzando una sonrisa que no lo engañó.

—Solo tenemos que saber qué pasa con tu hermana, hombrecito —dijo el doctor Anderson desde la cabecera de la cama de Maisie.

—Ya vieron en sus huesos. ¿Qué más quieren? —espetó Colt.

—Colt, ¿por qué no vamos por un helado? —dijo Ada desde un rincón.

Había llegado temprano esta mañana, decidida a no dejarme sola.

Aunque hubiera estado en una habitación con doce personas conocidas, aun así, estaría sola.

—Vamos, le traeremos también uno a Maisie —agregó extendiendo la mano.

Asentí en dirección de Colt.

—Vayan. No nos vamos a ir a ningún lado durante un buen tiempo.

Colt miró a Maisie y ella sonrió.

—Fresa.

Él asintió, asumiendo su deber con toda seriedad, luego fulminó al doctor Anderson con la mirada, por si acaso, y se marchó con Ada.

Sostuve la mano de Maisie mientras terminaban de sacarle sangre. Luego me acurruqué a su lado en la cama; buscamos otras caricaturas en la televisión y abracé su pequeño cuerpo contra el mío.

—¿Estoy enferma?

Me miró con miedo y expectativa.

—Sí, mi amor. Creo que puedes estar enferma. Pero es muy pronto para preocuparnos, ¿okey?

Asintió y se concentró de nuevo en el programa de Disney Junior.

—Entonces, es bueno que esté en el hospital. En los hospitales te curan.

Besé su frente.

—Sí, eso hacen.

—No es leucemia —me dijo el doctor Anderson en el pasillo, más tarde esa noche.

—¿No es?

El alivio me invadió, el sentimiento físico era palpable, como la sangre que regresaba a una extremidad que estuvo mucho tiempo dormida.

—No. Sin embargo, no sabemos qué es.

—¿Podría ser cáncer?

—Podría. No hemos encontrado nada más que el recuento elevado de leucocitos.

—Pero van a seguir buscando.

Asintió, aunque había desaparecido el brillo de certeza que tenía en los ojos cuando pensó que era leucemia. No sabía con qué estábamos lidiando y era obvio que no quería decírmelo.

Pasaron el tercer y cuarto día con más exámenes y menos certezas.

Colt estaba cada vez más inquieto, pero se negó a abandonar a su hermana y yo no tuve el corazón de obligarlo a irse. En toda su vida, nunca habían estado separados más de un día. No estaba segura de que supieran cómo sobrevivir como individuos si se percibían como unidad.

Ada traía ropa limpia, se llevaba a Colt a dar paseos, me mantenía al tanto del negocio. Era extraño que durante los últimos cinco años la obsesión que tenía por el Solitude fuera mi tercera prioridad, después de Colt y de Maisie, y sin embargo, en este momento me parecía por completo insignificante.

Los días se mezclaban y tenía los dedos casi despellejados por las búsquedas que hacía en internet desde que el doctor Anderson habló de la palabra que empezaba con «C». Por supuesto que me dijeron que me mantuviera alejada de la red.

Sí, claro.

La mitad de las veces no podía recordar ninguna maldita cosa de lo que decían. Por más que me concentrara, era como si mi cerebro hubiera levantado sus escudos y solo aceptara lo que creía que podía manejar. Internet llenaba los huecos que mi memoria y mi cuaderno no podían llenar.

El quinto día nos reunimos de nuevo en la sala de conferencias, pero esta vez Ada estaba a mi lado.

—Seguimos sin saber qué lo está provocando. Hemos hecho exámenes de las causas acostumbradas y todo ha salido negativo.

—¿Por qué eso no me suena a algo bueno? —preguntó Ada—. Está diciendo que no encontró cáncer, pero suena decepcionado.

—Porque hay algo, solo que no pueden encontrarlo —dije sarcástica—. Lo mismo que pasó con el doctor Franklin. Maisie decía que le dolía y la regresaban a casa con un diagnóstico de dolor por crecimiento. Luego dijeron que era psicosomático. Ahora me dicen que su sangre dice una cosa, sus huesos otra y que no tienen ni idea.

Los hombres tuvieron la decencia de mostrarse avergonzados. Habían estudiado durante años para este preciso momento y estaban fracasando.

—Bien, ¿qué van a hacer? Porque debe haber algo. No van a mandar a mi niña a casa.

El doctor Anderson abrió la boca y, por su expresión, supe que me daría la siguiente excusa.

—¡Demonios! ¡No! —espeté antes de que pudiera hablar—. No nos vamos a ir de aquí hasta que me den un diagnóstico. ¿Me entienden? No se desharán ni de ella ni de mí. No van a tratarla como un misterio que simplemente no pudieron resolver. Yo no fui a la escuela de medicina, pero puedo asegurarles que está enferma. Sus exámenes sanguíneos lo dicen. Su cadera lo dice. Ustedes sí fueron a la escuela de medicina, así que a-ve-rí-güen-lo.

El silencio rugió con más fuerza que cualquier excusa que hubieran podido darme.

—Señorita MacKenzie —dijo la doctora Hughes, quien apareció en ese momento y tomó asiento junto al doctor Anderson—. Lamento no haber estado aquí, pero tengo que dividir mi tiempo entre este hospital y el Infantil de Denver, y acabo de regresar esta mañana. Vi los resultados de los exámenes de su hija y creo que hay algo más que debemos buscar. Es increíblemente raro, sobre todo en una niña tan grande. Si es lo que creo que es, entonces necesitamos actuar rápido. —Un portapapeles apareció frente a mí con otro formulario de consentimiento—. Todo lo que necesito es una firma.

—Hágalo.

Garabateé mi nombre en el papel, mi mano se movía, pero el esfuerzo no era consciente. En ese momento me parecía que todo estaba fuera de mi control.

Dos horas después, la doctora Hughes apareció en el umbral y yo salí, dejando a Colt y a Maisie abrazados, viendo Harry Potter.

—¿Qué encontró?

—Es un neuroblastoma.

Ada nos seguía en mi coche, Colt estaba en el asiento trasero detrás de ella. Avanzábamos por las curvas de la I-70 hacia Denver. Nunca había viajado en la parte trasera de una ambulancia, ni siquiera cuando entré en labor de parto de los mellizos. Ahora, mi primer viaje duró cinco horas.

Nos llevaron de inmediato al piso de cáncer pediátrico en el Hospital Infantil. Ni esa cantidad de murales festivos en las paredes hubiera podido aligerar mi estado de ánimo.

Colt caminaba a mi lado, su mano en la mía, mientras empujaban a Maisie en una silla de ruedas por el ancho pasillo. Varias cabecitas se asomaron por los umbrales o iban de aquí para allá, algunas sin pelo, otras no. Había niños vestidos como superhéroes y princesas, y un Charlie Chaplin encantador. Una madre con una taza de café me ofreció una sonrisa tímida, comprensiva, cuando pasamos frente a donde estaba sentada.

Era Halloween. ¿Cómo pude olvidarlo? Los niños amaban Halloween y no habían dicho ni una sola palabra. Ningún disfraz, nada de ir a pedir dulces, solo estudios y hospitales, y una mamá que no podía recordar qué día era.

No quería estar aquí. No quería que esto sucediera.

Pero estaba pasando.

La enfermera que registró a Maisie en su habitación se aseguró de que tuviéramos lo que necesitábamos, incluida una cama extraíble en la que Colt y yo podíamos dormir.

—¿Tienen disfraces? —preguntó, demasiado alegre como para que me cayera bien y demasiado amable como para que me cayera mal.

—Yo… olvidé que era Halloween. —¿Esa era mi voz? ¿Tan pequeña y lastimada?—. Lo siento, chicos —le dije a los gemelos; ellos me miraron con una mezcla de emoción y decepción—. Olvidé sus disfraces en casa.

Otra manera de defraudarlos.

—Yo los traje, no se preocupen —dijo Ada echando una mochila sobre el sofá—. No estaba segura de cuánto tiempo estaríamos fuera, así que tomé lo que se me ocurrió. Colt, tú eres nuestro soldado, ¿verdad? —preguntó, pasándole a Colt un disfraz en una bolsa de plástico que había comprado unas semanas antes.

—¡Sí! Igual que el tío Ryan.

—Y Maisie, nuestro angelito. ¿Quieres ponértelo ahora o esperamos? —preguntó Ada.

—Se pueden disfrazar. Vamos a pedir los dulces, truco o trato, como a las cinco, así estarán listos —intervino la enfermera.

No podía recordar su nombre, apenas me acordaba del mío.

Agradecí asintiendo con la cabeza y los niños abrieron sus disfraces. Algo tan ordinario en circunstancias extraordinarias.

Ada pasó un brazo sobre mis hombros y me acercó a ella con fuerza.

—Me parece más un truco para distraerlos que un trato —dije en voz baja para que los niños no me escucharan.

Reían y se vestían. Intercambiaron partes de sus disfraces: Maisie se puso el casco Kevlar de Ryan y Colt, un halo de plata brillante.

—Nos esperan días difíciles —dijo Ada—. Pero criaste a un par de luchadores. Maisie no se dará por vencida, y sin duda Colt no la dejará hacerlo.

—Gracias por los disfraces. No puedo creer que lo olvidara. Y todo lo que tuviera que ver con el Solitude, prepararnos para la temporada...

—Alto ahí, señorita. Te he criado desde que llegaste al Solitude. Siempre hemos sido tú y Ryan, Ruth, Larry y yo. Ruth era fuerte, pero sabía que todos éramos necesarios para sacarlos a ustedes adelante cuando perdieron a sus padres. No te preocupes por nada, Larry lo tiene bajo control. Y en cuanto a los disfraces, tienes cosas más importantes en esa hermosa cabecita tuya. Solo déjame sentirme útil y acuérdate de los pequeños.

Demasiados estudios: tomografías computarizadas, tomografías de emisión de positrones. Las cartas se arremolinaban en mi cabeza mientras ella estaba en cirugía. Lo llamaron pequeño, pero el tumor que encontraron en la parte izquierda de la glándula suprarrenal y en el hígado era todo menos pequeño.

Otra sala de conferencias, pero yo no estaba sentada. Cualquiera que fuera la noticia que iban a darme la escucharía de pie. Punto.

—Señorita MacKenzie —dijo la doctora Hughes cuando entró, acompañada de un equipo de médicos.

Le estaba agradecida por el arreglo que había hecho con el hospital de Montrose para poder estar aquí y yo pudiera ver el mismo rostro, escuchar la misma voz.

—¿Y bien?

—Realizamos la biopsia y examinamos tanto el tumor como la médula ósea.

—Okey.

Tenía los brazos cruzados con fuerza, hacía un gran esfuerzo por mantenerme entera.

—Lo siento, pero el caso de su hija es muy agresivo y está muy avanzado. En la mayoría de los casos de neuroblastoma, los síntomas se presentan mucho antes. Pero el padecimiento de Maisie ha progresado sin síntomas. Es posible que haya avanzado durante años sin que lo detectaran.

«Años». Un monstruo había estado creciendo dentro de mi hija durante años.

—¿Qué quiere decir?

La doctora Hughes rodeó la mesa para tomar mi mano; yo

me balanceaba en un vaivén, como cuando los mellizos eran bebés y los tenía en brazos para tranquilizarlos.

—Maisie padece un neuroblastoma en estadio cuatro. Ha invadido más del noventa por ciento de su médula ósea.

Mantuve la mirada fija en sus ojos castaño oscuro; sabía que en el momento en que perdiera ese contacto me ahogaría de nuevo. Sentí que las paredes se desplomaban sobre mí, los otros médicos desaparecieron de mi visión periférica.

—¿Noventa por ciento? —Mi voz era apenas un murmullo.

—Me temo que sí.

Tragué saliva y me concentré en hacer que entrara y saliera aire de mis pulmones, intentaba encontrar el valor para hacer la pregunta obvia. Esa que no podía obligar a que cruzaran mis labios porque en el momento en que yo la formulara y ella respondiera, todo cambiaría.

—¿Ella? —dijo la doctora Hughes.

—¿Cuál es la perspectiva? ¿El pronóstico? ¿Qué hacemos?

—Lo atacamos de inmediato y sin piedad. Empezamos con quimioterapia y avanzamos. Luchamos. Maisie lucha. Y cuando esté muy cansada para pelear, entonces usted hace lo que pueda para combatir por ella, porque esta es una guerra sin cuartel.

—¿Cuáles son las probabilidades?

—Ella, no creo que quiera...

—¿Cuáles son las probabilidades? —grité con lo último que me quedaba de energía.

La doctora Hughes hizo una pausa y apretó mi mano.

—Tiene un diez por ciento de probabilidad de supervivencia.

El zumbido volvió a mis oídos, pero lo hice a un lado para concentrarme en cada una de las palabras que la doctora Hughes dijo. Necesitaba toda la información posible.

—¿Tiene diez por ciento de probabilidad de sobrevivir a esto? —repetí, necesitaba que me dijera que había escuchado mal.

—No. Tiene diez por ciento de probabilidad de sobrevivir el año.

Mis rodillas cedieron, azoté mi espalda contra la pared y me deslicé por ella. Escuché el crujido de papel de lo que fuera que estuviera ahí pegado, y que mi peso acarreaba consigo. Aterricé en el piso, incapaz de hacer nada salvo respirar. Unas voces hablaban, las oía, pero no entendía lo que decían.

En mi mente, repetían lo mismo una y otra vez: diez por ciento de probabilidad.

Mi hija tenía un diez por ciento de probabilidad de vivir el año. Lo que significaba que tenía un noventa por ciento de probabilidad de morir, que se hicieran realidad esas alas de ángel que se negaba a quitarse.

«Concéntrate en el diez». Diez era mejor que nueve.

Diez era... todo.

Recobré la compostura. Quimio, un catéter central por vía periférica, consultas en Montrose y Denver. Un cáncer agresivo significaba un plan agresivo. Carpetas llenas de información, cuadernos con garabatos. Las agendas, aplicaciones y estudios de investigación ocupaban cada momento. Mi vida cambió esos primeros días.

Yo cambié.

Como si mi alma se hubiera incendiado, el pecho me ardía con una intensidad que eclipsaba todo lo demás.

Mi hija no moriría.

Colt no perdería a su hermana.

Esto no me quebraría ni a mí ni a mi familia. Mantenerla unida fue mi segunda prioridad, después de que Maisie sobreviviera.

No lloré. No lo hice cuando escribí las cartas a Ryan y a Caos. No lo hice cuando le dije a Colt y a Maisie lo enferma que ella estaba ni cuando empezó a vomitar después de su primera sesión de quimio. Tampoco cuando, un mes después, durante su segunda sesión que duró una semana, su hermoso cabello rubio se caía por mechones el día antes de su sexto cumpleaños. Casi me vuelvo loca cuando Colt llegó de la peluquería con Larry; su cabeza estaba tan brillante y calva como la de su hermana, pero solo sonreí. Se negó a que los separaran en su cumpleaños y, por más que yo no quisiera que fuera testigo de lo que padecía durante la quimio, me sentía muy agradecida de estar con ambos, de no tener que preocuparme constantemente por uno mientras cuidaba al otro.

No me vine abajo.

No, hasta la víspera de Año Nuevo, cuando los uniformados tocaron a mi puerta e hicieron añicos mi fachada con una sola frase: «Lamentamos informarle que su hermano, el sargento primero Ryan MacKenzie, murió en acción».

Debido a la naturaleza de su unidad, eso era todo lo que yo podía saber. Los detalles —dónde había estado, qué había sucedido, con quién estaba— eran información clasificada.

Cuando ya no recibí más cartas de Caos, al menos tuve una de esas respuestas.

Ambos habían muerto.

Quedé destrozada.

CUATRO MESES DESPUÉS

CAPÍTULO CINCO

Beckett

Beck:

Si estás leyendo esto, bla, bla, bla. Ya sabes en qué consiste lo de la última carta. Lo lograste, yo no. Bájate del tren de la culpa, porque te conozco, si hubieras tenido la posibilidad de salvarme, lo hubieras hecho. Si hubiera alguna manera en que hubieras podido cambiar el resultado, lo habrías hecho. Así que por más profunda y oscura que sea la culpa que te obsesiona, basta. Necesito que hagas algo: lleva tu trasero a Telluride. Conozco la fecha en que termina tu servicio, es igual que la mía. Toma tu licencia. Mi hermana está sola. No sola como siempre ha estado, sino realmente sola. Nuestra abuela, nuestros padres y ahora yo. Es demasiado pedirle que resista. No es justo. Y como si fuera poco: Maisie está enferma. Mi sobrina solo tiene seis años, Beck, y puede morir. Si yo muero, no podré ir a casa en enero como había planeado. No podré estar con ella. No podré ayudar a Ella en esto ni jugar futbol con mi sobrino o abrazar a mi sobrina. Pero tú sí puedes. Así que te lo ruego, como mi mejor amigo, ve a cuidar a mi hermana, a mi familia. Haz lo que puedas para salvar a la pequeña Maisie. No es justo que te lo pida, lo sé. Cuidar a alguien o no cumplir una misión y seguir adelante va contra tu naturaleza, pero necesito esto. Maisie y Colt lo necesitan. Mi hermana también, aunque peleará con uñas y dientes antes de admitirlo. Ayúdala, aunque ella jure que está bien. No dejes que viva todo esto sola. Te guardaré un lugar del otro lado, hermano, pero tómate tu tiempo. Tómate cada segundo que puedas. Eres el único hermano que hubiera deseado tener y mi mejor amigo. Y si nunca nadie te lo dijo, tú lo mereces: amor, familia y hogar. Así que mientras buscas esas cosas, por favor asegúrate de hacerlo en Telluride. Al menos durante un tiempo.

Ryan

Las montañas se elevaban sobre mí con una altura imposible, si consideraba que ya estaba a casi 2,750 kilómetros de altura. Claro, el aire era menos pesado, pero de alguna manera era más fácil respirar.

Havoc descansaba la cabeza sobre la consola de piel que estaba entre nuestros asientos mientras manejaba la camioneta por el centro de Telluride. Era perfecto, como una pintura de Norman Rockwell. Fachadas de ladrillo o pintadas, familias que paseaban con sus hijos. No precisamente el refugio turístico que esperaba.

Se veía como se debe ver la tierra natal. Pero no mi tierra natal.

Era la de Ryan. Mac estaba enterrado aquí; al menos, eso fue lo que me dijeron. Solo enviaron al capitán Donahue y un par de nuestros compañeros para el funeral. Yo me quedé en el campo con el resto de la unidad, era demasiado valioso para que me dieran el permiso.

Sabía la verdad: no me engañaba, no lo habían hecho por mí, al menos no por cómo me encontraba en aquel momento. Se trataba de Havoc. La necesitaban y ella solo me obedecía a mí.

Acaricié su cabeza y le prometí en silencio que llevaría una vida tranquila de ahora en adelante. Que tan pronto nos dieran de alta, ella merecía un poco de paz. ¿Yo? Vivía en un infierno que yo mismo había creado. Uno que bien merecía.

Me detuve para llenar el tanque antes de salir del pueblo para seguir el GPS en dirección al Solitude.

Solitude... qué adecuado: soledad.

Yo estaba solo

Estaba sola ella.

Y seguiríamos así porque nunca estaríamos juntos. Me encargué de eso cuando dejé de escribir el día que Ryan murió.

Pero podía hacer esto. Por Ryan. Por Ella. Pero no por mí. Pensar que era por mí implicaba que había una suerte de redención que yo merecía.

No la había. Lo que había hecho impedía cualquier redención.

Tensé la mandíbula y mis manos apretaron el volante conforme nos acercamos a la entrada privada. Giré y pude ver el buzón que colgaba de un poste en un ángulo descuidado. ¿Cuántas veces vino hasta aquí para buscar mis cartas? ¿Cuántas veces había encontrado una y había sonreído? Veinticuatro.

¿Cuántas veces había caminado de vuelta sin una, preguntándose qué me había pasado? Quizá pensó que había muerto en la operación con Ryan. Quizá fuera mejor así.

No estaba seguro de querer saberlo.

Continué por el camino de asfalto bajo los álamos en flor que bordeaban el camino. Ryan hubiera dicho que llegar en primavera, durante el periodo de renacimiento, era significativo, aunque era un montón de tonterías.

Para mí no había renacimiento. Ningún nuevo comienzo. No estaba aquí para ver la vida empezar, estaba aquí para ayudar a Ella si la de Maisie terminaba. En caso de que Ella me dejara siquiera acercarme.

El hueco en el estómago me parecía demasiado familiar y hacía que fuera de nuevo ese chico delgado y callado de hacía veinte años, que llegaba a la casa de otra nueva familia, con la esperanza de que esta no encontrara una razón para echarlo y convertirlo en problema de alguien más; con el anhelo de que esta vez no tuviera que empacar sus cosas en otra bolsa de basura porque, por accidente, rompió un plato o alguna regla que no sabía que existía y lo etiquetaran como «problemático» para enviarlo a otro hogar más estricto.

Al menos esta vez yo ya sabía qué reglas había violado y estaba más que consciente de que mi tiempo aquí sería limitado.

Me estacioné en la glorieta frente a la casa principal, que correspondía a las fotografías que había visto en línea. Parecía una cabaña de madera, salvo que era enorme. Tenía un estilo rústico modernizado, si algo así existía, y de alguna manera me inspiraba, me recordaba una época en la que los hombres cortaban árboles enteros para construir casas en la naturaleza para sus mujeres.

Cuando construían cosas en lugar de destruirlas.

Mis pies golpearon el suelo y me detuve, esperando que Havoc bajara antes de cerrar la puerta.

Le hice la señal para que se pusiera junto a mí y lo hizo enseguida. Subimos la pequeña escalera que llegaba a un porche amplio donde había mecedoras y un columpio de terraza. Las macetas alineadas al barandal estaban vacías, limpias y listas para ponerles unas plantas.

Aquí estaba, a punto de conocer a Ella.

¿Qué demonios iba a decir? «¿Hola, disculpa que dejara de escribirte, pero seamos sinceros, rompo todo lo que toco y no quería que fueras la siguiente? ¿Lamento que Ryan muriera? ¿Lamento que no fuera yo? ¿Tu hermano me envió para que te cuidara, así que sería genial si pudieras fingir que no me odias?

¿Perdón por haber desaparecido? ¿Lamento no haber podido leer ninguna de tus cartas que llegaron después de que murió? ¿Lamento tantas cosas que ni siquiera puedo nombrarlas todas?».

Si dijera cualquiera de esas cosas, si ella supiera quién era yo en verdad, por qué había dejado de escribir, nunca me dejaría ayudarla. Me daría una patada en el trasero y me mandaría a volar. Ya me había dicho en sus cartas que no daba segundas oportunidades a las personas que lastimaban a su familia, y no la culpaba. Era una ironía retorcida que para realizar el deseo de Ryan de ayudar a Ella tuviera que hacer lo único que ella odiaba: mentir... al menos por omisión.

«Solo agrégalo a la creciente lista de mis pecados».

—¿Piensas entrar o te vas a quedar ahí parado?

Volteé y vi a un hombre mayor, de unos sesenta años, que se dirigía hacia mí. Tenía unas cejas impresionantes, se limpió la mano sobre los jeans y la extendió hacia mí.

Nos estrechamos la mano con firmeza. Él tenía que ser Larry.

—¿Eres nuestro nuevo huésped?

Asentí.

—Beckett Gentry.

—Larry Fischer. Soy el cuidador del Solitude. —Se acuclilló frente a Havoc pero no la tocó—. ¿Y quién es ella?

—Es Havoc. Es una perra de trabajo militar jubilada.

—¿Tú eres su entrenador?

Se puso de pie sin acariciarla y de inmediato me cayó bien. Era raro que la gente respetara su espacio personal... o el mío.

—Lo era. Ahora creo que ella es la que me entrena a mí.

Entrecerró un poco los ojos como si buscara algo en mi rostro. Después de un silencio prolongado en el que me pareció que me evaluaba, asintió.

—Okey. Vamos a instalarlos.

Una campana tintineó cuando entramos al vestíbulo inmaculado. El interior era tan cálido como el exterior, las paredes estaban pintadas de tonos suaves que parecían diseñados profesionalmente para darle un aspecto de granja moderna.

Sí, había visto demasiados programas de diseño y remodelación de interiores el último mes. Malditas salas de espera.

—¡Ah! ¡Usted debe ser el señor Gentry! —una voz alegre me interpeló de detrás del largo escritorio de la recepción.

La chica parecía tener veintipocos años, con una ancha sonrisa, ojos castaños y cabello que hacía juego. Llamaba la atención y era bonita. «Hailey».

—¿Cómo lo sabe?

Saqué mi cartera, con cuidado de no sacar la carta de mi bolsillo trasero.

Parpadeó rápidamente en mi dirección luego bajó la vista.

«Mierda». Tendría que trabajar en suavizar mi tono ahora que era un civil. En fin.

—Porque usted es el único que se registra hoy.

Empezó a teclear en su computadora.

Tenía que asegurarme de que Ella no se diera cuenta de quién era: luego tendría que encontrar otra manera de ayudarla sin que me acusara de acoso. Aunque estoy seguro de que a Ryan le hubiera divertido mucho, no reiría si no era capaz de ayudar a su hermana.

—¿Tiene alguna cabaña de su preferencia? Tenemos algunas disponibles ahora que terminó la temporada.

—Lo que tengan estará bien.

—¿Está seguro? Tiene reservación para... ¡guau! ¿Siete meses? ¿Es correcto?

Empezó a teclear con rapidez como si hubiera encontrado un error.

—Así es. Nunca en toda mi vida me había quedado en un

solo lugar durante siete meses. Pero siete meses era el tiempo que faltaba para el aniversario del diagnóstico de Maisie, así que me pareció prudente reservar una cabaña.

Me miró como si le debiera una explicación. Esto era incómodo.

—¿Si pudiera darme un mapa? —sugerí.

—Por supuesto. Disculpe. Es solo que jamás habíamos tenido a un huésped tanto tiempo. Me tomó desprevenida.

—No hay problema.

—¿No sería más barato rentar un departamento? —preguntó en voz baja—. No quiero decir que no pueda pagar. Carajo, Ella me va a matar si sigo ofendiendo a los huéspedes —dijo entre dientes las últimas palabras.

Puse mi tarjeta de débito sobre el escritorio, esperando que eso acelerara el proceso.

—Cobre todo el monto. Cubriré los imprevistos conforme sucedan. Y sí, probablemente debí rentar uno.

Esa era toda la explicación que obtendría.

Después de pagar la exorbitante cantidad por la transacción, guardé mi cartera y le agradecí a mi yo más joven haber ahorrado como un niño pobre decidido a nunca más tener hambre. Ya no era pobre, ni niño, pero nunca más me preguntaría dónde obtendría mi siguiente comida.

—¿Es un… perro? —preguntó una anciana en tono suave, aunque incrédulo.

—Sí, señora.

Al parecer la mujer tenía la misma edad que Larry, y por su aspecto tenía que ser Ada. Tuve un sentimiento muy extraño: era como entrar en un programa de telerrealidad que solo había mirado por televisión. Sabía quién era cada uno por las cartas de Ella, pero para ellos, yo era un completo desconocido.

—Bueno, nosotros no tenemos perros aquí.

Miró a Havoc directamente, como si de inmediato le salieran pulgas e infestara el lugar.

«Carajo». Si Havoc se iba, yo también.

—Mi perra va adonde yo voy.

Mi respuesta acostumbrada salió de mi boca antes de que pudiera evitarlo.

Ada me lanzó una mirada que estoy seguro de que le lanzaba a Ella cuando era niña y corría. Rechiné los dientes y lo intenté de nuevo.

—No sabía de esa política cuando hice la reservación. Lo siento.

—¡Está pagado hasta noviembre! —dijo Hailey desde detrás del escritorio.

—¿Noviembre? —repitió Ada boquiabierta.

—No te preocupes, mi amor —intervino Larry, se acercó a su esposa y la abrazó por la cintura—. Es una perra de trabajo militar. No va a arruinar la alfombra ni nada.

—Jubilada —agregué.

Havoc permanecía inmóvil, estudiando el entorno.

—¿Por qué se jubiló? ¿Es agresiva? Aquí tenemos niños pequeños y no podemos permitir que muerda a nadie —dijo Ada estrujando sus manos, de hecho, las retorcía.

Su conflicto era evidente. Yo había pagado siete meses, la mayoría de los cuales eran fuera de la temporada fuerte. Yo era un ingreso seguro.

—Se jubiló porque yo me jubilé, y no obedece a nadie más. —Había sido su entrenador durante seis años y no podía imaginar mi vida sin ella, así eran las cosas—. Solo muerde bajo mis órdenes o para defenderme. Nunca ha orinado en una alfombra ni atacado a un niño. Eso puedo asegurárselo.

Aquí, ella no era la asesina de niños.

Yo lo era.

—Estará bien, Ada —Larry le murmuró algo al oído que la hizo mirarlo un poco más de cerca y arrugó la piel fina de su frente.

Luego tuvieron una conversación silenciosa de cejas alzadas y asentimientos de cabeza.

—Okey, bien. Pero será usted quien la alimente. Hailey, ponlo en la cabaña Álamo, donde cambiaremos la alfombra el próximo año. Bienvenido al Solitude, señor...

—Gentry —dije asintiendo ligeramente; recordé forzar una pequeña sonrisa que esperaba no pareciera una mueca—. Beckett Gentry.

—Bien, señor Gentry. El desayuno se sirve de siete a nueve de la mañana. Podemos organizarnos para la cena, pero el almuerzo corre por su cuenta, y el de...

—Havoc.

—Havoc —repitió, su expresión se suavizó cuando Havoc ladeó la cabeza al escuchar su nombre—. Bien, okey. Larry, ¿por qué no le enseñas su cabaña?

Salimos. Larry silbaba.

—Eso estuvo cerca.

—Eso me pareció —dije abriendo la puerta de la camioneta. Havoc se subió de un salto en un solo movimiento fluido.

—¡Guau! Qué buen salto.

—Debería verla subir un muro. Es increíble.

—¿Labradora? Pensé que los perros de trabajo eran pastores alemanes y así. Un labrador parece muy amable para ese tipo de trabajo.

—Ah, créeme, su mordida es mucho más feroz que su ladrido.

Unos minutos después conducía la camioneta por un camino estrecho pavimentado que cruzaba casi toda la propiedad. La cabaña Álamo estaba del lado oeste, cerca del borde de un pequeño lago. Havoc estaría en el paraíso. Había estudiado el área y sabía que había varias hectáreas entre una cabaña y otra; la propiedad estaba diseñada para darle a los visitantes lo que el lugar proponía con su nombre: soledad.

Havoc y yo subimos los escalones del porche y metí la llave en la cerradura. Ahí no había tarjetas electrónicas. Combinaba bien con las cabañas, las montañas, el aislamiento. Cuando abrí la puerta, Larry se despidió desde su Jeep con un movimiento de la mano y luego se marchó, dejándonos explorar nuestro hogar temporal.

—Esta no es una cabaña —le dije a mi chica cuando entramos en el pequeño recibidor con piso de duela y unas bancas de esas donde se guardan los zapatos en canastas. A la izquierda había un cuartito de servicio, que sin duda se usaba mucho en la temporada de esquí, y a la derecha había un medio baño.

Las paredes estaban pintadas de los mismos tonos suaves que el vestíbulo de la casa principal, los pisos eran oscuros y acogedores, las alfombras limpias y modernas. Avancé al interior de la casa y a la derecha me encontré con la cocina, una agradable combinación de alacenas ligeras, granito oscuro y electrodomésticos de acero inoxidable.

—Por lo menos podemos cocinar —le dije a Havoc, mirando hacia el comedor para ocho personas.

Luego miré más allá de la cocina, hacia la sala, y me quedé boquiabierto. La sala tenía un techo abovedado que llegaba hasta el segundo piso, en el clásico estilo de las cabañas de dos aguas, y se extendía a lo ancho de la construcción. Las ventanas, de piso a techo, dejaban entrar la luz de la tarde que se filtraba entre los árboles y se reflejaba en el lago. Las montañas se elevaban, altas, y la nieve marcaba la línea de árboles en las cimas.

Si alguna vez imaginara un lugar donde pudiera establecerme y llamar hogar, quizá sería este. Nunca había visto algo tan hermoso.

—¡Toc, toc! —Una voz dulce, femenina, llamó desde la puerta—. ¿Puedo pasar?

—Claro —respondí dirigiéndome al centro de la cabaña, donde el pasillo daba directo a la entrada.

—Lo siento —dijo cerrando la puerta.

Avanzó y la vi. Mi corazón se detuvo. Era Ella.

Era lo más hermoso que había visto en mi vida.

Su rostro era más delgado que el de las fotografías que yo tenía y las ojeras un poco más oscuras, pero era exquisita. Tenía el cabello recogido en una suerte de chongo, y llevaba una camisa de punto sin cuello color azul (el mismo azul brillante de sus ojos) bajo un chaleco azul marino. Sus jeans moldeaban su cuerpo a la perfección, pero era fácil ver que había perdido peso desde que... todo había sucedido. No se estaba cuidando.

Su sonrisa no se reflejaba en su mirada y me di cuenta de que seguía hablándome.

—Hola, soy Ella MacKenzie, la dueña del Solitude. Escuché que Hailey te puso en esta cabaña, pero olvidó que tenemos un problema con la estufa de aquí, así que quería ofrecerte otra cabaña, si no quieres padecer las molestias del equipo de reparación que vendrá mañana.

Pasó un momento incómodo hasta que me di cuenta de que tenía que responder.

—No, está bien. De cualquier forma, mañana estaré fuera la mayor parte del día. No me molesta. O yo puedo supervisarlos.

—Jamás te pediría algo así —dijo descartando mi idea con un movimiento de la mano, luego miró alrededor de la cabaña en una rápida inspección—. ¿Todo lo demás está bien aquí?

—Muy bien. Es hermoso.

Asintió y miró hacia el lago, sin advertir que no le quitaba los ojos de encima.

—Esta es mi favorita.

Havoc se movió a mi lado y llamó la atención de Ella.

—¿Y qué piensas tú de la cabaña? —preguntó.

Havoc ladeó la cabeza y estudió a Ella. Para Havoc, la primera impresión era importante y si no le gustaba Ella desde el primer instante, habría poca esperanza de que eso cambiara.

—¿Puedo? —preguntó mirándome.

Asentí como estúpido, como si fuera un niño de secundaria encerrado en un salón con una chica que le gustaba. ¿Cómo demonios iba a mentirle? ¿Ocultarle quién era? ¿Cómo había llegado tan lejos sin un plan?

Acarició a Havoc detrás de las orejas y de inmediato se la ganó.

—¿No importa que esté aquí? Hubo un malentendido cuando hice la reservación.

Mi voz era ronca, tenía la garganta apretada con todo lo que quería, lo que necesitaba decirle.

Ella me mantuvo con vida.

Me proporcionó un centro de gravedad cuando todo era un caos.

Me abrió la ventana para mostrarme que otra vida era posible.

Yo destruí su mundo, la abandoné, y ella no tenía ni la menor idea.

Yo solo era un desconocido.

—Por supuesto que no. ¿Escuché que es una perra de servicio?

Ella la acarició una vez más y se levantó, me llegaba al cuello. Siempre he sido alto, pero algo en su fragilidad hacía que me sintiera enorme, como si pudiera protegerla con mi cuerpo frente a la tormenta que se dirigía hacia ella para protegerla… aunque fuera yo quien hubiera provocado esa tormenta.

—Es una perra de trabajo militar jubilada.

—Ah. —Su expresión se ensombreció un instante, luego parpadeó y recuperó la sonrisa fingida—. Bueno, tan pronto como mi hijo se entere que tienes un perro quizá tengas visita. No ha dejado de pedirme uno, pero ahora... en fin, no es el momento ni tengo tiempo para entrenar a un cachorro.

«Colt». Sentí un sobresalto de anticipación al pensar que por fin iba a conocerlo.

—Pueden ser muy difíciles —dije, pasando la mano sobre el cuello de Havoc.

—¿Tú fuiste su... entrenador? —preguntó Ella estudiando mi rostro.

Dios, podría mirar esos ojos toda mi vida. ¿Cómo estaba Maisie? ¿Qué tratamiento le estaban dando ahora? ¿El tumor disminuía? ¿Era casi operable?

—Fui y lo soy. Servimos juntos y ahora salimos juntos, de hecho, estamos de licencia especial, antes de jubilarnos. Será oficial hasta dentro de ocho semanas. Ambos nos estamos domesticando y prometo que ninguno de los dos se hará pipí en la alfombra.

La sonrisa que cruzó su rostro fue breve, pero real.

Quería ver otra en su rostro. Quería ver una todos los días. Cada minuto.

—No lo olvidaré. Está entrenada en explosivos, supongo. ¿Estaban en desactivación de explosivos?

Por fin, este era el momento que definiría todo mi propósito en este lugar. Su sonrisa desaparecería y sin duda yo recibiría una bofetada bien merecida.

—Está entrenada para oler explosivos y personas. Solo es agresiva cuando se lo ordeno y ama a cualquiera que le lance su juguete favorito.

—¿Explosivos y personas? Eso no es común, ¿o sí? —Frunció el ceño como si tratara de recordar algo.

—La mayoría de los perros, no. Pero Havoc era una perra de operaciones especiales, la mejor de los mejores.

La expresión de Ella se tornó seria, retrocedió un paso y chocó con el pilar de soporte de madera que separaba el comedor.

—Operaciones especiales.

—Sí. —Asentí despacio y dejé que ella juntara todas las piezas.

—¿Y te acabas de jubilar? Eres muy joven para salirte, sé cómo son ustedes, los adictos a la adrenalina. Te jubilaste… ¿así nada más? —preguntó cruzado los brazos sobre el pecho, sus dedos rozaban sus bíceps, nerviosos.

—Mi mejor amigo murió —respondí en un murmullo, pero ella lo escuchó.

Abrió los ojos como platos, el azul en ellos se tornó mucho más deslumbrante por el súbito brillo de las lágrimas que brotaron hasta que las retuvo. Miró al piso y en cuestión de un milisegundo se irguió en toda su estatura y alzó una muralla de casi cuatro metros de altura.

No solo se puso en guardia, sino que se cerró por completo.

—Y por eso estás aquí.

Asentí de nuevo, como si fuera uno de esos muñequitos con cabeza de resorte.

—Dilo. Necesito escuchar las palabras —agregó.

«Mi indicativo es Caos. Te extraño muchísimo, a ti y a tus cartas. Anhelo tus palabras más que el oxígeno. Siento mucho lo de Ryan. No merezco estar aquí; él, sí».

Pasaron varias opciones por mi mente, sin embargo, elegí la verdad más segura que podía darle sin hacerla pedazos ni echar a perder la misión más importante de mi vida.

—Ryan me envió.

—¿Cómo?

—Mac… Ryan. Él me envió para cuidarte.

Por la manera en la hablé, casi podría creerse que estaba aquí como ángel guardián, el que haría una entrada triunfal para salvarla de la mierda sobre la que no tenía ningún control. No podía curar a la pequeña del cáncer. No podía devolverle a su hermano. En ese rubro, en realidad yo era el demonio.

Negó con la cabeza y dio media vuelta, luego avanzó en línea recta hasta la puerta.

—Ella.

—No.

Hizo una seña con la mano para alejarme por segunda vez desde que la conocí, luego llevó la mano al pomo de la puerta.

—¡Ella!

Su mano permaneció en la manija y con la otra se recargó en el marco.

—Sé que es demasiado. Sé que soy lo último que esperabas. —«En todos los sentidos», pensé—. Si no me crees, tengo la carta que él me dejó.

Metí la mano en mi bolsillo trasero y saqué el sobre que había doblado y desdoblado tantas veces que lo pliegues estaban muy marcados.

Giró despacio y se recargó contra la puerta. Su mirada era recelosa; su postura, tensa. No era un ciervo frente a la luz de los faros de un coche, era un león de montaña lastimado y arrinconado. Su postura era elegante y su mirada astuta, lista para pelear conmigo a muerte si me acercaba demasiado.

—Toma —dije acercándome con la carta extendida.

Ni siquiera la miró.

—No la quiero. No quiero ser parte de nada de esto. No te quiero a ti. No necesito un recordatorio que camina y habla para saber que está muerto. No soy débil y no necesito una niñera.

—Lamento que él no esté aquí.

Sentí un nudo en la garganta por las emociones que había mantenido confinadas.

—Yo también.

Abrió la puerta y se marchó. Corrí detrás de ella, como el idiota que era.

—No iré a ningún lado. Si necesitas algo, es tuyo. ¿Necesitas ayuda? Cuenta con ella.

Lanzó una risa burlona mientras bajaba la escalera.

—No lo quiero ni lo necesito aquí, señor... —Abrió la puerta de su todoterreno y sacó un papel—. Señor Gentry.

—Beckett —respondí, desesperado por escucharla pronunciar mi verdadero hombre.

—Bien, señor Gentry. Disfrute sus vacaciones y luego regrese a casa, porque como le dije, no necesito una niñera ni la compasión de nadie. Me he cuidado sola desde que Ryan se marchó y se alistó en el ejército cuando nuestros padres murieron.

Quería tomarla en mis brazos, sujetarla contra mi pecho y protegerla de cualquier cosa que pudiera lastimarla. Mis manos anhelaban acariciar su espalda, quitarle de encima cualquier sufrimiento que padeciera. Ya sabía que iba a ser difícil, pero cuando la vi no fue algo para lo que pude haber estado preparado.

—No importa si no me quieres, porque no estoy aquí por tus deseos, sino por los de Mac. Esto es todo lo que me pidió, así que a menos que me corras de tu propiedad, voy a cumplir la promesa que hice.

Entrecerró los ojos.

—Okey. ¿Cualquier cosa que necesite?

—Lo que sea.

—Cuando Ryan murió...

«No. Lo que sea menos eso».

—...estaba en un operativo, ¿verdad?

¿Habrá advertido la manera en que palidecí? Porque sin duda yo lo sentí. Escuché los rotores, vi la sangre, tomé su mano cuando cayó inánime de la camilla.

—Sí. Es clasificado.

Su mano sujetó con fuerza el marco de la puerta.

—Eso escuché. Necesito… —Suspiró, miró hacia todos lados menos hacia mí, luego se enderezó y me miró a los ojos—. Necesito saber qué pasó con Caos. ¿Estaba ahí? ¿Cuándo Ryan murió? Tú estabas en la misma unidad, ¿verdad?

Su garganta se movió al tragar saliva y sus ojos eran una súplica desesperada.

«Carajo». Merecía saber todo. Que yo no era el hombre que quería ser, el que ella necesitaba. Que yo era la mierda que volvió con el corazón latiendo en tanto que su hermano regresó envuelto en una bandera. Necesitaba que supiera que había elegido dejar de responder sus cartas porque sabía que lo único que podía brindarle era más dolor.

Necesitaba que supiera que lo que único que me trajo aquí fue la carta de Ryan, y la certeza de que era lo mínimo que podía hacer por mi mejor amigo. Que nunca quise lastimarla, que nunca fue mi intención irrumpir en su vida como la bola de demolición que era, no cuando ella vivía debajo de una cúpula tan frágil.

—¿Y bien? ¿Estaba él ahí?

«Jamás he podido dar segundas oportunidades cuando se trata de lastimar a la gente a la que amo». Carta número seis.

Si le decía esas cosas me excluiría y yo le fallaría a Mac por segunda vez. Podría decirme a mí mismo que era decisión de ella, pero en realidad sería la mía. Yo era el tipo de hombre ante el cual la gente busca una excusa para hacerse a un lado, y si le dijera la verdad sería la razón envuelta para regalo para que me corriera de aquí. Había dos opciones claras frente a mí: en la primera le decía quién era y qué sucedió, y de inmediato saldría de mi vida; en la segunda, haría todo lo posible para ayudarla, sin importar a qué costo.

«Tendrá que ser la opción número dos».

—Él estaba ahí —respondí con honestidad.

Su labio inferior tembló y se lo mordió, como si quisiera aplastar todo signo de debilidad.

—¿Y? ¿Qué pasó?

—Es clasificado.

Era un bastardo, pero uno honesto.

—Clasificado. Todos son iguales, ¿lo sabías? Leales entre ustedes, con nadie más. Solo dime si está muerto. Merezco saberlo.

—Saber qué le pasó a Mac... a Caos, nada de eso te ayudará. Te lastimará mucho más de lo que ya lo hace. Créeme.

Lanzó una risita sarcástica, negó con la cabeza y se frotó el puente de la nariz. Cuando volvió a alzar la mirada su sonrisa fingida volvió a estar en su lugar, y esos ojos azules fueron glaciales.

—Bienvenido a Telluride, señor Gentry. Espero que disfrute su estancia.

Subió a su todoterreno y azotó la puerta, echó el vehículo en reversa y se alejó por el camino.

Observé hasta que desapareció en la espesura del bosque.

Havoc se frotó contra mi pierna. La miré y ella alzó la vista hacia mí; sin duda sabía que yo era un imbécil por lo que acababa de ocasionar.

—Sí, eso no salió muy bien. —Miré el cielo sin nubes de Colorado—. La lastimamos, Mac, así que, si tienes algún consejo sobre cómo ganarme a tu hermana, soy todo oídos.

Abrí la cajuela de mi camioneta y empecé a descargar mis cosas.

Quizá sería temporal, me quedaría aquí el tiempo que Ella me dejara quedarme. Porque en algún momento entre la carta número uno y la carta número veinticuatro me había enamorado de ella. Me había enamorado de sus palabras, de su fortaleza, su inteligencia y su amabilidad. De su elegancia bajo circunstancias imposibles, del amor por sus hijos y su determinación para ser independiente. Podía enumerar miles de razones por las que esta mujer se había apropiado de lo que me quedaba de corazón.

Pero ninguna de ellas importaba porque, aunque era la mujer que amaba, para ella yo solo era un desconocido, y para el caso, uno poco grato.

Eso era más de lo que yo merecía.

CAPÍTULO SEIS

Ella

Carta núm. 17

Ella:

El ritmo se está acelerando aquí. En parte es una bendición y en parte una maldición. Prefiero estar ocupado que aburrido, pero ocupado implica cierto tipo de problemas. Siguen retrasando nuestra reubicación, pero espero que pronto nos den luz verde y que pueda cumplir con la fecha que decidimos para la visita a Telluride, si aún me aceptas. Te advierto que llevaré a tu hermano y, últimamente, apesta. Por lo menos el tiempo pasa más rápido, igual que estas cartas. Ni siquiera me espero a recibir la tuya cuando ya empezando a escribirte de nuevo. El sencillo acto de poner tinta en un papel, de no ver tu reacción a lo que escribo tal vez es lo que lo hace tan fácil, casi natural. Me preguntaste dónde me establecería si alguna vez decidiera dejar de ser... ¿cómo fue que me llamaste? ¿Un nómada? Francamente, no lo sé. Nunca he encontrado un lugar que me atrajera en particular y que pudiera considerar especial. Había casas, departamentos, cuarteles. Ciudades, suburbios y una granja. He estado en todo el mundo, pero viajar con esta unidad significa que solo veo las partes del planeta que están más lastimadas. Supongo que me gustaría un lugar con el que me sintiera conectado. Conectado a la tierra, a la gente, a la comunidad. Un lugar que clavara sus ganchos tan dentro de mí que no tuviera más remedio que permitir que sus raíces crecieran. Un lugar en el que la tierra toque el cielo de una manera que me haga sentir pequeño sin hacerme sentir insignificante o claustrofóbico. Recuerda que las ciudades están fuera, no soy una persona sociable, así que quizá un pueblo pequeño, pero no tan pequeño que no te puedas escapar de los errores que inevitablemente cometemos. Soy un profesional en la categoría de los errores y he aprendido que, en general, a la gente le parece más fácil rechazarme que perdonarme. En cuanto a lo del apodo, qué te parece esto: el día que llegue a Telluride y que Colt me dé su recorrido oficial, te diré mi nombre completo. Nunca he odiado tanto las políticas de seguridad de operativos como ahora, pero en cierto sentido es un poco gracioso. Podré presentarme y, mientras tanto, tú te preguntarás si cada desconocido que toca a tu puerta podría ser yo. Un día, así será. En serio. Falta menos de un mes para Navidad. Cómprale ese cachorro al niño. Abraza a Maisie de mi parte. Cuéntame cómo le va con la quimio este mes.

Caos

—¿Quién demonios se cree que es? —exclamé cuando la puerta se azotó a mi espalda.

Quizá fui yo quien la azotó. En fin.

Dejé que la rabia me invadiera, esperando que superara el dolor que se agolpaba en mi garganta. Caos había estado con Ryan. Una parte de mí ya lo sabía, cuando sus cartas dejaron de llegar en el momento en que Ryan murió, pero suponer y saber eran cosas muy distintas.

Perdí a Ryan y a Caos, y ahora me tocaba este Beckett Gentry, como una especie de complicado premio de consolación con complejo de héroe.

«Demonios, Ryan. Sabes que nunca necesité que me salvaran».

—¿Quién? —preguntó Ada asomando la cabeza por el umbral de la cocina.

Me quité las botas enlodadas y me dirigí hacia Hailey, cuyas cejas hubieran tocado el nacimiento del cabello si hubiera podido alzarlas más.

—¡Gentry!

—Ese hombre es un bombón gigante, aunque solo hable en monosílabos —dijo Hailey pasando otra página de su revista *Cosmopolitan*.

Resoplé, en parte por su opinión y en parte por el hecho de que seguía leyendo *Cosmopolitan*, que siguiera en esa fase de su vida en la que esa revista contenía los secretos del universo. Yo pasé a *Good Housekeeping y Professional Women's Magazine*, que no tenían cuestionarios para saber si alguien estaba enamorado de ti.

Yo tenía veinticinco años, unos mellizos de seis años, una de las cuales luchaba por su vida, y era dueña de mi propio negocio, lo que consumía cada minuto libre de mi tiempo. Ningún hombre querría salir conmigo. Jalé la placa de identificación de Ryan, que me habían devuelto con sus cosas, y la deslicé por la cadena, un hábito nervioso recién adquirido.

—¿Qué? Sí, lo es. ¿Viste esa barba incipiente? ¿Esos brazos? Sí y sí.

—¿Eso qué tiene que ver con nada?

Alzó la vista de su revista.

—Si tengo que decirte que podría tomar el papel de Chris Pratt en el universo de Marvel, entonces ya te perdimos, Ella. ¿Esos ojos? Mmm. —Se echó hacia atrás sobre su silla y miró hacia el techo, soñadora—. Y estará aquí hasta noviembre.

Noviembre. Ese hombre estaría en mi propiedad los siguientes siete meses.

—Tiene todo el tipo de superfuerte, un taciturno que guarda secretos dolorosos. Hace que una mujer quiera acercarse a él y...

—No acabes esa frase.

—Ah, déjala en paz. Ese chico es un deleite para la vista —dijo Ada recargándose sobre el escritorio de la recepción—. Aunque podría mejorar en su trato con las personas.

—Ese chico es operaciones especiales —dije, como la maldición que era.

—¿Y tú cómo lo sabes? ¿Por la perra? Todavía tengo mis reservas sobre tener un perro en la propiedad, pero parece que es bien portada y los labradores no pueden ser agresivos, ¿verdad? —Ada miró sobre el escritorio para ver qué estaba leyendo Hailey.

—En primer lugar, los labradores pueden ser muy ser agresivos, por eso es una perra de operaciones especiales, o era. Lo que sea. Él es su entrenador.

—No hagas suposiciones solo porque te sientes un poco incómoda porque es atractivo, soltero y vive a unos metros —me advirtió Ada pasando una página de la revista.

—No las hago... ¿cómo sabes que es soltero?

¿Ya lo habían acosado en Facebook? ¿Los chicos como él tenían Facebook? Ryan nunca lo tuvo, decía que era una debilidad.

—Nadie viene a quedarse siete meses solo con su perro si no es soltero.

—Sí, bueno, no importa. Ryan lo envió.

La revista golpeó el escritorio en un aleteo de hojas y ambas mujeres me miraron. Ada fue la primera en reaccionar, aguantando la respiración.

—Habla.

—Supongo que Ryan le escribió una de esas cartas de última voluntad y le pidió que viniera a Telluride y me cuidara. En serio. Hace tres meses que Ryan murió y sigue dándome su opinión sobre los hombres que deberían estar en mi vida. —Forcé una risa y metí las emociones en la pulcra cajita en la que pertenecían.

Lo peor de pasar por tanto en tan poco tiempo es que no puedes permitirte sentir nada sobre… nada, o acabas sintiéndolo todo. Y eso es lo que te mete en problemas.

—¿Estás segura? —preguntó Hailey.

—No leí la carta ni nada, pero eso fue lo que dijo. Por su aspecto, la perra… la manera en que se mueve. —Me evaluó de pies a cabeza en cuestión de segundos, y no fue sexual. Vi cómo categorizaba los detalles en su cabeza, tan claramente como si tuviera una computadora abierta frente a él—. Se mueve como Ryan, sus ojos examinan como los de Ryan… como los de mi padre. —Me aclaré la garganta—. Así que, con suerte, igual que mi padre, se aburrirá y pasará a otra cosa rápido.

Eso era lo que hacían los hombres, ¿no? Se iban. Ryan fue honesto en sus intenciones, en tanto que papá mintió todo el tiempo. Jeff no fue mejor, me engañó con pequeños cuentos para obtener lo que deseaba y después salió corriendo en el momento en que se dio cuenta de que había consecuencias. Las mentiras siempre fueron peor que su partida.

Al menos Gentry fue directo y honesto sobre el hecho de que Ryan lo había enviado aquí. Honestidad, malas decisiones, eso podía manejarlo. Las mentiras eran intencionales, lastimaban por razones egoístas e imperdonables.

—¿Qué vas a hacer? —preguntó Hailey inclinándose hacia adelante como si estuviera en primera fila de su propia telenovela.

—Lo voy a ignorar. Ya se irá, cuando sienta que cumplió su deber con Ryan y yo pueda olvidar… todo. —«A Caos»—. Mientras tanto, voy a recoger a Maisie a la escuela porque se supone que debemos estar en Montrose en dos horas para sus estudios. Eso es lo que importa ahora, no un Chris Pratt de segunda con un enorme complejo de culpa.

Antes de entrar a mi oficina, donde debía buscar la carpeta de los tratamientos de Maisie, escuché a Hailey reír.

—¡Ajá! ¡Entonces, sí te diste cuenta!

—Dije que no importaba, no que estuviera muerta.

Con la carpeta en mano regresé a la recepción, contenta de que este lunes no hubiera huéspedes, salvo por el señor Gentry.

—¿Y esos ojos? Como esmeraldas, ¿verdad?

Dios mío, Hailey había regresado a la preparatoria.

—Sí, claro —respondí al tiempo que asentía y me volvía a poner las botas—. Ada, ¿recoges a Colt en la escuela? Demonios, mañana presenta su proyecto de arte. Necesita otra capa de pintura en el borde, ¿podrías…?

—Por supuesto. No te preocupes. Ve a cuidar a nuestra niña.

—Gracias.

Odiaba dejarlos con todo, no hacer yo algo que Colt necesitaba. Pero las necesidades se presentan por momentos, ¿no? Sencillamente, esta era el momento en el que Maisie me necesitaba más. Solo tenía que estar con ella en esto y la próxima vez que Colt me necesitara, ahí estaría.

Revisé la hora en mi teléfono y maldije, me apresuré a bajar la escalera del porche y casi tropiezo en el último escalón. Me sujeté al barandal de madera y el impulso me lanzó al pie de la escalera y de lleno contra una figura muy alta y sólida.

Un brazo enorme que no solo me sostuvo, sino que también evitó que la carpeta de Maisie y mi teléfono cayeran en el lodo.

—¡Guau! —Beckett me incorporó y dio un paso atrás.

Parpadeé por un momento frente a él. Los reflejos de ese hombre eran una locura. «Es de operaciones especiales, tonta».

—Ya se me hizo tarde.

¿Qué? ¿Por qué demonios salieron esas palabras en lugar de gracias o algo que pudiera ser socialmente aceptable?

—Eso parece.

Las comisuras de sus labios se elevaron un poco, pero no podría llamarlo una verdadera sonrisa. Era más como una ligera diversión. Me entregó la carpeta y el teléfono, los tomé y sentí que era el intercambio más extraño en la historia de lo extraño. Sin embargo, el hombre me había salvado literalmente, aunque acababa de decir que no necesitaba que nadie me salvara.

—¿Necesitabas algo? —pregunté apretando la carpeta contra mi pecho.

Quizá me había hecho caso y se iba a ir de Telluride, o al menos de mi propiedad.

—Creo que me falta una llave. ¿La reja al muelle?

Metió las manos en los bolsillos de sus jeans.

—Supongo que eso significa que no te vas a ir.

—No. Como te dije, le hice una promesa a…

—Ryan. Sí, entendí. Bueno, no dudes en… —Señalé con el brazo extendido hacia la naturaleza, como si el final de oración fuera a aparecer entre los álamos como por arte de magia—. Hacer… lo que sea que vayas a hacer.

—Eso haré. —En su rostro se dibujó de nuevo casi una sonrisa y sin duda sus ojos brillaban. No era la respuesta que esperaba—. Entonces, ¿estás retrasada?

«Mierda». Miré el teléfono.

—Sí. Tengo cita para mi hija y me tengo que ir. Ahora.

—¿Algo en lo que pueda ayudar?

Maldita sea, parecía sincero. Me sentía dividida entre el desconcierto de que estuviera aquí para hacer preguntas, así sin más, y muy molesta de que un desconocido supusiera, de buenas a primeras, que yo no era capaz de manejar mi vida. El hecho de que, definitivamente, no podía hacerlo, no estaba a consideración. La molestia fue la que ganó.

—No. Mira, lo lamento, pero no tengo tiempo para esto. Pídele a Hailey la llave de la reja, está en…

—La recepción. No hay problema.

Sabía bien quién era Hailey… perfecto. Eso era justo lo que necesitaba, una recepcionista enamorada que sin duda quedaría con el corazón roto cuando él se marchara.

—En serio, no tengo tiempo para esto —mascullé.

—Eso dices.

Beckett se hizo a un lado.

Sacudí la cabeza ante mi propia incapacidad de mantenerme concentrada; avancé frente a él, abrí la puerta de mi Tahoe y aventé la carpeta en el asiento del copiloto. Encendí el motor, conecté el teléfono al cargador y metí la velocidad.

Luego apreté con fuerza el freno. Estar molesta era una cosa, pero ¿ser una perfecta perra? Eso era otra muy distinta.

Bajé la ventana, Beckett había llegado a la puerta principal.

—¿Señor Gentry?

Giró, y Havoc hizo lo mismo, era como su sombra, una extensión de Beckett, más que una entidad independiente.

—Gracias… —agregué—, por la escalera. Por atraparme. La carpeta. El teléfono. Gracias.

—No tienes nunca que agradecerme.

Sus labios se apretaron en una línea firme. Asintió, con una mirada indefinible, y desapareció en la casa principal.

Una emoción inefable recorrió mis terminales nerviosas. Como un choque eléctrico, pero cálido. ¿Qué era eso? Quizá había perdido la capacidad de definir las emociones cuando hace unos meses las apagué por completo.

Sea lo que sea, no tenía tiempo de pensar en ello. Diez minutos después me estacioné frente a la escuela primaria, en el carril que era exclusivo para autobuses. Que me demanden, los autobuses llegarían hasta dentro de tres horas y yo necesitaba cada minuto para llegar a tiempo a la cita.

Abrí las puertas de la escuela y garabateé mi nombre en una lista pegada a la ventana para registrar la salida de Maisie.

—Hola, Ella —dijo Jennifer, la recepcionista, al tiempo que tronaba una bomba de chicle. Era un poco más grande que yo, ella se graduó con la generación de Ryan—. Maisie está acá atrás, entra.

Las puertas dobles emitieron un zumbido, la seña universal de entrada. Las empujé y encontré a Maisie sentada en una banca del pasillo, con Colt a un lado y el director, el señor Halsen, al otro.

—Señorita MacKenzie —saludó poniéndose pie y ajustando su corbata estampada con motivos de Pascua.

—Señor Halsen —respondí asintiendo. Luego dirigí mi atención a mi hijo, que era el mayor por tres minutos—. Colton, ¿qué haces aquí?

—Voy con ustedes.

Se levantó de un salto y sujetó su mochila de los Colorado Avalanche por las correas.

El corazón se me estrujó un poco más. Demonios, esa mochila se había maltratado tanto en los últimos meses que ni siquiera estaba segura de cómo lucía antes de todo esto.

—Cariño, no puedes. Hoy no.

Hoy era un examen de escáner.

Su expresión era obstinada, yo ya estaba bastante acostumbrada.

—Voy a ir.

—No, no vas a ir y no tengo tiempo para discutir, Colt.

Los mellizos compartieron una mirada de complicidad, una que decía muchas cosas en un idioma que yo jamás podría hablar o siquiera interpretar.

—Está bien —dijo Maisie levantándose también de un salto, lo tomó de la mano—. Además, no querrás perderte la noche de pollo frito.

Los ojos de Colt lanzaron dardos directo hacia mí, pero para su hermana eran amorosos.

—Está bien. Te guardaré las piernas.

Se abrazaron, algo que siempre me había parecido como si dos piezas de rompecabezas volvieran a encajar.

Compartieron otra de esas miradas y luego Colt asintió, como un adulto pequeño, y se apartó. Me acuclillé para quedar a su nivel.

—Mi amor, sé que quieres ir, solo que hoy no, ¿okey?

—No quiero que esté sola. —Su voz no era más que un murmullo.

—No lo estará, te lo prometo. Volveremos esta noche y te contaremos todo.

No se molestó en asentir o siquiera despedirse, solo dio media vuelta y avanzó por el pasillo hacia su salón de clase.

Lancé un suspiro, sabía que más tarde tendría que hacer el control de daños. Pero ese era el problema: siempre era «más tarde».

Maisie tomó mi mano en su manita. Ni siquiera podía prometerle nada ahora, lo que significaba que por más que lo odiara, Colt tenía que esperar.

—Señorita MacKenzie…

El señor Halsen limpiaba una suciedad invisible de sus lentes de armazón grueso.

—Señor Halsen, yo era una niña en estos pasillos cuando usted se hizo director. Llámeme Ella.

—Ella, sé que va en camino a otra cita…

«Inhala. Exhala. No le hables mal al director».

—Pero cuando regrese tenemos que hablar de la asistencia de Margaret. Está afectando la calidad de su educación y debemos hablar seriamente de eso.

—Hablar seriamente —repetí, porque si hubiera dicho lo que en verdad pensaba, afectaría a mis hijos.

—Sí, hablar seriamente.

—Sobre la asistencia de Maisie.

Como si me importara un demonio su asistencia al jardín de niños. Estaba luchando por su vida y el señor quería hablar del día que no asistió y en el que vieron las virtudes de que la letra «C» fuera para la palabra «canguro».

—Sí, hablar seriamente de la asistencia de Margaret.

Para ser un educador, habría pensado que su comentario sería otro.

Miré a Maisie, fruncía el ceño como lo hacía cuando quería decir «sí, lo que sea» y que reconocía tan bien. Al mismo tiempo miramos al señor Halsen.

—Sí, ya hablaremos de eso.

Después de la quimio. Y los escáneres. Y la náusea y el vómito. Y los conteos sanguíneos agotados. Y todo lo demás que seguía cuando el cuerpo de una niña se rebelaba en su contra.

Dos horas después estábamos en el Centro de Cancerología San Juan, yo caminaba de un extremo al otro de la mesa de exploración mientras Maisie balanceaba las piernas, luchando contra la aplicación en el iPad que escogió para ese día.

Estaba demasiado exaltada como para hacer algo más que desgastar el piso. «Por favor, que funcione». Mi plegaria muda se elevó con el otro millón que ya había enviado. Necesitábamos que el tumor se redujera, que se hiciera lo suficientemente pequeño para poder extraerlo con cirugía. Necesitaba que todos estos meses de quimioterapia sirvieran para algo.

Sin embargo, también sabía lo peligrosa que podía ser la cirugía. Miré a mi pequeña hija, con su gorro de lana rosa encendido con una flor que hacía juego, y que contrastaba con las paredes blancas. El pánico, que había sido mi compañero constante estos últimos cinco meses, aumentó en mi garganta. Los «¿y si?» y los «¿ahora qué?» me atacaban como los ladrones de la cordura que eran. La cirugía podía matarla, pero el tumor la mataría sin duda.

—Mamá, siéntate, me estás mareando.

Me senté junto a ella, a la horizontal de la mesa de exploración, y le besé la mejilla.

—¿Y bien? —le pregunté a la doctora Hughes cuando entró.

Hojeaba las páginas en la historia clínica de Maisie.

—¡Hola, doc! —saludó Maisie con un movimiento entusiasta de la mano.

—También es un gusto verte, Ella —dijo alzando una ceja—. Hola, Maisie.

—Disculpe. Hola, doctora Hughes. Últimamente mis buenos modales salen huyendo.

Pasé las palmas sobre mi rostro.

—Está bien —respondió, sentándose en el banco giratorio.

—¿Qué dicen los escáneres?

Esbozó una leve sonrisa que jugueteó en su rostro. Contuve el aliento y mi corazón se paralizó en espera de las palabras que tanto había esperado escuchar, pero que me aterraban desde hacía cinco meses que todo esto comenzó.

—Es el momento. La quimio redujo el tumor lo suficiente como para operar.

La vida de mi pequeña estaba a punto de salirse de mis manos.

CAPÍTULO SIETE

Beckett

Carta núm. 7

Caos:

Estoy sentada en el pasillo del Hospital Infantil de Colorado, con un cuaderno sobre las rodillas. Te diría qué día es, pero francamente no lo recuerdo. Todo ha sido muy confuso desde que pronunciaron la palabra cáncer. Maisie tiene cáncer. Quizá si lo escribiera unas veces más lo sentiría real, en lugar de esta pesadilla borrosa de la que no puedo despertar. Maisie tiene cáncer. Sí, aún no lo siento como real. Maisie. Tiene. Cáncer. Por primera vez desde que Jeff se fue, siento que no soy suficiente. ¿Gemelos a los diecinueve años? No fue fácil, sin embargo, fue tan natural como respirar. Él se marchó. Los niños nacieron. Me convertí en madre y eso cambió los cimientos de mi alma. Colt y Maisie se convirtieron en mi razón para todo, y aunque me sintiera abrumada, sabía que yo sería suficiente para ellos si les daba todo lo que tenía. Eso hice y eso fui. Ignoré los murmullos, las sugerencias de que los diera en adopción y estudiara una carrera, todo porque sabía que no había un mejor lugar para mis hijos que conmigo. Quizá tengo algunos problemas, pero siempre supe que yo era suficiente. ¿Pero esto? No sé cómo ser suficiente para esto. Es como si los médicos hablaran un idioma desconocido, como si me lanzaran letras y números esperando que yo los comprendiera. Exámenes de laboratorio, pruebas diagnósticas, posibilidades de tratamiento y decisiones. Dios mío, las decisiones que debo tomar. Nunca me había sentido tan sola en mi vida. Maisie tiene cáncer. Y no sé si soy suficiente para ayudarla a superarlo, y tiene que superarlo. No imagino un mundo en el que mi hija no esté. ¿Cómo puedo ser todo lo que necesita y darle a Colt algún sentido de normalidad? Y Colt... cuando salieron los resultados genéticos me dijeron que Colt y yo debíamos hacer unas pruebas para la mutación del gen. Él está bien, gracias a Dios. Ambos lo estamos, y ninguno de los dos lo padecemos. Pero ¿esos momentos en los que estuve esperando escuchar que era posible perderlos a los dos? Apenas pude respirar al pensarlo. Yo tengo que ser suficiente, ¿verdad? No tengo opción. Es como cuando vi esos dos latidos en el monitor. Fallar no era una opción. Y de ninguna manera le voy a fallar ahora. Maisie tiene cáncer y yo soy todo lo que tiene. Supongo que ahora tendré que entrar a un universo desconocido.

Ella

Me paré en el muelle que llegaba al pequeño lago detrás de mi cabaña y probé mi peso. Sí, había que volver a construirlo. No me asombraba a que mantuvieran la reja cerrada.

El sol se desplegaba en lo alto e impregnaba la mañana fresca. Llevaba casi dos semanas en Colorado y había aprendido que la clave del clima aquí eran las capas, porque podía nevar en la mañana, pero para la cena estábamos a casi 21 ºC. La Madre Naturaleza tenía terribles cambios de humor en este lugar.

Una ligera neblina se extendió sobre el lago y se instaló en la ribera de la pequeña isla que se encontraba como a noventa metros de distancia, en el centro del lago. Sabía que al final tendría que usar la pequeña barca que estaba amarrada al final del muelle y remar hasta allá.

Mac estaba enterrado ahí.

Casi me muero cuando no me dieron el permiso para venir a enterrarlo. Sin embargo, fue un gran alivio no tener que enfrentar a Ella, ver su expresión cuando supiera lo que yo había hecho, por qué yo estaba vivo y su hermano, no.

Havoc dio un brinco y se sacudió el agua del pelaje, soltando el Kong a mis pies y lista para lanzarse al agua por vigésima vez. Estaba inquieta por la inmovilidad estas últimas dos semanas, yo también lo estaba.

Me acuclillé y la acaricié detrás de las orejas, su lugar favorito.

—Muy bien, chica. ¿Qué tal si te secamos y voy a buscar un empleo? Porque me voy a volver loco si nos quedamos aquí más tiempo como un par de pesos muertos. Francamente, ya estoy esperando que me respondas en cualquier momento, así que quizá necesito un poco de contacto humano.

—Está bien si le hablas a tu perra —dijo una voz a mi espalda—. No quiere decir que estés loco ni nada parecido.

El tono sugería lo contrario.

Miré sobre mi hombro y vi a un niño de pie al otro lado de la reja, vestido de jeans y una camiseta de los Broncos. Estaba pelón, o más bien, rapado, y el cabello le empezaba a crecer en una pelusa rubia. Sus cejas tupidas se fruncían sobre unos ojos azul cristalino que me inspeccionaban.

Los ojos de Ella.

Era Colt. Lo supe porque lo sentí en la médula de los huesos.

Hice mi mejor esfuerzo por suavizar el tono, consciente de que no tenía idea de cómo hablar con niños. Supuse que no asustarlo era una buena manera de empezar.

—Siempre le hablo a Havoc.

La perra agitó la cola en respuesta.

—Es una perra.

Sus palabras no correspondieron al anhelo en su tono y a la manera en la que miró a Havoc, como si fuera lo mejor que jamás había visto.

Giré hacia él y se enderezó, mirándome de frente. El chico no se amedrentaba fácilmente; eso quería decir que yo tenía una oportunidad.

—No es cuando les hablas a ellos que tienes que preocuparte por la locura —expliqué—, sino cuando ellos empiezan a responder.

Hizo una mueca y dio un paso adelante, asomándose sobre la reja baja para mirar a Havoc.

—Entonces, ¿estás loco?

—¿Y tú?

—No. Pero tú te vas a quedar seis meses en una de nuestras cabañas. Nadie hace eso. Salvo los locos.

Su expresión titubeó entre juzgarme a mí y el deseo de estar con Havoc.

Le había a rogado a Ella por un perro y ella casi cedió, luego supieron el diagnóstico de Maisie. Pero se suponía que yo no sabía eso. Se suponía que no sabía que quería jugar futbol americano, pero Ella estaba demasiado preocupada por los golpes en el cráneo y lo exhortó a que jugara futbol soccer. Se suponía que yo no sabía que iba a tomar clases de surf en nieve este año ni que se había rasurado la cabeza en su cumpleaños porque a su hermana se le había caído el cabello.

Se suponía que no lo conocía, pero no era así. Y era un infierno no poder decírselo.

—De hecho, la renté por siete meses. Y tú pareces un poco chaparro como para juzgar a la gente —agregué cruzando los brazos sobre el pecho.

Él imitó mi postura sin dudarlo.

—Eso te hace aún más loco. No permito que haya locos cerca de mi mamá o de mi hermana.

—Ah, eres el hombre de la casa.

—No soy un hombre. Tengo seis años, pero pronto cumpliré siete.

—Ya veo. —Me mordí el labio para no sonreír, consciente de que faltaban seis meses para su cumpleaños. Pero a esa edad, el tiempo era relativo—. Bueno, no estoy loco. Por lo menos ella no cree que esté loco —dije señalando a Havoc con la cabeza.

—¿Cómo sabes? Porque dijiste que, si te habla, eso significa que estás de atar. —Dio un paso adelante y puso la mano sobre la reja, que le llegaba al cuello. Tendría que lijarla para que no se lastimara.

Hombre, con cuánto amor miraba a Havoc.

—¿Quieres verla?

Se sorprendió y me miró de inmediato al tiempo que se apartaba un paso.

—No debo hablar con desconocidos, sobre todo con los huéspedes.

—Lo respeto por completo. Sin embargo, eso no te impidió venir aquí.

Miré detrás de la cuatrimoto para niños que estaba estacionada sin cuidado detrás de mi cabaña. Al menos había un casco sobre el asiento. Tuve el presentimiento de que eso no lo salvaría de Ella.

—Nunca nadie se había quedado tanto tiempo, y jamás con un perro. No, a menos que trabajen aquí o que sean familia. Yo solo…

Lanzó un suspiro melodramático y dejó caer la cabeza.

—Querías ver a Havoc.

Asintió y me alzó la mirada.

—¿Sabes qué es ella? —le pregunté.

Avancé despacio, como si él fuera un animal salvaje al que asustaría si me movía rápido. Cuando llegué a la reja, quité el cerrojo de metal y abrí.

—Ada dice que es una perra de trabajo. Pero no para alguien con necesidades especiales. Hay una niña en mi clase que tiene uno de esos. Es simpática, pero no podemos tocarlo.

Alzó la vista despacio, el conflicto en su mirada era tan evidente que el corazón me dio un vuelco.

—Si te haces para atrás, la llevaré para que la veas.

Tragó saliva y miró a Havoc y luego a mí, después asintió como si hubiera tomado una decisión. Retrocedió para darnos suficiente espacio para salir del muelle y llegar a tierra firme.

—Es una perra de trabajo. Es un soldado.

Me miró sorprendido y luego, escéptico, miró a Havoc.

—Creí que esos tenían las orejas puntiagudas.

Mi sonrisa fue franca.

—Algunos. Pero ella es labradora. Está entrenada para oler personas y... otras cosas. Además, es muy buena para ir a buscar su juguete.

Avanzó con un gran deseo en la mirada, pero antes de acercarse más, me miró.

—¿Puedo acariciarla?

—Agradezco que preguntes. Sí, puedes hacerlo.

Asentí hacia Havoc y ella se acercó con la lengua de fuera. Colt se puso de rodillas como si ella fuera algo sagrado y le acarició el cuello.

—Hola, chica. ¿Te gusta el lago? Es mi favorito. ¿Qué tipo de nombre es Havoc?

¡Bum! Me hizo trizas. El niño pudo pedirme que le bajara la luna y hubiera encontrado la manera. Su expresión, su postura, eran tan parecidas a las de Ella y a las de Ryan. Esa confianza le serviría mucho cuando fuera un hombre.

—Mira quién está loco y le habla a los perros —dije chasqueando la lengua.

Me fulminó con la mirada sobre la espalda de Havoc.

—No me está contestando.

—Por supuesto que sí. —Me acuclillé a su lado—. ¿Ves cómo agita la cola? Es una señal de que le gusta lo que haces. ¿Y la forma en la que inclina la cabeza donde la acaricias? Te está diciendo que ahí le gusta que la rasques. Los perros hablan todo el tiempo, solo tienes que hablar su idioma.

Sonrió y mi corazón volvió a dar un vuelco. Era un perfecto rayo de luz, un disparo de alegría sin adulterar que no había sentido desde… no podía recordar desde cuándo.

—¿Tú hablas su idioma?

—Claro que sí. La gente me llama su entrenador, pero la verdad es que ella me entrena a mí.

—¿Tú la entrenas?

No se molestó en mirarme, era obvio que todo su interés estaba en Havoc.

—Bueno, eso era antes —respondí acariciando el lomo de Havoc por costumbre.

—¿Y ahora qué eres?

Una pregunta tan inocente cuya respuesta era imposible. Hacía diez años que era soldado. Fue mi solución para salir del infierno de las casas de acogida. Había sido el mejor soldado porque fallar no era una opción, no si eso significaba volver a la vida que había vivido. Me prometí que nunca les daría una razón para que me sacaran, y durante diez años comí y dormí en el ejército, en la unidad. Me había ganado mi lugar.

—En realidad, no lo sé —respondí con sinceridad.

—Deberías averiguarlo —me dijo el niño mirándome por el

rabillo del ojo—. Se supone que los adultos saben ese tipo de cosas.

La risa resonó en mi pecho.

—Sí, tengo que trabajar en eso.

—Mi tío era soldado.

El estómago se me cayó a los pies. ¿Qué debía decir? ¿Cuánto podías decirle a un niño que no era tuyo? ¿Qué quería Ella que él supiera?

Por suerte no tuve que pensarlo mucho porque su todoterreno llegó alzando el polvo a la entrada de mi cabaña. Metió el freno y una nube se elevó sobre las llantas del coche. Mi corazón dio un vuelco por la anticipación. ¿Qué demonios? ¿Tenía quince años?

—Diablos. Me encontró

—¡Ey! —dije en voz baja. —Nos miramos y arrugó la nariz y la boca—. Sin groserías.

—Diablos no es una grosería —masculló.

—Casi. Siempre hay una palabra mejor y presiento que tu mamá se asegurará de que recibas una educación que te permita encontrarla. Haz que se sienta orgullosa.

Se irguió y asintió, solemne.

—Además, por su aspecto, creo que ya estás en problemas —murmuré.

—¡Colton Ryan MacKenzie! —gritó Ella avanzando a zancadas hacia nosotros—. ¿Qué demonios crees que haces aquí?

Me levanté y de inmediato Havoc se colocó a mi lado.

—Sí —asintió Colt, parándose al otro lado de Havoc—. Cuando dice mi segundo nombre significa que estoy castigado —masculló.

Ella avanzó el resto del camino hacia el muelle, la furia emanaba de todos sus poros. Pero más allá de esa rabia había un miedo extremo. Era como si trajera con ella una tormenta de nieve. Su trenza de lado estaba floja y caía sobre el chaleco, y esos jeans...

Desvié rápidamente la mirada a sus ojos, que parecían taladrar a Colt.

—¿Y bien? ¿Qué tienes que decir? Te llevaste la cuatrimoto y no le dijiste a nadie. Estás aquí con un desconocido. ¡Casi me matas del susto!

Dios, era hermosa cuando se enojaba; esa era la única emoción que le conocía desde que llegué aquí. Cada vez que me topaba con ella, sencillamente alzaba una ceja hacia mí y decía: «señor Gentry». Al menos, ahora su furia iba dirigida a otra persona.

—Verificó mis antecedentes y pasé el control de seguridad —le dije.

Me fulminó con la mirada y me calló la boca, casi me alegré de nunca haber tenido una madre. Esa mirada era como de película de horror.

Colt abrió los ojos como platos e hizo una mueca torcida.

—Colt —le advirtió Ella cruzando los brazos.

—Tiene un perro —respondió Colt.

—¿Y eso te da derecho no solo a entrometerte en el espacio de un huésped, sino a ponerte en peligro? ¿Cuando expresamente te dije que no molestaras al señor Gentry?

Auch. Supongo que eso explicaba por qué habían pasado dos semanas sin conocer a Colt.

—No se molestó. Me dijo que era una perra de trabajo y que antes era soldado. Igual que él. Ya sabes, como el tío Ryan.

El rostro de Ella se ensombreció y un velo de tristeza nubló sus ojos. En ese momento vi el agotamiento del que ella me había escrito. «A veces siento como si el mundo se derrumbara y yo fuera la única en el centro, con los brazos extendidos tratando de abrazarlo. Estoy tan cansada, Caos. No puedo evitar preguntarme cuánto tiempo aguantaré antes de que todos terminemos aplastados bajo el peso». Carta número diecisiete. Vi a la mujer que había escrito las cartas, que me había cautivado solo con sus palabras.

Flexioné los dedos por las ganas de jalarla hacia mí, de envolverla en mis brazos y decirle que yo soportaría el mundo tanto como ella lo necesitara. Esa era toda la razón de mi presencia aquí, hacer lo que fuera para facilitarle la vida.

Pero no podía decírselo. Aunque le hubiera permitido a Caos que lo hiciera por ella, aunque hubiera aceptado su amor, a Beckett no se lo permitiría. Y si supiera por qué guardé ese secreto... en fin, probablemente me enterraría aquí, junto a Ryan. Dios sabía que yo ya había deseado ese destino cientos de veces.

—Y estoy segura de que te dijo que trabajó con el tío Ryan, ¿o no? —preguntó Ella, con una mirada rápida y desaprobadora.

Ah, por eso me puso en la lista de personas a las que no había que visitar.

Colt se quedó boquiabierto y me miró como si yo llevara puesta una capa de superhéroe.

—¿De veras? ¿Conociste a mi tío?

—Sí. Era como un hermano para mí. —La frase se me salió antes de poder impedirlo—. Y no, no le dije porque no sabía si querías que lo supiera —le dije a Ella.

Cerró los ojos un segundo y suspiró de manera muy parecida a como Colt había hecho antes, pero mucho menos dramática.

—Lamento haberlo supuesto —dijo en voz baja—. Y que se haya entrometido en tu espacio. No volverá a suceder.

Esa última parte iba dirigida a Colt. Él pateó despacio la tierra bajo sus pies.

—No me molestó. De hecho, fue un honor conocerte, Colt. Si tu mamá está de acuerdo, siempre serás bienvenido para venir a visitar a Havoc. Le gusta mucho jugar a buscar la pelota y no estoy seguro si te diste cuenta, pero yo ya me estoy haciendo viejo para lanzársela todo el tiempo.

Colt puso los ojos en blanco.

—No estás viejo. —Ladeó la cabeza—. Pero hasta que averigües lo que eres, no estoy seguro de que tampoco seas un adulto.

—¡Colt! —exclamó Ella.

Reí, y ella me miró como si tuviera dos cabezas.

—Está bien —le aseguré—. Le dije que como me estoy jubilando, que en realidad no soy un soldado y que no estoy seguro de qué soy en este momento, además de un vacacionista permanente.

—Me sigue sorprendiendo que te hayas salido. En mi experiencia, los de operaciones especiales prestan servicio hasta que estiran la pata o te echan.

—Bueno, estoy en licencia militar, pero en cuarenta y cinco días será oficial.

Bajó la guardia un momento, sus hombros se distendieron. Me miró como si fuera la primera vez que me veía en realidad y ahí estaba de nuevo ese aire que se espesaba entre nosotros, la conexión que habíamos compartido desde nuestras primeras cartas.

Pero yo sabía qué era; ella, no.

—Te saliste porque…

Ladeó la cabeza, de manera muy similar a como Colt lo hacía.

—Sabes por qué.

Sin pensarlo, se acercó a mí y me escrutó con la mirada en busca de algo que yo estaba desesperado por entregarle, pero que no podía.

—Dijiste que te habías marchado porque tu mejor amigo murió. Te saliste por Ryan —concluyó.

—Por ti. —En el momento en que las palabras salieron de mi boca quise tragármelas, borrar los últimos cinco segundos y volver a empezar—. Por lo que él me pidió. —Traté de aclarar, pero el daño estaba hecho.

Se apartó y sus hombros se tensaron. Los muros volvieron a levantarse y abrieron kilómetros de distancia en los pocos metros que nos separaban.

—Creo que ya te molestamos suficiente por hoy. Colt, dale las gracias al señor Gentry por no ser un psicópata secuestrador de niños y vámonos.

—Gracias por no ser un psicópata secuestrador de niños —repitió.

—Cuando quieras, amigo. Como te dije, si tu mamá está de acuerdo, eres bienvenido para venir a ver a Havoc otra vez. Le caes bien.

«Y probablemente le haría bien salir un poco de la casa de vez en cuando».

La esperanza le iluminó el rostro como si fuera Navidad.

—¿Por favor? ¿Mamá? ¿Por favor?

—¿Es en serio? Ya estás castigado por llevarte la cuatrimoto y ahora quieres tener privilegios para venir a pasar tiempo con un desconocido?

Colt miró la cuatrimoto con tristeza y luego volvió a ver a Ella.

—Pero no es un desconocido. Si el tío Ryan era su hermano, es como familia.

Y esa fue la tercera vez que mi corazón dio un vuelco.

Familia era una palabra que yo no usaba y que no tenía. La familia significaba compromiso, gente de la que dependías, que podía depender de ti. La familia era un concepto por completo ajeno, incluso en la unidad, donde compartíamos un sentimiento único de hermandad.

—Hablaremos de eso más tarde, Colt —dijo Ella, frotando la piel suave entre sus ojos.

—¡Más tarde te irás!

Si eso no cambió el estado de ánimo de manera abrupta...

—No me voy a ir hasta pasado mañana. Ahora, súbete al coche, Colt. Vamos...

—¡Okey!

Le dio otra palmadita a Havoc y salió echando chispas hacia la camioneta.

—Parece mucho más grande que de seis años.

—Sí. Hasta este año, los mellizos solo habían estado rodeados de adultos. Algunos niños aquí y allá de los huéspedes, pero ambos tienen seis años, entrando a los dieciséis. Probablemente no debería protegerlos tanto, pero...

Se encogió de hombros. «Es ridículo lo sobreprotectora que soy con ellos, pero lo reconozco», carta número uno.

—Sin duda le hacen sudar sangre a su maestra. Lamento que hayas visto eso. —Miró hacia la isla—. Han sido unos meses difíciles... perder a Ryan, lo que pasa con Maisie...

—¿Cómo van sus tratamientos? —pregunté, me estaba metiendo en asuntos a los que no tenía derecho.

Me miró echando chispas.

—Lo sabes.

—Ryan.

Mac y yo habíamos hablado mucho del tema, así que no era exactamente una mentira.

Sacudió la cabeza, exasperada, y empezó a caminar hacia la camioneta.

—Ella —la llamé apresurándome a su espalda.

Después de casi dos semanas de correr diez kilómetros en las mañanas, por fin me había adaptado a la altitud. Ya había estado en altitudes similares en Afganistán, pero pasé dos meses a nivel del mar antes de venir aquí.

—¿Sabes qué? —espetó, dando media vuelta para contraatacar.

—¡Uy!

La tomé por los hombros para evitar chocar contra ella. Luego la solté de manera abrupta. Era la segunda vez que la tocaba desde que había llegado, y el contacto era demasiado y no suficiente.

—Odio que sepas cosas de mí. Odio que probablemente supieras que Colt era mi hijo, que sepas sobre el diagnóstico de Maisie. Eres un desconocido que está al tanto de detalles íntimos de mi vida gracias a mi hermano, y eso no es justo.

—No puedo cambiarlo. No estoy seguro de querer hacerlo, aunque pudiera, porque esa es la razón por la que estoy aquí.

—¡La razón por la que estás aquí está enterrada en esa isla!

«De muchas maneras».

—Podríamos darle vueltas una y otra vez, pero no me voy a ir. Así que te propongo lo siguiente: puedes hacerme cualquier pregunta que quieras. —Levanté el índice cuando ella abrió la boca, sabía que me preguntaría de nuevo cómo murió Mac—. Las que tengo el permiso de responder, y te diré cualquier cosa que pueda sobre mí. Tienes razón, no es justo que yo sepa sobre tus hijos, tu vida… de ti. Pero Mac te amaba y hablaba de ti todo el tiempo. Tú, ellos, este lugar fue el hogar al que tanto él anhelaba volver, y cuando hablaba de ti era como si tuviera ese pequeño momento de prórroga del infierno en el que vivíamos. Así que lamento terriblemente haber violado tu privacidad. No tienes idea cuánto lo lamento, pero no puedo volver en el tiempo y pedirle que no me comparta tantas cosas, y si tuviera ese botón mágico del tiempo lo usaría para algo mucho mejor, como salvarle la vida. Porque él debería estar aquí, no yo. Pero él me envió a mí y me voy a quedar.

Tensé la mandíbula. ¿Qué tenía esta mujer que acababa con todos mis filtros? Ya fuera que leyera sus cartas o la mirara a los ojos, tenía un poder sobre mí que era peor que una botella de tequila para soltarme la lengua. Hacía que quisiera decirle todo, y eso era peligroso para ambos.

—Si Ryan tenía tantas ganas de estar aquí, no se hubiera enlistado de nuevo. Pero lo hizo porque los hombres como Ryan, como tú, no se quedan en casa, no echan raíces, no permanecen, punto. Puedo aceptar que yo soy tu… misión, o lo que sea, por el momento, pero no actúes como si no fueras temporal.

Luché contra cada instinto de mi cuerpo que gritaba lo contrario, pero sabía que no me creería; a decir verdad, no estaba seguro de creerlo yo mismo. Era solo cuestión de tiempo para que se diera cuenta de quién era yo realmente y qué había hecho. Y mis sentimientos por ella no soportarían esa separación, ni siquiera un refugio nuclear lo haría.

—Lo siento —dijo en voz baja después de unos momentos de silencio entre nosotros—. No puedo imaginar por lo que has pasado, si en verdad eran tan cercanos Ryan y tú. Y debiste desarraigarte de toda tu vida para venir aquí.

—Pensé que yo no tenía raíces —bromeé.

Una pequeña sonrisa surcó su rostro, pero era triste.

—Como dije, lo siento. Pero imagina que yo llegara a… dondequiera que ustedes estuvieran, y supiera todo de ti y tú no supieras absolutamente nada de mí. Inquietante, ¿no?

Un dolor crudo e incómodo me recorrió, porque ella sí sabía todo de mí. En cierto sentido. Había omitido los detalles físicos de mi vida y básicamente saqué el alma de mi cuerpo y la puse en papel para ella. Quizá no sabía qué era, pero sí quién era, más que nadie en el planeta. La había dejado entrar, pero después me alejé, y ahora la extrañaba con una violencia aterradora.

—Sí, puedo entender que sería lo más alto en una escala de rareza del uno al diez..

—Gracias. Y, la verdad, es un once.

Tomó el sendero hacia su Tahoe, donde Colt había abierto la portezuela de la parte trasera y esperaba en su cuatrimoto.

Al parecer, esta no era la primera vez que lo castigaban con quitársela, ya que se sabía muy bien la rutina.

—Te ayudo, Colt —le dije.

Levanté la cuatrimoto y la puse en la parte trasera de la camioneta, agradecido de que tuviera una cubierta de goma. Cuando volteé, Ella me miraba boquiabierta. En fin, miraba mis brazos. Hice una nota mental para inscribirme en un gimnasio. Me gustaba esa mirada.

—¿Algo más? —pregunté, cerrando la portezuela.

Negó rápidamente con la cabeza.

—No. Nada. Gracias por... ya sabes...

—¿Por no ser un psicópata secuestrador de niños?

—Algo así. —Se sonrojó.

—Hablaba en serio sobre la verificación de mis antecedentes. Si te hace sentir más cómoda...

—No, por supuesto que no. Verificar a mis huéspedes no es mi costumbre y no voy a empezar ahora.

—Deberías —masculló.

Si hubiera sido un psicópata secuestrador de niños, Colt estaría muerto. De hecho, este bosque estaba lo suficientemente aislado como para albergar a un asesino en serie y jamás saberlo.

Puso los ojos en blanco y subió al asiento del piloto.

—Ey, señor Gentry —dijo Colt desde el asiento trasero.

Ella bajó la ventana y yo me incliné. Él estaba en una silla para niños junto a otra vacía, y tenía puesto el cinturón de seguridad.

—¿Qué pasa?

—Decidí que, como eres el hermano del tío Ryan, eso te hace familia —dijo con la seriedad de un adulto.

—¿Lo decidiste? —pregunté con voz suave. El niño no sabía lo que estaba ofreciendo ni cuánto significaba para mí, porque él siempre había tenido una familia; para él era algo normal—. Bueno, gracias.

Miré a Ella a los ojos por el espejo retrovisor y dejó escapar un leve suspiro de derrota.

—Y no estás loco —agregó Colt—. Así que supongo que te puedes quedar.

Mi sonrisa era tan grande que me dolieron las mejillas. Este chico era impresionante.

—Gracias por tu aprobación, Colt.

—De nada —respondió encogiéndose de hombros.

Me alejé del coche, Ella cerró la puerta y se recargó sobre la ventana abierta.

—No olvides que en la casa principal se sirve la comida. Ada dijo que no te ha visto ahí, es muy curiosa.

—Anotado. No quise llevar a Havoc cuando Maisie también estaba ahí.

No era un experto en niños con cáncer, pero sabía suficiente como para saber que ella no necesitaba que llevara más pelos a la casa.

—Ah, eres muy considerado. Pero no hay problema. Después de que padeció agranulocitosis la primera vez... fue cuando...

—¿Sus glóbulos blancos disminuyeron al grado en que es susceptible a cualquier infección conocida por el hombre? —terminé su frase.

—Sí. ¿Cómo supiste?

—Leí sobre el neuroblastoma. Mucho.

—¿Por Ryan?

«Por ti».

—Sí, algo así.

Apartó su mirada de la mía como si ella también hubiera

sentido nuestra conexión. Pero mientras yo acogía la intensidad, al parecer ella no lo hacía.

—Así es. En fin, después de eso saqué a los niños de la residencia y los mudé a una cabaña en la que pudiera...

—Envolverla en una burbuja —gritó Colt desde el asiento trasero.

—Prácticamente —admitió Ella encogiéndose de hombros—. De hecho, somos vecinos. Si caminas como ciento ochenta metros hacia allá, nos encontrarás.

—Entonces, supongo que nos estaremos viendo.

—Supongo que sí.

Avanzaron por el amplio sendero junto a mi cabaña. Debió haber una rampa para botes pequeños aquí o algo por el estilo para hacer un camino de ese tamaño.

Havoc se sentó y ladeó la cabeza en mi dirección.

—Creo que salió bien, ¿y tú? —pregunté, Havoc movió la cola en acuerdo—. Sí. Ahora, vamos a encontrar un trabajo antes de que Colt me quite la mayoría de edad.

Tres horas después era el nuevo miembro, a medio tiempo, de los servicios de rescate de montaña de Telluride. Tachemos eso, Havoc lo era. A fin de cuentas, el talento lo tenía ella.

CAPÍTULO OCHO

Ella

Carta núm. 9

Ella:

Para empezar, me quedé mudo. No puedo encontrar las palabras adecuadas para expresar mi tristeza por el diagnóstico de Maisie o mi asombro por cómo lo estás manejando. Jeff es un imbécil. Perdón, estoy seguro de que tiene cualidades que lo redimen porque en algún momento lo consideraste digno para darle tu corazón e incluso casarte con él, pero lo es. Y digo es, en presente, a propósito, porque sigue haciéndote sentir como si tú no fueras suficiente cuando has demostrado una y otra vez que lo eres. Eres suficiente, Ella. Eres más que suficiente. Nunca he conocido a una mujer con tu fortaleza, tu determinación, con la absoluta lealtad que tienes a tus hijos. Por eso te mando una cosita, sácala cuando necesites recordar que puedes hacerlo, porque sé con absoluta certeza que puedes hacerlo. Y sí, sé que eres una buena mamá sin haberte «conocido». Sobre todo porque sé lo que es una mala madre, y tú eres todo menos eso. ¿Qué necesitas? No puedo llevarte de cenar, pero puedo pedir una pizza mala. ¿Hay algo que pueda enviarte? Sé que lo que probablemente necesitas es el apoyo de la gente, y en ese rubro, mis manos están atadas, lo siento. Sé que no puedo hacer mucho en estas cartas, pero si pudiera, estaría ahí o te enviaría a tu hermano a casa contigo.Eres suficiente, Ella.

Caos

Me masajeé el cuello para tratar de aflojar el nudo que tenía y que ya parecía permanente. Llevaba horas encorvada sobre las hojas de cálculo y las facturas de lo que le hicieron a mi niña.

Reprimí un bostezo y revisé el reloj. Sí, las ocho y media, muy tarde para tomar café. Me quedaría despierta hasta el amanecer.

Tendría que ser té helado. Tomé un sorbo de mi vaso y volví a clasificar facturas. Estábamos en problemas, del tipo del que no sabía cómo salir, que conmocionaría a todos cuando Maisie tuviera su cirugía en tres días.

Ada se asomó a la oficina improvisada que habíamos instalado en la cabaña.

—Dejé unos muffins para la mañana. ¿Necesitas algo más?

Forcé una sonrisa y negué con la cabeza.

—No. Gracias, Ada.

—Eres mi familia, querida. No necesitas agradecerme.

Me miró, escrutadora. Jaló la silla de oficina que estaba contra la pared, se sentó y puso las manos en su regazo.

Esa era la señal de Ada para decirme que no se daba por vencida.

Demonios.

—Cuéntame. Y no te atrevas a guardarte nada.

Me relajé sobre mi silla y casi miento, pero la mujer me miraba con ojos de madre, que era el equivalente a la de un detective que te hacía sudar bajo un reflector.

—¿Qué? —pregunté, jugueteando con mi pluma.

—Cuéntame.

No quería hacerlo. Contarle a alguien más mi preocupación significaba que no podía resolverla sola, que todo era demasiado real.

—Creo que quizá mis finanzas están un poco tensas.

Ya estaba así en el nivel emocional, en el físico y en el mental, así que, ¿qué importaba agregar algo más a la creciente lista? No se puede ahogar de más a una persona. Una vez que está bajo el agua, no importa la profundidad si no puede nadar a la superficie.

—¿Qué tan tensas? Sabes que Larry y yo tenemos un poco ahorrado.

—De ninguna manera.

Habían trabajado con mi abuela toda su vida, le habían dado todo a nuestra familia, a nuestra propiedad. No iba a aceptar un solo centavo de ellos.

—¿Qué tan tensas? —repitió—. ¿Tensas como cuando nacieron los gemelos?

Ah, esos buenos tiempos en los que trataba de alimentarlos, vestirlos y pagar cursos en línea mientras trabajaba aquí en el Solitude. Buenos tiempos.

—Peor.

—¿Qué tanto peor?

Su expresión corporal no demostraba ni remotamente que estuviera estresada.

—Creo que quedaré en bancarrota —murmuré—. Usé todo para las renovaciones.

—Y nos hiciste tener visibilidad. Nuestras reservaciones están completas a partir del Día de los Caídos. Lo que pasa es que ahora mismo es temporada baja. Nadie quiere lidiar con el lodo primaveral. Lo atractivo de este lugar es la nieve o el sol.

—Lo sé. —Miré el montón de facturas y volví a sonreír. La

abuela nunca hipotecó la propiedad, y aunque sentía que de alguna manera la traicionaba al hacerlo, habíamos transformado al Solitude—. Y nos beneficiará. Sabíamos que pagar la hipoteca sería un sacrificio durante unos años, pero con las renovaciones y la construcción de las cinco nuevas cabañas este año, era la mejor decisión empresarial que podíamos tomar. Pero tuve que hacer un recorte personal este año con el seguro. Pensé que los niños nunca se enfermaban y que, aunque se enfermaran, los costos de los médicos serían relativamente bajos, así que cambié la póliza a la de la prima mínima.

—¿Y qué significa eso para todo lo que está pasando?

—Significa que estoy pagando mucho dinero. Algunos de sus tratamientos están cubiertos, otros no; algunos solo están parcialmente cubiertos. Cada vez que vamos a Denver estamos fuera de la red y entonces tengo que pagar más.

Estaba gastando dinero a un ritmo que, sencillamente, era insostenible. Y no solo eran los tratamientos: tuvimos que contratar a otro empleado para que se quedara en las noches en la casa principal, puesto que ahora vivíamos aquí. Además, todos los gastos adicionales que implicaba realizar todos los viajes a las citas de Maisie se sumaban al dinero que salía, pero que no entraba.

—Oh, Ella.

Ada se inclinó hacia adelante y puso su mano avejentada sobre el escritorio. La tomé en la mía y acaricié con el pulgar su piel delgada y traslúcida. Tenía la misma edad que mi abuela cuando murió.

—Está bien —la tranquilicé—. Quiero decir, Maisie es mi vida. No voy a dejar que mi hija...

Sentí un nudo en la garganta y cerré los ojos el tiempo necesario para controlarme.

Esta era la razón por la que no hablaba del tema. Cada cosa tenía que mantenerse en su propia cajita y, cuando llegara el momento, lidiaría con cada una. Pero hablar de ello significaba que todas las cajitas se abrían al mismo tiempo y vertían su contenido sobre mí. Respiré con dificultad.

—Haré todo lo que sea necesario para asegurarme de que obtenga todo el cuidado que necesita —expliqué—. Sin atajos, sin elegir el tratamiento más barato. No voy a arriesgarla.

—Lo sé. ¿Y si hiciéramos una recoleta en el pueblo? Ya sabes, como la que hicieron cuando el chico de Ellis quiso hacer ese viaje a SeaWorld el año que murió su mama.

Mi primer instinto fue rebelarme, negarme de inmediato. Este pueblo me despreció cuando me embaracé y me abandonaron a los diecinueve años. Me construí sola en los últimos seis años para ser quien era ahora, y pedir ayuda era como traicionar todo lo que había logrado. Sin embargo, la vida de Maisie valía mucho más que mi orgullo.

—Pensémoslo como una opción —admití—. No hay nada que podamos hacer esta noche, así que ¿por qué no te vas a descansar?

—Está bien —dijo dándome unas palmaditas en la mano como si tuviera de nuevo cinco años—. Me voy a la cama. —Se levantó con esfuerzo, se inclinó sobre mí y me besó en la frente—. Tú también necesitas descansar.

—No estoy cansada —mentí, sabiendo que todavía me quedaban varias horas para hacer malabares y magia financiera.

—Bueno, si no estás cansada deberías ir a la cabaña del señor Gentry. Por lo que me dijo Hailey, es ave nocturna si estás buscando algo de compañía.

Me ofreció una sonrisa inocente, pero la conocía muy bien como para caer en su trampa.

—Ajá. Eso no va a pasar. —Tomé el montón de facturas para cerrar la discusión—. Además, tengo a dos niños de seis años allá arriba. No puedo salir a pasear y dejarlos, ¿o sí?

—Ella Suzanne MacKenzie, sé muy bien que Hailey duerme en la recámara de huéspedes. De hecho, en este momento está en tu sala viendo un horrible programa en tu televisión y es más que capaz de estar al pendiente de tus hijos quienes, debo agregar, están profundamente dormidos.

—Francamente, ¿crees que podemos considerar a Hailey una adulta?

—Trabaja bien cuando tienes una emergencia en la casa principal que se debe atender, ¿o no? Tus bebés están perfectamente a salvo, y Maisie no tuvo quimio esta semana. Así que si te estás escondiendo de ese hombre delicioso, es cosa tuya. No culpes a esos hermosos bebés ni los uses como excusa, ¿me entiendes?

Me sonrojé.

—No me estoy escondiendo, y él no es... delicioso.

—Mentira.

Me señaló con el dedo como si tuviera ocho años y me estuviera robando una galleta de la charola.

—Como digas. Tengo veinticinco años, trato de administrar un negocio en crecimiento, criar a mellizos sola y estoy en medio del... —Mis manos volaron, señalando todo lo que había sobre el escritorio— ...cáncer. No tengo tiempo para ir a buscar romance. No me importa lo guapo que sea.

Ni lo enormes que sean sus brazos. Nada de eso importaba.

—Bueno, yo no dije nada de romance, ¿o sí? ¿Mmm?

Salió dando unos pasitos de baile, contenta de haber tenido la última palabra.

Me hundí en la silla y eché la cabeza hacia atrás. Era demasiado. Los chicos. El Solitude. Las facturas. La vida de Maisie amenazada. La presencia de Beckett había echado por la ventana el sistema que había construido con tanto cuidado.

Cierto que era apuesto. Y quizá Ryan había confiado en él. Pero eso no quería decir que yo tuviera que hacerlo. Eso no significaba que yo siquiera tuviera la capacidad de pensar en él. Excepto, bueno, cuando obviamente lo hacía. Pero no era como si pensara en él a propósito. Simplemente se entrometía en mis pensamientos, la verdad es que los invadía de la misma manera en que irrumpió en mi vida. Miré el tablero de anuncios que estaba junto a mi escritorio. Estaba vacío salvo por la hoja tamaño A4 que tenía un mensaje en enormes letras de imprenta

TÚ ERES SUFICIENTE

Caos. Lo extrañaba con un dolor que casi era irracional, considerando que nunca lo conocí. Ni siquiera tenía una foto para hacer duelo, solo sus cartas, esa voz escrita que había viajado miles de kilómetros y que, de alguna manera, me había tocado el alma.

Y ahora se había ido, como todos los demás.

Ryan había enviado a Beckett. Al menos, eso era lo que Beckett decía. Pero en realidad nunca había visto la carta. Debí leer la carta. Es lo que cualquier mujer racional hubiera hecho cuando un desconocido aparecía en su casa, afirmando que lo había enviado su hermano muerto: verificar esa afirmación.

Sin embargo, yo lo acepté sin dudar. Había algo en su voz, en su mirada, que me hizo sentir que era verdad. Pero si había algo con lo que no podía lidiar era la mentira. Si de alguna manera me estaba mintiendo, necesitaba saberlo ahora.

«Al demonio».

Me alejé del escritorio y llegué a la sala antes de tener el asunto claro en mi mente; le pedí a Hailey que estuviera pendiente de los niños. Ella accedió con la cuchara a medio camino entre su boca y un bote de helado que la consolaba de su más reciente fracaso amoroso.

Tomé mi abrigo rumbo a la puerta trasera y cuando estaba a medio camino hacia la casa de Beckett sentí la urgencia de dar media vuelta y correr. ¿Qué demonios estaba haciendo? ¿Llegar a su casa a medianoche? Okey, quizá no era medianoche, pero estaba oscuro y podía usarse el término.

Usé mi teléfono como linterna y caminé por la ribera de lago, diciéndome a cada paso lo estúpido que era todo esto hasta que alcé la mirada y vi luz en sus ventanas. Avancé por el sendero hasta la puerta principal.

¿Por qué esto no podía esperar? ¿Por qué ahora? ¿Qué intentaba ganar, además de la verdad sobre si Ryan lo había enviado o no? ¿Por qué importaba ahora y no hacía dos semanas, cuando apareció y alteró mi sentido de la gravedad? ¿Por qué…? Oh. Al parecer acababa de tocar a su puerta.

Supuse que la decisión estaba tomada.

«Corre», me instó la niña inmadura de diecinueve años que tenía dentro. Parecía que la parte romántica de mi desarrollo se había congelado a la edad en la que la metí en otra cajita y tiré la llave del candado.

«No eres una niña», replicó la parte madura.

Antes de entrar en más discusiones conmigo misma que pudieran llevarme al psiquiátrico, la puerta se abrió de par en par.

Carajo. No llevaba camisa.

—¿Ella?

Y estaba descalzo, solo llevaba pants.

—Ella, ¿está todo bien?

¿Qué demonios? ¿Qué cuerpo era ese? ¿Cómo era posible que un hombre normal tuviera tantos músculos, tan fuertes y tonificados, marcados expresamente para una boca? Mi boca.

Dos manos firmes me tomaron por los hombros.

—¿Ella?

Agité la cabeza como si pudiera sacar mis pensamientos a sacudidas y aparté la vista de su increíble torso hasta la barba incipiente en su cuello y esos ojos maravillosos. Me gustaba el verde, era un color hermoso.

Verde. Verde. Verde.

—Todo está bien. Perdón —masculle. Sabía que sonaba como una idiota—. No esperaba...

Hice una señal hacia su cuerpo.

—¿Pensaste que habría alguien más en casa?

—No. Solo pensé que quizá estarías vestido. Como una persona normal.

Me encogí de hombros. Él me soltó y luego sonrió. ¡Uf! Era increíblemente guapo. Tanto que era molesto.

—Lo siento. La próxima vez que haga ejercicio no olvidaré preguntarte. Entra, me voy a poner una camisa.

Dejó la puerta abierta y entré.

¿Y haciendo ejercicio olía así de bien? ¿Qué tipo de brujería era esta? ¿Este hombre siquiera era una persona real? Nadie se veía tan bien, olía tan bien y era amable con los niños. Debía tener algún defecto.

«Es de operaciones especiales».

Sí, ese era un gran defecto. No era porque pudiera considerarlo un hombre, en el sentido romántico. Como si tuviera tiempo para esas tonterías ahora, o siquiera la energía. Pero tampoco era estúpida y sentí algo cuando lo vi con Colt.

Los tipos con perros. Los tipos con niños. Cualquiera de los dos era garantía para llamar mi atención y este hombre tenía ambas virtudes.

—Ahora vuelvo —dijo mientras yo permanecía en la entrada—. Estás en tu casa porque... ya sabes, ¡eres la dueña! —agregó al tiempo que subía corriendo las escaleras.

Avancé con paso incierto al interior de la cabaña. Todo estaba exactamente como lo habíamos rentado, no había nada personal que sugiriera que se quedaría más de algunos días, mucho menos siete meses. No había platos sucios en el fregadero, ningún libro en las mesas ni chamarras aventadas sobre las sillas.

Havoc salió de la sala meneando la cola lentamente. Me acuclillé para verla.

—Hola, chica. ¿Estabas dormida? Perdón por despertarte.

La acaricié atrás de las orejas y agachó la cabeza. Un minuto después él estaba frente a mí con una camiseta negra sobre el pecho. Por desgracia, eso no disminuía su *sex appeal*.

—Entonces, te cae bien mi Havoc.

—Nunca dije que no me cayera bien. Incluso me parece que es maravillosa. Pero su amo... —Me encogí de hombros y miré alrededor—. ¿Estás seguro de que te vas a quedar siete meses? Parece que ni siquiera te quedarás un fin de semana.

Otra señal de que no era de los que se quedaban.

En su sonrisa pude ver sus dientes blancos y parejos; unas pequeñas arrugas enmarcaron sus ojos.

—¿Por qué? ¿Porque me gusta que mi cabaña esté organizada? ¿Limpia? ¿Sin complicaciones?

—O estéril e impersonal, como quiera que lo llames —dije en broma.

Soltó una risita.

—Bien. ¿Qué puedo hacer por ti, Ella?

Se echó hacia atrás y se recargó contra la barra que dividía la cocina de la sala.

—Esperaba que me enseñaras la carta de Ryan.

El estado de ánimo en la habitación cambió de inmediato.

—Ah. —Al instante recompuso su expresión, pero pude ver sorpresa en ella—. Sí, claro. Espérame aquí.

Volvió a subir corriendo la escalera. Escuché que abría y cerraba un cajón y, en segundos, Beckett estaba de vuelta.

—Toma.

Me dio un sobre que quizá alguna vez fue blanco, pero ahora estaba manchado y suave de tanto manipularlo. Mis dedos temblaron al abrirlo. Vi el nombre de Becket garabateado con la caligrafía de Ryan.

Rocé con el pulgar la tinta, sentí un nudo en la garganta y la picazón familiar en la nariz. Las lágrimas amenazaron por primera vez desde su funeral. Rápidamente alejé las emociones lo más posible. Las mantenía guardadas bajo llave, igual que las cajas con sus cosas, que se empolvaban en su vieja recámara. Algún día la limpiaría y organizaría las cosas que sabía que a Colt le gustaría guardar, pero aún no. Eso estaba al final de mi lista «cuando acabemos con el cáncer», que por el momento ya era muy larga.

—Puedes llevártela —me ofreció Beckett. Su voz ronca se suavizó tanto que lo miré—. En caso de que quieras un poco de privacidad para leerla.

En su mirada había una profunda tristeza, un dolor crudo e insondable que aspiró el aire de mis pulmones. Yo conocía ese sentimiento, yo era ese sentimiento, y verlo reflejado en otra persona de alguna manera me hizo sentir validada y un poco menos sola. En el funeral de Ryan hubo lágrimas, las de Larry y Ada, las mías, las de los niños y de algunas chicas locales que habían salido con él en años anteriores, incluso del par de hombres que vinieron como representantes de su unidad. Pero ninguno de ellos sentía lo mismo que yo, como si la única persona que en verdad me conocía me hubiera abandonado. No, hasta este momento, con alguien a quien yo consideraba un desconocido. Un desconocido con quien estaba relacionada mediante la muerte de la persona a la que ambos amábamos.

Dado el estado del sobre y de la cantidad de veces que evidentemente había leído la carta, entendí lo que me estaba ofreciendo y cuánto le costaba. Ese simple gesto significó más para mí que cualquier ofrecimiento de ayuda de una persona bien intencionada que se enterara del problema de Maisie, incluso más que los ofrecimientos honestos de Ada y Larry, a quienes consideraba familia.

Beckett me estaba ofreciendo la posibilidad de salir de ahí con una pieza sagrada de su historia.

—No, está bien. La verdad es que prefiero leerla aquí. Contigo. —Donde quizá no me sentiría absolutamente sola en mi pena por Ryan—. ¿Está bien?

—Por supuesto. ¿Quieres sentarte?

Se balanceaba de adelante hacia atrás y cruzó los brazos sobre el pecho. Si lo conociera mejor, diría que parecía nervioso, pero no estaba lo suficientemente familiarizada con ninguno de sus hábitos como para hacer suposiciones.

—No, está bien.

Sentarme significaba quedarme, y sin duda no haría eso.

Abrí el sobre y saqué la carta. El papel era de un cuaderno rayado, el mismo que usaba para enviarme cartas a mí. El papel estaba aún más desgastado que el sobre, la única hoja estaba manchada en los pliegues. Respiré profundo para calmarme y abrí la carta. De inmediato reconocí la caligrafía de Ryan.

—¿Cuántas veces la has leído? —pregunté en voz baja.

—Por lo menos una vez al día desde que... —se aclaró la garganta—. A veces más, al principio. Ahora la guardo en mi bolsillo para no olvidar por qué estoy aquí. Aunque tú no me dejes ayudarte, estoy haciendo mi mejor esfuerzo para hacer lo que él me pidió.

Asentí y leí toda la carta lo más despacio que pude, saboreando el último momento que supe algo de mi hermano.

No es justo que te lo pida, lo sé. Cuidar a alguien o no cumplir una misión y seguir adelante va contra tu naturaleza, pero necesito esto. Maisie y Colt lo necesitan. Mi hermana lo también te necesita, aunque peleará con uñas y dientes antes de admitirlo. Ayúdala, aunque ella jure que está bien. No dejes que viva todo esto sola.

Ahí estaba. La verdad. Ryan envió a Beckett, le pidió que ayudara, o más bien, lo hizo sentir tan culpable que Beckett se salió de una carrera que amaba y se mudó a un lugar desconocido en el que la persona por la que se había mudado lo ignoraba de forma descarada cada que podía.

La última petición de Ryan fue para mí.

Cerré los ojos y conté mis respiraciones continuas hasta que se me pasaron las ganas de llorar como histérica, de aventar cosas contra lo que el destino decidió que yo merecía.

Miré a Beckett y advertí que se había alejado unos metros para recargarse contra la pared, como si hubiera sentido mi necesidad de tener espacio. Pero sus ojos estaban fijos en mí. Su boca tenía una expresión estoica, como imaginaba que tenían todos los soldados de operaciones especiales, como Ryan.

—Gracias.

Le devolví la carta en el sobre.

—Lamento estar aquí y que él no esté.

—¿Por qué crees que no eres digno de amor? ¿O de una familia? Todo el mundo se merece tener una familia.

Incluso en mis peores momentos siempre lo supe. Si no eran mis padres, entonces fue la abuela o Ryan, Larry y Ada. Ahora eran mis hijos también. ¿Qué le había pasado a este hombre que no tenía nada de eso?

Se despegó de la pared y se dirigió a la cocina, en su camino dejó la carta en la superficie más cercana.

—Quería venir, ¿sabes? Iba a renunciar al vencimiento de su servicio, ya había hablado con el comandante para decirle que no se volvería a enlistar. Desde que supo lo de Maisie, su intención era estar aquí contigo.

Beckett abrió el refrigerador y sacó dos botellas de agua, ignorando por completo mis preguntas. Rodeé la isla de la cocina para seguirlo.

—Sí, en fin. Dijo lo mismo cuando nacieron los mellizos. Vino a casa de permiso y mientras los cargaba a los dos, dormidos sobre su pecho, prometió que renunciaría, que volvería a casa, donde se le necesitaba. Lo curioso fue que ni siquiera duró el mes de permiso, su teléfono sonó, empacó su maleta y se fue. Dejé de creerle después de eso. No doy mucha credibilidad a las promesas bonitas, aunque sean de los hombres que dicen que me aman. En cuanto a ti, tú renunciaste a un trabajo que sin duda amabas y cruzaste el mundo solo para cumplir lo que Ryan te pidió. Eso es lealtad. Esa es la definición de familia. Por eso no entiendo por qué crees que no la mereces, cuando la tienes.

Beckett abrió la tapa de una de las botellas y le dio un buen trago. Luego la dejó sobre la barra y me pasó la otra. La tomé por costumbre, no porque tuviera sed.

—¿Mañana en la mañana vas a Denver para la cirugía de Maisie?

—¿Siempre evades las preguntas?

Una sonrisa cruzó su rostro y desapareció tan rápido como había aparecido.

—No estoy aquí por mí. Estoy aquí por ti.

Cada vez que lo decía, yo sentía que se quebraba una pequeña parte de la argamasa de mis muros emocionales. No lo suficiente como para que se vinieran abajo o incluso que se debilitaran; sin embargo, ahí estaban en espera de agrandarse, de crecer. Nunca nadie se había quedado a mi lado, mucho menos había hecho lo que Beckett estaba haciendo por mí. Aunque no fuera permanente.

—No deberías. Tienes una vida. No importa lo que Ryan haya dicho en la carta, yo no soy tu responsabilidad. No importa qué tan cercanos fueran ustedes dos, eres un desconocido. Agradezco tu oferta y lo que has hecho para cumplir el deseo de Ryan, pero es demasiado.

Mis palabras eran duras, pero mantuve un tono bajo. No quería lastimarlo.

—No me voy a ir —respondió en el mismo tono.

Era curioso que la conversación fuera la misma que la que tuvimos al conocernos, pero la connotación era muy distinta y eso marcaba toda la diferencia. Mi intención no era correr a Beckett, sino liberarlo.

—Lo harás.

Igual que Ryan lo hizo. Igual que Jeff y mi padre. Depender de Beckett sería lo más insensato que podía hacer.

Tensó la mandíbula y desvió la mirada un momento. Cuando volvió a verme, sus ojos eran un poco más duros.

—Supongo que tendrás que esperar para verlo.

En la cocina, la tensión recorrió la distancia entre nosotros. Era palpable, tanto para alejarnos como para unirnos. El soldado y la mujer a la que estaba moralmente obligado a cuidar.

—Será mejor que me vaya.

Dejé la botella sin abrir sobre la barra y pasé frente a Beckett rumbo al pasillo y hasta la puerta principal.

—Sé que esa cirugía será difícil. Para ella, para ti. Por favor, prométeme que me llamarás si necesitas algo.

Miré sobre mi hombro y lo vi en el pasillo, como a metro y medio detrás de mí. Su expresión era decidida, pero el dolor había vuelto a sus ojos. No le debía nada a este hombre y sabía mucho menos de su vida, solo que Ryan había confiado en él.

Abrí la puerta y salí al aire fresco, deseando que despejara mi cerebro confundido y saturado. Pero una idea palpitaba sin tregua hasta que la dejé entrar: Beckett no podía cumplir la promesa que le hizo a Ryan si yo no lo dejaba. Yo podía ser muchas cosas, pero cruel no era una de ellas.

—Lo prometo.

No era una mentira, porque no tenía la intención de necesitar nada de Beckett. Cerré la puerta detrás de mí y me alejé de su cabaña en dirección de la mía. Ahora que sabía la verdad podía dejar de permitir que el tipo invadiera mis pensamientos y volver a lo que requería mi concentración: Maisie.

CAPÍTULO NUEVE

Beckett

Carta núm. 11

Caos:

Ayer falté a la obra de teatro de Acción de Gracias de Colt. Él era el peregrino que invitaba a los nativos americanos a la fiesta. Practicó su parte durante semanas, hablaba de ella todo el tiempo. Y falté. Maisie no estaba lo suficientemente fuerte para regresar a casa después de su primera sesión de quimio. Su recuento celular bajó y no nos dejaron salir de Denver hasta que se restableciera a niveles seguros. A veces sucede, al menos eso fue lo que me dijo una de las mamás aquí. Se llama Annie y ha sido una bendición estas últimas dos semanas. Su hijito está aquí y supongo que se podría decir que me ha tomado bajo su ala. La curva de aprendizaje es muy escarpada. Ya llevamos casi dos semanas en Denver. Es el mejor hospital infantil en Colorado y aquí está su oncóloga, pero unos días después de que llegamos me enteré de que no está dentro de la red de nuestro seguro médico. Es extraño que nunca antes pensara en este tipo de cosas. ¿Por qué no puedo tener mis ideas organizadas? Incluso mis cartas están en desorden. Pues sí, dos semanas y no fui a la obra de Colt. Ada asistió y la filmó para mí, pero no es lo mismo. Puso buena cara cuando nos llamamos por FaceTime justo después, pero sé que lo decepcioné. Cuando nacieron, juré que nunca los decepcionaría y ahora, haga lo que haga, uno de ellos lo padece. ¿Por qué es tan injusto? Aquí veo a padres y madres que se turnan, o parejas con un solo hijo, y siento una terrible punzada de añoranza egoísta por lo que ellos tienen: la capacidad de equilibrar. Sé que en este contexto faltar a la obra no es gran cosa. Es la primera de muchas, ¿o no? Tendrá muchas cosas más a las que podré asistir y Maisie me necesita en este momento. Pero no puedo evitar sentir que es la primera gota en la cubeta y tengo mucho miedo de que al final se llene. Me perdí su primera obra de teatro cuando le juré que no faltaría por nada, y ahora que los médicos me proponen planes de tratamiento, puedo ver cuánto se perderá ella. Cuánto se perderá él. Porque yo no fui la única que se perdió la primera obra, Maisie también. Los doctores me dicen que su recuento está subiendo y esperan que podamos volver mañana a casa. Dios mío, ojalá no se equivoquen. Espero que ustedes dos tengan un poco de pavo allá o algo parecido, o al menos un poco de tiempo libre. Descansa cuando puedas.

Ella

Acaricié la cabeza de Havoc cuando hice girar la camioneta y crucé la reja del Solitude. Manejé por el camino sinuoso hacia mi cabaña, pasando frente a la de Ella. Su todoterreno no estaba, lo que quería decir que debió irse a Denver según los planes. Esta mañana ahí había estado, cuando salí para una sesión de capacitación en mi nuevo trabajo. Por un momento me preocupó que sus planes hubieran cambiado. Aunque era algo que no me diría. Ni siquiera merecía saberlo.

Anoche me mató al hacer esas preguntas, al llamarme

desconocido. Casi confieso en ese instante, pero nuestras circunstancias no habían cambiado y ser solo Beckett me permitía estar lo bastante cerca para ayudar. Luego enterraría a Caos al lado de Ryan. Dios sabía que ya casi era así. No era una completa mentira cuando impliqué que él también murió en esa misión.

No quería mentirle a Ella, ni siquiera por omisión, pero si ella supiera quién era en verdad, me sacaría por completo de su vida. Saber solo haría que me hiciera más preguntas que yo no podía responder, y aunque le respondiera, la verdad me exiliaría en el momento en que descubriera la mentira que estaba viviendo. Siempre y cuando no lo averiguara y yo mantuviera mis sentimientos a raya, sería el único que cargaría con esa horrible verdad.

Una vez que Maisie estuviera curada y Ella no me necesitara más, se lo diría.

Giré en la larga entrada y frené con tal fuerza que Havoc se puso en guardia. Frente a mi cabaña estaba estacionado un Jeep desconocido. ¿Quién demonios podía ser? Avancé despacio hasta que una figura familiar rodeó el Jeep. Alto, de pecho ancho, y ojos, cabello y piel oscuros, lo reconocí a primera vista.

El capitán Donahue. ¿Qué podría querer?

—Está bien, chica —le dije a Havoc—. Es solo Donahue.

Estacioné la camioneta y salí, Havoc saltó detrás de mí.

—¡Perra suelta! —grité en advertencia conforme Havoc corría hacia él. Sabía perfectamente que no lo atacaría.

—Ja, ja, muy chistoso —respondió al tiempo que se ponía en cuclillas para estar a su nivel.

Se detuvo justo frente a él y se sentó. Yo me acerqué.

—¿Qué haces aquí?

—Bonita camisa —dijo mirando mi nueva camiseta de rescate de montaña de Telluride.

—¿Qué haces aquí? —repetí.

Suspiró y se puso de pie.

—Siempre bueno con las palabras, ¿verdad? —Abrió la puerta del Jeep y se inclinó al interior para sacar un Kong rojo—. Te traje un regalo —le dijo a Havoc.

Havoc levantó las orejas cuando se la mostró, pero no se movió cuando la lanzó al bosque.

—¡Búscala! —agregó, pero ella siguió mirándolo como si se hubiera vuelto loco—. ¿Qué? Te encantan estas cosas.

Me paré a su lado y crucé los brazos sobre el pecho.

—¿Sigue siendo tan terca? —preguntó levantando sus lentes oscuros a su cabeza.

—Sí.

Havoc no me miró y siguió con la mirada entrenada fija en él.

—Muy bien. Esperaba que después de un tiempo libre no tuviéramos que jubilarla a ella… o a ti.

Negó con la cabeza, exasperado.

—Búscala —ordené.

Con una palabra, Havoc salió corriendo hacia el bosque para buscar su nuevo juguete. Esbocé una gran sonrisa y Donahue puso los ojos en blanco.

—Sí, sí. Probaste tu punto: ella es tuya y siempre lo ha sido. Es bueno verte.

—Igualmente, pero no respondiste mi pregunta. ¿Por qué estás aquí?

—¿Podemos sentarnos?

Lo llevé al pequeño patio detrás de la cabaña donde había un juego completo de muebles a la sombra del sol de las tres de la tarde.

—Hace como cuarenta y cinco días que te saliste —dijo cuando nos sentamos en las sillas plegables de madera.

—Sí —respondí lanzando el Kong hacia el lago.

Havoc estaba encantada de ir tras él. Hoy tuvo que demostrar sus habilidades mientras buscábamos trabajo, demostrar a la perfección su capacidad para encontrar a personas, y estaba cansada, pero feliz.

—Vine a pedirte que lo reconsideres —dijo inclinándose un poco hacia adelante.

—No.

—Gentry. —Suspiró y se frotó el ceño—. Somos un equipo.

—Ya no —respondí en voz baja.

Miró hacia el lago, hasta la pequeña isla.

—¿Ya fuiste a verlo?

Mi silencio fue la respuesta.

—No podías hacer nada por él —me dijo por centésima vez.

—Sí, bueno, ahí es donde pensamos diferente.

Havoc regresó y volví a lanzarle el juguete; ese movimiento tan familiar era reconfortante.

—¿Crees que esto es lo que en verdad quería? ¿Qué dejaras al equipo? ¿Qué dejaras a tu familia? Tú y Havoc son parte de nosotros.

—Estoy haciendo precisamente lo que me pidió —respondí.

Saqué la carta del bolsillo trasero de mi pantalón y se la di. Él la leyó, lanzó una maldición y la metió al sobre.

—Debí leer esa maldita carta antes de entregártela.

—No hay manera de que me vaya. Por mucho que valore que hayas venido, no puedo regresar. Estoy en licencia especial y en cuarenta y cinco días estaré fuera.

Estaría separado de forma permanente de la única vida que conocía.

—¿Y si hubiera otra opción?

—A menos que esa opción sea que Mac regrese de los muertos, no me importa. No puede importarme. Lo que yo quiero ya no importa.

—Lo entiendo. Y entiendo lo que haces aquí. Diablos, te

admiro por eso. Es el mayor sacrificio y lo respeto. Pero sé que esta... situación, no será eterna. No quiero mires atrás y lamentes esta decisión.

Lo fulminé con la mirada, indicando con claridad que no lo haría. Sin embargo, él continuó.

—¿Y si te dijera que debido a la naturaleza de nuestra unidad tengo la capacidad de ponerte en la lista de discapacidad temporal?

—¿Cómo?

Havoc trajo el Kong de vuelta. En su mirada vi que estaba agotada y le hice una seña para que se echara. Iría a buscar esa cosa hasta caer rendida, a menos que le indicara lo contrario, así que lo hice.

—No es lo que piensas. No estás discapacitado. Pero era la única manera en la que el alto mando y yo pudimos pensar para ofrecerte una salida. Ahí lo tienes.

—¿Y el hecho de que no haya nada malo conmigo?

—Creo que ambos sabemos que no es verdad —dijo mirando hacia la isla—. Mira, en los últimos diez años nunca tomaste un permiso.

—¿Y?

—Y estás exhausto. Mental y físicamente agotado. Así que, basándonos en eso, hicimos el papeleo. Solo tienes que firmarlo.

—No voy a regresar.

—No ahora. Pero esto te da un año para pensarlo, más tiempo del que necesitas. Puedes extenderlo hasta cinco. Salario, prestaciones y tu regreso sin problema cuando estés listo.

—Ya tengo un trabajo —dije señalando mi camiseta.

—Uno en el que no marcarás la diferencia como lo haces con nosotros. Gentry, eres familia y siempre serás bienvenido. Si aceptas y firmas esos papeles, eso no te obliga a regresar; sencillamente te da la opción, que estás a punto de perder cuando acabe tu licencia especial. O firmas el rechazo y este ofrecimiento se acaba de inmediato. —Se levantó y dio un paso adelante, con la mirada fija en la isla—. Era uno de los mejores, ¿verdad?

—Era el mejor.

Donahue dio media vuelta y caminó a mi lado, hizo una pausa para poner la mano sobre mi hombro.

—Los papeles están en el centro de operaciones especiales en las afueras de Denver. Hace como una hora te envié por correo electrónico la dirección de la oficina.

—¿Qué? ¿No quisiste dejármelos aquí?

—Imaginé que si los dejaba aquí los quemarías antes de considerar lo que estoy tratando de ofrecerte.

Odiaba que tuviera razón.

—Es bueno verte, Gentry. Descansa. Haz lo que puedas por la familia de Mac, y cuando acabes esta misión, vuelve a casa.

Me devolvió la carta de Ryan y se marchó sin decir otra palabra.

Sentí un destello en el alma, la agitación que había estado dormida durante el par de semanas en las que volví a la vida. La necesidad de concentrarme en una misión a la vez y seguir adelante. Su oferta era tentadora y yo no podía permitírmelo, no cuando Ella me necesitaba.

Después de revisar mi correo electrónico para buscar la dirección, empaqué una maleta para mí y otra para Havoc. Lo mejor de mi empleo actual era que se trataba de guardias, no de un horario fijo, y de cualquier forma empezaba oficialmente hasta la próxima semana. Si salía en este momento podía llegar a Denver aproximadamente a las diez, si las seis horas que me llevó llegar aquí era el tiempo acostumbrado. En siete horas podía firmar el formulario de rechazo y poner fin a cualquier idea de aceptar la propuesta de Donahue. Además, quizá el viaje sanaría esa inquietud que me carcomía.

Veinte minutos después entré en la casa principal, con Havoc a mi lado.

—¡Señor Gentry! —exclamó Hailey, animándose conforme avanzaba hacia ella. Parpadeó coqueta y se inclinó hacia adelante—. ¿En qué puedo ayudarle?

Era exactamente el tipo de chica que le gustaría a Mac: divertida, sociable, bonita e interesada.

Pero para mí solo existía Ella, aunque ella no lo supiera.

«Sé amable. Sé correcto. Usa un tono más suave», repetí esos recordatorios en mi mente, decidido a hacer un esfuerzo con las personas importantes para Ella.

—Voy a Denver unos días y solo quería que lo supieran antes de irme.

—Ah, por supuesto... —El teléfono sonó y ella respondió, alzando un dedo en mi dirección—. El Solitude, habla Hailey. Ah, hola, Ella. ¿Qué?

Ahora fui yo quien se inclinó sobre la recepción.

—Bueno, ¿lo necesitas contigo? Claro, entiendo. Es solo que podría enviarlo para mañana...

—¿Qué pasa? —pregunté.

—Olvidó en la oficina la carpeta grande de Maisie —murmuró tapando el auricular.

—¿La carpeta médica?

Ella lo llevaba a todas las consultas. Contenía todo el historial de los tratamientos, resultados de laboratorio... todo.

Hailey asintió.

—Lo sé, Ella, solo déjame ver qué puedo hacer.

Le arrebaté a Hailey el auricular de la mano.

—Yo te lo llevo. Dile a Hailey que me mande por mensaje el número de la habitación del hospital.

Antes de que pudiera discutir, le devolví el teléfono a Hailey.

Giré hacia la puerta, Ada salía de la oficina con la carpeta en sus manos extendidas.

—Escuché. Pasó rápido esta mañana y la olvidó.

—Yo me encargo —dije.

—Sé que lo hará —respondió—. ¿Quiere que cuidemos a Havoc?

Mi primer impulso fue un «demonios, no» rotundo. Pero en ese momento Colt asomó la cabeza desde el comedor.

—¡Havoc! —Corrió hacia ella, se arrodilló y la abrazó; la perra puso la cabeza sobre el hombro de Colt—. ¿Por favor? ¿Podemos? Puede dormir en mi cama y todo. Le lanzaré su juguete y la alimentaré. ¡Lo prometo!

—Havoc va donde yo voy —le dije a Ada.

—No al hospital. Sé que es una perra de trabajo, pero solo dejan entrar a perros de servicio. —Su mirada reflejaba su súplica—. Señor Gentry, Ella no me permitió acompañarla. A Larry tampoco. Sé lo de la carta de Ryan y todo eso. —Miró a Colt y de nuevo en mi dirección—. Y no me gustaría que Havoc se quedara encerrada en un hotel si usted… si tuviera que quedarse para la cirugía mañana.

Sin duda intentaba llamar mi atención, pero no tenía idea de cuánto deseaba estar ahí con Ella ni de lo difícil que sería para mí dejar a Havoc.

Por mi mente pasó una letanía de maldiciones, ninguna de las cuales era adecuada para expresar mis sentimientos en conflicto. Havoc estaría segura y cuidada aquí. Ya antes habíamos pasado algunos fines de semana separados. Cuando no estábamos en despliegue, permanecía con los otros perros de trabajo según el reglamento, pero desde que Mac murió ella había estado conmigo en todos los despliegues y a cada momento.

Pero Ada tenía razón y Ella estaría sola.

Respiré hondo y miré a Colt a los ojos.
—¿Mañana tienes clases?
Negó despacio con la cabeza.
—Es el día para maestros o algo así.
—Es el Día del Maestro —corrigió Ada.
Asentí y pasé la mano sobre su cabello incipiente, que ya comenzaba a crecer.
—Bien. Entonces tú eres responsable de ella. ¿Okey? Su maleta está en la camioneta, con su comida y juguetes favoritos.
Conforme le explicaba cómo cuidarla sus ojos brillaban cada vez más, parecía un Osito Cariñosito por la alegría intensa que irradiaba.
Estaría en buenas manos.
Fui por su mochila y se la llevé a Colt. Me arrodillé frente a Havoc, tomé su morro entre mis manos y la miré a los ojos.
—Quédate con Colt. Pórtate bien.
Agregué esta pequeña orden para que supiera que solo me refería a «quédate», no a «protege», de lo contrario podía pelar los dientes. Pero esa era su elección, y si mostraba cualquier duda no podría quedarse, tendría que irse conmigo. Esa era la razón por la que nos jubilábamos juntos.
Giró la cabeza para mirar a Colt, indicando que entendía no solo la orden, sino quién era él.
—Regreso en unos días. Quédate-con-Colt-y-pórtate-bien.
La solté y de inmediato se acercó al niño.
—Buena chica.
El alivio y la preocupación me asaltaron en la misma medida.
—No es buena idea separarlos —le advertí a Ada.
—¿Mordería? —murmuró.
—No. No a menos que alguien quiera hacerle algo. Si eso sucede, que Dios ayude a esa persona porque solo deja de

morder cuando yo lo ordeno. ¿Está segura de que quiere que se quede?

—Absolutamente.

Se limpió las manos sobre el delantal inmaculado.

—¡Vamos, Havoc! —dijo Colt, quien ya salía corriendo por la puerta de la casa con el Kong es sus pequeñas manos.

Havoc lo siguió meneando la cola.

Ada ladeó la cabeza.

—Es gracioso.

—¿Qué?

—Parece tan dócil. Uno nunca diría que es capaz de desgarrar a una persona.

—En ese sentido, es como cualquier mujer, señora.

Cinco minutos después conducía hacia Ella y Maisie. Al fin podía hacer algo por lo que me habían enviado aquí: ayudar.

CAPÍTULO DIEZ

Beckett

Carta núm. 2

Caos:

¡Qué alegría que escribieras! Antes que nada, feliz cumpleaños, aunque sé que esto te llegará semanas después. Al ver las fechas en tus sobres, veo que tarda como cuatro o cinco días en llegar a mí, lo cual es en verdad muy rápido. Recuerdo cuando tomaba seis semanas. En segundo lugar, ¿qué te parece esto? Escribamos siempre con pluma. No borremos nunca, digamos lo que se nos ocurra con honestidad. No tenemos nada que arriesgar, ni tenemos que fingir nada. Está bien que no seas bueno con la gente. En mi experiencia, hay pocas personas por las que vale la pena hacer un esfuerzo. Trato de dar todo lo que tengo a quienes están cerca de mí y mi círculo es pequeño. Prefiero ser genial con pocas personas que ser mediocre con muchas. Así que déjame hacerte una pregunta que no pasará por la censura (por cierto, qué extraño pensar que la gente va a leer nuestras cartas, pero lo entiendo). ¿Cuál es la decisión que más te haya dado miedo? ¿Por qué la tomaste? ¿Te arrepientes? Mucha gente pensaría que mi respuesta sería tener a los gemelos o criarlos, pero nunca había estado tan segura de nada en mi vida como lo estoy de mis hijos. Ni siquiera fue Jeff, mi exmarido. Estaba demasiado impresionada como

para sentirme asustada cuando me pidió matrimonio, y no puedo arrepentirme de nada de lo que pasó, porque tengo a mis hijos. Además, en realidad el arrepentimiento no nos lleva a nada, ¿o sí? No tiene caso volver a lo que sucedió cuando tenemos que seguir adelante. La decisión que más me ha asustado la tomé el año pasado. Hipotequé el Solitude, que no solo es un hotel, sino una propiedad que se extiende ochenta y una hectáreas. Mi abuela nunca recurrió a una hipoteca y yo quería, más que nada, continuar su legado; pero estábamos en decadencia a todos los niveles. No me convencía vender más terreno, así que tomé la aterradora decisión de hipotecar la propiedad e invertir todo en mejoras, esperando lanzarnos como un establecimiento de lujo. Cruzo los dedos para que funcione. Entre el capital que saqué para mejorar las cabañas y las propiedades y los préstamos de construcción para que las nuevas cabañas empiecen a funcionar en verano, soy una mezcla loca de esperanza y temor. No te voy a mentir, es un poco excitante. El que no arriesga no gana, ¿verdad? Me voy a mi siguiente decisión temeraria… ser voluntaria con las señoras moralistas de la Asociación de Padres y Maestros.

Ella

Con la carpeta de Maisie bajo el brazo, revisé mi teléfono en busca del número de habitación, justo cuando el elevador llegó al piso de oncología pediátrica.

Eran casi las once de la noche, los momentos que pasé con Colt me habían hecho perder algo de tiempo, pero no hubo contratiempos en el camino.

—¿Puedo ayudarlo? —preguntó una enfermera de sonrisa amable que estaba vestida con un uniforme estampado del pato Donald.

Parecía tener cuarenta y tantos años y estaba bastante alerta para la hora tan avanzada.

—Voy a la habitación 714, Maisie MacKenzie —le dije.

Algo que aprendí en la década que serví en nuestra unidad fue que si actuabas como si pertenecieras al lugar, la mayoría de la gente creía que así era.

—Ya no son horas de visita. ¿Es de la familia?

—Sí, señora.

De acuerdo con Colt, lo era, así que de forma muy retorcida, no mentía.

—¡Ah! Usted debe ser su papá. ¡Todos esperábamos conocerlo!

Okey, ahí no iba a mentir. Una cosa era hacer generalizaciones y otra muy distinta adjudicarme el honor de ser el papá de Maisie. Cuando abrí la boca para hablar, sentí una mano en el hombro.

—Llegaste —dijo Ella con una leve sonrisa.

—Llegué —repetí—. Y la carpeta también.

Se la di y ella la abrazó contra su pecho en un gesto demasiado familiar que me hizo sentir una punzada en el pecho. En momentos como este debería abrazarse a alguien, no a un objeto inanimado.

—Yo lo acompaño —le dijo Ella a la enfermera.

—Adelante.

Caminé por el pasillo con Ella y observé los murales de osos en las paredes.

—No bromeaban cuando lo etiquetaron el piso de los osos, ¿verdad?

—No. Ayuda a los niños a recordar —respondió—. ¿Quieres conocer a Maisie? Sigue despierta, a pesar de todos mis esfuerzos por hacer que se duerma.

—Sí —respondí sin dudar—. Me gustaría mucho.

Era el eufemismo del siglo. Junto a los dibujos de las montañas que Colt dibujó para mí, los dibujos de animales de Maisie eran mis favoritos. Pero esos le pertenecían a Caos. Igual que con Ella y Colt, con Maisie empezaba de cero.

Nuestros pasos eran el único sonido en nuestro camino por el largo pasillo.

—Este pabellón es para hospitalizados —me explicó Ella para llenar el silencio—. Los otros dos son para pacientes ambulatorios y trasplantes.

—Entiendo —dije, escrutando con la mirada los detalles, como era mi costumbre—. Oye, tienes que saber que la enfermera cree que...

—Eres el papá de Maisie —interrumpió para terminar mi frase—. Escuché. No te preocupes, no te va a obligar a que firmes los papeles de adopción ni nada por el estilo. Dejé la información sobre el padre en blanco para que ni de broma le hablaran a Jeff en caso de emergencia. Él ni siquiera la conoce.

—Me gustaría decir que no entiendo cómo alguien puede hacer eso, pero de donde vengo, sucede con demasiada frecuencia.

Se detuvo frente a la habitación que tenía un letrero con el nombre de Maisie.

—¿Y de dónde vienes?

—Crecí en el sistema de acogida. Mi mamá me dejó en una estación de autobús en Nueva York cuando tenía cuatro años, en la de Syracuse, para ser exactos. La última vez que la vi fue cuando renunció a sus derechos en el tribunal, un año después. He conocido a padres horribles en mi vida, pero también algunos maravillosos. —La señalé a ella—. Y si tu ex es tan patético como para no haber visto a su hija, entonces no la merece. Ni a ti ni a Colt.

Esa mirada abundaba de un millón de preguntas, pero Maisie me salvó.

—¿Mamá?

Su vocecita se escuchó desde el interior. Ella abrió la puerta y yo la seguí.

La habitación era de buen tamaño, había un sofá, una cama individual, una mecedora tapizada y la enorme cama de hospital que acogía a la pequeña Maisie.

—Hola, mi amor. ¿Sigues despierta? —preguntó Ella, colocando la carpeta sobre la mesa detrás de la puerta, luego se sentó en el borde de la cama.

—No... estoy cansada —respondió Maisie, haciendo una pausa a media frase para bostezar. Miró a su mamá y luego me vio a mí—. ¿Hola?

Esos ojos azul cristalino, iguales a los de Ella, me escrutaron de pies a cabeza en un juicio rápido. Estaba delgada, pero no demasiado frágil. Tenía la cabeza completamente rapada y la falta de cabello hacía que sus ojos parecieran mucho más grandes.

—Hola, Maisie. Soy Beckett. Vivo en la cabaña junto a la tuya —le expliqué con el tono más suave que puede, acercándome al pie de su cama.

—Tú tienes a Havoc —dijo ladeando un poco la cabeza, igual que Ella.

—Así es. Pero ahora no está conmigo. De hecho, la dejé con Colt para que le hiciera compañía mientras venía a verte. Espero que no te moleste. Parecía que necesitaba una amiga con quien hablar.

—Los perros no hablan.

—Qué curioso, de eso mismo hablamos tu hermano y yo. Pero a veces no necesitamos que nos respondan; solo necesitamos a un amigo que nos escuche y para eso, Havoc es muy buena.

Entrecerró los ojos y me ofreció una sonrisa deslumbrante.

—Me caes bien, señor Beckett. Dejaste que mi mejor amigo tomara prestada a la tuya.

Y así, sin más, me había ganado.

—Me caes bien, Maisie —respondí en voz baja.

Tenía miedo de que mi voz se quebrara si la alzaba un poco más que eso.

Maisie era todo lo que esperaba que fuera y más. Tenía la misma alma dulce y decidida de su mamá, pero más resplandeciente y no atenuada por el tiempo. En el mismo momento en el que me sentí abrumado de gratitud de que me hubiera aceptado, también me sentí inundado de la rabia irracional de que tuviera que pasar por esto.

—Vamos a ver *Aladino*. ¿Quieres verla también? —preguntó.

—No vamos a ver *Aladino*. Vamos a dormir —dijo Ella con severidad.

—Estoy nerviosa —murmuró Maisie hacia Ella.

Si antes me dolía el corazón, ahora pegaba de alaridos. Era tan pequeña para una cirugía como esa, para tener cáncer. ¿Qué tipo de dios le hace esto a niños pequeños?

—Yo también —admitió Ella—. Qué te parece esto: ¿empezamos la película y me acuesto contigo? Y veremos si puedes dormir.

—Trato hecho —asintió Maisie.

Preparó la película Ella y yo me acerqué a la puerta.

—Las dejo para que disfruten su noche.

—¡No, tienes que quedarte! —gritó Maisie.

Me hizo pararme en seco.

Volteé y vi sus ojos enormes llenos de pánico. Sí, nunca más sería la causa de esa expresión en su rostro.

—¿Ella?

Miró a Maisie y luego a mí.

—Maisie, es muy tarde, estoy segura de que el señor Gentry preferiría estar en una cama grande y cómoda...

—Ahí hay una cama.

Ella suspiró y cerró los ojos. Vi la batalla que libraba y de la que me había escrito: la necesidad de criar a Maisie como si no hubiera una enorme posibilidad de que muriera, frente a la certeza de que lo más probable fuera que sí.

Pero esa súplica en la mirada de Maisie no era cuestión de mimos, ahí había una verdadera necesidad. Me acerqué a su cama y me senté en el borde.

—¿Puedes darme una razón? —murmuré para que Ella no pudiera oírnos.

Maisie miró a Ella, yo volteé sobre mi hombro y vi que estaba ocupada poniendo el DVD.

—Me tienes que decir, Maisie, porque no quiero preocupar a tu mamá. Pero si es una buena razón, estaré de tu lado.

Alzó la mirada en mi dirección.

—No quiero que esté sola.

Su murmullo me ensordeció con más fuerza que una sirena antiaérea.

—¿Mañana? —pregunté.

Asintió rápidamente.

—Si te vas, estará sola.

—Okey. Déjame ver qué puedo hacer.

Su manita se aferró al borde de mi chamarra.

—Promételo.

La solemnidad en su petición me hizo recordar a Mac, su carta. Era casi como si supiera cosas que no debía... que no podía saber.

—Prométeme que no la dejarás sola —repitió en un murmullo.

Cubrí su manita con la mía.

—Lo prometo.

Buscó mi mirada y me volvió a juzgar. Luego asintió y se recostó, relajada, sobre el respaldo elevado de la cama.

Crucé la habitación en penumbra hasta donde Ella se quitaba los zapatos.

—Por supuesto que me iré si quieres que lo haga, pero ella insiste.

—¿Cuál es su motivo? Nunca había pedido algo así.

—Eso es entre nosotros. Pero créeme, es bueno. ¿Qué quieres que haga?

—Solo hay un sofá y esa camita. —Se mordió el labio inferior, pero su intención no era sexi. Mac hacía el mismo gesto cuando estaba preocupado—. No se lo desearía ni a mi peor enemigo.

—He dormido en condiciones mucho peores, créeme. No es problema. ¿Qué quieres que haga, Ella?

Haría cualquier cosa que me pidiera, pero Dios mío, esperaba que me aceptara, lo que fuera de mí. Me estaba matando saber lo asustada que estaba por lo que le esperaba a Maisie mañana y no poder consolarla como ella necesitaba.

Lanzó un suspiro y su cuerpo se relajó un poco.

—Quédate. Quiero que te quedes.

Sentí una opresión en el pecho que me impidió respirar hondo. Jadeé un poco y dejé mi chamarra sobre el respaldo de la mecedora.

—Entonces, me quedo.

La procesión que avanzaba frente a mí era solemne, casi reverente. Las enfermeras empujaban a Maisie en su cama por el pasillo, hacia la gruesa línea azul que marcaba el pabellón de quirófanos donde solo entraban médicos y pacientes.

Caminaba a su lado, sostenía la mano de Maisie en la suya y estaba un poco inclinada sobre su hija. Sus pasos eran lentos, como si las enfermeras supieran que Ella necesitaba cada segundo que le quedaba. «Probablemente lo saben». Después de todo, para ellas este era solo otro día normal, otra cirugía de otro niño con otro tipo de cáncer. Pero para Ella se trataba del día que más temía y esperaba con la misma intensidad.

Se detuvieron justo antes de cruzar la línea azul y yo me quedé atrás para darles el espacio que necesitaban. Con el cabello sujeto hacia atrás pude ver la leve sonrisa forzada en su rostro mientras ella acariciaba la cabeza de Maisie, donde debió haber cabello. Los labios de Ella se movían mientras le hablaba a su hija; la tensión era visible en los músculos de su rostro, en la rigidez de su cuello.

Hacía un esfuerzo por estar tranquila, pero colgaba de un hilo que se deshilachaba a cada segundo. La había visto desmoronarse desde las seis de la mañana, cuando las primeras enfermeras entraron para preparar a Maisie. Vi cómo se mordía el labio y asentía mientras firmaba los papeles de reconocimiento del riesgo de extracción de un tumor de ese tamaño en una niña tan pequeña. La observé poner buena cara y sonreír para que Maisie se sintiera cómoda, bromear sobre lo celoso que estaría Colt de su nueva cicatriz.

Después presencié la conversación que tuvieron Maisie y Colt por FaceTime y mi corazón se quebró por ellos. Esos dos no solo eran hermanos o amigos; eran dos mitades de un solo ser. Hablaban en medias oraciones e interpretaban monosílabos como si tuvieran su propio idioma.

Aunque Ella estaba aterrada, sabía que Colt era quien más perdería si algo le sucedía a Maisie, y no había absolutamente nada que yo pudiera hacer al respecto.

Metí las manos a los bolsillos de mis jeans para evitar ir hacia ella. Ese sentimiento era egoísta, porque abrazar a Ella me ayudaría a mí, no a ella. No podía hacer nada por ella más que estar ahí y ser testigo del miedo de que estos pudieran ser los últimos momentos con su hija.

Impotente.

La maldita impotencia. Igual que cuando al final encontramos el cuerpo de Ryan, tres días después de que la operación fracasara. No pude hacer nada para que su corazón volviera a latir, para borrar lo que debieron ser las peores horas de su vida o para curar por medio de un milagro la herida de bala que entró en la base del cráneo y salió…

«Havoc. El atardecer en las montañas. La sonrisa de Ella». En mi mente repetí estas tres imágenes al tiempo que dejaba escapar un suspiro vacilante para bloquear mis pensamientos. Los recuerdos. Este no era su lugar. No podía ayudar ahora a Ella si quedaba atrapado en el pasado con Ryan.

Una de las enfermeras habló con Ella y sentí un nudo en la garganta cuando se inclinó sobre Maisie para darle un beso en la frente. La mano de Maisie apareció sobre el barandal de la cama, con un oso de peluche rosa desgastado. Asintió Ella y tomó al oso. Empujaron a Maisie por el pasillo y cruzaron las puertas batientes.

Ella trastabilló hacia atrás hasta que golpeó la pared con la espalda. Avancé de inmediato, pensando que podía caer al piso, pero debí saberlo. Se sostuvo contra la pared con el oso abrazado contra su pecho como si fuera un salvavidas, alzó la cabeza hacia el techo y respiró hondo.

No volteó a verme ni miró a las enfermeras que pasaron enfrente, simplemente se refugió en sí misma como si supiera que la única fuente de consuelo provendría de algún lugar muy en el fondo de sí misma. Perdí el aplomo cuando me di cuenta de que no buscaba consuelo porque no estaba acostumbrada a recibirlo, que esta situación sería idéntica si yo no estuviera aquí.

Pero aquí estaba. Sabía que era una intrusión, pero no me importó, avancé hasta que me paré frente a ella. Tenía los ojos cerrados, su garganta pulsaba por el esfuerzo de conservar el control. Ansiaba abrazarla, llevar toda la carga que ella me permitiera.

—Ella.

Abrió los ojos, brillantes por las lágrimas no derramadas.

—Ven, el día será largo. Vamos a que comas algo y tomes un café.

Si no podía curar su corazón, al menos podía ocuparme de su cuerpo.

—No... no sé si pueda moverme. —Giró un poco la cabeza hacia las puertas batientes—. Los últimos cinco meses he luchado todos los días. La he llevado a los tratamientos, he discutido con compañías de seguros, he peleado con ella para que tomara sorbitos de agua cuando la quimioterapia la ponía tan mal que se deshidrataba. Todo lo que hemos hecho ha sido para llegar a este momento, y ahora que ha llegado, no sé qué hacer.

Controlé mis emociones inestables y alcé las manos para tocar su rostro, pero me contuve y me limité a tomarla por los hombros.

—Has hecho todo lo que has podido y es impresionante lo que has logrado, hasta dónde la has llevado. Hiciste tu trabajo, Ella. Ahora, debes dejar que los médicos hagan el suyo.

Por fin pudo mirarme a los ojos. Sentí su tortura como un dolor físico que atenazaba mi estómago, como la laceración interminable de un cuchillo romo que me partía en dos.

—No sé cómo darle ese control a alguien más. Es mi niñita, Beckett.

—Lo sé. Pero lo difícil ya pasó. Firmaste los documentos, por difícil que fuera, y todo lo que podemos hacer ahora es esperar. Anda, déjame alimentarte.

Se despegó de la pared y yo di un paso atrás para dejar una distancia considerable entre nosotros.

—No tienes que quedarte. Me dijeron que van a ser muchas horas.

—Lo sé. Su tumor está en la glándula suprarrenal izquierda y aunque ha disminuido, sigue habiendo un peligro real de que pierda ese riñón. Una cirugía larga significa que están haciendo todo lo posible para salvarlo y que están siendo muy cuidadosos para extirpar el tumor en su totalidad. Estaba escuchando cuando te informaron esta mañana.

Esbozó una sonrisa triste.

—Haces mucho eso, escuchar. Poner atención.

—¿Es malo?

—No. Solo sorprendente.

—No me importa cuántas horas sean. Aquí estoy y no te voy a dejar.

Pasó una eternidad para que se decidiera, no solo a comer, sino a creerme. A confiar en que mis palabras eran sinceras. Advertí el momento en el que se decidió porque sus hombros se desplomaron y sus rasgos se distendieron un poco.

—Okey. Entonces sí vamos a necesitar café.

El alivio dejó un gusto dulce en mi boca, un sentimiento agradable y pleno en mi corazón. Asentí, incapaz de encontrar las palabras correctas.

—¿Cuál es la historia del oso? —pregunté dos horas más tarde. Estábamos sentados en la sala de espera, uno al lado del otro en el sofá, con los pies sobre la mesita baja.

—Ah, es Colt —explicó al tiempo que acariciaba con cariño la cara del oso de peluche tan amado.

—Colt es… una niña.

—Tal vez a Colt simplemente le gusta el rosa. Ya sabes, solo los verdaderos hombres pueden usar ropa rosa.

Me miró por el rabillo del ojo.

—Lo tendré en cuenta.

Tras un desayuno ligero, porque Ella tenía el estómago revuelto como para aguantar más, empezamos a conversar de manera tranquila, incluso sin esfuerzo.

—Los osos fueron un regalo de mi abuela para los mellizos, uno rosa y el otro azul, como era la costumbre en esa época. Pero Colt se enamoró del rosa. No se separaba de él, así que Maisie se quedó con el azul. Cuando tenían tres años, Ryan vino a vernos y se llevó a Colt de campamento. A Maisie nunca le ha gustado mucho la naturaleza y me rogó poder quedarse en casa, así que la dejé. Pero Colt casi se niega a ir. Maisie sabía que era porque no soportaban estar separados. Así que ella tomó el oso azul, le dijo que era Maisie, y lo mandó al campamento.

—Entonces, este oso es Colt.

Asintió Ella.

—Se lo da cada vez que está hospitalizada, para que puedan estar juntos, y él se queda con el azul en casa.

Sí, ese dolor que me carcomía ahora había pasado a mi corazón.

—Tus hijos son increíbles.

Su sonrisa era genuina y casi pierdo el aliento cuando volteó a verme para compartirla conmigo.

—Soy afortunada. No estaba segura de qué hacer cuando Jeff se fue, pero ellos siempre fueron tan… fueron todo. Claro, eran agotadores, ruidosos y caóticos, pero le dieron color a mi vida. No recuerdo cómo era el mundo antes de que los tuviera en mis brazos, pero sé que no era ni la mitad de emocionante.

—Eres una madre excelente.

Se encogió de hombros como para minimizar mi halago.

—Lo eres. En serio —agregué.

Necesitaba que me escuchara, que entendiera cuánto la admiraba.

—Solo quiero ser suficiente.

Miró rápidamente el reloj como lo hacía cada cinco minutos desde que Maisie había desaparecido detrás de las puertas batientes.

—Lo eres. Eres suficiente.

Me miró sorprendida, yo me mordí la lengua. Si no tenía cuidado, me delataría.

—Gracias —murmuró, pero supe que no estaba convencida por la manera en la que desvió la mirada.

—Entonces, ¿qué sigue? ¿Monopoly? ¿El juego de Life? —pregunté tratando de aligerar el ambiente y distraerla.

Señaló la caja de madera que estaba al otro extremo de la mesa.

—Scrabble. Y más te vale tener cuidado. No tendré escrúpulos para darte una paliza, aunque seas tan amable como para quedarte conmigo todo el día.

Yo no era amable. Era un desgraciado mentiroso y manipulador que no se merecía estar sentado en la misma habitación que ella. Pero no podía decírselo; en su lugar, tomé la caja y me preparé para recibir una lección.

—¿Creciste en asilos? —me preguntó Ella cuando recorríamos el piso por sexagésima cuarta vez.

Maisie llevaba seis horas en cirugía y hacía quince minutos el equipo quirúrgico salió para decirnos que todo iba bien y que hacían todo su esfuerzo para salvar el riñón.

—Sí.

—¿En cuántos?

—Francamente no recuerdo. Me mudaba mucho. Quizá porque era un niño horrible. Me peleaba con todas las personas que trataban de ayudarme, ignoraba todas las reglas y me esforzaba mucho para que me corrieran de la casa, esperando de alguna manera que mi mamá regresara.

No pensaba que me entendiera. Era difícil de comprender para la mayoría de la gente que crecía en hogares normales con una familia casi normal.

—Ah, esa hermosa lógica ilógica de los niños —dijo Ella.

Por supuesto que entendió. Eso era lo que me hacía sentirme atraído hacia ella. La manera simple con la que me aceptó en nuestro intercambio epistolar. Pero por lo que había visto, ella era así: comprensiva.

—Bastante.

—¿Cuál fue la mejor casa? —preguntó para mi sorpresa.

La mayoría de las personas querían saber cuál había sido la peor, como si mi vida fuera carne de cañón para chismes que alimentaban su desvergonzada necesidad de escuchar las tragedias de otros.

—Mmm… la última. Estuve con Stella casi dos años, cuando yo tenía como quince. Fue la única persona con la que quise quedarme.

Los recuerdos me asaltaron, algunos dolorosos, algunos agradables, pero todos suavizados por un tamiz que solo el tiempo podía darles.

—¿Por qué no lo hiciste?

Llegamos al final de otro pasillo y dimos media vuelta para regresar.

—Murió.

Vi a Ella detenerse.

—¿Qué? —le pregunté.

—Lo siento mucho —dijo dándome un ligero apretón en el bíceps—. Encontrar al fin a alguien para luego perderla...

Quise frotarme el rostro por instinto, para olvidar todo y seguir caminando, pero no movería un solo músculo mientras tuviera su mano sobre mí, sin importar lo inocente que fuera el gesto.

—Sí. La verdad no hay palabras.

—Como si alguien tomara tu vida y la agitara como una de esas esferas de nieve —dijo Ella—. Parece que lleva toda una eternidad que los copos se posen, pero nunca vuelven al mismo lugar.

—Exactamente.

Había capturado el sentimiento con la precisión de alguien que comprendía. ¿Cómo era posible que nunca hubiera encontrado a nadie que entendiera lo que había sido mi vida, pero esta mujer la definía sin siquiera parpadear?

—Vamos, todavía no hacemos un surco sobre el linóleo —dijo, y comenzamos nuestra sexagésima quinta vuelta.

La seguí.

—Esto está llevando demasiado tiempo. ¿Por qué se tardan tanto? ¿Qué está mal?

Vi a Ella caminar de un lado a otro en la sala de espera de cirugía.

—Es solo que hace un buen rato que no nos informan nada. Quizá están terminando.

La miré desde donde me encontraba recargado contra el alféizar. Había estado tranquila, incluso serena, hasta que llegó la hora en la que habían contemplado que acabaría la cirugía. Tan pronto como pasó esa hora, algo en su interior se sacudió.

—¡Ya van once horas! —gritó, deteniéndose para llevarse las manos a la cabeza.

Se había jalado tantos mechones que ahora el cabello flotaba alrededor de su cabeza, despeinada por completo.

—Así es.

—¡Se supone que serían diez!

Tenía los ojos desorbitados y alarmados, no podía culparla. Demonios, solo le estaba dando voz a lo mismo que yo pensaba.

—¿Está todo bien? ¿Señor y señora MacKenzie? —preguntó una enfermera asomando la cabeza—. ¿Puedo hacer algo por ustedes?

—No soy...

—Sí, puede averiguar qué está pasando exactamente con mi hija. Se supone que saldría de cirugía hace una hora y nadie ha dicho nada. Nada. ¿Está bien?

La expresión de la mujer se suavizó por la compasión. Sin duda Ella no era la primera mamá en pánico en la sala de espera, y no sería la última.

—Voy a preguntar. Ahora vuelvo con noticias.

—Por favor. Gracias.

La mirada de Ella perdió un poco del terror.

—Claro —dijo con una sonrisa tranquilizadora hacia Ella y luego salió en busca de información.

—Dios mío, me estoy volviendo loca.

La voz de Ella era apenas un murmullo.

Agitó la cabeza para evitar que su labio inferior temblara. Me aparté del alféizar y en cuatro zancadas llegué a su lado, sin pensar quién era yo o quién pensaba ella que yo era. Sencillamente la envolví en mis brazos y la jalé a mi pecho como había querido hacer desde el primer momento que la vi.

—No serías la mamá que eres si no te volvieras un poco loca —le aseguré, y la sentí relajarse un poco contra mi cuerpo.

—Creo que de aquí me iré directo al psiquiátrico —masculló sobre mi pecho.

Giró la cabeza y la descansó bajo mi clavícula. Diablos, se adaptaba exactamente como sabía que lo haría, a la perfección. En otra vida, así era como habríamos enfrentado los problemas juntos. Pero en esa vida, Maisie estaría sana y Mac estaría vivo. En este mundo... en fin, ella no me abrazaba. Aunque era cierto que yo le inmovilizaba los brazos por la manera en que la estrechaba. ¿Me estaba apartando? ¿Yo era tan inconsciente? Esta idea me golpeó con una fuerza tan brutal que aparté los brazos de inmediato. ¿Qué demonios estaba pensando? Solo porque quiso que me quedara con ella no quería decir que quisiera que la tocara. Yo era su única opción y tenía la suerte de serlo, pero de ninguna manera era su elección o preferencia.

—No me sueltes —murmuró. Sus manos seguían entre nosotros pero no me apartaba, solo descansaban sobre mi pecho. Incluso se recargó más sobre mí—. Había olvidado lo que se siente.

—¿Que te abracen? —pregunté con voz ronca como lija.

—Que te sostengan.

Nunca una sola frase me había dejado de rodillas, emocionalmente hablando.

—Te tengo.

La apreté con más fuerza y puse una mano extendida sobre su espalda, justo entre los omóplatos, con la otra sostuve la parte trasera de su cabeza. Usé mi cuerpo lo mejor que pude para rodearla, imaginando que era una suerte de muro, que podía mantenerla lejos de cualquier dolor que la amenazara. Descansé la barbilla sobre su cabeza y poco a poco sentí que cedía y se abandonaba.

Aunque no podía decírselo, amaba a esta mujer. Podría enfrentar ejércitos por ella, matar o morir por ella. No había verdad más grande que esa, y ninguna otra que pudiera ofrecerle, porque mientras ella era honesta, fuerte y amable, yo era un mentiroso que la había lastimado de la peor manera posible. No tenía derecho a abrazarla así, pero lo peor era que no movería ni un músculo.

—¿Señora MacKenzie? —dijo la enfermera, que volvía acompañada del cirujano de Maisie—. Los encontré cuando salían de cirugía.

—¿Sí?

Giró entre mis brazos y la solté, pero Ella tomó mi mano y la apretó tan fuerte que por un momento me preocupé por el flujo sanguíneo en mis dedos.

El cirujano sonrió y sentí una oleada de alivio, algo más poderoso que nada de lo que había sentido durante las batallas en las que salí ileso.

—Lo sacamos todo. Fue un poco problemático, pero pudimos salvar el riñón izquierdo. Tiene a una pequeña muy tenaz. Ahora está en recuperación, descansando. Tan pronto como despierte la llevaremos a verla, pero no espere que permanezca mucho tiempo despierta, ¿de acuerdo?

—Gracias. —La voz de Ella se quebró, pero esa palabra expresaba la intención que con frecuencia llevaba horas reflejar.

—De nada.

El cirujano sonrió de nuevo. Su rostro estaba marcado por el agotamiento. Después nos dejó solos en la sala de espera.

—Está bien.

Cerró los ojos.

—Está bien —repetí.

—Está... en verdad está bien —repitió.

Luego, como si alguien la despojara de lo que la mantenía erguida, sus rodillas cedieron y se desplomó. La atrapé antes de que golpeara el piso y la levanté a mi lado.

—Está bien. Está bien —repitió la frase una y otra vez hasta que las palabras salieron en sollozos roncos y francos.

Pasé un brazo bajo sus rodillas y el otro en su espalda y la levanté. Hundió su rostro en mi cuello, lágrimas calientes bajaron por mi piel y empaparon mi camisa. Me senté en el sofá, ella estaba recostada sobre mi regazo. Sus sollozos desgarradores hacían temblar todo su cuerpo.

La forma en la que lloraba me hizo pensar en la válvula de escape de una olla de presión: el resultado de muchas cosas que habían estado encerradas durante demasiado tiempo. Y si bien el alivio era dulce porque la cirugía había sido un éxito, sabía que mucho más le esperaba, a ella, a ellos. Esta era solo una pausa en la lucha que le permitía disfrutar de segundos valiosos para recuperar el aliento.

—Te tengo. Maisie está bien —le dije acariciando su cabello—. Las dos están bien.

Hablé en presente porque era todo lo que podía prometerle.

Por lo pronto, Havoc estaba segura con Colt, Maisie ya no tenía el tumor y Ella descansaba acurrucada en mis brazos. Eso era suficiente.

CAPÍTULO ONCE

Ella

Carta núm, 21

Ella:

Sí, puedo creer que el tipo de la biblioteca te haya invitado a salir. No, no creo que sea extraño ni que sea una broma. ¿Por qué lo sería? Ya vi tu fotografía. Sé que eso me pone en ventaja. No estoy seguro si te has dado cuenta, pero definitivamente no padeces nada en el tema del aspecto físico. Anda, dime cuáles son tus excusas. Sí, tienes dos hijos, y sí, uno de ellos está enfrentando problemas increíbles. Tienes un negocio que te quita mucho tiempo y por lo que sé de ti, también tiendes a ponerte al último cuando pasa algo en tu vida. Pero escúchame, borra eso, hazme caso: nada de eso te hace «inadecuada para una cita», como tú dices. ¿Sabes quién es inadecuado? Alguien egoísta o absorto en los pequeños detalles de su vida que no significan nada. Para mí, la cualidad más atractiva de una mujer es su capacidad de entregarse, y Ella, eso tú lo haces en abundancia. Escuché que no has salido desde que Jeff se fue. Entiendo que los últimos cinco años has estado ocupada cuidando de tus hijos, levantar un negocio y, en general, ser todo para todos. Pero eso no significa que no puedas abrir la puerta para dejar entrar a alguien. Sobre todo ahora. No voy a decir que necesitas a alguien en quien apoyarte, porque sé que te has vuelto una experta en salir adelante sola. Pero con lo que estás enfrentando sé que te ayudaría contar con alguien que estuviera a tu lado en los momentos en los que sientes que es imposible seguir. Sal a cenar con ese tipo, Ella, incluso si no pasa nada después, sabrás que hay que celebrar el universo. No puedes darle la espalda a todo lo bueno que venga a ti porque tienes miedo de lo que pudiera pasar o no pasar. Esa es la salida de los cobardes y tú no eres cobarde. Francamente, ¿quién no se enamoraría de ti? Llevamos ya tres meses escribiéndonos y estoy medio enamorado de ti, sin siquiera haber estado contigo en la misma habitación. Solo dale al tipo, date a ti, una oportunidad de ser feliz, porque lo mereces. O podrías esperar hasta enero, cuando por azar aparezca en tu puerta.

Solo piénsalo.
Caos.

—¿Necesitas algo más? —le pregunté a Maisie al tiempo que le daba el iPad.

Estaba instalada en la sala de la casa principal, lo suficientemente cerca para que Hailey y Ada la escucharan si quería algo.

—Nop —respondió haciendo tronar la «p» al final, luego abrió una de las aplicaciones que su maestra le había recomendado.

—¿Cómo está tu panza?

Habían pasado dos semanas desde la cirugía, y aunque la cicatriz me parecía una víbora monstruosa y rosada que reptaba sobre el vientre de mi hija, ella juraba que el dolor casi había desaparecido.

Quizá era por la manera en la que durmió los primeros días tras la operación o por la garganta lastimada por las doce horas de intubación o por la sonda de alimentación que tuvo durante días, pero me costaba trabajo creerle. Era posible que mi tolerancia al dolor cuando se trataba de ella fuera mucho menor que la que ella había llegado a desarrollar.

—Mamá, estoy bien. No vomito ni nada. Está bien. Vete.
—Me miró—. Además, tan pronto como te vayas Ada me dará un helado sin azúcar.

—Creo que no debiste decirme eso. —Reí y le di un beso en la cabeza aún brillante y lisa. Reorganizar su dieta había sido todo un reto—. Sabes por qué tiene que ser sin azúcar, ¿verdad?

—Me dijiste que el azúcar alimenta al monstruo que está dentro de mí. Y aunque ya sacaron gran parte del monstruo, el resto está en mi sangre, así que no debemos alimentarlo.

—Exacto. Lo siento, Maisie.

Alzó hacia mí una mirada que me pareció décadas más vieja.

—Está bien, al monstruo no le gusta este tipo de helado.

La volví a besar antes de marcharme. Cuando me dirigía a la puerta tomé la carpeta. Ya le había dicho a Ada que saldría.

En la entrada me detuve un momento frente al espejo. Traté de alisarme los rizos que se escapaban de la trenza que me hice esa mañana.

—Basta. No importa lo que hagas, sigues hermosa —dijo Hailey, quien apareció a mi espalda.

—Ja. Ni siquiera recuerdo la última vez que fui al gimnasio o me maquillé. Me conformo con no parecer loca de atar. «Hermosa» está muy por encima de mi ámbito.

Puso la barbilla sobre mi hombro y nuestros ojos se encontraron en el espejo.

—Tú tienes el tipo de hermosura que brilla, pase lo que pase.

—¿Estás buscando un aumento? —bromeé.

—No. Solo digo la verdad. Ahora, vete antes de que llegues tarde a la reunión. Ada y yo nos encargamos de Maisie. No te preocupes.

—Preocuparme se ha convertido en mi única emoción.

Escrutó mi rostro un segundo y de pronto sus ojos se iluminaron. Eso significaba que estaba a punto de sugerir algo ridículo.

—Ya sé qué vamos a hacer.

—Hailey... —me quejé.

Éramos amigas, pero su idea de diversión no era exactamente la mía.

—Salgamos en una cita doble. Yo invito a Luke y tú vienes con Beckett. Podríamos ir al cine o a cenar, o probar ese nuevo bar karaoke en Mountain Village.

—¿Un bar?

Quería que mi tono de voz mostrara exactamente lo que pensaba de esa idea. Esa era una vida para gente sin problemas, que no tenía responsabilidades como hijos o cáncer. O un hijo con cáncer. Era para gente normal de veinticinco años.

—Sí. Un bar. Porque si a alguien le caería bien un trago es a ti, Ella. Y sé que Beckett estaría encantando con invitarte.

Me tensé.

—Nosotros no... no es así.

Solo pensar en Beckett hizo que me sonrojara.

—Ese hombre no te quita la mirada de encima cada que están en la misma habitación. Vamos, ¿cuántas veces fue a Denver después de la cirugía de Maisie?

Di media vuelta para quedar frente a Hailey.

—Tres veces.

—En dos semanas.

Y cada vez que llegaba, mi corazón daba ese estúpido vuelco. Algo cambió el día de la cirugía de Maisie. No solo porque estuvo ahí, sino porque yo quería que estuviera. Fue la primera vez en todo el tratamiento de Maisie que me permití no solo apoyarme en alguien, sino que dejé que me sostuviera.

La mañana que apareció con Colt de sorpresa, como tres días después de la cirugía, me deshice. Parecía que sabía exactamente lo que necesitaba, lo que Maisie necesitaba, y lo ofrecía incluso antes de que yo lo pidiera.

—Sí, en dos semanas. Pero no es romántico.

—Ajá.

—¡No lo es! Está aquí porque Ryan se lo pidió. Eso es todo. No hay nada más.

Al menos eso era lo que yo me decía cada vez que encontraba sus ojos verdes sobre mí o que me sorprendía mirándolo.

—Y no te parece atractivo ni nada, ¿verdad?

—Yo...

Ojos verde oscuro color pino, cabello espeso y brazos fornidos, abdominales marcados que bajaban hasta... «tranquilízate».

—Claro que sí. Lo he visto —agregué.

«Y lo he sentido».

Había sentido su abrazo protector, fuerte pero no opresivo, como si hubiera sabido que necesitaba que me abrazaran en ese momento. Había sentido la dulzura de sus manos cuando enjugó mis lágrimas después de sollozar todo lo que llevaba dentro. Había sentido la alegría de lo que él era capaz cuando Colt subió a la cama junto a Maisie y la abrazó. Había sentido la enorme capacidad de amor que tenía, aunque él no quisiera reconocerlo.

Sí, cuando se trataba de Beckett sentía por completo y demasiado.

—Bueno, sí. Habría que estar muerta para no verlo. Porque es sexi, Ella. Y no de forma pasajera y tranquila. Es tan sexi como para que quieras que te haga un hijo sobre la barra de la cocina. Además, ya empezó a dar respuestas que no son monosílabos, y eso muestra sin duda potencial para salir de su carácter taciturno.

Una punzada caliente y desagradable me golpeó el estómago y desapareció tan pronto como llegó: celos. No había razón para tener celos de Hailey. Claro, ella era hermosa y estaba disponible, y no llevaba tanto equipaje a sus espaldas como para tener una enorme etiqueta de Samsonite en la frente, pero en el momento en el que volvimos de Denver dejó por completo de buscar a Beckett. Y no era porque no estuviera interesada. Ayer había escuchado los rumores cuando fui a comprarme un café: la mitad de los habitantes de Telluride estaban pendientes del nuevo miembro de Búsqueda y Rescate.

Fue porque que Hailey pensó que quizá yo estaba interesada en él.

—Siempre ha hablado en más que monosílabos y yo ya tengo hijos, ¿recuerdas? Además, hablando de niños, si no me voy ahora mismo voy a llegar tarde a la reunión.

—Okey. Vete. Corre. Pero ese hombre vive en la puerta de junto y, por lo que he visto, vas a tener que lidiar con toda esa... —Hizo una señal hacia mi cara enrojecida— ...frustración reprimida de alguna forma.

Entró un huésped y sonó la campanilla con ese ligero tintineo que me llevó horas decidir instalar.

—Salvada por la campana —murmuró Hailey antes de recibir a nuestro huésped—. ¡Bienvenido al Solitude! Usted debe ser el señor Henderson. Su cabaña está lista para usted y su esposa.

Su sonrisa era amplia y se reflejó en el rostro del veiteañero hipster.

La temporada de senderismo de verano ya casi había empezado.

Aproveché la oportunidad, tomé la carpeta y me escapé por la puerta principal.

Eran las 10:31 cuando llegué. Como los buenos padres, me

estacioné en los lugares designados de la escuela primaria y le agregué un minuto más a mi ya tardía llegada.

—¡Ella! —Jennifer me sonrió por la ventanilla de la recepción—. Todos están listos para ti.

—Hola, Jennifer —saludé al tiempo que firmaba la hoja de registro y abrí la puerta cuando escuché el zumbido.

—¿Cómo se siente Maisie? —preguntó mientras me llevaba a las oficinas que estaban detrás de la recepción.

—Está bien, gracias. La cirugía salió bien y ya está lista para regresar el lunes a la escuela.

—¿En serio? ¿Tan pronto? ¡Qué maravilla!

—Te sorprendería ver lo rápido que los niños se recuperan, y siempre y cuando sus niveles estén bien, ella estará segura aquí.

—¡No puedo creer que lo superara tan rápido!

Oh, no. Vi esa mirada en sus ojos y odié tener que borrársela.

—No, Jen. Le quitaron el tumor, todo, pero está en fase cuatro. Su médula sigue teniendo cáncer en su mayoría. Este solo fue el primer paso.

Su rostro se ensombreció.

—Ah, lo siento. Supongo que no entendí.

Le sonreí.

—No te preocupes. No toda la gente lo hace y espero que nunca tengan que hacerlo. Está luchando.

Apretó los labios hasta formar una línea, luego asintió.

—Claro.

Abrió la puerta de la sala de conferencias y para tranquilizarla le apreté la mano cuando entré, no había dicho nada por lo que tuviera que avergonzarse.

—Ah, señorita MacKenzie, qué gustó que esté con nosotros —dijo el director Halsen desde la cabecera. Su corbata estaba tan rígida como su rostro.

Al parecer, hoy solo hablaríamos de negocios.

—Señorita May —saludé con una sonrisa a la maestra de Maisie y Colt.

Tenía treinta y pocos años y Colt todo el tiempo hablaba bien de ella. Una punzada de culpa me golpeó en pleno pecho al darme cuenta de lo ausente que había estado en las actividades escolares este año.

Sí, definitivamente no ganaría el premio de la Mamá del Año de la Asociación de Padres y Maestros. Ni siquiera el de Buena Mamá. A lo mucho el de Mamá no Existente.

—Este es el señor Jonas, superintendente del distrito, y nos acompañará hoy.

El director Halsen señaló al hombre mayor que estaba a su izquierda, quien asintió en mi dirección con los labios apretados que dibujaron una sonrisa forzada.

—Señor Jonas.

Tomé asiento al final de la mesa de conferencias, dejando dos sillas vacías entre mí y lo que parecía un ejército que se reunía en mi contra, o más bien contra Maisie. El sonido ensordecedor del zíper de la carpeta al abrirla casi parecía obsceno en el silencio.

—Entonces, señorita MacKenzie...

—Ella —lo corregí.

—Ella —repitió asintiendo—. Teníamos que reunirnos hoy para hablar de la asiduidad de Maisie. Como sabe, debe asistir un mínimo de novecientas horas para terminar el jardín de niños. En este momento, entre sus ausencias y los días que tuvo que salir temprano o llegar tarde, solo tiene setecientas diez.

—¿Okey?

Hojeé la carpeta hasta la sección de la escuela, donde llevaba un registro de los días y horas, así como otra documentación.

—Pensamos que a estas alturas necesitamos hablar de sus

opciones —dijo el director Halsen levantando sus lentes sobre la nariz. Abrió el sobre manila que tenía enfrente.

—Opciones —repetí tratando de entender.

—No cumple los requisitos legales —agregó el señor Jonas. Su voz era suave, pero su mirada me decía que, para él, el asunto estaba decidido.

—Sí. —Encontré la carta que guardaba en un protector de página y la saqué de la carpeta—. Estoy de acuerdo en que no cumple con el requisito, pero el distrito nos aseguró en esta carta, fechada en noviembre, que no se lo pedirían. Según el reglamento, el distrito puede dispensar esa formalidad en caso de enfermedad grave, usted estuvo de acuerdo.

Deslicé la carta sobre la mesa. La señorita May la tomó y la pasó, ofreciéndome una sonrisa solidaria.

—Así fue. Y no estamos aquí para lanzar ultimátums, Ella —me aseguró el director Halsen—. Estamos aquí para hablar de lo que es mejor para Maisie. Hicimos este trato sin pensar en su futuro a largo plazo.

Porque nunca pensaron que llegaría hasta aquí.

—Lo que es mejor para Maisie... —repetí en voz baja—. Quiere decir, ¿algo así como no tener un neuroblastoma en fase cuatro? Porque sin duda estoy de acuerdo, eso no es lo mejor para Maisie.

El señor Jonas se aclaró la garganta y se inclinó hacia adelante con las palmas juntas sobre la mesa.

—Entendemos por completo, señorita MacKenzie. Lo que su hija ha tenido que vivir es trágico.

El comentario fue suficiente para ponerme los pelos de punta.

—No es trágico, señor Jonas. No está muerta.

—Por supuesto que no, querida. No estamos diciendo que sea justo, pero la verdad es que quizá Maisie no esté lista para entrar a primaria.

«Querida». Como si yo fuera una niñita en calzones, pidiendo una nueva muñeca. Al demonio con eso.

—Hemos hecho todo lo que han pedido. La señorita May ha sido muy amable y le aseguro que está lista.

—Lo está —intervino la señorita May asintiendo.

El director Halsen suspiró, se quitó los lentes y limpió una mancha imaginaria.

—Veamos esto desde otro ángulo. ¿Puede decirnos en qué punto está en sus tratamientos? ¿Qué podemos esperar en los siguientes meses?

Pasé a la página donde tenía el plan de tratamiento. Me di cuenta de que había llegado a un punto en el que no estaba segura. Nos encontrábamos en una encrucijada.

—Hace dos semanas salió de una cirugía mayor. Se está recuperando muy bien y está lista para volver a la escuela el lunes. Después, la semana siguiente tendrá otra sesión de quimio, lo que, como usted sabe, significa que no asistirá a la escuela una semana completa. Esperamos que sus niveles permanezcan lo suficientemente estables para que regrese para el fin de año escolar, pero no podemos estar seguros. Luego viene el verano. Sabré más cuando hagamos la quimio y me reúna con la oncóloga.

Los administradores compartieron una mirada que me hizo sentir que no estaba al otro extremo de la mesa, sino del otro lado de un campo de batalla. Sentí otra vez ese cambio, el mismo que surgió en el momento en el que pusieron a los mellizos en mis brazos, como las piezas de una coraza que encajan en su lugar mientras me preparaba para defender a mi hija.

—¿Ha pensado en que vuelva a cursar el jardín de niños? Si su situación mejora para que el próximo año escolar esté presente todo el tiempo, entonces no habrá problema. No la obligaríamos, por supuesto, pero vale la pena pensarlo. De hecho, muchos padres hacen que sus hijos repitan el jardín de niños por distintas razones. Sin duda esa intervención sí calificaría como...

Me sacó de mis casillas.

—Con todo respeto, no fue una intervención. Fue una cirugía de doce horas en la que su vida estuvo en riesgo para quitarle un tumor del tamaño de una pelota de softball de la glándula suprarrenal. Esta no es una inconveniencia, es cáncer. Y no, el año que entra no será mejor. Está luchando por su vida, así que discúlpeme si no comparto sus inquietudes de que pueda perderse en el kínder el día fundamental donde estudian el ciclo de vida de una mariposa. Por estadística, incluso no podría... —Un nudo me cerró la garganta, mi cuerpo se rebelaba contra las palabras que no había pronunciado desde el día en que me dijeron sus probabilidades de vida—. El año que entra no será mejor.

—Y no quiere que repita el año de jardín de niños.

El director Halsen escribió una nota en la carpeta.

—Es kínder. ¿En serio cree que es necesario?

Repetir el año no solo sería difícil para Maisie, sino también para Colt. Estarían en diferente año escolar y eso significaba que, incluso si venciera el cáncer, tendría que enfrentar las consecuencias todos los días.

—No lo necesita —intervino la señorita May—. Es brillante y le irá muy bien en primero de primaria —les dijo a los administradores.

Los dos hombres consultaron en voz baja y luego voltearon a verme.

—Quisiéramos ofrecerle una solución. Cámbiela a un programa de enseñanza en casa. El jardín de niños no es tan difícil como primero de primaria, y el próximo año necesitará esa flexibilidad.

—Sacarla de la escuela.

—Educarla en casa —corrigió el señor Jonas—. No estamos contra usted, señorita MacKenzie, ni contra Maisie. Estamos haciendo un gran esfuerzo para encontrar la mejor solución. No asiste a la escuela las horas requeridas y el próximo año su carga de trabajo aumentará de manera exponencial. Además de eso, está la responsabilidad de tenerla aquí con su sistema inmune debilitado, la preocupación del personal y de los otros niños. Quizá todos nos sintamos más cómodos, Maisie incluida. Si la educaran en casa podría organizarse bien para sus tratamientos.

Otras mamás de niños con cáncer lo hacían. Había hablado con algunas, pero parecía que siempre los sacaban como último recurso... cuando estaban muriendo. No importaba tanto el hecho de sacarla físicamente de la escuela, sino la aceptación emocional de que no podía ir. Y eso era igual de devastador para todos: Maisie, Colt y para mí en particular.

Pero sí le ayudaría a aliviar el estrés físico, sus niveles, la libraría de esos días que no podía levantarse de la cama, de esas mañanas que pasaba inclinada sobre el escusado llorando para después mirarme y jurarme que estaba bien.

—¿Qué implicaría?

—Yo podría darle clases —ofreció la señorita May—. Iría en las tardes, siempre que ella se sintiera bien. Se mantendría al día, estaría exenta de los requisitos de asistencia del distrito y podríamos adaptar el programa a sus necesidades.

—¿Puedo pensarlo?

—Por supuesto —respondió el señor Jonas, devolviéndome la carta del diagnóstico.

Terminamos la reunión y la señorita May salió conmigo. Me sentía entumecida, o quizá solo era que los golpes habían sido tan duros y frecuentes los últimos seis meses que ya no advertía el dolor.

—Es la hora del almuerzo de Colt, si quieres verlo —me dijo.

Colt. Él era exactamente lo que necesitaba en este momento.

—Me gustaría mucho —respondí.

Tomó mi mano y la apretó ligeramente.

—Es un chico estupendo. Es amable, compasivo y defiende a los niños pequeños.

Mi sonrisa fue instantánea.

—Tuve suerte con ese niño.

—No. Es estupendo porque tiene una madre estupenda. Por favor, no lo olvides en medio de todo esto. Eres una gran mamá, Ella.

No podía pensar en nada qué decir que no fuera una refutación a su afirmación, así que solo le apreté la mano yo también.

Luego me paré junto a otra docena de mamás que hacían fila fuera de la cafetería, todas esperaban a sus hijos. La mayoría eran las mamás típicas de la Asociación de Padres y Maestros, las que tenían minivans impecables, agendas organizadas por colores y se vestían a la moda, pero con recato. A algunas las conocía, a otras no.

Miré mis tenis Vans, mis jeans desgastados y la camiseta de manga larga y me sentí… descuidada. Nunca había entendido la frase «dejarse ir», pero ¿ahora? Sí, lo entendía. No podía recordar la última vez que me corté el cabello o que me di tiempo para ponerme un poco más de maquillaje que corrector de ojeras y rímel. Nada de eso importaba en esta situación, el salvar a Maisie, pero ahora sentía la separación entre mi persona y estas mujeres de tal modo como si ellas estuvieran vestidas de etiqueta.

—¡Oh, Ella! ¡Qué gusto verte! —dijo Maggie Cooper llevándose una mano al pecho y mostrando un diamante más grande que su nudillo.

Era un año mayor que Ryan y se había casado con uno de esos tipos corporativos de la estación de esquí. Casi esperaba que en su anuncio de compromiso dijera algo así como «le va bien a una chica local».

—Igualmente, Maggie. ¿Cómo está…?

Demonios, ¿cómo se llamaba su hijo? El odioso que echó a perder la mochila de Maisie con marcador indeleble y pensó que era encantador besarla a la fuerza. ¿Doug? ¿Deacon?

—¿Drake?

«¡Ufff!».

—¡Muy bien! Haciendo muchos avances en el piano y con ganas de comenzar futbol. Empieza la próxima semana, en caso de que Colt quiera jugar. Mira, he querido preguntarte, ¿has pensado en tratar a Maisie con holística? Quiero decir, esos medicamentos son un veneno. Leí un blog que hablaba de comer solo yuca o algo así. Muy interesante. Te lo puedo enviar.

Ajá. Gracias a Dios me había vuelto muy buena en fingir una sonrisa y asentir.

—Claro, Maggie. Eso sería maravilloso.

En los últimos seis meses había aprendido que la manera más fácil de lidiar con las buenas intenciones de quienes dan consejos era solo dar las gracias y acceder, sin comprometerme, a leer la investigación que hubieran encontrado sobre el veneno de serpiente o lo que fuera.

Por suerte, la clase llegaba con sus loncheras y tarjetas para el almuerzo.

—¡Perfecto! Y encontré mucha información sobre comida orgánica. Se supone que es muy buena para los niños con leucemia y todo eso.

—Neuroblastoma —corregí sobre la cabeza de los niños conforme pasaban entre nosotras en el pasillo—. Tiene neuroblastoma.

—Ah, sí. Me confundo con todos esos cánceres —dijo mientras agitaba la mano como si no hubiera diferencia.

—Dios mío. ¿Quién es ese? —preguntó la mamá que estaba junto a ella, señalando hacia el final del pasillo.

Volteé y vi a Colt. Iba detrás de su clase con una sonrisa de un millón de vatios, y Havoc entre él y Beckett.

Beckett iba vestido de pantalones cargo como los que llevaba al trabajo, y la camiseta azul marino de los rescatistas de montaña de Telluride que se estiraba a la perfección sobre su pecho y alrededor de sus fornidos bíceps.

—No tengo idea, pero me apunto —dijo Maggie con los ojos fijos en Beckett; en ese momento, su hijo la encontró.

Beckett asintió por algo que Colt dijo y se quitó la gorra de beisbol para ponérsela a Colt con la visera hacia atrás. Uf, mi pequeño y estúpido corazón dio un vuelco y tuvo ese sentimiento adolescente y luminoso para el que sin duda no tenía tiempo.

—En serio —dijo la otra mamá—. ¿Carne fresca?

—Temporal. Debe serlo —respondió Maggie.

Beckett alzó la cabeza y de inmediato me vio; la sonrisa lo transformó de magnífico y taciturno a solo sexi. ¿Cuándo fue la última vez que había pensado de esa manera de un hombre? ¿Jeff? Como si reconociera que me daba vida, sentí mariposas en el estómago, como si mi libido hubiera despertado después de siete años dormida.

—¡Mamá!

Colt me vio y corrió, rebasando a toda la fila para saltar en mis brazos.

Lo atrapé con facilidad y lo cargué contra mi pecho. Durante una fracción de segundo me preocupó haber cruzado la línea del niño grande, pero con lo intuitivo que era, recargó su cabeza contra mí y me apretó con fuerza.

—Me da mucho gusto que estés aquí —dijo bajándose una vez que ya había recibido mi dosis de Colt.

—A mí también.

La voz de Beckett me recorrió como azúcar en bruto, grumosa y dulce al mismo tiempo. Por el rabillo del ojo vi a Maggie boquiabierta, luego desapareció, con suerte hacia el comedor, aunque sabía que esas pocas palabras harían que las lenguas chismosas no pararan.

—¿Qué hacen ustedes tres? —pregunté inclinándome hacia Havoc para rascarle detrás de la oreja—. Hola, chica.

—¡Beckett vino a compartirnos su experiencia! —exclamó Colt.

«Dios, lo había olvidado».

—Mi niño. Olvidé por completo que necesitabas a alguien que compartiera su historia hoy. Lo siento.

¿En qué momento iba a dejar de hacer tonterías y arreglar mi caos?

—No, mamá, ¡está bien! Beckett me dijo la semana pasada que traería a Havoc, por eso lo quité del calendario que tienes en la cocina. ¡Fue maravilloso! Fue a recoger su juguete y luego Beckett me escondió en un árbol y le dijo que me buscara, ¡y me encontró! Definitivamente fue el espectáculo más genial de experiencias compartidas del año.

—¡Qué alegría! —Era verdad. Mi culpa se evaporó durante un maravilloso segundo. Miré a Beckett con gratitud—. Gracias —dije en un murmullo.

El leve movimiento de sus labios no era una verdadera sonrisa. Era algo más suave, más íntimo e infinitamente más peligroso.

—Lo hice con gusto.

—Vine a una reunión sobre Maisie y necesitaba una pequeña dosis de Colt —le dije.

Frunció el ceño.

—¿Todo bien?

Antes de que pudiera responder apareció Maggie con un folleto en la mano y brillo labial recién puesto, y se paró tan cerca que casi estaba entre los dos.

Beckett se tensó.

—Ahhh, Ella —dijo—, antes de que lo olvide, esta es la información del equipo de futbol. Sé que Colt quería jugar en la liga de primavera, pero todos entendimos por lo que Maisie estaba pasando, bueno, tienes muchas cosas en qué pensar. Pero en caso de que puedas considerarlo en tus horarios, nos encantaría que asistiera.

—¿Futbol? ¿En serio? —Colt se iluminó como árbol de Navidad y a mí me dieron ganas de abofetear a Maggie y a cualquier otra mamá del planeta que tuviera la capacidad de aceptar sin antes revisar los horarios de las citas con los médicos y las sesiones de quimioterapia.

—Colt, estamos muy ocupados...

Con delicadeza, Beckett me tomó por el codo y le dio la espalda a Maggie.

—Déjame ayudar.

—Beckett...

Dejar que me ayudara significaba depender de él y permitir también que Colt dependiera de él. Y aunque sabía que lo hacía con la mejor intención, también estaba consciente de que su alma tenía los mismos demonios inquietos que tuvo Ryan.

—Por favor.

Sin duda estaba agradecida de que no me pidiera desnudarme, porque entre esa voz y la súplica en su mirada, me sentía indefensa. Asentí antes de que mi cerebro o yo tomáramos la iniciativa.

—¿Quieres jugar futbol, Colt?

—¡Sí!

—Pues haremos que eso suceda.

Entre la algarabía de Colt, Maggie me aventó el folleto y volteó con una sonrisa en dirección de Beckett.

—¿Y tú quién eres? ¿La ley y el orden de Telluride?

La mirada de Beckett perdió su calidez y su expresión se volvió distante, casi fría, nunca le había visto un gesto parecido. ¿Quién era la excepción, Maggie o yo?

—No. Ese es el departamento del alguacil.

Su tono era cortante, casi irreconocible comparado con la manera con la que me hablaba a mí y a los niños.

—¿Sector privado, entonces?

—Sí.

Monosílabo. Quizá Hailey tenía razón, sencillamente ella había visto algo que yo pasé por alto, porque él no lo había mostrado conmigo.

—Ahhh, del tipo especial de búsqueda y rescate —dijo Maggie dando un paso para ponerse entre nosotros—. A los que contratan para casos peligrosos —agregó bajando la voz.

Me alejé un paso para evitar asfixiarme con su perfume.

—Supongo —respondió Beckett.

—Si sabes que en realidad esa compañía está financiada por un conglomerado de dueños de la estación de esquí y los hoteles del pueblo, ¿verdad? Querían tener a un equipo que estuviera disponible de inmediato porque sabían lo ocupada que puede estar la oficina del alguacil.

—Ah, ¿sí?

Beckett se alejó, pero Maggie lo siguió. Su mandíbula se tensó y me lanzó una mirada que decía «sálvame», bastante divertida. En verdad estaba muy incómodo. Sin duda era momento de intervenir.

—Tiene razón —dije tomando la mano de Colt—. Su esposo es dueño de uno de los hoteles, ¿verdad, Maggie?

Me fulminó con la mirada, pero su expresión se suavizó

cuando miró de nuevo a Beckett; de hecho, «evaluar» era la palabra correcta. Otra manera de describirlo era que se lo comía con los ojos.

—Así es, y supongo que, en cierto sentido, eso significa que trabajas para mí.

La mirada de Beckett se endureció.

—Soy contratista independiente, trabajo para mí.

Me moví para pararme junto a Beckett y él se relajó lo suficiente como para que fuera visible.

—Qué gusto verte, Maggie, pero creo que estos hombres tienen hambre, ¿verdad? —le pregunté a Beckett.

Él asintió.

—Es un gusto conocer a otros padres de la clase de Colt y de Maisie.

Las palabras eran las correctas, pero se escucharon forzadas, como si las hubiera practicado en su mente antes de decirlas en voz alta.

Maggie dejó caer los hombros, pero rápidamente se recuperó.

—Por supuesto. Debo regresar con Drake. ¿Nos acompañan?

Miré a Colt, quien por suerte estaba ocupado con Havoc. Debía tener hambre y estábamos desperdiciando el tiempo del almuerzo aquí.

—La verdad es que le iba a preguntar a mi Ella si quería ir a comer conmigo.

Pronunció esas palabras como cuando estábamos solos: de manera fácil, natural.

Maggie lo advirtió. Jaque mate.

Fuera o no cierto, lo hubiera podido besar de agradecimiento. No lo iba a besar, por supuesto, ni tocarlo de ninguna manera que indicara algo más que una amistad, si es que eso era lo que había entre nosotros. ¿Qué éramos? ¿Vecinos con relación de culpabilidad?

Maggie asintió y al dar media vuelta casi me avienta. Beckett pasó un brazo sobre mis hombros para darme equilibrio. ¿A quién le importaba la verdad? ¡No a mí!

Después de la reunión de hoy y del ataque de Maggie, sentía una suerte de rebelión en el estómago que se extendía hacia el exterior.

—Colton MacKenzie.

—¿Mamá?

—¿Quieres pasar el resto del día conmigo? ¿Con nosotros? —pregunté mirando a Beckett.

—¡Sí!

—¿Qué quieres hacer? —preguntó Beckett acuclillándose.

Colt removió la boca y la nariz mientras pensaba.

—Quiero ir de día de campo con Maisie. Si se siente bien.

Había tenido tanta suerte con este niño.

—Día de campo, entonces.

De camino a los coches rocé el brazo de Beckett para que se detuviera, mientras Colt y Havoc avanzaban unos metros delante de nosotros.

—No eres muy sociable, ¿verdad?

—¿Fue tan evidente?

—Sin duda. —Pero de alguna manera también era adorable, puesto que conmigo era distinto—. No me había dado cuenta hasta ahora.

—Sí, bueno… supongo que solo me siento cómodo con ustedes.

Ese simple reconocimiento me pareció el mejor halago y me sonrojé.

—Sí te das cuenta de lo que hiciste, ¿verdad?

Necesitaba que entendiera el compromiso que había adquirido, lo valiosa que era la confianza de un niño.

—¿Con el almuerzo?

—El futbol, Beckett. Son tres prácticas a la semana y partidos los fines de semana. Los días en los que estoy con Maisie en el médico…

—Yo estaré en la cancha con Colt. No voy a defraudarte, Ella. Ni a él.

Me mordí el labio inferior, luchando contra el impulso de creerle, de confiar en que estaría donde prometió estar.

—Confía en mí, por favor.

—Sé que tienes las mejores intenciones, pero en mi experiencia, los hombres… no siempre están ahí.

Pronuncié las últimas palabras mirando el concreto bajo mis pies. Para ser exacta, los hombres mentían, hacían promesas que nunca cumplían. Quizá sus razones eran diversas, pero el resultado siempre era el mismo.

Con cuidado me levantó la barbilla con el índice y, poco a poco, encontré el valor para mirarlo a los ojos.

—Estaré ahí para ti. Para Colt. Para Maisie. No me iré. No te abandonaré. No moriré. —Sus palabras fueron un golpe al corazón, con la fuerza de una tonelada de ladrillos—. Estaré ahí y, si no me crees ahora, está bien. Me lo ganaré.

—No tengo derecho a esperar eso de ti.

No estábamos juntos ni nada parecido que pudiera implicar que tenía esa obligación. Tenía que confiar en que su sentido del deber con mi hermano era lo suficientemente fuerte como para que se quedara aquí, y la confianza no era una de mis virtudes.

—Tienes el derecho porque yo te lo doy.

Nos quedamos ahí parados, mirándonos, con su mano debajo de mi barbilla, enfrentados en silencio hasta que suspiré y cerré los ojos.

—Está bien. Pero no lo defraudes.

—No lo haré. Entre más pronto lo creas, más pronto podré

quitarte un poco de la carga que llevas sola a cuestas. Ten un poco de fe en mí.

Respiré, un poco entrecortado y lo intenté: tenerle fe.

—Futbol.

—Futbol —repitió con una sonrisa.

CAPÍTULO DOCE

Beckett

Carta núm. 18

Caos:

Hace como una hora me encontré con los padres de Jeff en el supermercado. No sucede con frecuencia, quizá una o dos veces al año cuando vienen de vacaciones, pero siempre me mueve el piso cuando pasa. ¿Por qué es así? Después de siete años uno pensaría que soy inmune a verlos, pero no lo soy. Ahí estaba yo, parada en el pasillo de bebidas mirando todos los sabores Gatorade conocidos por el ser humano, debatiéndome sobre cuál era el sabor que Maisie no vomitaría. Últimamente ha tenido muchas náuseas, pero sé que debe mantenerse hidratada por estas nuevas medicinas y un posible fallo renal. En fin, estaba pensando que quizá manzana amarga, pues al menos era verde, así que, cuando inevitablemente vomite, al menos no entraría en pánico porque pareciera sangre. Cuando estaba embarazada de los gemelos, los sabores agrios eran lo único que mantenía las náuseas a raya. Así que llené el carrito y cuando llegué al final del pasillo, ahí estaban los padres de Jeff, escogiendo un pavo para Acción de Gracias. No es que no sepa que es Acción de Gracias y que la gente necesita pavos. Pero estoy ahí, tratando decidir qué comprar para mantener viva a mi hija, y ellos discuten los méritos de un pavo de siete kilos frente a uno de ocho kilos. Igual que Jeff, nunca habían visto a los niños. Los di por perdidos en el momento en que su papá llegó con un gran cheque, los papeles de divorcio y una solicitud para que interrumpiera mi embarazo. Luego, hace dos semanas, me tragué el orgullo y le pedí a su papá que agregara a Maisie en el seguro de Jeff, puesto que Jeff trabaja para él. Me echó y me dijo que los niños no eran su problema. Me parece que Jeff está saliendo con la hija de algún senador, y eso hace que los niños sean un lastre. Maisie se está muriendo y ellos están más preocupados por la imagen de Jeff. Así están las cosas. No nos hablamos. Pero hoy, por alguna razón me afectó más de lo acostumbrado. Quizá es porque Maisie está tan enferma. Porque cuando pienso en Jeff y en las preguntas que me hacen los mellizos sobre él y que no puedo evitar mucho más tiempo, siempre creí que ellos podrían buscarlo cuando fueran grandes. Ese ya sería problema de él. Pero ahora me doy cuenta de que quizá Maisie nunca tenga esa oportunidad. Y aunque no quiero tener nada que ver con él, nunca les impediré que busquen esas respuestas. Pero es posible que el tiempo se lo impida a ella. Sin embargo, no le pregunto si quiere conocerlo. Quiero para mí todo el tiempo que le queda. No quiero compartirla con Jeff y, francamente, no creo que él pueda ofrecerle más que dolor. Lo primero que hice después de que logré que Maisie tomara un poco de ese Gatorade fue tomar una pluma y escribirte. Te juro que no sé si eso me hace una egoísta o una mala persona. Peor aún si lo hace, me tiene muy sin cuidado. ¿No es eso peor?

Ella

—¿Estás listo? —le pregunté a Colt mientras él corría a toda velocidad por el pasillo de la casa de su mamá hasta el cuarto de servicio.

El chico llevaba tres semanas practicando y hoy era el sábado del Día de los Caídos: día de partido.

El lunes los gemelos se graduarían del jardín de niños, aunque no tengo idea qué demonios signifique eso. Por qué necesitaban togas y birretes en miniatura era algo que me superaba, pero sin duda se verían adorables durante la sesión de fotos que Ella organizó junto al lago.

—¡Mis tennis de fut! —gritó.

—En tu mochila —respondí levantando la pequeña mochila Adidas mientras él derrapaba hasta frenar frente a mí, en calcetines.

—¿Los tienes?

—Sí, y tus espinilleras y la crema solar para tu cabezota. Entonces, ¿estás listo para jugar o qué?

Nos quedaban veinte minutos para llegar a la cancha para el calentamiento.

—¡Sí!

Dio un salto con ambas manos extendidas hacia el techo.

—Bien, guarda un poco de esa energía para el partido, ¿okey? Vamos a jugar contra un equipo de Montrose y son muy fuertes.

Colt arrugó la frente.

—Tienen seis años, igual que yo.

—Sí, bueno, tú también eres fuerte. Ahora ponte los zapatos y vámonos.

Colt entró al cuarto de servicio y yo fui a buscar a Ella, quien estaba en la oficina. Maisie estaba recostada en el sofá frente al escritorio, libro en mano.

—Hola, Maisie. Ella, ¿estás lista?

Alzó la vista de su eterno montón de papeles sobre la superficie de caoba, rápidamente ocultó su pánico y sonrió.

—Sí, solo déjame ver si Hailey ya regresó para que venga a cuidar a Maisie.

—Quiero ir. Por favor, mamá. ¿Por favor? —suplicó Maisie.

Hoy estaba sonrojada, el color había vuelto a sus mejillas justo a tiempo para otra ronda de quimioterapia la próxima semana.

Este era uno de esos momentos en los que me alegraba no ser padre, porque cedería siempre. Siempre.

Ella frunció el ceño.

—No sé, Maisie.

—Hoy me siento perfectamente y el clima está bien. Hasta me puedo quedar sentada en el coche. ¿Por favor? No quiero perderme su primer partido.

—Dirías que te sientes perfectamente aunque no fuera cierto.

—¿Por favor?

Ella me miró a los ojos.

—Tú decides —dije, consciente que no formaba parte de la toma de decisiones—. Puedo decirte que estamos a 23 °C, el sol no pega fuerte y en el coche tengo una carpa parasol.

—Pero toda la gente…

—Beckett puede asustarlos, ¿verdad?

Maisie usó esos enormes ojos azules conmigo y de inmediato alcé las manos y me eché hacia atrás. Sí, cedería siempre.

—Ni hablar de entrometerme. Ella, tú decide, yo estaré aquí afuera.

Lejos de las mujeres de la casa que en este momento se miraban con intensidad para someter una a la otra.

—Puede ir. —Se rindió.

Llegamos a la cancha cinco minutos después de la cita, pero yo no iba a estresarme. Era un partido de niños pequeños, no la Copa del Mundo. Hice girar a Colt sobre el asiento. Aseguré sus espinilleras y amarré las agujetas de sus tacos. Luego saqué el frasco de crema solar.

—Está toda pegajosa.

—Es en aerosol. Oye, eres tú quien insiste en rasurarse la cabeza.

—¡Lo hago por Maisie!

—No discuto tus motivos, hombrecito. Pero ¿sabes qué me decían a mí cuando tenía tu edad? Eres libre de elegir, pero no eres libre de las consecuencias de tu elección. Raparte es genial. Ahora, crema solar.

Eran casi las cuatro, pero el sol de la tarde era igual de inclemente para los calvos.

Cruzó los brazos sobre el pecho de su uniforme café, pero no dijo ni una sola palabra mien tras lo rocié, tuve cuidado con su cara, untándole bloqueador con las manos.

—Te estás volviendo muy bueno para eso —dijo Ella rodeando la camioneta.

—Él lo hace fácil —respondí.

Cargué a Colt y lo puse en el piso.

—Listo para irte —dije.

Colt se acercó a Ella, y esta se acuclilló sobre las rodillas desnudas bajo los shorts color caqui.

—Okey, ¿qué es lo más importante del partido de hoy?

La expresión de Colt se tornó feroz.

—Mantener mi posición, no mostrar miedo, ¡y esta noche nos comeremos el alma de nuestros enemigos!

Ella ladeó la cabeza y me miró alzando una ceja.

—¿Qué? —dije encogiéndome de hombros.

Se levantó y acomodó el uniforme de Colt.

—Anda, ve.

—¡Y no toques el balón con las manos! —grité a su espalda.

Él giró, alzó los pulgares y salió corriendo hacia donde estaba su equipo.

—¿El alma de sus enemigos? —me interrogó Ella reprimiendo una risa, con los brazos cruzados bajo sus pechos.

Traté de no ver el movimiento ascendente de su camiseta café. No. No iba a verlo.

—¿Qué? Básicamente ya es un hombre.

—Tiene seis años.

—En la antigua Esparta los chicos eran entrenados como guerreros desde los siete.

Ella rio. Ese sonido era por completo embriagador.

—Me aseguraré de no poner a los espartanos en la lista de invitados para su fiesta de cumpleaños.

—Solo para estar seguros —dije asintiendo.

Me recompensó con otra risa.

Así era exactamente como debería ser su vida, llena de partidos de futbol, luz del sol y las sonrisas de sus dos hijos. Esto era lo que se merecía. Yo solo era la persona que merecía dárselo.

Havoc saltó de la plataforma de la camioneta y me hizo compañía mientras montaba la carpa lejos de las de los otros padres. El diseño permitía que entrara el aire fresco, pero protegía a Maisie del sol, al tiempo que le permitía ver el partido.

—Quieta —ordené a Havoc, y de inmediato su cuarto trasero golpeó el piso en la entrada de la tienda.

Cuando regresé a la camioneta, Ella ya había cargado el carrito con las sillas plegables. Maisie estaba en el borde del asiento y en ese momento lo vi: el agotamiento. Demonios, lo había escondido muy bien.

—Oye, ¿por qué no te adelantas y preparas la silla de Maisie,? yo la llevaré —le sugerí a Ella—. Así no se quedará mucho tiempo bajo el sol.

Estuvo de acuerdo y avanzó por la hierba hasta la carpa.

—Estás exhausta —le dije a Maisie cuando volteé a verla.

Asintió y dejó caer un poco la cabeza.

—No quería perdérmelo. Siempre me pierdo todo.

—Lo entiendo, pero también tienes que cuidarte para que puedas hacer más cosas cuando te mejores.

Sus dedos rozaron debajo de su camiseta donde el catéter central de inserción periférica corría por su brazo, protegido por un brazalete de malla.

—Lo sé.

Tomé su mano por la manera en la que lo dijo.

—Veo muchos partidos de futbol en tu futuro. Todo lo que estás viviendo ahora algún día será una loca historia que le contarás a todo el mundo y se verá muy bien en tu ensayo para entrar a la universidad, ¿okey?

—Tengo seis años —dijo con una ligera sonrisa.

—¿Por qué hoy todo el mundo me dice lo mismo? —pregunté—. Bien, ¿quieres que te lleve al partido?

Una sonrisa de gran alegría estalló en su rostro. La levanté, acomodé sus pantalones flojos color rosa y la camiseta de manga larga que hacía juego para cubrir toda su piel y, por último, su enorme sombrero para el sol.

—Okey, hagamos un trato —le ofrecí mientras avanzaba hacia la carpa con Maisie en brazos.

—¿Cuál?

—Prometo no tirarte si tú prometes evitar que se te caiga el sombrero.

—¡Trato hecho! —exclamó con una risita.

Decidí que ese sonido solo era superado en mi lista de mejores sonidos en el mundo por la risa de su madre.

Algunos de los padres y madres del equipo saludaron a la distancia y yo respondí con una sonrisa que esperaba no pareciera forzada; sabía que tenía mucha suerte de tener un lugar en la vida de Maisie y de Colt, por pequeño que fuera. Ese papel implicaba lidiar con otros padres y yo estaba haciendo un esfuerzo. Con cada práctica, la conversación banal se hacía un poco más fácil, las sonrisas un poco menos fingidas, y empecé a ver a los otros padres como individuos y no solo como... gente.

Acomodé a Maisie en la silla de campo que Ella había preparado y luego subí sus pies a una más pequeña para que los descansara. Al ver que se estremecía un poco, rápidamente saqué una cobija del carrito y cubrí sus piernas.

—¿Estás segura de que estás bien?

Asintió.

—Solo tengo un poco de frío.

Ajusté la cobija alrededor de sus piernas y nos acomodamos para ver el partido. Al principio, Ella se comportó como una de esas mamás reservadas, bastante contenta, pero sin hacer comentarios. Para la segunda mitad del partido gritaba como loca el nombre de Colt cuando anotó un gol.

Su transformación era muy graciosa, y también endemoniadamente sexi. O quizá se debía a esas largas piernas que dejaban ver sus shorts. De cualquier manera, tuve que concentrarme mucho para mantener las manos alejadas de la piel suave justo sobre su rodilla. Diablos, la deseaba. Quería cada aspecto de ella: su risa, sus lágrimas, a sus hijos, su cuerpo, su corazón. Lo quería todo.

Por suerte, mi deseo físico quedaba en segundo lugar, después de mi necesidad de cuidarla, y eso mantenía mi libido a raya.

En general.

Sí, okey, eso era mentira. Entre más tiempo pasábamos juntos, más cerca estaba de besarla solo para ver a qué sabía. Quería besarla hasta que ella olvidara todo lo que llevaba a cuestas, hasta que me perdonara por la mentira que estaba viviendo.

Y entre más tiempo guardaba el secreto, más lejano me parecía y más soñaba en la posibilidad de que me permitiera permanecer en su vida solo como Beckett.

No es que no me sintiera tentado a decirle quién era en verdad. Decirle cómo sus cartas me habían salvado, que me había enamorado de ella solo con sus palabras. Pero luego me di cuenta de lo mucho que ya intervenía en su vida: iba al supermercado, llevaba a Colt al futbol, me quedaba con Maisie cuando estaba demasiado enferma como para ir a la casa principal. En el momento en el que le dijera a Ella quién era en realidad, lo que había hecho, me echaría a patadas y estaría sola de nuevo, y yo había prometido estar ahí para ella y los niños. Cumplir esa promesa significaba no darle una razón para que me apartara. De cualquier modo, decírselo era egoísta. Solo la lastimaría.

Caos no podía ayudar a Ella, no podía estar ahí para ella. No después de lo que había pasado. Tenía que esperar hasta que Maisie estuviera fuera de peligro antes de decirle a Ella la verdad. Luego, la decisión sería suya.

—¿Qué hace ese niño? ¿No es ilegal? ¡No puede meterle así el pie! —gritó Ella.

—Creo que fue más bien un movimiento torpe de ambos —repuse.

—¡Dios mío, lo hizo otra vez! ¡Ve por él, Colt! ¡No dejes que te haga eso!

—¿Sabes? Solo tiene seis años —dije con demasiada dulzura.

Giró despacio hacia mí, me fulminó con la mirada y lanzó una risita burlona.

—Lo que digas.

Reí, y por primera vez me di cuenta de estaba absoluta y completamente feliz con mi vida. Aunque nunca tuviera a Ella, aunque nunca hubiera probado su boca ni tocado su piel ni abrazado en la cama una mañana lluviosa de domingo ni escuchado de su boca esas dos pequeñas palabras que tanto anhelaba, este momento era suficiente.

Volteé a ver a Maisie, que estaba a la sombra, tenía los ojos cerrados y su pecho subía y bajaba de manera profunda y rítmica. Estaba dormida con Havoc, acurrucada bajo sus piernas elevadas. Si ya estaba tan cansada, ¿cómo demonios iba a soportar otra sesión de quimio la próxima semana?

—Oh, no… no, no… —masculló Ella.

Dirigí mi atención de vuelta a la cancha.

El otro equipo rebasó a Colt, luego al defensa y anotó para ganar el partido.

Ni hablar. Mierda.

Me dolió el alma al ver la cara de Colt, sus hombros abatidos. Sin embargo, estrechó las manos de los del equipo rival como buen deportista y luego se acostó en la banca cuando el entrenador acabó el discurso motivacional de final de juego. Cuando vi que otros papás cruzaban la cancha miré a Ella, quien se veía tan abatida como Colt.

—Bueno, eso estuvo pésimo —dijo cruzando los brazos sobre el pecho; su trenza larga descansó sobre su brazo cuando volteó a verme—. ¿Qué le digo?

—¿Qué tal si me das un momento con él?

—Adelante —dijo extendiendo el brazo hacia la banca—. Yo guardo todo.

Crucé la cancha con su mochila en las manos, luego la dejé caer frente a él y empecé a desatar los nudos dobles de los tacos, que él juraba que le eran indispensables para el partido.

—¡Hombre!, me encantó verte jugar —le dije quitándole el primer taco.

—Lo dejé pasar. Perdimos porque me equivoqué.

Desanudé el segundo taco y también se lo quité.

—No. Ganaron como equipo y ustedes perdieron como equipo. No hay de qué avergonzarse.

—No quería perder —murmuró como si fuera un secreto vergonzoso.

—A nadie le gusta perder, Colt. Pero puedo decirte que a veces las pérdidas son tan importantes como las victorias. Los triunfos nos hacen sentir muy bien y nos permiten celebrar lo que hicimos bien. Pero los fracasos nos enseñan más. Nos enseñan a ver dónde podemos mejorar y sí, nos hacen sentir muy mal, pero eso está bien. Conforme crezcas verás que lo que te hace un buen hombre no es cómo manejas los triunfos, sino cómo lidias con los fracasos.

Le pasé los zapatos que había traído y se los puso mientras pensaba, su pequeña frente estaba arrugada y en ella se marcaban las mismas líneas que a Ella cuando trataba de resolver algún problema. Cerró con fuerza el velcro y se levantó de la banca de un salto.

—Entonces está bien perder.

Asentí.

—A veces tienes que perder. Hace que sigas siendo humilde, hace que sigas trabajando duro. Así que sí, está bien perder. A veces incluso es bueno para ti.

Lanzó un enorme suspiro melodramático y asintió.

—¿Vienes conmigo un momento?

—Claro —respondí sin pensarlo.

Lo seguí hasta la banca del otro equipo, donde se encontraba el niño que había anotado el gol final. El niño vio a Colt y se puso de pie.

Colt caminó directo hacia él.

—Solo quería decirte que eres muy rápido. Buen trabajo.

El chico sonrió.

—Tú también. ¡Tu gol fue maravilloso!

Se estrecharon la mano como dos hombrecitos. Colt iba sonriendo mientras nos alejábamos.

—Estoy muy orgulloso de ti —dije cuando empezamos a cruzar la cancha.

—Bueno, sí es muy rápido. Pero ¿sabes qué? Volvemos a jugar contra ellos al final del verano y yo seré más rápido. Puedo esperar ese tiempo para darle una paliza.

Quería reprenderlo, pero estaba muy ocupado tratando de no reír.

—Te entiendo. Entonces, ¿nos comeremos el alma de nuestros enemigos?

—¡Exacto!

Se detuvo en la mitad de la cancha y tuve que retroceder unos pasos.

—Colt, ¿qué pasa?

Me miró, bloqueando el sol con una mano y luego miró alrededor hacia los otros padres que regresaban a su coche.

—¿Eso es lo que se siente? —dijo en voz tan baja que tuve que inclinarme.

—¿Lo que se siente? —pregunté.

—Tener un papá —respondió inclinando un poco la cabeza hacia un lado.

Las palabras huyeron a la misma velocidad que me asaltaron las emociones. Su pregunta me desolló y me dejó en carne viva, expuesto como nunca.

Me arrodillé para quedar a su nivel y dije lo único que me vino a la mente.

—¿Sabes?, no estoy seguro. Nunca tuve papá.

Abrió los ojos como platos.

—Yo tampoco.

«Yo estoy aquí ahora». Las palabras estaban ahí, en mi cabeza, en la punta de la lengua. Pero no eran mías como para decirlas u ofrecerlas. Dios, era el infierno amar al hijo de alguien cuando ni siquiera podías reivindicar el amor por su madre… ni a su madre. Miré al otro lado de la cancha. Ella estaba sentada bajo la sombra con Maisie y con las manos rozaba el pasto.

—¿Qué dices si llevamos a las chicas a casa? —le pregunté a Colt, quitándome la gorra de beisbol y poniéndosela en la cabeza para que evitara el sol.

—Buena idea. Atendamos a las mujeres.

Se dirigió hacia ellas y esta vez no contuve la risa. La manera en la que ese chico me tenía un momento al borde de las lágrimas y al otro me hacía reír era algo que me rebasaba.

—Perdimos —le dijo Colt a Ella de camino al coche.

Yo llevaba a Maisie en brazos, con su cabeza contra mi pecho, mientras Ella jalaba el carrito detrás de nosotros.

—¡Hombre! Tengo que admitir que me alegra que esta noche no cenemos almas enemigas —bromeó, jalándolo a su lado—. Supongo que tendremos que conformarnos con una pizza.

—¡Pizza! —gritaron ambos niños chocando las palmas. Colt saltó para alcanzar a Maisie.

Acomodé a los niños en los asientos que había comprado para la camioneta y les puse el cinturón de seguridad y subí el carrito y su contenido a la plataforma mientras Ella pedía una pizza. Havoc saltó en la parte trasera, entre ambos chicos. Ella se había calmado mucho desde que el oncólogo le dijo que Havoc era por completo segura para Maisie, siempre y cuando sus niveles no bajaran al mínimo.

Manejé de regreso a Telluride mientras Colt y Maisie discutían de los méritos del queso frente a los del pepperoni.

—¿Alguna vez tienen una plática en la que terminen una oración completa? —le pregunté a Ella.

—No. Es como si tuvieran su propio idioma. Saben qué está pensando el otro antes de que acaben de hablar, así que no.

—Da miedo, pero es genial.

—Exacto.

Qué natural sería extender la mano y tomar la suya, darle un beso en la palma. Todo esto se sentía espontáneo, correcto.

Como había sido escribirle a Ella... aunque eso no lo sabría pronto.
Me paré frente a la pizzería y estacioné la camioneta.
—¿Un lugar justo enfrente? ¡Parece que la pizza era nuestro destino de esta noche! —exclamé.
Los niños alzaron los brazos en señal de victoria, pero los de Maisie no llegaron tan alto. Se estaba agotando de nuevo.
Ella y yo nos bajamos de la camioneta, pero llegué antes que ella a la banqueta.
—Yo voy por ella —dije.
—No vas a pagar la pizza —se quejó.
—Claro que sí.
—No.
Cruzó los brazos sobre su pecho.
—Sí.
Dio un paso adelante y me miró fijamente, en sus ojos todo era vehemencia y obstinación. Mi mirada bajó a sus labios, entreabiertos y perfectos, tan besables.
—Yo voy a pagar —dijo en voz suave y despacio, como si supiera que yo estaba teniendo muchos problemas para mantener las malditas manos lejos de ella.
—En tus sueños.
Su expresión se suavizó y yo hubiera pagado un millón de dólares por saber qué acababa de pensar.
—Muy bien —accedió—. Pero solo si aceptas cenar con nosotros.
—Trato hecho.
—¡No!
—¡Sí!
Ambos volteamos a ver a los mellizos que se burlaban de nosotros por la puerta abierta, con sonrisas eran gigantes en sus rostros.

—Sí, sí, okey. Ustedes dos, cierren el pico o le pondré anchoas a la suya —amenacé, aunque no pude poner una expresión seria—. ¿Pedimos otra pizza?

—Pedí tres —dijo Ella encogiéndose de hombros.

Ahí nos quedamos todos, sonriéndonos como idiotas, ambos sabíamos que ella había contado con que me quedaría a cenar mucho antes de nuestro pequeño trato.

Havoc salió de un salto cuando avancé hacia el restaurante, giré y me puse en cuclillas para rascarla detrás de la oreja.

—Protege a Maisie y a Colt.

Salió disparada y se sentó frente a la puerta abierta del coche.

—¡Ella! —saludó Hailey agitando la mano.

Entré al restaurante mientras las dos mujeres empezaron a platicar junto a la plataforma de la camioneta.

Tres pizzas y cinco minutos después salí del restaurante y casi tiro las cajas al piso.

Una pareja, ambos mayores y bien vestidos, que avanzaba por el lado opuesto a donde estaban platicando Hailey y Ella, se detuvo de pronto. No fue eso lo que me dio mala espina, sino su expresión de asombro completo y abyecto al ver a los gemelos.

Havoc se levantó, siempre había sido muy buena para juzgar a las personas. Yo empecé a acercarme.

La mujer avanzó como si no tuviera control sobre sus propias acciones y Havoc peló los dientes y empezó a gruñir.

Al escuchar el gruñido, Ella giró y contuvo el aliento. Esa era toda la información que necesitaba.

—¡No! —exclamó Ella, no hacia Havoc, sino hacia la pareja. Caminó derecho y se puso al lado de Havoc, que seguía pelando los dientes—. No —repitió—. Váyanse. Ahora.

Llegué detrás de la pareja, los rebasé y dejé las pizzas sobre el asiento del copiloto; luego regresé y me puse entre ellos y Havoc.

—No se acerquen más. Irá a la yugular si mueven una mano hacia esos niños.

Mantuve la voz baja y firme. En el momento en que me agitara, Havoc sería peligrosa.

—Ese perro es una amenaza —dijo el hombre mirándome con desprecio.

—Solo para las personas que considera que son una amenaza para los mellizos o para Ella. Me parece que Ella les pidió que se fueran.

Avancé, obligando a la pareja a que retrocediera. Sabía que Havoc me seguiría y eso le daría a Ella el espacio para que cerrara la puerta y los niños no quedaran expuestos.

Cuando escuché que la puerta se azotaba me relajé y Havoc dejó de pelar los dientes.

—¿Quién es usted? —preguntó la mujer.

—No es de su incumbencia.

—Esos no son sus hijos —dijo el hombre, furioso.

—Ni los suyos tampoco —espeté—. Pero yo soy de ellos y eso es todo lo que importa. Y puedo decirles que si alguna vez se acercan a ellos sin el permiso de Ella, Havoc será la menor de sus preocupaciones.

Cuando el hombre empezó a mirar a Ella con desprecio me interpuse en su campo visual, bloqueando la repulsión dirigida en su contra.

—Beckett —dijo Ella en voz baja, había advertido al pequeño grupo que estaba siendo testigo de este intercambio.

—Que tengan buena tarde —le dije a la pareja.

Di media vuelta y caminé hasta Ella. Puse la mano en la parte baja de su espalda y la dirigí hacia la camioneta. Cerré la puerta cuando subió.

La pareja ya se había ido. Pasé frente a Hailey con Havoc a mi lado.

—Los padres de Jeff —me dijo en un murmullo.

—Me imaginé.

—Hay tequila en la hielera —dijo moviéndose hacia la cabina de la camioneta donde Ella estaba sentada en silencio, aturdida.

—Es bueno saberlo.

—¿Quiénes eran? —preguntó Colt.

—Nadie por quien tengas que preocuparte —respondió Ella.

—Havoc estaba preocupada —repuso Maisie.

—Havoc tiene buen criterio —masculló Ella—. Eran unas personas a las que conocí hace mucho.

—No fueron muy amables —comentó Colt.

—No. Nunca lo han sido.

Permaneció en silencio Ella durante el camino de regreso al Solitude y fingió una sonrisa durante la cena. Luego metió a los niños a la cama y me senté en el sofá, esperando en silencio mientras Havoc dormitaba a mis pies.

Media hora después bajó las escaleras. Se había puesto unos pantalones de franela y una camiseta de tirantes. Su voz dibujó una «O» de sorpresa al verme.

—Pensé que te habías ido.

—No. Siéntate —dije dando unas palmaditas al asiento a mi lado. Desvié la vista de la curva de sus senos que sobresalía por el escote de su camiseta de tirantes.

Se hundió en el extremo del sofá y levantó las rodillas hasta su pecho.

—Apuesto a que sientes mucha curiosidad por lo que pasó fuera de la pizzería.

—Habla.

Descansó la barbilla sobre sus brazos cruzados y respiró hondo.

—Eran los padres de Jeff.

—Eso supuse.

Levantó la cabeza para mirarme.

—Eres igual que Ryan cuando haces eso, hacer conclusiones sobre todo lo que hay a tu alrededor, incluidas las personas.

—Eso nos mantiene vivos —respondí sin pensarlo. Cerré los ojos un momento por la metedura de pata y el dolor que siguió—. Sabes lo que quiero decir.

Asintió.

—Nunca habían visto a los niños. Nunca me preguntaron por ellos.

Estaba al tanto de gran parte de la situación. No. Caos lo estaba. Pero quería que Ella me lo dijera a mí, a Beckett. Que confiara en mí tanto como lo había hecho con su amigo epistolar anónimo. Así que en lugar de mentir o de pedirle que continuara, sencillamente esperé.

—Jeff se largó cuando yo tenía ocho semanas de embarazo. —Apartó la mirada y su rostro se ensombreció conforme recordaba—. Él no había querido casarse, no de verdad. Todo fue algo así como en la canción.

—¿Cómo? —Puse el brazo sobre el respaldo del sofá y me incliné hacia ella—. ¿Cuál canción?

—La de Meatloaf, ya sabes, «Paradise by the Dashboard Light».

—Ah, ya. Sin anillo no hay sexo.

—Exacto. Estuvimos juntos todo el último año de preparatoria y ahora que lo pienso, cuando supe que me mentía sobre los cigarros, ¡mentir por fumar!, debí alejarme, pero estaba perdida en esa idea ingenua de que «el amor lo hará cambiar». En fin, en otoño nos íbamos a ir a la Universidad de California y todo parecía muy romántico: escaparnos y casarnos el día después de la graduación, pasar la noche de bodas en un hotel y luego anunciar la noticia a mi abuela y a sus padres al día siguiente.

—Supongo que todo eso salió muy bien.

No había visto ni un gramo de piedad en ese tipo que nunca fue un buen padre.

—Fue una catástrofe. Mi abuela lloró. —Tragó saliva y calló un momento—. Sus padres lo desheredaron y nos mudamos a una de las cabañas por el verano, que en esas épocas eran más campiranas que las que ves ahora. La abuela estaba decepcionada, pero eso nunca cambió su amor o su promesa de pagarme la universidad. Jeff estuvo muy triste esa primera semana. Supongo que podría decirse que la luna de miel había terminado y ahora estaba estresado porque no sabía cómo pagar sus estudios y todo se salió de control. De la noche a la mañana, pasó de ser un niñito con fideicomiso a estar en bancarrota. Cuatro semanas después de nuestra cita en el tribunal me di cuenta de que estaba embarazada, y dos semanas más tarde el médico me dijo que eran gemelos.

Intenté ponerme en sus zapatos a esa edad y no pude. A los dieciocho me enlisté en el ejército y apenas era capaz de cuidarme a mí mismo, mucho menos a otros dos seres humanos.

—Tu fuerza es increíble.

Negó con la cabeza.

—No, porque en el momento en el que el doctor hizo ese ultrasonido después del análisis de sangre hubo un momento en el que lamenté todo. Todo —repitió al instante.

—Eras joven. No puedo imaginar a ninguna joven en tu posición que no entrara en pánico.

—Tenía dieciocho años y estaba casada con un tipo que no quería ni verme; bueno, a menos que estuviera desnuda. E incluso entonces… el sexo… —Se encogió de hombros—. Bueno, supongo que cumplió su objetivo. Se lo dije cuando volví a la casa, pensando que él sabría qué hacer. Siempre tenía planes, ¿sabes?

—¿Qué hizo?

—Se quedó ahí sentado, asombrado, y yo comprendí. Después de todo, yo me sentía igual. Luego… me pidió que abortara.

Clavé las uñas en el respaldo del sofá, pero no dije nada.

—Fue en ese instante, cuando puso la opción sobre la mesa, que mi confusión desapareció y supe que los quería tener, que no había nada que no haría para protegerlos. En ese momento me di cuenta de que había amado a la persona que él había aparentado ser: fuerte, leal, cariñoso, protector… y que todo había sido una gran mentira. Fingió muy bien, pero él no era el hombre grande y fuerte que me ayudaría a ir a la universidad y con quien construiría esa vida maravillosa. Era un niñito asustado que no podía en pensar en nadie más que en él, y eso me incluía a mí. Me di cuenta de que yo moriría por los mellizos y él quería matarlos porque eran inconvenientes, igual que yo. Me negué a hacerlo. Me amenazó. Me negué. A la mañana siguiente se había ido.

—Lamento que hayas tenido que vivir todo eso.

Se encogió de hombros.

—Es lo que es y aprendí a nunca confiar en un mentiroso. Si mientes una vez, lo más probable es que lo vuelvas a hacer una y otra vez. En fin, el papá de Jeff apareció la semana siguiente con un cheque muy generoso y los papeles del divorcio. Me dijo que me daría el cheque cuando le demostrara que ya no estaba embarazada.

—¿Bromeas? —pregunté enojado. Quería tener a ese imbécil otra vez frente a mí, con su cuello escuálido entre mis manos.

—No. Firmé los papeles, le arrebaté el cheque de la mano y lo quemé enfrente de él.

«Esa es mi chica».

—Bien. Muy visual.

—Sí, bueno, yo era un poco dramática y acabé quemando la cabaña completa. Literalmente. Todo desapareció en el fuego.

—Entonces no hay que dejarte sola con un encendedor, ¿es lo que estás diciendo? Nada de carne asada ni malvaviscos en la fogata ni fuegos artificiales.

Ella rio y la atmósfera se hizo más ligera, pero yo seguía con las ganas de estrangular a todos los miembros de esa maldita familia.

—Y te quedaste en Telluride y criaste a tus hijos —agregué.

Asintió.

—Sí. Jeff nunca regresó. Ni una vez. Patty y Rich compraron una casa en Denver, pero siguen viniendo en las vacaciones, como viste hoy. Pero nunca habían visto a los niños. Al menos, las veces que nos encontramos por casualidad jamás me lo pidieron. Ni siquiera cuando les pedí ayuda para el seguro médico de Maisie. Rich dijo que los niños no eran su problema. Nunca más voy a cometer el error de pedir ayuda.

—No creo que se merezcan ver a los niños.

—Yo tampoco, pero me preocupa que Maisie no tenga la oportunidad si lo desea, ¿sabes? Quiero decir que algún día van a crecer. Harán preguntas más incisivas y buscarán sus propias respuestas. Y Maisie...

Se cubrió el rostro con las manos. Me acerqué a ella hasta que las puntas de sus pies rozaron mi muslo. Con cuidado aparté sus manos, deseando que estuviera llorando, que hubiera aprendido a abrir la válvula de presión más fácilmente que como lo hizo durante la cirugía de Maisie.

Pero no había lágrimas, solo una enorme pena, tan profunda que hubiera podido ahogar a una persona común. Pero Ella no era una persona común.

—Maisie tendrá tiempo para tomar esa decisión. —No tenía

derecho a preguntarlo, pero esa idea no me dejaba y la dije en voz alta—. ¿Los niños preguntan por él? ¿Por Jeff?

—A veces. Son curiosos, por supuesto. El Día del Padre siempre es un tema muy delicado, pero he tenido mucha suerte de tener a Larry, y aquí han estado bastante alejados de otros chicos. Este es su primer año escolar.

—¿Qué les dices?

—Que por supuesto que tienen un padre, porque los bebés necesitan un padre y una madre. Pero que ellos no tienen papá porque si bien todos los hombres pueden ser padres, no todos ellos están calificados para serlo, y que el de ellos no lo estaba.

«Porque el bueno para nada de tu papá no te quería. Prefería drogarse a estar con un llorón de mierda como tú». Las palabras de mi madre resonaron en mi cabeza como una pelota descontrolada en una máquina de pinball.

—Eres una excelente madre. Espero que eso lo escuches con frecuencia, porque en verdad lo eres.

Rocé su muñeca con el pulgar, justo sobre donde sentía su pulso.

—No hice nada que cualquiera no hubiera hecho —repuso encogiéndose de hombros.

—No. No te subestimes. Yo soy producto de alguien que no hizo lo que tú hiciste, lo que haces cada día. Nunca lo dudes. Además, si alguna vez me encuentro con Jeff lo voy a golpear.

Me regaló una pequeña sonrisa.

—No lo hagas. Ahora es abogado en Denver. Probablemente te demandará por romperle su hermosa nariz. Si alguna vez quieres lastimar a Jeff, tienes que golpear algo que le importa: su cartera. Francamente, estamos mejor sin él. La vida con él hubiera sido miserable y yo no habría querido que mis hijos aprendieran nada de un padre así, sobre todo Colt.

—Lo entiendo.

Su mirada se posó en mi boca, pero la desvió de inmediato.

«No está pensando besarte», me mentí a mí mismo. Porque si admitía la verdad, en tres segundos estaría sobre ella. Mis manos acariciarían su cabello, mi lengua entraría a su boca y ella gemiría en mi oído.

El silencio se alargó entre nosotros, en un grito de infinitas posibilidades de lo que pudiera suceder después. Poco a poco alejé la mano de su muñeca y regresé a mi lugar en el sofá.

—Ya debería irme. Es tarde.

—Son las nueve.

—Ayúdame, Ella.

Mi voz era ronca como lija. «Increíble».

—¿Ayudarte a qué? —preguntó cambiando de posición hasta que se sentó sobre sus piernas.

—Sabes a qué. No me hagas decirlo.

En el momento en que lo dijera ambos estábamos jodidos, y no solo en el nivel físico. Bueno... eso también.

—Quizá... quizá quiero que lo digas —agregó en un murmullo.

—No puedo.

«Todavía no. No, mientras sea una mentira viviente». Si hubiera visto mi regazo, sin duda no necesitaría palabras. Me puse duro como piedra en el momento en que miró mi boca.

—Ah, entiendo —dijo sentándose bien.

Una sirena de alarma estalló en mi cabeza.

—Entiendes, ¿qué?

—Como si fuera a decirlo yo —respondió riendo sarcástica.

—Ella.

Era una súplica para que hablara, para que no hablara. Demonios, ya no sabía nada.

—No me ves así. Entiendo perfecto.

Se estiró para tomar el control remoto del televisor.

—¿Cómo te veo exactamente? Por favor, ilumíname —dije inclinándome hacia adelante para ganarle el control remoto.

Había empezado esta conversación, más valía aclararla.

Resopló molesta.

—Me ves como una mamá. Como la mamá de Colt y de Maisie. Claro que lo haces, porque eso es lo que soy: una mamá de dos hijos.

—Bueno, sí —asentí.

Su maternidad, esa devoción abnegada que tenía hacia sus hijos, era una de sus cualidades más atractivas.

Puso los ojos en blanco y lanzó un suspiro, y el foco metafórico se prendió en mi cabeza.

—Crees que no te deseo.

Me lanzó una mirada que confirmó mi sospecha y se sonrojó con el mismo tono carmesí que el sofá.

—¿Sabes?, tienes razón. Ya es tarde. —Fingió un bostezo—. Suupertarde.

—Te deseo.

Demonios, qué bien se sentía decir esas palabras.

—Sí, okey. —Me miró como si hubiera dicho algo ridículo y levantó los pulgares—. Por favor, no me hagas sentir más idiota de lo que ya me siento.

«Sí, ya basta de tonterías».

De un solo movimiento me abalancé sobre ella y la acosté sobre el sofá; con una mano, sujeté sus muñecas sobre su cabeza y me tendí entre sus muslos separados.

«Hogar».

—Carajo, te mueves rápido.

No había ni miedo ni rechazo en su mirada, solo sorpresa.

—No en todas las áreas —dije. Entreabrió los labios—. Ella, te deseo.

—Beckett... no tienes que hacerlo.

Sí, ese pequeño suspiro suave iba a ser mi perdición.

Le solté las muñecas y deslicé los dedos por su brazo hasta llegar a su nuca, donde se entrelazaron con su cabello. Mi otra mano reposaba en la curva de su cintura.

—¿Sientes esto? —pregunté moviéndome hacia adelante para que mi pene rozara la costura del pantalón de su pijama con la fuerza suficiente como para que contuviera el aliento por el contacto. No recuerdo jamás haber ansiado en mi vida rasgar un pedazo de tela como ahora—. Nunca había deseado tanto a una mujer como te deseo a ti.

Me moví otra vez y cerró los ojos, lanzando un gemido muy dulce. Sentía que mi pene explotaría al saber que todo lo que había fantaseado los ocho últimos meses dependía de una sola decisión.

—Beckett.

Sus manos encontraron mis bíceps y hundió sus uñas en ellos.

—Nunca vuelvas a pensar que no te deseo, porque si las cosas fueran diferentes ya estaría dentro de ti. Sabría exactamente cómo te sientes, los sonidos que haces, cómo te ves cuando llegas al orgasmo. Lo he pensado por lo menos de cien formas diferentes y, créeme, tengo muy buena imaginación.

Meció sus caderas contra las mías y tensé la mandíbula para evitar darle exactamente lo que su cuerpo me pedía.

—Ella, tienes que parar.

—¿Por qué? —preguntó, sus labios estaban peligrosamente cerca de los míos—. ¿Qué quieres decir con si las cosas fueran diferentes? —Abrió los ojos como platos—. ¿Es porque tengo hijos?

—¿Qué? No. Claro que no. Es porque eres la hermana pequeña de Ryan.

Antes de hacer más daño, me aparté de ella y me senté en mi lado del sofá.

—Porque... soy la hermana pequeña de Ryan —repitió enderezándose para ponerse frente a mí—. Y crees que él... ¿qué? ¿Se te va a aparecer del más allá?

«Tres cosas: La carta. El cáncer. La mentira».

Repetí esas palabras en mi cabeza hasta estar seguro de poder mirarla sin volver a ponerla debajo de mí.

—¿Beckett?

—Cuando era niño, si quería algo lo tomaba. De inmediato. La primera vez que me acosté con una chica del asilo en el que estaba tenía catorce años. Abría antes los regalos de Navidad, cuando tenía la suerte de tener alguno, y casi siempre eran de la trabajadora social o de alguna beneficencia.

—No entiendo.

Volvió a pasar los brazos alrededor de sus piernas dobladas.

—Lo hacía de inmediato porque sabía que si no lo hacía lo más probable era que nunca lo tendría. Era algo así como ahora o nunca, no había segundas oportunidades.

—Okey.

—No puedo tocarte, no puedo hablar de eso porque tengo miedo de actuar.

—¿Y eso qué importa si yo también te deseo?

—Porque no tendré una segunda oportunidad. Y soy pésimo con las personas, con las relaciones. Nunca he tenido una que durara más de un mes. Nunca he amado a ninguna mujer con la que me he acostado. Y lo más probable es que haría algo para echar esto a perder porque no solo es mi pene el que te desea.

En su rostro apareció de nuevo la sorpresa y cerré los ojos para evitar acortar la distancia entre nosotros y besarla. Sabía que me dejaría hacerlo, que también lo deseaba, eso hizo que mi deseo fuera casi insoportable.

—Y cuando haya echado todo a perder, porque va a pasar, créeme, también lastimará a Colt y a Maisie. Tú te quedarías otra vez sola, porque no hay manera de que me dejes quedarme para ayudarte, como me lo pidió Ryan.

—Y así están las cosas.

—Así están las cosas. Eres la hermana pequeña de Ryan.

—Solo me llevaba cinco años. No tan pequeña, ¿sabes?

Se estiró para alcanzar el control remoto.

—Lo sé bien.

—Entonces, si Ryan estuviera vivo... —Me miró una última vez.

Dejé todo escapar durante una fracción de segundo, dejé que viera todo en mis ojos, lo mucho que la deseaba, no solo por su cuerpo.

—Todo sería diferente.

—¿Todo?

—Todo salvo lo que siento por ti, algo por lo que probablemente él me habría matado. ¿Dónde nos deja eso?

—¿Quieres decir, además de que yo soy una solterona marchita y que tú tienes una deuda de honor con un fantasma?

—Algo así.

Echó la cabeza sobre el respaldo del sofá y masculló algo que parecía una grosería. Luego se enderezó y encendió el televisor con un movimiento del pulgar.

—Entonces solo nos queda escoger una película, porque no voy a dejar que cruces esa puerta ahora.

—¿No?

—No. Si te vas ahora podrías ponerte como loco por esto y no regresar. El honor es algo maravilloso, pero a veces el orgullo puede ser más fuerte, sobre todo cuando te convences de que es lo mejor para la otra persona.

Demonios, esta mujer me conocía.

—Película, entonces —asentí—. Solo... quédate en tu lado del sofá.

—No fui yo quien cruzó la línea del centro —bromeó con una sonrisa que me volvió a provocar otra erección.

Escogimos la película y nos pusimos a verla, mirándonos de reojo de vez en cuando. Como dicen, «ese tren ya se había ido». Sí, el tren se había ido y no regresaría. Imposible. El tren estaba fuera de control y arruinaba el dominio que con tanto trabajo había logrado obtener.

Pero no me quejé cuando se acercó ni cuando se recargó contra mí. No. Alcé el brazo y disfruté la sensación de sus curvas, de su confianza. Tampoco me quejé cuando se acostó entre mis brazos. Diablos, no. Me mantuve ahí y memoricé cada segundo.

Desperté sobresaltado cuando la puerta se abrió y extendí la mano para tomar una pistola que no estaba ahí. Pero Havoc sí estaba, y como movía la cola que golpeaba despacio la madera, supe que tenía que ser Hailey.

Sí, entró de puntitas y nos vio acurrucados en el sofá, uno junto al otro. Me sonrió y se metió al cuarto de invitados.

Volví a bajar la cabeza y aspiré el aroma a cítricos del cabello de Ella, apreté el brazo alrededor de su cintura para que no se cayera del sofá. Hubiera dormido haciendo equilibrio en un catre si eso significaba tenerla en mis brazos.

Antes de quedarme dormido de nuevo volví a escuchar pasos, pero esta vez venían del segundo piso. El rostro de Colt apareció justo encima de mí y el pánico en sus ojos me dijo que no le importaba que estuviera abrazado a su madre.

—¿Qué pasa, amigo?

—Algo está mal con Maisie. Está ardiendo.

CAPÍTULO TRECE

Ella

Carta núm. 13

Ella:

Lamento que te hayas perdido la obra de teatro de Colt y no, no es trivial. Lo entiendo y no sé qué decirte, o escribirte, que pueda darte la tranquilidad que mereces. Te desgarras en dos direcciones opuestas y debe parecerte imposible. Pero puedo decirte que estás haciendo un gran trabajo. Sí, faltaste a la obra, pero Maisie te necesitaba. Conforme Colt crezca, habrá ocasiones en las que te necesite y faltarás a algo de Maisie. Creo que eso es solo parte de tener dos hijos. Haces lo mejor posible por ambos y esperas que al final todo sea equitativo. La culpa significa que eres una mamá extraordinaria, pero a veces también tienes que darte un respiro. Esta es una de esas veces. Lo que estás viviendo es una pesadilla. Debes darte un poco de espacio para tropezarte porque tienes razón: tu familia no es como las que tienen dos padres. Así que eso significa que debes cuidarte mucho más, porque tú eres lo único que ellos tienen. Hazme un favor y solo resiste. Tu hermano irá a casa tan pronto pueda. No estarás sola mucho tiempo, te lo prometo. Mencionó que Colt quería una casa en un árbol y mientras yo esté de visita, le ayudaré a construirla. Quizá no sea mucho, pero le dará un lugar que solo sea para él y a ti te brindará la tranquilidad de que tiene algo especial. Me gustaría darte un mejor consejo, pero sé que no lo necesitas, solo necesitas un oído y tienes el mío siempre que lo quieras.

Caos

—«Cuarenta» —leí la cifra en el termómetro de nuevo, solo por si me hubiera equivocado la primera vez. Maisie estaba ardiendo—. Tengo que llevarla al hospital.
—Tenemos que llevarla al hospital —me corrigió Beckett desde la puerta del baño—. Toma el Tylenol, toallas húmedas, lo que necesites y vámonos. Colt, ¿me puedes hacer el favor de despertar a Hailey?
Escuché el correteo familiar de los pies de Colt al bajar las escaleras mientras yo revolvía el botiquín en busca del Tylenol. ¿Qué pudo haber provocado esto? El partido de futbol. Debió de ser eso. Pero nadie se había acercado a ella y sus niveles estaban muy bien en la última consulta. ¿Qué pudo haber pasado en tan poco tiempo?
Encontré la botella rosa color chicle para bajar la fiebre y puse en la tapa medidora la cantidad exacta que necesitaba.
—Ella.
Beckett me llamó desde el pasillo y salí dando tumbos del baño con la medicina lista.
Tenía a Maisie en los brazos, contra su pecho, envuelta en una cobija. Coloqué la mano en su frente y me tragué todas las groserías que me vinieron a la mente. Esto no era bueno. Habíamos tenido tanta suerte con las complicaciones, las náuseas, el vómito, la pérdida de cabello, de peso, todo era bastante normal y leve. Pero esto era desconocido.
—Maisie, mi amor, necesito que abras los ojos y te tomes la

medicina, ¿okey? —insistí al tiempo que acariciaba su mejilla con la mano libre.

Parpadeó y abrió los ojos, vidriosos por la fiebre.

—Tengo calor.

—Lo sé. ¿Puedes tomarte esto?

Le mostré la tapita. Asintió con un movimiento breve y débil. Beckett movió el brazo para ayudarla a erguirse y puse la tapita sobre su boca en forma de corazón. Esos pequeños labios perfectos. Nunca tuvo ni siquiera una carie ni un hueso roto antes de su diagnóstico, y ahora no pestañeó con la medicina. La tragó y los músculos de su estómago se sacudieron como para vomitar.

—Mi amor, no lo escupas, ¿okey? ¿Por favor? —le supliqué, como si fuera su elección.

Abrió la boca y empezó con las arcadas de nuevo.

—Afuera —ordenó Beckett.

Se fue y me dijo que lo siguiera.

La bajó cargando por las escaleras y salió hasta el porche, deteniéndose apenas para abrir la puerta. El hombre ni siquiera me dio la oportunidad de llegar primero.

Me detuve en la oficina para tomar la carpeta de Maisie que estaba sobre mi escritorio y salí corriendo tras ellos.

—Mejor, ¿verdad? ¿Sientes el aire? Fresco, agradable. Respira despacio, Maisie. Por la nariz y suéltalo por la boca. Así es. Así está bien.

La voz de Beckett era reconfortante y tranquila, en directo contraste con su mandíbula tensa.

Maisie estiró el cuello como si buscara el aire fresco de la noche, su respiración se hizo más lenta y su estómago se calmó. Tenía que evitar que vomitara la medicina para darnos tiempo de llegar a urgencias.

—¿Mejor? —pregunté tomando su manita.

—Un poco.

—Bien.

Un poco era suficiente, era mejor que devolver el medicamento.

—Dios mío, Ella, ¿qué puedo hacer? —dijo Hailey cuando salió corriendo hasta el porche, al tiempo que cerraba su bata.

Colt la seguía, descalzo.

—¿Puedes cuidar a Colt? ¿Por favor? Tenemos que llevar a Maisie a urgencias.

—Por supuesto. ¿Dónde la van a llevar? El centro médico está cerrado.

—¿Cuál es la sala de urgencias más cercana? —preguntó Beckett.

—Montrose es la única abierta a esta hora de la noche. —Revisé mi teléfono—. O más bien de la mañana. Son las tres.

—Eso está a hora y media —dijo Hailey en voz baja, como si el tono importara o pudiera acortar la distancia.

—No si yo manejo —respondió Beckett, quien ya avanzaba a zancadas hacia la camioneta.

—¡Ahora regreso! —gritó Hailey corriendo hacia la casa.

—¿Mamá? —Colt apareció a mi lado y Havoc al lado de él.

—¡Ey! —dije poniéndome en cuclillas hasta su nivel—. Estuviste brillante, Colt. Lo hiciste muy bien.

—Debería ser yo.

—¿Qué?

—Yo debería estar enfermo, no Maisie. No es justo. Debería ser yo.

Sus ojos estaban tan vidriosos como los de Maisie, pero debido a las lágrimas que retenía.

—Oh, Colt. No.

El estómago me dio un vuelco al pensar vivir lo mismo con él.

—Es porque vino a mi partido, ¿verdad? Es mi culpa. Soy más fuerte que ella. Debería ser yo. ¿Por qué no soy yo?

Lo jalé entre mis brazos y casi lo aplasto contra mi pecho en el abrazo.

—Esto no es tu culpa. Lo que haya causado una fiebre como esta debió suceder mucho antes. ¿Entiendes? No es tu culpa. Tú eres la razón por la que podemos llevarla al doctor. Aquí, tú eres el héroe, chico.

Asintió sin dejar de abrazarme y sentí sus lagrimitas en el cuello antes de que sorbiera. Froté su espalda hasta que escuché que el motor se ponía en marcha detrás de mí. Alejé a Colt para poder verlo.

—Dime que entiendes.

—Entiendo —respondió, limpiándose los rastros de lágrimas.

Enderezó su espaldita. Se veía tan pequeño y tan viejo.

—Lamento que tenga que dejarte, pero me tengo que ir, hijo.

—Lo sé —respondió asintiendo—. Por favor, ayúdala.

—Lo haré. —Lo besé en la frente como promesa—. Te amo, Colton.

—Te amo, mamá.

—Está en el asiento trasero —dijo Beckett detrás de mí.

—Toma —dijo Hailey cuando regresó corriendo al porche con una caja que puso en mis brazos—. Hielo, botellas de agua, toallas, Motrín, tus zapatos, cargador de celular, bolsa y otras cosas.

—Gracias —respondí abrazándola con un brazo—. Te mantendré informada.

Salí corriendo del porche y me subí en el asiento trasero de la camioneta de Beckett, de inmediato me rodeó el olor a cuero limpio y a Beckett.

—¿Te puedes sentar? —le pregunté a Maisie, quien empezaba a quitarse el cinturón de seguridad.

—No.

—Okey, ven acá.

La puse en medio del asiento, le quité el cinturón y la acosté sobre mi regazo.

¿Tendría la aprobación de seguridad vial? No. Pero el cáncer ya había hecho su mejor esfuerzo para matar a mi niña, así que iba a tener un poco de fe en que lo que estábamos haciendo no agregaría un accidente automovilístico a mi reciente lista de tragedias.

Miré por la ventanilla y vi a Beckett en cuclillas frente a Colt. Lo abrazó fuerte, rodeando el pequeño cuerpo del niño en sus enormes brazos. Le dio una orden rápida a Havoc y salió en mi dirección.

Pasó frente al brillo de los faros, abrió la puerta del piloto, se subió y la cerró, todo en un solo movimiento fluido.

—¿Están bien, chicas? —preguntó ajustando el espejo retrovisor para vernos en lugar de ver el camino y avanzó por la glorieta.

—Estables —respondí, incapaz de pensar en otra palabra para describirlo.

¿Estaba yo bien? ¿Maisie? No. Pero así era y yo permanecía fuerte.

—Okey.

Giró en la entrada principal del Solitude. Todo estaba tranquilo a esta hora de la madrugada. En general me sentía abrumada por el ruido de los niños, la radio y mis propios sentimientos, y todo lo que había ahora era el sonido de las llantas del coche de Beckett sobre el pavimento. Parejo y firme.

Con la cabeza de Maisie en mi regazo, metí la mano a la caja que estaba a mis pies, saqué una toalla y una botella de agua fría que era obvio que acababa de salir del refrigerador.

—¿Crees que puedes tomar un poco? —le pregunté.

Negó con la cabeza.

Los ojos de Beckett se encontraron con los míos por el retrovisor cuando llegamos a la reja del Solitude.

—¿Alguna objeción de que viole algunas reglas de velocidad? —preguntó mientras tomaba el camino.

—Ninguna. —Pisó el acelerador y la camioneta salió disparada— ¿Conoces los senderos…?

—Ella, ¿confías en mí? —me interrumpió.

Así como estaba en este momento con mi hija enferma en la parte trasera de su coche mientras él nos llevaba en la noche, hubiera pensado que la respuesta era obvia. Uf, eso era exactamente lo que él quería.

—Confío en ti.

—Solo cuida a Maisie y déjame llevarlas.

Asentí y me activé. Eché agua en la toalla y la refresqué.

Beckett se encargaba de llevarnos y yo me encargaba de Maisie.

—El catéter central de Margaret está infectado y muestra señales de sepsis —nos dijo el médico seis horas después.

De inmediato rechacé la idea. Me paré al pie de la cama de mi hija, donde dormía.

—No es posible. Lo mantengo tan limpio como… bueno, como es posible. —Mi cerebro hubiera tenido una respuesta más inteligente si no hubiera tenido solo dos horas de sueño—. Lo limpio con un hisopo, lo mantengo cubierto, dejo que se oree, hago todo lo que doctor me dijo.

El médico de urgencias, un hombre de mediana edad, asintió comprensivo.

—Estoy seguro de que lo hace. No vimos ningún signo externo de infección, que es lo que pasa cuando no se origina en la piel. No se culpe. Esto sucede. Pero debemos tratarla de inmediato. Eso significa pasarla a cuidados intensivos y empezar los antibióticos.

Crucé los brazos sobre mi estómago y miré a Maisie. Seguía sonrojada por la fiebre, pero se la habían bajado a 37.7 y estaba conectada a una sonda intravenosa para hidratarla.

—¿Sepsis? ¿No debí saberlo?

El doctor extendió el brazo y lo puso sobre mi hombro hasta que lo miré.

—No tenía por qué saberlo. Tuvo mucha suerte de que la trajeran tan rápido después de que se disparó la fiebre.

Volteé a ver a Beckett, quien estaba junto a la cama de Maisie, recargado contra la pared con una mano en el marco de la cama como si estuviera dispuesto a matar a cualquier dragón que se atreviera a acercarse. No había tenido suerte de traerla aquí, había tenido suerte de que Beckett fuera el que manejara. Que estuviera conmigo cuando la fiebre se disparó.

Yo jamás hubiera podido ahorrar media hora en ese trayecto como él lo hizo.

—Sepsis. Entonces, la infección está en la sangre.

Traté de recordar todo lo que había leído los últimos siete meses, me sentía como si estuviera haciendo el examen final de una clase que yo no sabía que estaba tomando. Su presión sanguínea era baja, lo sabía por los monitores, y cuando llegamos respiraba con dificultad. Segunda fase.

—¿Sus órganos?

Tenía esa expresión que los médicos adquieren cuando no desean dar malas noticias.

—¿Sus órganos? —repetí alzando la voz—. La operaron hace seis semanas y los doctores pasaron doce horas salvando su riñón. ¿Podría decirme si todo eso fue en vano?

—Tenemos que ver cómo reacciona a los antibióticos —dijo

bajando la voz en el tono que usan para calmar a la mamá del paciente.

Las alarmas sonaron fuertes como campanadas en mi cabeza y el alma se me fue a los pies.

—¿Cuánto tengo que preocuparme?

—Mucho.

No parpadeó, no suavizó su expresión ni su tono. Y eso me aterró aún más. Las siguientes horas fueron confusas.

Nos transfirieron a cuidados intensivos, donde la ingresaron. Me pusieron un brazalete con la información de Maisie y asentí cuando me preguntaron si debían hacer lo mismo con Beckett, quien ya consultaba la carpeta en busca de sus antecedentes médicos e información del seguro médico.

Como éramos viajeros frecuentes en el centro de oncología afiliado, tenían todo en su expediente, así que pude dejar a un lado la carpeta. Eso fue hasta que empezaron con los antibióticos por vía intravenosa, entonces regresé a ella y empecé a tomar notas.

—¿Van a quitarle el catéter? —le pregunté al doctor mientras veía su gafete. «Dr. Peterson». Beckett llegó a mi lado. En silencio, pero firme.

El doctor buscó en su iPad antes de responder.

—Tenemos que sopesar los pros y los contras. En la mayoría de los casos el catéter no es el peligro, y si lo extraemos tendríamos las complicaciones de insertar otro.

—Va directo al corazón.

—Sí. Pero le estamos dando antibióticos muy agresivos y la estamos monitoreando, sobre todo el líquido de entrada y salida.

—La función renal —supuse.

Asintió.

—Tenemos que darles tiempo a los medicamentos. Si no mejora, habrá que quitarle el catéter.

—Entonces, esperamos.

—Esperamos.

Asentí, masculé un agradecimiento o algo y me senté en una silla junto a la cama de Maisie. «Esperar». Solo esperar. Era todo lo que podía hacer.

Como siempre, era impotente y mi niña de seis años peleaba por su vida. ¿De qué manera esto era justo? ¿Por qué no era yo quien estaba en esa cama con las sondas, los catéteres y los monitores? ¿Por qué ella?

—¿Quieres que vaya por café? —preguntó Beckett interrumpiendo mi perorata mental.

—Me encantaría. Gracias.

Le ofrecí una sonrisa débil y forzada y él salió en busca de cafeína.

El goteo regular de la intravenosa era mi compañía, los monitores lanzaban un pitido tranquilizador con cada uno de sus latidos. Su presión estaba peligrosamente baja, y muy pronto me hice dependiente de ver la pantalla conforme aparecían nuevas mediciones.

Esperar. Eso era lo que tenía que hacer. Esperar.

Mi teléfono sonó y me sobresalté. Deslicé el dedo sobre la pantalla y respondí rápido cuando vi el nombre de la doctora Hughes.

—¿Doctora Hughes? —respondí.

—Hola, Ella. Recibí una llamada que habían ingresado a Maisie en Montrose. ¿Cómo está?

Su voz familiar me daba un respiro muy bienvenido.

—¿Ya le informaron?

—Sí. De hecho, voy en camino.

—¿Está aquí en Montrose? Pensé que estaría en Denver una semana más.

Hojeé la carpeta para encontrar mi calendario de los horarios de la doctora Hughes.

—Es el fin de semana del Día de los Caídos, así que vine a pasarlo con mis padres.

Mi culpa era lo único que superaba el alivio que sentía de tenerla a mi lado.

—No me gustaría echarle a perder su fin de semana.

—Nada de eso. Llegaré como en media hora. Además, me da una excusa para para no escuchar la opinión de mi mamá sobre vestidos de novia. Me está haciendo un favor, se lo prometo.

—¿Se va a casar?

¿Por qué no lo sabía?

—En seis meses —respondió. Su sonrisa brillaba en su voz—. Llegaré pronto. Solo aguante.

Colgamos cuando Beckett entró con un vaso desechable verde que me era muy familiar.

—Eres un dios entre los hombres —dije tomando el vaso entre mis manos, esperando que calentara mi piel y me espabilara.

Parecía que, últimamente, sentirme adormecida era mi estado predefinido.

—Te voy a traer café más seguido —prometió y acercó una silla junto a la mía—. ¿Cómo sigue?

—Sin cambios. No estoy segura de lo que estoy esperando. ¿Resultados instantáneos? ¿Qué se levante y como por arte de magia se cure de una infección que nunca vi venir? ¿Cómo no lo vi?

—¿Por qué no eres una maldita prueba de sangre ambulante? Tienes que dejar de ser tan dura contigo misma, Ella. Si el médico dice que no había manera de verlo, tienes que creerle. Castígate por el equipo de beisbol que eliges o porque hace más de trescientos kilómetros debiste haber cambiado el aceite de tu coche, pero no por esto.

—¿Qué tienen de malo los Rockies?

Se encogió de hombros.

—Nada, si te gusta perder.

—Oye, es el equipo de mi pueblo y no soy una de esas fans que cambian dependiendo del éxito de su equipo.

—Eso es lo que amo de ti —dijo con una sonrisa sin dejar de ver a Maisie—. Tu lealtad férrea, incluso hacia un equipo que a todas luces es pésimo.

—Solo porque tú eres fan de los Mets... —Señalé la gorra de beisbol que llevaba puesta.

—Soy culpable.

Me miró y guiñó un ojo. De pronto todo fue claro: me había distraído del camino de autoflagelación por el que iba.

Sacudí la cabeza y suspiré, agradecida por el café y por el breve segundo que tuve para aclarar mis ideas y alejarme de esa autoflagelación que no ayudaría en nada a Maisie.

—Tengo miedo.

—Lo sé.

Puso su mano sobre la mía, que descansaba sobre mi regazo.

—Esto es malo.

—Sí.

Este simple reconocimiento significaba más que cualquier cliché bien intencionado. Con Beckett no tenía que poner buena cara ni sonreír cuando alguien me decía que estaban seguros de que Maisie estaría bien cuando nadie tenía idea de nada. Con este hombre podía ser terrible y crudamente honesta.

—No quiero enterrar a mi hija. —Miré el pecho de Maisie que subía y bajaba debajo de su bata de hospital estampada—. No sé cómo planear algo así, ni siquiera cómo considerarlo. No sé cómo voy a mirar a Colt y decirle que su mejor amiga...

Se me cerró la garganta y no pude decir el resto de las palabras que tanto necesitaba sacar de adentro. Las había mantenido encerradas durante tanto tiempo que me parecían más poderosas, como si hubieran alimentado al monstruo al haberlas mantenido ocultas.

Beckett me apretó la mano. Todo de él me hacía pequeña, incluidos esos dedos largos y fuertes que sostenían los míos con tanta fortaleza y cuidado.

—Desde el momento en que me dijeron cuáles eran las probabilidades me negué a planear para eso. Porque planear para eso significaba admitir la derrota, como si ya hubiera renunciado a ella. Así que no lo hice, solo me negué a creer que esa podía siquiera ser una opción. Y luego…

Cerré los ojos conforme mi invadieron los recuerdos que me apuñalaban con un dolor tan lacerante que hubiera podido sangrar visiblemente. Cuando bajaban su ataúd, los disparos desde la costa, el rostro adusto del soldado que me dio la bandera doblada.

—Luego enterré a Ryan. ¿Qué clase de dios hace eso? ¿Llevarse a tu único hermano mientras juega con la idea de llevarse a tu hija?

Beckett acariciaba mis nudillos, pero permaneció callado. No podía decir nada, ambos lo sabíamos.

—¿Te enojaste? ¿Cuando murió? —pregunté apartando la vista de Maisie para mirar a Beckett.

Bajó la mirada.

—Estaba furioso.

—Con Dios —supuse.

—Conmigo mismo. Con todos los soldados de nuestra unidad que no lo salvaron, que no recibieron esa bala. Con el gobierno por enviarnos ahí. Con los… —Tragó saliva—. …los insurgentes que apretaron el gatillo. Con todos los que vivieron después de que él murió.

—¿Cómo lo superaste?

Estaba tan tranquilo, como el lago a las cinco de la tarde antes de que la brisa perturbara la superficie.

—¿Qué te hace pensar que lo superé?

Nuestras miradas se encontraron y vi el dolor que ocultaba con tanto cuidado. ¿Qué tan profundo era? ¿Cuánto daño le habían hecho a lo largo de los años?

Beckett Gentry conocía casi todo con respecto a mí, sin embargo, yo no sabía nada de él. ¿Sería porque nunca le había preguntado? ¿Porque estaba tan consumida por lo de Maisie? ¿Con Colt? ¿Porque en secreto no quería saber?

—A veces pienso que en realidad no te conozco —dije en voz baja.

La comisura de su boca se alzó en una media sonrisa irónica.

—Quizá no sepas mucho de mi pasado, pero créeme, me conoces y eso es más importante.

Antes de que pudiera hacerle más preguntas, la puerta se abrió y entró la doctora Hughes. Iba vestida de jeans, con una blusa y su bata blanca de siempre.

—Hola, Ella.

—Doctora Hughes.

Su nombre salió de mi boca como una ráfaga de alivio.

—¿Cómo va todo? —preguntó tomando la historia clínica que colgaba del pie de la cama.

—Estamos esperando que los medicamentos funcionen o no funcionen.

«Que los órganos de Maisie colapsen o no. Que logre vivir o que muera».

—Ah, y ustedes son tan buenos esperando —dijo alzando las cejas.

—Culpable —respondí.

Miró a Beckett y nuestras manos juntas.

—Ah, él es Beckett Gentry —dije alejando mi mano y dándole una palmadita en el hombro. «Patético»—. Es...

Diablos, ¿qué era? ¿Cómo lo presentaba? No era mi novio. Ni siquiera me había besado, aunque ahora estuviera conmigo las veinticuatro horas al día, los siete días de la semana.

—Soy el mejor amigo de su hermano, que falleció —explicó Beckett poniéndose de pie y extendiendo la mano—. Entiendo que usted es la especialista del neuroblastoma de Maisie. Ella la adora.

La doctora Hughes estrechó su mano y sonrió.

—Me da mucho gusto escuchar eso. Maisie es mi favorita. Y me da gusto conocerlo, señor Gentry. Esta mujer necesitaba sin duda algo de apoyo y me alegra ver que lo tiene.

—Estaré aquí mientras me necesite —respondió a la pregunta que ella no había formulado.

La doctora lo miró con ternura. «Otra que muerde el polvo».

Luego empezamos a hablar de lo que nos preocupaba. La doctora hizo algunas preguntas y revisó los últimos exámenes de laboratorio en la historia clínica, frunciendo el ceño en ocasiones mientras leía. Escuchó su respiración, examinó las sondas y observó su presión.

—¿Cuánto tengo que preocuparme? —pregunté.

Sabía que no me mentiría. La doctora respiró hondo y volvió a hojear el expediente.

—No sé. No puedo saberlo hasta ver cómo reacciona a los medicamentos. Lo que sí puedo decirle es que está mucho mejor de lo que hubiera estado en unas horas. Le salvó la vida.

—Colt se la salvó —expliqué en voz baja.

—Esos dos —dijo con una risita—. Un alma dividida en dos cuerpos.

—Dijo que la escuchó llorar cuando dormían —intervino Beckett—. Él despertó, fue a su recámara y vio que estaba ardiendo.

Lo miré de inmediato, me preguntaba cuándo Colt le había... «Mientras estabas en la camioneta». Cuando habló con Colt en el porche. La gratitud que sentí hacia Beckett por su relación con Colt se tiñó un poco con los celos de que él conocía a mi hijo de una manera que yo no conocía.

Porque Beckett estaba más presente que yo.

—¿Qué sigue? —pregunté para cambiar de tema.

—Tomará unas horas, pero cuando estemos seguros de que las medicinas funcionan...

—No con esto. Con los tratamientos. A futuro y todo eso.

No quería pensar lo que no podía controlar, quería concentrarme en lo que sí podía. Qué investigar después, para qué prepararla. Eso sí podía controlarlo.

La doctora Hughes asintió como si entendiera y se sentó en la última silla libre en la habitación. Luego se inclinó sobre la mesita.

—Se supone que nos veríamos la próxima semana —dijo.

—Así es.

—¿Está segura de que quiere hacer esto ahora?

Volteé a ver a mi pequeña niña que libraba una batalla de la que yo no podía defenderla, por lo tanto, elegí otro frente.

—Sí.

—La última sesión de quimioterapia no cambió sus niveles como esperábamos.

Extirpar el tumor fue bueno, pero si su médula ósea estaba invadida por el cáncer, crecería otro tumor. Podíamos cortar la copa del árbol, pero las raíces seguían vivas y combatiendo.

—¿Está desarrollando resistencia a la quimio?

La mano de Beckett encontró otra vez la mía y lo sujeté. Fuerte.

—Es una posibilidad. Ya hablamos del tratamiento con meta-yodo-benzil-guanidina, le llaman MIBG, y creo que esa es nuestra mejor apuesta. —Se agachó y sacó un folleto de su bolso que puso sobre la mesa—. Le traje información sobre un estudio experimental.

Miró a Beckett y supe exactamente por qué.

—Puede hablar frente a él. Está bien.

Hasta ahora, las únicas personas que sabían cuál era el estado de mis finanzas eran Ada y la doctora Hughes, y probablemente la compañía de mi teléfono celular que se había acostumbrado a que les pagara siempre con un mes de retraso.

—El estudio experimental cubrirá ciertos aspectos, pero no todos, y el único hospital en Colorado que cuenta con las instalaciones para hacerlo es el Hospital Infantil —explicó lanzándome una mirada comprensiva.

El costo era astronómico y yo no tenía manera de pagarlo. Pero ya pensaría en eso más tarde.

—Haga el papeleo e inscribámosla.

—Okey. Tenemos que hacerlo pronto.

—¿No es así con todo?

—Háblame del MIBG —me dijo Beckett siete horas más tarde, mientras cenábamos en la pequeña cafetería.

Maisie dormía arriba. Su presión vacilaba y seguía con fiebre. Se despertó una vez y pidió ir al baño, eso casi me hizo llorar de alivio porque significaba que sus riñones seguían funcionando.

Hice a un lado del plato el simulacro insípido de pollo frito. ¿Por qué toda la comida de hospital era desabrida? ¿Porque es necesario tener cuidado con el estómago? O quizá yo me equivocaba y no era así, pero me sentía demasiado adormecida como para saborearlo.

Tal vez toda la comida del hospital era muy buena y nosotros estábamos demasiado preocupados como para advertirlo.

—Ella —dijo Beckett sacándome de mis pensamientos—. ¿El MIBG?

—Ah, sí. Es un tratamiento relativamente nuevo contra el neuroblastoma que usa quimioterapia y radiación para atacar el tumor. Es muy impresionante y solo pueden hacerlo en dieciocho hospitales en el país, uno de ellos está en Denver.

—Eso es increíble. ¿El mismo hospital donde le hicieron la cirugía a Maisie?

—El mismo. —Picoteé el puré de papa con el tenedor y me quedé boquiabierta al ver que Beckett se metía a la boca cucharada tras cucharada—. ¿Cómo puedes comerte eso?

—Pasé una década en el ejército. Te sorprendería lo que puede parecer delicioso para la cena.

Ahí tenía una perspectiva que me hizo tomar mi tenedor.

—¿El MIBG tiene desventajas?

—Mi seguro médico no cubre el ensayo clínico.

Listo, la puerta de entrada a la pesadilla que eran mis finanzas.

—Estás bromeando. —Parpadeó un par de veces como si esperara a que cambiara mi respuesta—. Dime que estás bromeando, Ella.

—No es broma.

Tomé un bocado del pollo. Sabía que necesitaba las calorías, sin importar de dónde provinieran.

—Entonces, ¿qué vamos a hacer? —Frunció el ceño y se inclinó un poco hacia adelante.

—Lo mismo que he estado haciendo. Arreglármelas. Pagarlo.

Me encogí de hombros y callé para tomar otro bocado. En ese momento me di cuenta de lo que él había dicho: «¿Qué vamos a hacer?». «Vamos», no «vas». Nosotros. Hice un esfuerzo por tragar para no verme como una idiota con una pierna de pollo pegada a la cara.

—¿Qué quieres decir con lo mismo que has estado haciendo? ¿Cuánto es lo que no han cubierto?

Su tono era tranquilo y firme, pero su intensidad daba un poco de miedo.

Me volví a encoger de hombros y tomé un pedazo de pan.

—Estoy haciendo un gran esfuerzo por no volverme loca. Así que, si tienes una respuesta, me ayudaría mucho.

Arrastré la mirada del pan a su pecho, luego a la vena que sobresalía en su cuello (sí, estaba enojado), y por último a sus ojos.

—Mucho. No han cubierto mucho.

—¿Por qué no me dijiste nada?

—¡Porque no es tu problema!

Se echó hacia atrás como si lo hubiera abofeteado.

—Perdón —me apresuré a decir suavizando el tono lo más posible—, pero no lo es. ¿Y qué te iba a decir? Oye, Beckett, ¿sabías que jugué con la salud de mis hijos el año pasado? ¿Que el seguro médico no cubre ni la mitad de lo que Maisie necesita? ¿Que ya me acabé el seguro de vida de Ryan para mantener viva a mi hija?

—Sí. Podías haber empezado con eso. —Se pasó las manos por el cabello y las entrelazó sobre la cabeza—. Pudiste decir algo. ¿Qué tan grave es?

—Algo.

Libramos una batalla silenciosa, cada uno trataba de vencer al otro con la mirada. Unos segundos después, me rendí. Él quería ayudar y yo me comportaba como una terca en aras de una privacidad que en realidad no necesitaba.

—El hospital de Denver donde tuvo la cirugía está fuera de la red. Eso significa que todo lo que le hacen ahí, cada vez que tiene consulta con la doctora Hughes o una cirugía o tratamiento, no está cubierto por mi póliza.

—¿Y esto? ¿Lo que está pasando ahora?

—Sí, esto está cubierto. Pero el MIBG no. Y tampoco el trasplante de células madre que ya sugirió la doctora Hughes.

—Entonces, ¿cuáles son las opciones?

—¿Financieras?

Asintió.

—No cumplo los requisitos para el Seguro Social porque soy dueña del Solitude. El primer mes de su tratamiento usé mis ahorros y la cirugía acabó con lo que quedaba del seguro de vida de Ryan. Hipotequé el Solitude al extremo el año pasado para hacer las renovaciones, así que esa tampoco es una opción. Incluso si vendiera ahora la propiedad apenas cubriría el pago de la hipoteca. Solo me queda convertirme una superladrona de bancos o hacer *striptease* en línea para mamássolterasconcáncer.com.

—No es gracioso.

—No me estoy riendo.

Se hizo un momento de silencio entre nosotros en el que él digería lo que acababa de decirle. Masticó despacio, considerando mis palabras.

—Mira, no soy la única persona que pasa por esto —agregué—. Las compañías de seguros rechazan tratamientos todo el tiempo o te dicen que elijas la opción más barata que ellos cubren. Medicamentos genéricos, otros hospitales, tratamientos alternativos, todo eso. Hay planes de pago y subvenciones para quienes cumplen los requisitos y algunos ensayos clínicos cubren los costos de las medicinas.

—¿Hay una alternativa al MIBG?

—No.

—¿Y si no se consiguiera?

Mi tenedor golpeó el plato y alcé la mirada despacio para verlo.

—¿Y si no responde a estas medicinas?

El músculo de su mandíbula se tensó y su mirada se endureció. Este no era el hombre que ató las agujetas de los tacos con ternura ni el que abrazó a mi hija, y a mí. Era el hombre que mataba personas a modo de trabajo.

—¿Me estás diciendo que la vida de Maisie no solo está en manos de sus médicos, sino de la compañía de seguros? ¿Ellos deciden si vive o muere?

—No tanto. Ellos no deciden si puede o no tener el tratamiento, solo si lo pagarán. El resto es mi decisión. Soy yo quien tiene que mirar a sus médicos y decirles si puedo pagar el precio de la vida de mi hija.

El horror destelló en el rostro de este hombre que había visto y hecho cosas que sin duda me harían tener pesadillas.

—Un verdadero problema, ¿verdad? —pregunté con una sonrisa sarcástica.

—¿Cuánto es?

—¿Qué parte? ¿Los veinte mil dólares de la quimioterapia que recibe cada mes? ¿Los cien mil dólares de la cirugía? ¿Las medicinas? ¿Los viajes?

Lanzó un suspiro y dejó caer las manos sobre su regazo.

—El MIBG.

—Quizá cincuenta mil, más o menos. Pero es la vida de Maisie. ¿Qué se supone que debo decir? ¿No? Por favor, ¿no salve a mi niña?

—Claro que no.

—Exacto. Así que ya pensaré en algo. Es probable que necesite dos sesiones de MIBG, y luego el trasplante de células madre, será como medio millón.

Palideció.

—¿Medio millón de dólares?

—Sí. El cáncer es un negocio, y el negocio es bueno.

—Creo que perdí el apetito —dijo empujando su plato.

—Y te preguntas por qué estoy perdiendo peso —bromeé.

No rio. De hecho, cuando volvimos a la habitación sus respuestas fueron solo monosílabos. Casi me sentí culpable por descargar todo en él, pero compartir todo eso me hacía sentir bien de alguna manera. Era reconocer que nada de todo esto era justo.

Se quedó a mi lado toda la noche y nunca se quejó de la silla ni de los monitores. Observó los niveles de Maisie como un halcón, hojeó el folleto del MIBG, caminó afuera por el pasillo. Habló con Colt y Havoc por FaceTime, me llevó más café y hojeó la carpeta de Maisie que, a estas alturas, para mí era más personal que un diario íntimo. Jaló su silla lo más cerca posible de la mía y cuando me quedé dormida como a medianoche, lo hice con la cabeza apoyada en su hombro.

Beckett era todo lo que había necesitado con tanta desesperación estos últimos siete meses. ¿Qué haría cuando, inevitablemente, se marchara? Ahora que sabía qué se sentía tener a alguien como él en momentos como este, su ausencia sería mil veces más difícil.

Me desperté de un sobresalto y vi a Beckett junto a la cama de Maisie. Me miró con una enorme sonrisa y el médico entró a la habitación. Me puse de pie al instante, me froté los ojos y me quedé boquiabierta: Maisie estaba sentada, sonreía y su mirada era clara.

—¡Hola, mamá!

Parpadeé rápidamente y miré los monitores antes de responder. Su presión se había normalizado, ya no tenía fiebre y los niveles de oxígeno habían aumentado. Me cubrí la boca con la mano y sentí que mis rodillas cedían, pero Beckett me sostuvo por la cintura y me acercó a él sin vacilar.

—¡Ey, Maisie! ¿Cómo te sientes?

—Muchísimo mejor —respondió.

Miré al doctor, mi boca temblaba. Él hojeaba el expediente

al tiempo que escuchaba el informe de otro médico. Eran las 7:15 de la mañana. El turno cambió mientras yo estaba dormida.

—¿Y bien? —pregunté.

—Parece que los medicamentos están funcionando. Va a estar bien.

Volteé hacia Beckett y me hundí en su pecho antes de estallar en lágrimas frente a Maisie. Él me envolvió en sus brazos. Respiré profundo para llenarme de su olor, literalmente exhalaba mi miedo al tiempo que inhalaba su aroma.

—¿Escuchaste, Maisie? Parece que no te vas a escapar de las clases particulares la próxima semana —bromeó Beckett.

Su voz resonó grave e intensa en mi oído.

Nos había traído aquí, me había cuidado a mí, a Maisie, a Colt. Se alejó de toda su vida anterior para mudarse a la cabaña de junto. Había mostrado resolución cada vez que le juré que no lo necesitaba, y en el momento en que lo hice, respondió sin siquiera decirme «te lo dije».

Respiré hondo y miré al doctor, quien asintió satisfecho.

—La mantendremos aquí en cuidados intensivos un día más, solo para estar seguros, y luego la pasaremos a pediatría unos días para monitorearla. Más vale prevenir que lamentar.

—Gracias.

No tenía más palabras.

—Tienen a una pequeña luchadora —dijo el médico antes de salir y dejarnos a los tres solos.

—No tengo a Colt —dijo Maisie en voz baja mirando alrededor de su cama.

Me llevó un segundo entender a qué se refería.

—Lo siento, nos fuimos tan rápido que no pensé en tomarlo.

Seguramente, el oso estaba sentado en la cama de Colt, una mancha rosa entre un mar de azul.

—No te preocupes, tu mamá te lo traerá cuando vaya mañana a la casa. ¿Te parece bien? —preguntó Beckett.

—¿Qué? ¿Irme a la casa?

De ninguna manera dejaría a mi hija.

—Sí —respondió asintiendo—. Si te vas como a las diez podrás llegar a casa, bañarte para quitarte el olor a hospital y llegar a las dos a la graduación de Colt.

La graduación del kínder. Me quedé boquiabierta y miré a Beckett y luego a Maisie. ¿Cómo podía dejarla aquí? ¿Cómo faltar a la graduación de Colt? Claro que era un poco tonto, pero sabía lo importante que era para él. ¿Cómo podía dejarla a ella aquí cuando se suponía que debía subir al estrado con él? ¿Dónde estaba la justicia en todo esto?

Beckett tomó mi rostro en sus manos para detener la batalla que se libraba en mi mente.

—Ella, está estable. Va a salir de cuidados intensivos. Soy más que capaz de hacerle compañía unas horas. Necesitas estar allá con Colt. Déjame hacer esto. Deja de partirte en dos y permíteme ayudar. Por favor.

—Sí, mamá. Tienes que ir. No quiero que Colt esté triste —intervino Maisie.

—No tengo cómo regresar.

—Llévate mi camioneta.

«Un momento. ¿Qué?». Las camionetas eran sagradas para los hombres. Era tanto como ofrecerme su alma en una charola.

—Tu camioneta.

—Tienes licencia, ¿verdad? —bromeó.

—Sí.

—Pues ya está. Cuando vayas mañana a la casa recoges a Colt Rosa. Mientras tanto, Maisie y yo veremos películas y pasaremos el tiempo juntos. ¿Qué dices, Maisie? —preguntó mirando a mi hija.

—¡Sí!

—¿Estás seguro? —insistí.

—Absolutamente. —Tomó mis manos y las llevó a su pecho—. Lo juro.

Sentí en el pecho una enorme dulzura que se enraizó después en mi vientre y recorrió mi cuerpo hasta que pude jurar que sentí un hormigueo en la yema de los dedos.

—Tomas muchas fotos, ¿okey?

—Okey —respondí, concentrándome en la gran emoción que me consumía.

Era solo deseo, ¿o no? ¿Quién no se sentiría atraída a este hombre, aunque fuera un poco? Solo era eso, porque no había manera en el mundo de que me enamorara de Beckett. Ninguna en absoluto.

Giró y chocó las palmas con Maisie. El pequeño brazalete blanco en su muñeca gritaba tan fuerte en mi cabeza que no podía negarlo. Porque aunque en mi mente sentí pánico el sábado en la noche mientras me concentraba en formularios, médicos y traslados, mi corazón había decidido que podía confiar en este hombre. Mi corazón había firmado ese papel mientras mi cabeza estaba absorta en otros asuntos. Este hombre estaba en mi vida, en cierto sentido, así como en la de Colt y, definitivamente, en la de Maisie.

Después de todo, ese brazalete tenía el nombre de mi hija escrito en él.

Dios mío. Estaba enamorada.

CAPÍTULO CATORCE

Beckett

Carta núm. 20

Caos:

Siento como si todo lo que te he escrito últimamente es sobre el diagnóstico de Maisie. La verdad es que a veces me parece que es lo único en lo que pienso. Me he convertido en una de esas personas obsesivas y todo gira en torno a ella. Así que trataré de salir de eso unos minutos. Se acerca Navidad. Es una de las temporadas en las que tenemos más huéspedes y, como siempre, tenemos cupo lleno hasta la primera semana de enero. Eso es maravilloso para el negocio y para que nos recomienden. Mudé a los niños a la última cabaña que teníamos disponible y la saqué de la oferta. Es la mejor manera de mantener segura a Maisie cuando sus niveles están muy bajos y hasta el momento ha funcionado. Ahí voy de nuevo, de vuelta al cáncer. Pusimos un árbol de Navidad en la cabaña y Hailey, mi recepcionista, se mudó con nosotros para ayudarme en las noches cuando tengo que salir. Estoy empezando a pensar que a los niños también les gusta esta privacidad. Colt incluso pidió una casa en un árbol aquí afuera para Navidad, pero le dije que teníamos que esperar a que mi hermano regresara a casa. Soy bastante buena con las manualidades, pero construir una casa en un árbol es demasiado. Probablemente se vendría abajo antes de poner un pie adentro. También me pregunto si es una buena idea construirla si, con suerte, regresaremos a la casa principal más o menos pronto. Pronto. Cuando sea. La verdad es que últimamente todo me parece pronto. ¿Cómo están ustedes en estas fiestas? ¿Necesitan algo? Hice que Maisie y Colt les enviaran algunas fotos. Les preocupaba que no tuvieran un árbol de Navidad, así que dibujaron algunos y este fin de semana me ayudaron a cocinar. Es difícil creer que ya es diciembre y que ustedes pronto volverán a casa. No puedo esperar a ver a la persona con quien he estado hablando todo este tiempo y poder enseñarte todo. No te asustes, pero sin duda es lo que más espero para el Año Nuevo.

Ella

Resolver problemas era una de mis habilidades de las que estaba particularmente orgulloso. No había nada que no pudiera solucionar, ningún rompecabezas que no pudiera terminar. Era bueno para hacer realidad lo imposible. Pero con esto me daban ganas de golpearme la cabeza contra la pared solo para saber qué se sentía.

Hojeé la información sobre el MIBG por centésima vez y crucé referencias con lo que encontré en el teléfono celular. «Daría cualquier cosa por tener mi laptop».

Era ridículo que el seguro de Ella no cubriera la terapia, pero el mío lo haría. Si había algo bueno del ejército era su seguro médico, y yo aún lo tenía, puesto que muchos asuntos me habían distraído y no había firmado los papeles de Donahue para rechazar su oferta.

—Yo no me hubiera salido de la torre —dijo Maisie desde su cama.

Estaba sentada y rebotaba un poco sobre el colchón. Habíamos salido de cuidados intensivos esa mañana, justo antes de que Ella se fuera a Telluride. Miré la película, *Enredados*. Rapunzel. Ya entendía.

—Lo harías si tu mamá fuera una bruja mala.

—Pero no es, así que me hubiera quedado.

Se jaló el gorro un poco sobre la frente.

—Pero piensa en lo grande que es el mundo. ¿Estás diciendo que de verdad no querrías ver lo que hay allá afuera? —pregunté, dejando todas mis cosas sobre la mesa.

Maisie se encogió de hombros, torció la boca y arrugó la nariz.

—Hay mucho allá afuera —agregué poniéndome de pie para ir a sentarme en la silla que estaba al lado de su cama.

—Quizá. Pero eso no significa que lo vaya a poder ver.

En su voz no había queja, solo era un hecho simple, aceptado. Me di cuenta de lo pequeña que era, de cuánto de su vida recordaba y de cuánto había pasado ya luchando. Estos siete meses habían sido un infierno para Ella, pero a Maisie debieron parecerle una eternidad.

—Lo verás.

Miró en mi dirección algunas veces hasta que acabó por girar la cabeza para verme a los ojos.

—Lo verás —repetí—. No solo será la escuela, eso es solo el principio.

—Ni siquiera me puedo graduar del kínder —murmuró—. Por favor, no le digas a mamá que estoy triste. Ella ya está demasiado triste.

Era como hablar con una Ella en miniatura, preocupada por todo el mundo antes que por ella. Incluso sus ojos eran iguales, salvo que los de Maisie aún no habían aprendido a ocultar sus pensamientos.

—Tengo una idea —dije.

Cuarenta minutos, otra bata de hospital y una visita rápida a la estación de enfermeras y casi estábamos listos.

—¿Listo? —me gritó desde el baño.

—Casi —respondí con dificultad porque en la boca sujetaba la cinta adhesiva al tiempo que envolvía el hilo alrededor del borde deshilachado de una franja de mi camiseta.

Pasé el hilo por encima del sombrero y lo pegué con cinta adhesiva. Las manualidades no eran mi fuerte, pero esto funcionaría. Toqué la puerta del baño y la abrí lo suficiente para que Maisie sacara una mano.

—Su alteza —dije pasándole mi creación.

Gracias a Dios por las enfermeras y las estaciones de manualidades del piso de pediatría.

Maisie lanzó una risita y lo tomó, luego me cerró la puerta en las narices. ¡Se recuperaba tan rápido! Los antibióticos seguían pasando por la sonda y seguía internada en el hospital, pero el contraste era enorme con el partido de futbol.

Me culpaba por enésima vez por no haberme dado cuenta cuando la metí y la saqué del coche. No tenía fiebre en ese momento, ningún enrojecimiento, nada, pero sí sabía que no se sentía bien, que estaba exhausta.

—¿Estás listo? —preguntó.

Miré mi reloj. En cualquier momento cruzarían ese pequeño escenario.

—Lo estoy si tú lo estás.

—Haz un discurso —me ordenó con la puerta entre nosotros.

—Sabes que normalmente no deberías estar escondida, ¿verdad?

—Se supone que no puedes verme hasta que digas mi nombre.

—Eso es para una boda —respondí, tratando de no reír—. La novia y el novio no se ven hasta que se encuentran en el altar. No para esto.

La puerta se abrió y la sostuve para que pudiera pasar junto con el portasueros. Rodeó la puerta y mi sonrisa fue tan grande que pensé que partiría mi cara en dos. Llevaba una bata de hospital de un solo color sobre la de siempre, cortesía del personal de enfermería, y en su cabeza llevaba el horrible birrete que le había confeccionado. Esas porquerías eras muy difíciles de hacer. La borla que colgaba a un costado tenía un fleco demasiado grueso, pero habíamos tenido poco tiempo. No era mi mejor trabajo, pero funcionaría.

—Por favor, tome asiento —dije avanzando al otro extremo de la habitación, al pie de su cama.

Con la cabeza en alto, caminó hasta la mesa y se sentó en una silla.

Un movimiento en la puerta llamó mi atención y volteé. Se trataba de las dos enfermeras que me había ayudado a buscar los materiales. Les lancé una sonrisa rápida y regresé a mi público de una sola niña.

—Discurso —me recordó asintiendo con gravedad.

—Cierto. —De inmediato tomé el papel enrollado que servía como diploma improvisado en el que escribí unas palabras—. Hoy es el inicio de un camino…

¿Qué demonios se suponía que tenía que decir ahora? Las personas no eran mi fuerte, mucho menos los niños. Maisie inclinó un poco la cabeza y casi se le cae el birrete. Rápidamente se lo acomodó.

—Continúa.

—Okey. —Se me ocurrió una idea y decidí seguirla—. Escuché que se dice que la mayor aventura es la que está por delante. Bueno, la verdad es que lo leí, pero lo voy a usar.

Maisie reprimió una risita y asintió de nuevo, muy seria.

—Sigue.

—Y la historia que leí trataba de una valiente princesa que quería luchar por su reino. Cuando todos los hombres partieron para la guerra, le dijeron que como ella era la princesa debía quedarse para cuidar a su pueblo. Ella le argumentó al rey que pelear con ellos era una manera de cuidar a su pueblo, pero él le ordenó que se quedara, para que estuviera segura.

—Quería que ella se quedara en la torre —intervino inclinándose hacia adelante.

—Oye, en las graduaciones, los graduandos no interactúan con los oradores —bromeé.

Sonrió y se irguió en la silla. Luego, con la mano hizo un movimiento como si se sellara los labios.

—¿En qué iba? Ah, la princesa. Sí. Así que la princesa, inteligente como era, sabía que la necesitaban. Decidió vestirse de hombre y se introdujo en el campo de los soldados para ir a la guerra con ellos.

A Maisie le brillaron los ojos y sus labios se entreabrieron un poco.

—¿Qué pasó?

—¿Qué crees que pasó? Entró a la batalla armada hasta los dientes, blandiendo su enorme espada y mató a los nazg… mmm… al dragón con un poderoso golpe. Así defendió su reino. Ella era la líder que su pueblo necesitaba, porque era valiente para pelear.

Maisie asintió emocionada y yo casi olvido que tendría que estar dando un discurso de graduación para una niña de seis años.

—Bien. Entonces, ahora que inicias tu camino académico, debes recordar ser valiente como la princesa.

—¡Y decirles a todos los reyes que se equivocan! —exclamó dando un salto.

Ah, esto no estaba saliendo como yo esperaba.

—Más o menos. Cuando seas... ya sabes, lo suficientemente grande para blandir una espada.

Consideró mis palabras un segundo y luego asintió, seria.

—Entonces... —continué—. Debes luchar por lo que sabes que es correcto. Defender a la gente que necesita tu protección. No dejes nunca que nadie te diga que no eres una guerrera porque eres niña. En mi experiencia, las chicas son los guerreros más fuertes. Tal vez es por eso todos los chicos tratan de impedir que entren a la guerra, les asusta quedar mal.

—Tiene sentido —asintió Maisie—. ¿Eso es todo?

—Sí. Discurso terminado.

Traté de recordar alguna graduación a la que hubiera ido, pero no pude, porque nunca fui a ninguna. Me largué cuando terminé el último año de preparatoria, un día antes de la graduación. Pero había visto muchas películas. Me aclaré la garganta.

—Ha llegado el momento de abandonar esos días infantiles y sin preocupaciones del jardín de niños para embarcarse en un viaje a la escuela primaria. Cuando diga su nombre, por favor pónganse de pie y acepten su diploma.

—Beckett, sabes que soy la única, ¿verdad?

—Shhh. No he dicho su nombre todavía, graduada.

Me miró de la misma manera en la que lo hacía Ella cuando quería echarme algo en cara. Apreté los labios para no estallar en carcajadas.

—Margaret Ruth MacKenzie.

Se puso de pie, majestuosa como una princesa, y avanzó hacia mí con la cabeza en alto, jalando a su lado el portasueros. Cuando se detuvo frente a mí, me acuclillé para quedar a su nivel.

—Felicidades por su graduación.

Le ofrecí el diploma con una mano y estreché la suya con la otra.

—¿Ahora qué? —murmuró.

—Ahora cambias la borla del birrete al otro lado.

Volvió a hacer esa mueca con la boca y la nariz arrugada y pasó su borla al lado contrario.

—La declaro graduada —usé el tono más oficial que pude.

Sonrió y rio, una verdadera alegría irradiaba de ella como un rayo de sol. Luego se lanzó a mis brazos y las enfermeras que estaban en el umbral empezaron a aplaudir.

La abracé con cuidado de no apretar muy fuerte, pero ella no tenía el mismo problema y me apretó con tal fuerza que casi me estrangula. Dios, amaba a esta niña. Amaba su fuerza, su tenacidad, su amabilidad. Era única. Y esperaba que ella misma supiera lo preciosa que era, no solo para su mamá, sino para todo el mundo.

Cuando los aplausos se apagaron volteé y vi a no menos de media docena de enfermeras que presenciaban la graduación de Maisie. La niña era magnética: atraía a las personas adonde fuera, y yo no era la excepción.

—¿Qué tal una foto? —preguntó una enfermera que parecía tener la misma edad que Ella.

—¡Sí! ¡Claro! —Le di mi celular y nos tomó unas fotos a Maisie y a mí—. Gracias. Ahora unas solo de la graduada —agregué mirando a Maisie.

Dirigí la cámara hacia ella, ya estaba posando.

—Fue Aowyn —dijo la enfermera con una sonrisa mientras las otras felicitaban a la graduanda—. La princesa que mató al nazgul se llamaba Aowyn.

Me descubrieron.

—¿Fan de Tolkien?

—Fan de las películas. Es parte de los deberes cuando trabajas en pediatría.

—¿Crees que se dio cuenta?

La enfermera se encogió de hombros.

—Fue un buen discurso. Las niñas necesitan más reinas guerreras.

—Me gustan las reinas guerreras —intervino Maisie poniéndose a mi lado—. ¿Ya es hora de *Moana*?

Así como había estallado de alegría, ahora se debilitaba un poco a mi lado y sentí que el agotamiento se apoderaba de ella.

—Me parece un buen plan.

Pasé un brazo detrás de ella y levanté su pequeño peso para llevarla de vuelta a la cama, con la otra mano empujé el portasueros.

Se echó hacia atrás para sentarse erguida y se quitó el birrete. Las enfermeras se marcharon.

—Gracias —dijo jugueteando con la borla.

—Sé que no es lo mismo...

—Es mejor.

Su mirada no daba lugar a debate.

Me senté al borde de su cama y ajusté el portasueros para que quedara más cerca de ella.

—Es solo el principio, Maisie. Tienes mucho por delante. Los veranos, las montañas, los amaneceres. Las decisiones que tendrás que tomar para escoger la universidad a la que quieres ir, cuando te vayas de viaje para recorrer Europa. Esos son los momentos en los que te darás cuenta quién serás, y eso solo es una pequeña parte de lo que te espera cuando hayas superado esto.

—Pero ¿y si esto es todo? —murmuró.

—No lo es —prometí.

Hizo una mueca, sus labios se encogieron en un puchero y sus ojos se llenaron de lágrimas.

—¿Me estoy muriendo? ¿Eso es lo que me pasa? Mamá no quiere decirme. Por favor, Beckett, dime.

Algo me apretó el corazón con una fuerza insoportable hasta que estuve seguro de que no podía latir.

—Maisie...

—Por favor. ¿Me voy a morir?

Pensé en el tratamiento con MIBG que necesitaba, en los innumerables medicamentos, terapias, operaciones, trasplantes. Todo lo que se interponía entre ella y un cuerpo sano.

—No mientras yo esté a cargo.

No me importaba lo que tuviera que hacer. Encontraría la manera de que obtuviera lo que necesitaba. No iba a ver morir a otro niño si tenía el poder de cambiar su destino.

—Okey. —Se relajó sobre la cama y aceptó mi palabra como si fuera la verdad. Luego sonrió sin dejar de juguetear con los hilos de la borla—. Me alegra que estés aquí.

Antes de hacerme pedazos frente a ella, me incliné y le di un beso rápido en la frente. Cuando me aparté, forcé una sonrisa y parpadeé para evitar la extraña humedad en mis ojos.

—A mí también, Maisie. A mí también.

—Gentry, qué bueno que estás aquí.

Mark Gutiérrez me alcanzó cuando yo estacionaba la camioneta al inicio del sendero. Tenía treinta y pocos años, estaba en forma, tenía una espesa melena de cabello negro y suficiente confianza como para hacerlo un buen líder de unidad para nuestras operaciones de búsqueda y rescate, pero sin ser arrogante.

La autoconfianza me parecía bien, pero no soportaba la arrogancia. La arrogancia hacía que murieran hombres... también niños.

Havoc salió de un salto detrás de mí, con su chaleco de trabajo. Para ella, esa siempre había sido la señal de que el juego había terminado y me sentía aliviado de que nuestra estancia en Telluride no cambiara la costumbre. Entre los viajes a Denver y los días que pasé en Montrose con Maisie, me preocupaba que perdiera el ritmo. Ayer regresé a Montrose para traer a Ella y a Maisie a casa, tras una semana en el hospital, y cuando me llamaron esta tarde, Havoc estaba lista para entrar en acción.

—Hola, Havoc —saludó Gutiérrez acercándose a ella.

—No. Está en modo trabajo —lo interrumpí.

Estaba en estado de alerta, muy sensible en este momento, y no tenía ganas de presentar un reporte de accidente si Gutiérrez perdía un dedo.

—Sí. Perdón, nunca habíamos tenido un perro de trabajo jubilado.

—No hay problema. Actualízame. —Havoc permaneció a mi lado conforme nos acercamos al grupo de hombres. La mitad llevaban el uniforme de Telluride y los otros, el del condado de San Miguel—. ¿Por qué estamos aquí si los chicos del condado también están?

—Llevan horas buscando y el senderista perdido es un vip en uno de los centros turísticos, así que nos llamaron para tener más personal.

—Entiendo.

El círculo se abrió cuando Gutiérrez y yo llegamos. A Havoc le dieron un espacio amplio y se sentó cuando se lo ordené. El tipo en el centro, que dejaba claro que estaba a cargo con el megáfono enganchado al cinturón, nos fulminó con la mirada a modo de saludo.

—Como estaba diciendo, para los que llegan tarde, la señora Dupreveny salió esta mañana con su guía y sus dos hijas, de siete y doce años.

«No un niño. Por favor, que no sea un niño». Me negaba a ser responsable de la muerte de otro niño.

—Creemos que se rompió una pierna cuando cayó, envió de

regreso al guía y a sus hijas para que pidieran ayuda. Al parecer les sorprendió la falta de servicio en la zona de Highline, así que podemos suponer que el guía no es local.

Un bufido de exasperación recorrió al grupo. Yo suspiré aliviado de que la persona que estaba ahí sola fuera un adulto.

—El guía regresó a mediodía y llamó al condado. Desplegamos búsqueda y rescate poco después, sin suerte. Sin duda la lluvia no ayudó.

Miré el cielo. Las nubes seguían grises, pero ya no amenazaban en convertirse en una tormenta repentina. Durante un tiempo podríamos trabajar tranquilos.

—Como pueden ver, ya no llueve y necesitamos encontrarla. Rápido. Tenemos como cuatro horas de buena luz. De acuerdo con el guía, la dejó hace como una hora y marcó el camino con un pañuelo rosa. Encontramos el pañuelo y sigue ahí, pero no a la señora Dupreveny. El plan es subir en grupo y luego dividirnos en la zona para devolverle esta mujer a su esposo.

Uno de los chicos del equipo de Telluride alzó la mano. Capshaw, si recordaba bien. En serio, tenía que pasar más tiempo con los otros compañeros cuando estaba ahí, no solo pasarlo entrenando a Havoc.

—¿Capshaw?

Al menos no me había equivocado.

—¿Quién irá al frente?

Se hizo un murmullo general y entendí lo que sucedía: dos organizaciones rivales que trabajaban juntas y esperaban no entorpecerse una a otra. En general, los egos eran lo que ponían una operación en riesgo. Examiné al grupo, frente a mí advertí a otro perro con su entrenador, vestido con uniforme del condado. El labrador amarillo cambiaba de posición cada minuto, se sentaba y se paraba. Inquieto.

«No es mi problema».

—El condado irá al frente. Telluride está aquí como apoyo.

Otro murmullo general.

—Si ya terminaron de establecer la jerarquía, ¿podemos empezar? —pregunté impaciente.

El hombre entrecerró los ojos en mi dirección y luego miró a Havoc.

—Eres el nuevo, ¿verdad? ¿El soldado? ¿Y el perro?

Todos voltearon a verme.

—Esos somos. Ahora, si ya acabamos de desperdiciar la luz del día...

Hizo un gesto como diciendo «después de ustedes» hacia el sendero y todos avanzamos. Apreté la pequeña mochila que llevaba a la espalda y cerré el zíper de mi chamarra polar. Estaba ya fresco y enfriaría más.

—Demonios, ¿teníamos que entrar en conflicto desde el primer día? —preguntó Gutiérrez, quien caminaba a mi lado.

—No tiene caso hablar cuando la misión es tan clara.

—Entendido.

Nos dieron la frecuencia de radio para el grupo y avanzamos por el sendero, cruzamos el puente y llegamos a un lugar con vista hacia todo Telluride. Este lugar era verdaderamente espectacular, a ambos lados las montañas se elevaban hacia el cielo.

Como dieciocho metros al frente, el otro perro echó a correr a toda velocidad por la pradera que se extendía a un costado. Havoc permaneció a mi lado, sus pasos y su respiración seguían firmes.

—Te vi en el pueblo con Ella MacKenzie —dijo Gutiérrez rompiendo el silencio que yo estaba disfrutando.

—Es probable.

Mark me caía muy bien mientras estábamos trabajando y en ocasiones hacía un esfuerzo para tener una conversación con él, pero Ella no estaba en mi lista de temas aprobados.

—¿Pasa algo ahí? —preguntó como si fuéramos dos chicos en los vestidores.

—Ten cuidado —le advertí.

—Ey, conozco a Ella. Es una buena chica... mujer. Yo era amigo de su hermano. Murió. Sí sabías ¿no? Hace como seis meses.

Mi corazón se detuvo un segundo, y no tenía nada que ver con la altitud.

—Sí, lo sé.

—También tiene hijos. Buenos hijos.

—Sí.

¿Adónde quería llegar este tipo?

Suspiró, jugueteando nervioso con la visera de su gorra. Este hombre era una presa fácil en una mesa de póquer.

—Mira, no es mi intención ser entrometido.

—Lo eres. La pregunta es: ¿por qué?

Miró hacia atrás para ver lo que yo ya sabía. Como seis metros nos separaban de los miembros del equipo que estaban más cerca, distancia suficiente para hablar en privado.

—Solo trato de cuidarla.

—Es bueno saberlo.

No había nadie en el mundo que estuviera más interesado por Ella que yo, y si bien su preocupación era casi adorable, era por completo innecesaria.

—Hablo en serio. Tiene un montón de problemas. Si hubiera alguien que ganara la lotería de la mala suerte, Ella se la ganaría. Entre la pérdida de sus padres, que Jeff la abandonara...

—¿Conoces a Jeff?

Hubiera trastabillado de no ser que mi cuerpo estaba en piloto automático, puesto que estaba acostumbrado a continuar, aunque mi cabeza estuviera en otra parte.

—Conocí a Jeff —corrigió—. Me llevaba con su hermano mayor, Blake.

—Un nombre pretencioso tras otro —masculló.

Gutiérrez rio.

—Muy cierto. Ambos los son... imbéciles de escuela privada, quiero decir. A los dos les dieron fortunas y ahora les regalaron un empleo.

Una puñalada de puro odio me laceró como veneno ácido que quemaba en mis venas. Por supuesto, él tenía todo fácil mientras que Ella debía romperse el lomo.

—¿Sabes dónde está?

—Claro. Trabaja para la compañía de su papi en Denver. Está comprometido con la hija de un político, si su perfil de Facebook dice la verdad.

Guardé la información en mi mente para alimentar el plan que se estaba formando desde que le prometí a Maisie que no iba a morir.

—En fin, ¿lo que hay entre Ella y tú es serio?

Me miró de reojo y vi su mano, en la que llevaba una hermosa argolla de oro. Bien. No estaba de humor para pelearme con nadie por Ella. No cuando no podía confiar en que no le daría una paliza.

—Somos amigos —dije evasivo—. Solo la estoy ayudando.

Consideró esa información durante un minuto y asintió.

—Bien. Eso está bien. Necesita toda la ayuda que pueda obtener ahora con sus hijos.

—No —corregí sin dejar de escrutar la línea del bosque en caso de que encontráramos a nuestra senderista—. No necesita ayuda, francamente ella tiene todo bajo control. Pero necesito ayudarla. No quiero que lo haga sola. Es diferente.

Gutiérrez asintió de nuevo de manera automática, pero sincera. Quizá había pasado demasiado tiempo rodeado de soldados.

Tal vez los civiles hablan de sus sentimientos cuando pasean en las montañas. Podría ser que yo fuera el raro por ser tan cerrado, no él por ser tan inquisitivo.

—Lo siento, hombre. Es solo que... es un pueblo pequeño y tú eres nuevo. Y después de perder a Ryan, sé que está triste. Quiero decir que ni siquiera le dijeron qué fue lo que pasó.

Por supuesto que no, porque cuando algo salía mal en operaciones especiales, cuando un soldado quedaba inconsciente en lugar de ser asesinado, y luego los insurgentes lo arrastraban al desierto, le quitaban el uniforme, lo ataban, amordazaban, torturaban y le disparaban en la nuca dejándolo en calzones, el ejército tendía a esconderlo de su familia y la llamaba información clasificada.

Nadie querría pensar que eso le había sucedido a su hermano.

—Quiero decir que ni siquiera la dejaron ver su cuerpo. Eso debe afectarla. Por lo que ella sabe, aún podría estar vivo en algún lugar y el ejército podría estar encubriéndolo para convertirlo en un Jason Bourne o algo así. Es una porquería.

Mi mandíbula se tensó cuando apreté los dientes para mantener la boca cerrada. Este hombre no sabía nada, ni lo que le había sucedido a Ryan ni que era mi mejor amigo. Solo estaba tratando de cuidar a Ella, de asegurarse de que yo tuviera una idea exacta y clara de las cosas por las que había pasado. Al menos eso era lo que no dejaba de decirme conforme nos acercábamos a la zona de búsqueda.

El sendero estaba bordeado de álamos que reducían nuestro campo de visión al mínimo, pero ahí, atado a un tronco, estaba el pañuelo rosa. Formamos otro círculo y el tipo del megáfono se colocó al centro.

Era hora de poner manos a la obra.

—Esa perra tuya es maravillosa —me dijo Gutiérrez una hora después, cuando extrajeron en helicóptero a nuestra senderista y nosotros desandamos el sendero.

—Es única —asentí.

Luego me permitió caminar en silencio el resto del camino, algo que le agradecí. Me había llevado meses dejar que Ryan entrara a mi vida y años en volverme su mejor amigo. La única persona con la que había tenido una relación instantánea era Ella, y sonreí al darme cuenta de que Maisie y Colt ahora también estaban en esa lista.

Llegamos hasta el final del sendero. Abrí la puerta de la camioneta para que Havoc se subiera. Se acomodó en el asiento del copiloto, feliz y un poco cansada.

—Hiciste un gran trabajo hoy —dijo Gutiérrez echando su mochila al interior del coche que estaba estacionado junto al mío.

—Gracias. Ser útil me hace sentir bien.

—Sí. Te entiendo. —Se quitó la gorra y se rascó la cabeza—. Mira, sobre lo que te dije de Ella…

—No. Está bien. —Apreté el marco de la puerta con fuerza.

—Pueblo pequeño —agregó encogiéndose de hombros.

En verdad lo era. Quizá no el pueblo de los centros de esquí, sino el viejo pueblo. En particular cuando no había turistas y la mayoría eran locales. Todos aquí estaban relacionados y quizá yo no lo entendía, pero podía hacer un esfuerzo por respetarlo.

—Ryan no lleva muerto seis meses.

Gutiérrez levantó la cabeza de inmediato.

—Lleva muerto cinco meses y siete días, horas más, horas menos —agregué—. Horas muy largas. Lo sé porque era mi mejor amigo. Servimos juntos casi toda una década.

—¡Hombre! Lo siento. —Parecía abatido.

—No te preocupes. Nunca te sientas mal por estar pendiente de Ella. Te lo dije solo para que sepas que voy a hacer cualquier cosa para mantenerla segura, cuidarla a ella y a los niños. Cualquier cosa. Esa es la única razón por la que estoy aquí.

Tragó saliva y al final me miró, respirando hondo.

—Okey. Gracias por decirme. Si ella o tú necesitan algo, dime o habla con mi esposa, Tess; Ella jamás nos pediría nada.

—Sí, es bastante terca en ese ámbito.

La sombra de una sonrisa cruzó su rostro.

—Algo me dice que tú también.

—Culpable.

Manejé a casa con el cuerpo cansado, una perra contenta y la mente que no dejaba de correr en círculos. Hablaba en serio: haría cualquier cosa para mantener a Ella y a los niños seguros.

¿O no?

Frené en seco frente a la cabaña de Ella.

Su seguro médico no cubriría los tratamientos que podrían salvar la vida de Maisie. Sin embargo, había leído hasta las letras pequeñas sobre toda información en línea del hospital, y mi seguro sí lo podría cubrir.

Me eché en reversa y entré al sendero que llevaba a casa de Ella. Me bajé del coche antes de apagar el motor, avancé a zancadas hasta su puerta y toqué antes de que mi cerebro empezara a pensar en todas las razones por las que se negaría, aunque sabía que debía convencerla para que aceptara.

—¿Beckett? —preguntó Ella al tiempo que abría la puerta.

Llevaba jeans y una camiseta de manga larga. La gruesa trenza que caía a un lado hizo que me dieran ganas de tomarla de ella y besarla.

—¿Estás bien? —agregó.

—Sí. Perdón por pasar así. ¿Tienes un segundo?

—Claro, pasa.

—No, no quiero que escuchen los niños —dije en voz baja metiendo los pulgares a los bolsillos.

Levantó las cejas, sorprendida, pero salió al porche y cerró la puerta a su espalda.

—Okey. ¿Qué pasa?

—Tu seguro no cubre el tratamiento con MIBG ni el hospital que necesita o el trasplante de células madre.

—Así es.

Cruzó los brazos sobre el pecho y me miró con esos ojos azules inquisitivos, aunque confiados.

—Debe hacerlo, ¿cierto? ¿De lo contrario morirá?

—Beckett, ¿de qué se trata todo esto?

—¿Morirá sin eso? —repetí en un tono un poco más intenso que jamás había usado con Ella.

—Sí —murmuró.

Asentí y me puse a caminar a lo largo del porche mientras Ella me seguía.

—¡Beckett! —exclamó.

Giré y respiré profundo para controlar los nervios.

—Tu seguro no lo pagará…

—No, ya hablamos de eso.

—Pero el mío sí.

—¿Y?

Parpadeó en mi dirección y frunció el ceño.

—Ella, cásate conmigo.

CAPÍTULO QUINCE

Ella

Carta núm. 15

Ella:
Hoy perdimos a algunos. Podrías pensar que estoy acostumbrado a esto después de tanto tiempo, incluso que soy insensible. Hace unos años lo era. No tengo idea qué cambió recientemente, pero ahora siento cada pérdida con mayor fuerza que la anterior. O quizá es la misma fuerza, pero yo soy diferente. Estoy más enojado. Es difícil describirlo, pero de alguna manera ahora estoy consciente de mi desconexión, de mi incapacidad para forjar vínculos emocionales, aparte de unos cuantos amigos íntimos. Esa pequeña lista te incluye a ti. ¿Cómo es posible que me sienta más conectado con alguien a quien nunca he visto que con la mayoría de los hombres a mi alrededor? ¿Será porque es más seguro con el papel de por medio, porque no estás frente a mí? Quizá es menos intimidante. Ojalá lo supiera. Desearía tener las palabras correctas para la esposa de este hombre, para sus hijos. Poder quitarles la pena, tomar su lugar. ¿Por qué el mundo se lleva a la gente que es amada y les desgarra el alma, mientras a mí se me permite salir ileso? ¿Dónde está la justicia en ese sistema tan aleatorio? Y si no hay justicia, ¿para qué estamos aquí? Siento que me vuelve a abrumar esa misma impaciencia, terminar la misión y seguir adelante. Palomear la casilla, levantar el

campamento y saber que tuvimos un impacto. Es solo que ya no estoy seguro de cuál es ese impacto. Cuéntame algo real. Cuéntame qué se siente vivir en el mismo lugar toda tu vida. ¿Tener raíces tan profundas es opresivo? ¿O te permite doblarte en lugar de quebrarte cuando llegan los vientos? Yo he ido en dirección del viento durante tanto tiempo que la verdad no puedo imaginarlo. Gracias por dejarme descargar todo en ti. Te prometo que la próxima vez no seré tan deprimente.

Caos

—¿Perdón? —pregunté, mirando a Beckett como si tuviera dos cabezas—. ¿Qué acabas de decir?

No había manera de que hubiera dicho lo que yo escuché.

—Cásate conmigo.

«O quizá sí lo dijo».

—¿Te volviste loco?

—Quizá.

Se recargó en el barandal del porche, pero no cruzó los brazos sobre el pecho como siempre hacía cuando se disparaba su interruptor de terquedad. En vez de eso se aferró a ambos lados del barandal, dejando el torso desprotegido. Vulnerable.

—Podría funcionar. Por lo menos en papel —añadió.

—Yo no... no puedo... no tengo palabras.

—Bien, eso me da la oportunidad de convencerte.

Dios mío, hablaba en serio.

—Si te casas conmigo, los niños serán mis dependientes. Puedo encargarme de ellos.

—Quieres casarte conmigo para cuidar a mis hijos —dije despacio, segura de que había escuchado mal.

—Sí.

Abrí y cerré la boca algunas veces, tratando de encontrar la palabra, cualquier palabra, que pudiera pronunciar. Sencillamente no podía pensar en ninguna.

—¿Qué piensas?

—¡Ni siquiera estamos saliendo! Y tú... ¿tú quieres que nos casemos?

Havoc subió trotando al porche, pero no fue hacia Beckett, sino que se sentó junto a mí, como si sintiera que su amo había perdido la cabeza.

—¡No en el sentido romántico! —exclamó pasando la palma de la mano por su rostro—. Soy pésimo para explicar esto.

—Esfuérzate.

—Okey. Estaba leyendo los papeles sobre el MIBG cuando estuve en el hospital con Maisie y recordé lo que dijiste de que tu seguro no lo cubría. Así que investigué en el sitio web del hospital y sí acepta mi seguro, sin la tarifa de tu coaseguro. Todo estaría cubierto.

—Me da gusto por ti. Ahora puedes atenderte si tienes cáncer.

¿Cómo demonios podía sugerir que nos casáramos?

—No he terminado de explicarme.

Tenía ganas de aventarlo a su camioneta y echarlo de mi propiedad, pero sentí una pequeña chispa al pensar que Maisie podía obtener el tratamiento que necesitaba, era una chispa de esperanza. Dios, odiaba la esperanza.

La esperanza te engañaba, te brindaba una extraña sensación de calidez para después arrebatártela. Y en este momento Beckett era una enorme sensación de calidez y lo odiaba por eso.

Beckett tomó mi silencio por asentimiento y continuó.

—Si te casas conmigo, los niños están cubiertos. Todos los tratamientos de Maisie estarán pagados. No más peleas con la gente de la aseguradora, no más medicamentos genéricos. Recibirá los mejores tratamientos posibles.

—¿Quieres que me case contigo, que me convierta en tu esposa, que duerma en tu cama cuando ni siquiera quieres besarme, todo por el seguro? ¿Como si yo fuera una suerte de pros…?

—¡Guau! —me interrumpió agitando las manos—. No tendríamos que… ya sabes.

Alzó las cejas por lo menos dos centímetros.

—No, no lo sé.

Crucé los brazos sobre el pecho. Sabía muy bien a qué se refería; si tenía los pantalones para sugerir que nos casáramos, sin duda podía establecer los términos.

Suspiró exasperado.

—Solo tendríamos que casarnos en el sentido legal. En papel. Podemos vivir separados y todo, puedes conservar tu nombre, lo que sea. Solo sería para cubrir a los niños.

Dios mío, el hombre al que amaba estaba en verdad frente a mí, proponiéndome matrimonio no porque él también me amara sino porque pensaba que eso salvaría a mi hija. Ahora lo amaba aún más y nos odiaba a ambos por ello.

—¿Solo en el sentido legal? Entonces, ¿en realidad no me quieres? ¿Solo quieres proteger a los niños?

Perfecto, ahora parecía que estaba enojada porque no me quería en su cama. «Si tan solo mis emociones pudieran decidirse, sería maravilloso».

—Creo que ya hablamos de esto. Te quiero, pero eso no tiene nada que ver con que te pida que te cases conmigo.

—¿Te estás escuchando? Me quieres, pero no quieres casarte conmigo. Sin embargo, sí estás dispuesto a casarte conmigo para que tu seguro cubra a los niños, siempre y cuando no vivamos como marido y mujer.

Todo el enredo legal, nada de amor, de compromiso ni de

sexo. Eso nos dejaba con el único aspecto del matrimonio con el que realmente estaba familiarizada: la parte en la que el marido se marchaba.

—Exactamente.

—Okey, esta conversación se terminó. —Di media vuelta y un instante después volví a girar para quedar frente a él—. ¿Sabes qué?, no. ¡El matrimonio significa algo para mí, Beckett! O al menos así era. Quizá no es lo mismo para ti o piensas que por la forma en la que me divorcié de Jeff para mí solo es un papel, pero no es así. Se supone que es amor para toda la vida, compromiso y lealtad. Se supone que es todos esos votos sobre la salud y la enfermedad, en las buenas y en las malas, y amar a alguien incluso los días que no te cae bien. No es firmar un pedazo de papel y estar juntos mientras es conveniente. Se supone que se trata de construir una vida con una persona que está destinada para ti. No se supone que sea temporal, debería ser para siempre.

Avanzó hacia mí y luego se detuvo y metió los pulgares en los bolsillos.

—Se trata de amor, Beckett.

—Y yo amo a tus hijos. No es un hipotético.

La intensidad en su voz, en sus ojos me llegó directo al corazón.

—Ellos también te aman —admití.

«Yo también». Esa era la razón por la que no podía aceptar, porque quedarían devastados cuando terminara. Aceptar ese dolor para mí era una cosa, pero ¿para mis hijos? Ahí era donde marcaba el límite.

Toda su postura se suavizó, como si mis palabras hubieran tranquilizado un poco su beligerancia.

—No quiero hacer nada que los ponga en riesgo, a ellos o a ti. Solo digo que, si fueran míos legalmente, o medio míos, Maisie podría obtener el tratamiento que necesita. Esto podría salvar su vida.

Esa chispa de esperanza volvió a aparecer, a brillar con demasiada luz sobre todo lo que habíamos pasado los niños y yo. Todas esas noches de insomnio, todas esas facturas médicas que se apilaban sobre mi escritorio, amenazando con llevarnos a la quiebra. La abrumadora certeza de que si no hacía el tratamiento con MIBG, lo más probable era que no viviera. Sin embargo, ¿qué pasaría con ella cuando Beckett dejara de jugar a la casita?

—No te conozco lo suficiente como para hacer esto, no de la manera en la que importa.

Sus ojos brillaron de dolor y sus defensas se alzaron de nuevo.

—Me conoces lo suficiente como para haberme dado el derecho de tomar decisiones sobre Maisie, ¿cierto?

—Eso fue solo por unas horas, para que yo pudiera asistir a la graduación de Colt, ¡y solo en el peor de los casos!

—Seamos realistas, Ella. En este momento, toda tu vida es el peor de los casos.

«Auch».

—Sí, bueno, tú mismo lo dijiste: nunca has estado en una relación que durara más de un mes. No quisiste besarme porque dijiste que cometerías algún error y que lastimarías a Colt y a Maisie.

El enojo desapareció de su rostro al instante y lo reemplazó una enorme tristeza.

—No confías en mí.

Mi corazón quería hacerlo. Mi corazón me decía que él haría cualquier cosa por mis hijos. Mi cabeza, en cambio, no cedía: él mismo afirmó que no duraría.

—Pensé que conocía a Jeff. Lo amaba. Le di todo y en el

momento en que me embaracé de los mellizos se largó. Nunca más volví a salir con nadie. Ni una vez. Juré que jamás pondría a mis hijos en una situación en la que alguien pudiera abandonarlos otra vez.

—Yo nunca los abandonaría, ni a ti. Siempre estaré aquí, Ella.

—No te atrevas a mentirme. Los hombres en mi vida tienen la costumbre de prometer con una mano y empacar con la otra.

—No era mentira la primera vez que lo dije y nada ha cambiado. Es una promesa.

—¡Eso fue para el futbol, no para el matrimonio! No puedes quedarte ahí y prometerme que es para siempre cuando hace dos semanas ni siquiera estabas abierto para tener una relación.

—¡Ella, solo es en papel!

—¡No lo es! La manera en la que propones que dependa de ti, que mis hijos dependan de ti, no solo es en papel. Es muy real. ¿Y si te vas cuando ella esté a medio tratamiento? ¡Se lo quitarían! ¿Cómo eso es mejor que ahora que me estoy rompiendo la cabeza para encontrar el dinero? De hecho, sería peor porque ahora por lo menos sé a qué me enfrento. Esto es algo a muy largo plazo. Aunque salga adelante, el índice de reincidencia... Tú no entiendes las implicaciones a largo plazo de lo que estás ofreciendo, por bien intencionado que seas.

Y lo era, era el ofrecimiento más sincero y genuino que jamás me habían hecho. Pero hace mucho tiempo la vida me enseñó que las intenciones no valen nada.

—Todo lo que puedo darte es mi palabra y la promesa de que, independientemente de lo que me pase a mí, ellos estarán cubiertos. Maisie vivirá.

—Eso tampoco lo sabes.

Pronuncié en voz alta mi peor temor de la manera más natural, pero a estas alturas ya debería estar acostumbrada con este hombre. Tenía una manera de despojarme de mis defensas, de dejarme expuesta. Pero no sabía cómo confiar en la luz del sol después de vivir en un perpetuo huracán. No cuando existía la abrumadora posibilidad de que esto solo fuera el ojo del tifón.

—No, no lo sé —admitió—. Pero cuando me preguntó si iba a morir, le prometí que eso no sucedería mientras yo estuviera a cargo y esta es la única forma que puedo pensar para cumplir mi promesa.

Se me heló la sangre y el escalofrío salió de mi corazón para invadir todo mi cuerpo.

—¿Mi hija te preguntó si iba a morir?

—Sí, cuando estábamos en Montrose.

—¿Y me lo dices hasta ahora?

Me acerqué a él hasta que quedé tan cerca que sentía su aliento, miré su rostro estúpido y perfecto.

—Sí, supongo.

—¿Y le prometiste que no se moriría?

—¿Qué más querías que le dijera, Ella? ¿Que tiene el diez por ciento de probabilidad de vivir hasta noviembre? ¡Solo faltan cinco meses!

Tenía el descaro de hacerme sentir como si yo fuera la loca.

—¡Lo sé muy bien! —Mi voz salió demasiado aguda—. ¿Crees que no llevo la cuenta regresiva en la cabeza? ¿Que no estoy insoportablemente consciente de cada día de ella? Cómo te atreves a decirle que no morirá. No tienes derecho a hacerle este tipo de promesas.

—¿A ella o a ti? —pregunté en voz baja—. Es una niña que necesita sentirse segura, que le digan lo fuerte que es, que esta lucha está lejos de terminar y sí, me doy cuenta del tiempo que esto tomará. No le voy a decir que faltan solo unos meses para la derrota.

—No debiste hacerle esa promesa —repetí—. Yo no le

miento a mis hijos, tú tampoco puedes. La batalla que está enfrentando es atroz. Es David contra Goliat.

—Claro, y tú la armaste con una honda y la enviaste a enfrentar al gigante. ¡Te estoy diciendo que yo tengo un jodido tanque y no quieres usarlo! ¿En serio vas a verla morir porque no quieres apostar a que soy un tipo decente? ¿Qué quieres? ¿Referencias de mi personalidad? ¿Un detector de mentiras? Ponme la prueba que quieras, ¡solo déjame salvarla!

Maldijo, y eso me sacó lo suficiente de mi rabia como para escuchar el resto de lo que estaba diciendo.

—Dijiste una grosería. Creo que nunca te había escuchado hacerlo antes.

Caminó frente a mí, pasando las manos por su cabello hasta que las entrelazó en la nuca. Cuando estuvimos separados por medio porche, volteó en mi dirección.

—Te ofrezco mis más sinceras disculpas por eso. Hace más de diez años que no digo esa palabra en voz alta. ¿Por el resto? Por eso no me voy a disculpar. Puedes pensar que estoy loco. Lo entiendo. Tienes miedo de que muera y tienes miedo del tipo de hombre con quien se relacionará como papá si vive, aunque eso solo sea en papel.

—Sí y no.

—¿Cuál de las dos?

—No me asusta estar ligada a ti —admití en voz baja—. Sé que harías cualquier cosa por ellos. Lo veo en la forma en la que los cuidas, la manera en que confían en ti.

—Pero no confías en que me voy a quedar.

¿Cuánto tiempo podría mantenerlo aquí la carta de Ryan? ¿Su compromiso para honrar su promesa era tanto como para sacrificarse con un matrimonio? ¿Podía confiar en que ese honor lo mantendría aquí el tiempo suficiente para salvar a Maisie? Todo esto era un jodido caos.

—No confío en que nadie se quede, y tú ya me advertiste que no debía hacerlo, que en algún momento te irás.

—Ah, no. No puedes usar mis palabras en mi contra a menos que las interpretes bien. Dije que tú no me dejarías quedarme, que me echarías. Pero parece que ni siquiera me necesitas para armar todo un lío antes de empezar a empujarme. ¿Haces eso con todas las personas que se acercan a ti o soy yo el único afortunado?

Ignoré la verdad en su burla y me negué a mirarme en el espejo metafórico que ponía frente a mí.

—¿Sabes qué? Nada de esto importa. No cuando es una enorme mentira. Estaríamos cometiendo fraude, Beckett. Un papel falso sobre una relación inexistente. Si nos atrapan… no voy a exponer a los niños a eso.

Su mandíbula se tensó y asintió en mi dirección antes de dar media vuelta y bajar los escalones.

Havoc me abandonó de inmediato para seguirlo, pequeña traidora.

Al pie de la escalera, volteó.

—¿En serio estás diciendo que no estás dispuesta a hacer a un lado tus valores morales para salvar la vida de tu hija? ¿Que no puedes darme un poco de esa valiosa confianza que mantienes bajo llave como si fuera el Fuerte Knox?

Sentí el golpe verbal hasta los dedos de los pies. ¿Era eso lo que estaba haciendo? ¿Estaba eligiendo mis propios valores, mis problemas de confianza, sobre la vida de Maisie? ¿Estaba tan cansada que ya no podía creer? ¿No podía tener esperanza cuando mi propio hermano había puesto las manos en el fuego por él?

«Ryan».

—¿Quieres que confíe en ti? —pregunté con voz suave.

—Sí.

—Okey. Dime cómo murió Ryan.

Beckett palideció.

—Eso no es justo.

Una parte de esa esperanza cálida ardió en mi pecho.

—No me obligues a mentirte —suplicó... o amenazó, era difícil saberlo.

Permanecí en silencio, esperando que dijera algo diferente, que me diera un poco de la confianza que le pedía, que se pusiera en una posición de vulnerabilidad. Pero entre más nos mirábamos, más rígida se volvía su postura, hasta que volvió a ser el soldado endurecido que conocí el primer día que llegó al Solitude.

Tuve una terrible sensación de pérdida, como si algo único y valioso hubiera desaparecido antes de siquiera advertir su valor.

—Buenas noches, Ella. Mañana recogeré a Colt para el entrenamiento de las diez.

—¿Qué? ¿Entrenamiento de futbol?

Como si la pelea que acabábamos de tener fuera algo normal que pudiéramos pasar por alto. Como si no hubiéramos puesto dinamita entre nosotros y encendido la mecha.

—Sí. Futbol. Porque estoy presente. Eso es lo que hago. Cuando hago una promesa, la cumplo, y mucho más con tus hijos. Y como al parecer no crees en mis palabras, tendré que demostrártelo una y otra vez.

Abrió la puerta de la camioneta y Havoc subió de un salto. Luego él se subió y me dejó en el porche, boquiabierta, tratando de averiguar qué demonios acababa de pasar.

—¿Y bien? —le pregunté a Ada antes de meterme otra galleta de mantequilla de cacahuate a la boca.

Colt y Maisie dormían en la cabaña, y Hailey los cuidaba

mientras yo volvía a mi infancia y derramaba mis entrañas con Ada.

—¿Qué quieres que diga? —preguntó sacando otra charola del horno comercial, que puso en la mesa a enfriar.

—¿Qué piensas? Tu opinión, cualquier cosa.

Porque necesitaba que alguien más me dijera que no estaba loca de atar.

—Creo que un hombre increíblemente apuesto te ofreció una manera de salvar a tu hija —respondió recargándose contra la barra y limpiándose las manos en su delantal.

—¿Qué? Entonces, ¿soy yo quien se equivoca? Me pidió que me casara con él, Ada. Eso le da a un completo extraño derecho sobre mis hijos con tal de tener seguro. Un seguro que puede revocar en cualquier momento que le den ganas de divorciarse. Diablos, ¡le da derecho sobre el Solitude!

—Solo si lo dejas. ¿Me estás diciendo que no pueden firmar un acuerdo prenupcial o algo que limite sus derechos? Lo mismo que harías con Jeff si en este momento entrara por esa puerta.

—Jeff nunca va a regresar.

—Exacto.

—¿Y si es un asesino en serie? —pregunté tomando otra galleta.

—Era el mejor amigo de Ryan.

—Eso dice él —masculló con la boca llena.

Bueno, eso decía la carta. Ryan nunca me habló de detalles personales sobre los hombres con quienes servía. Me habló muy poco de Caos cuando me pidió que fuera su amiga por correspondencia, solo que un tipo en su unidad necesitaba recibir correo. Extrañaba a mi hermano. Quería estar con mi hermano. Necesitaba escuchar su opinión, que me dijera por qué nunca habló de Beckett si era su mejor amigo.

También extrañaba a Caos.

Caos. Si hubiera aparecido en la puerta de mi casa en enero, todo habría sido diferente. Lo sabía en mi alma. Quizá yo era la loca. Después de todo me había enamorado de dos hombres en un lapso de... ¿cuánto? ¿Ocho meses? Un embarazo duraba más.

Pero Caos estaba muerto. Ryan estaba muerto. Mamá y papá estaban muertos. ¿Mi abuela? También muerta.

¿En verdad iba a agregar a mi hija a esa lista?

—¿No tenía la carta de Ryan?

—Sí —admití a regañadientes—. Quizá si viera una foto de los dos o algo así. Nada.

—¿Le preguntaste?

Ladeó la cabeza y me miró como si tuviera diez años de nuevo.

—Bueno. No.

—Ah. Entonces, parece que le creíste, ¿no?

—Uf. —Eché la cabeza hacia atrás y suspiré, me enojaba la gente que fingía estar de mi lado—. Estás de su lado.

—Estoy del lado de Maisie. Y ese lado parece mucho mejor cuando está viva.

«Bueno, si lo pones así...».

—No sé qué hacer. No puedo casarme con él, Ada. Es cuestión de tiempo para que se aburra. Los hombres como Beckett no juegan a la casita.

—Él no es tu padre. No es Ryan. No es Jeff. Tienes que dejar de condenarlo por los crímenes de otros.

Tenía razón, sin embargo, mi corazón no podía aceptarlo, mi cerebro no se rendía.

—Aunque se quedara el tiempo suficiente para terminar el tratamiento de Maisie, acabaría por palomear la casilla «Salvar a la hermana de Ryan» y pasaría a otra cosa.

—Y eso es malo porque…

—Porque les rompería el corazón a los niños.

—Lo curioso de un corazón roto es que solo los vivos pueden sentirlo.

La miré, echando humo por los ojos.

—Sí, entiendo. Por lo menos estaría viva para que le rompieran el corazón, ¿no? Pero ¿qué pasa si se larga a medio tratamiento? ¿Qué pasa si el seguro cancela todo y el hospital interrumpe la terapia?

—Entonces habrá tenido más tratamientos de los que recibiría ahora, y cruzaríamos ese puente cuando apareciera, si es que llegara a aparecer. A veces solo hay que tener un poco de fe, aunque sea hacia un completo desconocido.

—No sé cómo confiarle a mis hijos.

Tomé otra galleta y la partí a la mitad.

—Esas son puras tonterías —dijo agitando el índice en mi dirección—. Ya le confiaste a los mellizos. Él lleva a Colt al futbol y se quedó con Maisie en el hospital, con privilegios que tú le concediste sobre su cuidado.

Me metí otro pedazo de galleta a la boca y mastiqué despacio. Pfff, tenía razón. ¿No había admitido con Beckett que sabía que haría cualquier cosa por los niños?

—¿Sabes qué pienso? —preguntó Ada aprovechado que yo tenía la boca llena—. No tienes miedo de confiarle a los niños. Tienes miedo de confiarte tú.

La galleta me raspó la garganta cuando me forcé a tragarla.

—¿Qué? Yo no tengo nada que ver en eso. Él dijo que el matrimonio solo sería en papel.

Bueno, tenía que admitir que sí me lastimó un poco.

—Pero a ti te importa.

«Demasiado».

—Cualquier sentimiento que pueda o no tener no importa.

Esta no es una de tus películas románticas de Navidad en la que celebran una boda falsa para resolver un problema, empiezan a pelear con bolas de nieve y se enamoran. Aquí no hay final feliz.

Por supuesto que saberlo no impedía que me enamorara de él.

—Ella, estamos en junio, no hay nieve.

—Sabes a qué me refiero.

—¿En serio te vas a quedar ahí sentada y me vas a decir que vas a poner un límite a lo que estás dispuesta a hacer para mantener viva a Maisie?

Ese fue el detonador.

Mierda. ¿Qué haría por Maisie? Con la mente despejada para tener perspectiva, sabía que no había límite. Arriesgaría el infierno y la condena por ella. Vendería mi alma.

Beckett podría salvar a Maisie. El único obstáculo era mi propia obstinación y miedo.

Pero ¿si hubiera alguna manera de sacar el miedo de la ecuación? ¿Vincular a los niños directamente con Beckett sin que mis problemas se interpusieran?

—Supongo que tengo que hablar con Beckett.

Colt entró volando por la puerta principal después del entrenamiento, tenía las mejillas encendidas y estaba feliz.

—¡Hola, mamá!

Pasó como una ráfaga, me dio un beso en la mejilla y subió corriendo la escalera hasta su recámara.

Beckett estaba en el umbral, con la gorra de beisbol en la mano. Sus shorts estaban un poco bajos, sobre sus caderas, y esa increíble extensión de abdominales y pecho estaba cubierta por una camiseta del concierto de Pearl Jam. Abrió los ojos como platos al ver mi vestido sin mangas y mis piernas desnudas, pero rápidamente desvió la mirada.

—Mañana tiene partido, pero sé que Maisie debe ir a la quimio.

—Nos iremos después del partido. Empieza hasta el lunes y tendrán que asegurarse de que sus niveles de plaquetas estén lo suficientemente altos para poder hacerlo. La infección echó a perder muchas cosas.

—Okey. Solo avísame. Yo lo puedo llevar, por supuesto.

Empezó a alejarse de la casa y casi lanzo una maldición.

—Gracias. Oye, Beckett… ¿sobre lo de ayer?

Se detuvo y giró despacio sus ojos hasta encontrar los míos. Los mantuvo en ellos, en lugar de en mis hombros desnudos o en el escote en forma de corazón sin tirantes que había escogido solo para llamar su atención. El vestido era viejo, pero todavía me quedaba.

Cuando fue claro que no iba a responder, continué.

—Confío en ti con mis hijos.

Abrió los ojos un poco.

—Tenía que decir eso primero para que supieras que todo por lo que peleamos anoche… la mayoría no tiene que ver con los niños, sino conmigo. No has hecho nada más que demostrármelo desde que llegaste y me equivoqué cuando te pedí que me contaras sobre Ryan, cuando sé que eso te costaría tu integridad. Es irónico, ¿no? Te estaba pidiendo que demostraras tu credibilidad haciéndote romper tu promesa. Lo siento.

—Gracias —respondió en voz baja.

—Hay una persona con quien quiero cenar esta noche.

Entrecerró los ojos.

—Contigo —corregí de inmediato—. Cenar contigo y con esa persona.

—¿Quieres que sea tu chaperón para una cita?

Su voz se apagó tanto, ronca como la lija, que despertó partes de mi cuerpo que habían estado dormidas desde Jeff.

—No. Quiero reunirme con mi abogado y me gustaría que vinieras conmigo. Sobre… —Miré a Maisie, quien dormía en el sofá—. …sobre lo que me ofreciste ayer. Más o menos.

Durante un segundo sus ojos se abrieron por la sorpresa y disfruté su reacción. No era fácil sorprender a Beckett.

—¿Más o menos?

La esperanza destelló en sus ojos y catapultó mi corazón hasta mi garganta.

—Quiero hacer unas preguntas antes de pronunciarme. Ni siquiera sé si lo que estoy pensando es posible, pero te agradecería mucho que estuvieras conmigo para averiguarlo.

—Por supuesto. ¿A qué hora?

Miré el reloj y forcé una sonrisa.

—¿Cómo en cuarenta y cinco minutos?

En lugar de reírse o protestar por el poco tiempo de antelación, solo asintió y dijo: «Okey», y salió.

Aproveché ese tiempo para empacar un poco para el viaje, obligar a Colt a que se metiera a la tina a bañar y poner la cena de los niños en el horno. Le tomé la temperatura a Maisie cuando despertó y suspiré de alivio al ver que tenía 36.9 °C. Luego llegó Ada. Maté el tiempo restante sintiéndome nerviosa y me puse el poco maquillaje que usaba: rímel y brillo labial. Esta no era una cita romántica.

Beckett llegó exactamente media hora después. Se había afeitado, olía a jabón, a cuero y a él. Mmm…

—¿Lista? —preguntó tras abrazar a ambos niños.

—Sí —respondí tomando mi bolso y un suéter blanco.

Bajamos los escalones y me abrió la puerta. Llevaba un pantalón de vestir, camisa de cuello abierto y un saco azul marino, parecía más caballero que soldado de operaciones especiales, pero sabía que solo era en la superficie. Debajo de ese aspecto elegante y glaseado no era más que un tentador pastel de chocolate.

Y a mí me gustaba mucho, muchísimo, el chocolate.

Subí a la camioneta y él cerró la puerta, no sin antes mirar mis piernas un momento más de lo necesario. «Elegí bien los tacones».

Hicimos el camino a Telluride en silencio, acompañados solo por un poco de rock clásico que sonaba en las bocinas.

—Esta era la favorita de Ryan —dijo en voz baja, tomándome por sorpresa—. Me volvía loco con ella.

«Thunderstruck».

—Sí, lo era —afirmé—. ¿Seguía tocando...?

—¿...la guitarra invisible? —preguntó Beckett con una sonrisa—. ¡Sí! Cada que podía. Entre eso y Poison ya estaba harto de verlo hacer vibrar cuerdas inexistentes. ¿Te contó que conoció a Bret Michels?

—¿Qué? ¡No es cierto!

—Abre la guantera —dijo señalando con un movimiento de cabeza, de inmediato empecé a pelearme con el cerrojo hasta que se abrió—. Debajo del manual.

Saqué un sobre blanco grueso lleno de fotografías.

—Creo que está como a la mitad —agregó.

Pasé las fotos de Beckett por todo el mundo, con otros soldados como él y como Ryan, hasta que llegué a una de grupo donde estaba mi hermano. Contuve el aliento, pasé el pulgar sobre su rostro familiar y sentí en el pecho un dolor demasiado conocido.

—Lo extraño —dije en voz baja.

—Yo también. —Apretó las manos en el volante hasta que los nudillos se le pusieron blancos—. Aunque es algo bueno extrañarlo. El dolor significa que tenías a alguien a quien vale la pena llorar.

Encontré una fotografía en la que los soldados estaban formados en tres filas, todos con barba y ropa de camuflaje y. Me quedé pensando un segundo y, antes de darme cuenta, ya había abierto la boca.

—¿Cuál de ellos es Caos?

Beckett me miró de golpe cuando llegamos al semáforo rojo y yo sentí culpa un segundo. ¿Beckett sabía lo que Caos sintió por mí? ¿O lo que yo sentí por él? Miró la foto.

—Es el tercero de izquierda a derecha.

Busqué en la foto, ávida por ver por primera vez a Caos, cuando nos estacionamos frente al restaurante. Ahí estaba Beckett, serio como siempre.

—Hay otros dos soldados, son tres filas.

Ambos tenían una barba corta y espesa, y lentes oscuros.

La puerta del lado del piloto se cerró. Beckett ya había apagado el motor y salido de la camioneta.

—Supongo que ese tema ya está cerrado —masculló, examinando los rostros por última vez y metí las fotografías al sobre con tristeza. ¿Podría volver a verla? ¿Tendría la oportunidad de hacer preguntas?

Metí el sobre a la guantera y Beckett abrió la puerta del coche para ayudarme a bajar. Los tacones y los estribos de una camioneta no eran buena combinación. Luego caminamos hacia el pequeño restaurante italiano familiar que me gustaba mucho.

Cuando llegamos a nuestra mesa, Mark ya nos esperaba. Se puso de pie.

—¡Guau! ¿Gutiérrez? —preguntó Beckett cuando Mark rodeó la mesa y me saludó de beso.

—Gusto verte, Gentry. ¿Nos sentamos?

Beckett jaló la silla y tomé asiento. Era un gesto casi arcaico, pero me hizo sentir protegida, cuidada y un poco desconcertada.

—Así que no solo diriges al equipo de rescate —dijo Beckett cuando ambos se sentaron.

—No, solo soy voluntario. Me mantiene alerta, aparte de que aquí en Telluride no hay millones de bufetes de abogados. —Se encogió de hombros—. Un poco como tú, lo hago por distracción.

Beckett asintió despacio.

—Supongo que se conocen —dije en tono ligero, aunque me parecía que el momento era todo menos eso—. Gracias, Mark, por aceptar vernos en sábado en la noche. Sé que Tess y tú acostumbran salir este día.

—No hay problema. De hecho, este fin de semana se fue a Durango con los niños. Créeme, prefiero estar aquí con ustedes que cenar con mi suegra. Bien, ¿de qué se trata?

—¿Quieres explicarle tu propuesta? —le pregunté a Beckett.

De inmediato tomó las riendas.

Fue necesaria una copa de vino y toda la cena para que explicara la situación de la manera más detallada, desde los tratamientos, las facturas y el seguro hasta su idea del matrimonio.

«Ella Gentry».

Me di una bofetada mental con esa imagen. Ya una vez me casé por impulso y hacerlo una segunda no estaba en mis planes. No me importaba lo bien que se escuchara su apellido después de mi nombre.

—¿Te quieres casar con Ella? —le preguntó Mark a Beckett cuando la mesera despejó la mesa.

—¿Te gustaría casarte con una mujer que no tiene ningún interés en casarse contigo? —respondió Beckett.

Lo miré enojada. ¿Ningún interés? No era falta de interés en Beckett, sino un interés enorme en mi sanidad mental y mi lógica.

—Pero lo haría, si eso es lo que ella quie… necesita —agregó Beckett.

Maravilloso. Ahora era yo la damisela. Solo me faltaba que

se encendiera un letrero enorme sobre mi cabeza con las palabras «En apuros» para que mi vida estuviera completa.

—Okey, entonces no consideremos esa opción —dijo Mark mirándonos de uno a otro—. Nadie quiere aquí un matrimonio pactado. Entonces, Ella. Ahora que ya tengo una buena idea de lo que está pasando, te toca a ti. Por teléfono me hablaste de una idea.

—Cierto. —Giré en mi silla para mirar a Beckett—. Básicamente, lo que ofreces es hacer que Maisie sea tu hija, ¿cierto? ¿Aunque solo sea en papel?

—Sí. Colt también… como mi hijo, obviamente. De forma legal.

Esas palabras pasaron como una onda cálida por mi vientre, o quizá era el vino. Como fuera, me dieron el valor de continuar.

—Tengo algunas heridas.

Beckett alzó una ceja como si dijera: «dime algo que no sepa».

—Y a veces esas heridas me ciegan. Se entrometen en mi camino y me frenan. Yo estoy en paz con ello, pero no me parece bien lastimar por eso a Maisie o a Colt. Así que si hubiera una manera de que fueras su padre legal para darles la misma protección que si fueras mi marido… sin que yo sea tu esposa, ¿lo harías?

—¿Sin casarme contigo? —preguntó un poco decepcionado.

—Sacarme a mí y mis heridas de la ecuación —aclaré antes de bajar el tono hasta un murmullo que solo Beckett pudiera oír—. Como alguna vez alguien sabio me dijo: no es que no te quiera a ti.

—No entiendo.

—¿Querrías a los niños si yo no fuera parte del trato?

—Sí —respondió sin dudar.

—¿Para siempre?

—Siempre.

La calidez que sentía en el estómago se extendió por todo mi cuerpo, combinado con el amor que fulguraba en mi pecho. Casi hubiera podido encenderse como lo hacían los Ositos Cariñositos.

Me obligué a apartar la vista de Beckett para dirigirla hacia Mark, su mirada iba de uno a otro. Su mente ya estaba trabajando.

—¿Puede adoptarlos sin casarse conmigo?

Beckett lanzó un profundo suspiro.

—¿Estás dispuesto a hacerlo? —le preguntó Mark a Beckett.

—Sí.

De nuevo, respondió de inmediato.

—¿Has pensado lo que en verdad significa? —me preguntó a mí.

—Sí. Sé que los niños correrían cierto riesgo.

Sentí que Beckett se tensaba a mi lado, como el crepitar de energía en el aire.

—Podría ser —admitió Mark—. Sería como tener a otro padre, habría que considerar manutención, visitas, derechos de custodia, tanto física como en la toma de decisiones. Básicamente se trata de compartir a tus hijos con él. Pero eso también los protege más. En el momento en que los adopte quedarán cubiertos por su seguro médico sin importar la... relación entre ustedes. El ejército siempre los considerará como suyos.

—¿Aunque él se vaya?

Beckett tensó la mandíbula.

—Sí. Incluso podrías demandarme por manutención si quieres.

—Nunca te demandaría por manutención.

—No me importaría si lo hicieras.

—Bien, pero aun así estás cediendo una parte de tus derechos, Ella.

Se me pusieron los pelos de punta. Los mellizos siempre habían sido míos y solo míos.

—¿Puedes minimizar el riesgo?

Mark se echó hacia tras sin dejar de evaluarnos.

—Claro. Solo tenemos que redactar un acuerdo de custodia que firmarían inmediatamente después. Puede decir que tú tiene la custodia física exclusiva, que él no tiene derecho de visita, pero que compartirán la toma de decisiones, de lo contrario sí parecería un fraude. Ni siquiera tendrías que presentarlo a menos que haya un problema. Solo en caso de que alguien fuera a investigar.

—¿Es fraude? —Necesitaba saberlo. Probablemente aun así seguiría con el plan, la vida de Maisie bien valía ir un tiempo en la cárcel, pero tenía que saberlo—. Quiero decir, el matrimonio me parece mucho más fraudulento. Si ninguno de los dos queremos casarnos y vivimos en casas separadas con nombres separados, eso es un fraude mayor que si Beckett quiere estar ahí para los niños, ¿no?

—¿Quieres criar a los niños? —Mark miró directamente a Beckett.

—Sí —respondió sin pensarlo dos veces—. Los amo. Nada me haría más feliz que protegerlos así, darles todo lo que pueda.

—Tendrás que esforzarte un poco más con el juez Iverson. Su punto débil es Ella. Siempre lo ha sido y tú no eres de por aquí. No va a confiar en ti solo porque te aparezcas a algunos entrenamientos de futbol.

Beckett respiró hondo y jugueteó con su copa.

—Yo crecí sin un padre, pero sí con muchos tipos que se presentaban con golpes o, en general, me ignoraban, y a ninguno lo consideré como un padre. Cuando Colt y yo caminábamos por la cancha después de un partido de futbol, me preguntó si así se sentía tener un papá y no pude decirle que sí porque no sabía, y él tampoco lo sabía. Quiero que Colt y Maisie sepan qué se siente tener un papá, cualquiera que sea el papel que Ella me deje asumir con ellos. Solo quiero ser el hombre en quien pueden confiar.

—Eso se parece bastante a la definición de paternidad y creo que te irá muy bien en un juzgado. No es fraude si los adoptas para poder ayudar a criarlos. Sin duda el seguro es un beneficio y el juez Iverson lo verá. Pero su esposa murió de cáncer hace como diez años, así que francamente pienso que tienes una buena oportunidad de que él lo considere como eso: un beneficio y no la razón. ¿Te molestaría no tener derechos?

Negó con la cabeza.

—Me molesta que Maisie muera. Jamás tomaría nada de Ella que no quiera darme y nunca haría nada que lastimara a los niños.

Pensé en las fotografías que las enfermeras me enseñaron de la pequeña ceremonia de graduación que Beckett había organizado para Maisie. Le encantó. A Colt también le gustó mucho y yo pude estar ahí con él. Ya tenían mucho que perder tratándose de Beckett.

—¿Tendrían que saberlo? De inmediato, quiero decir —pregunté.

Le haría mucho daño a los niños cuando se marchara. Darles un papá solo para arrebatárselos era cruel. Una vez que Maisie sanara, siempre y cuando Beckett siguiera contento en Telluride en un futuro tan lejano, podríamos decirles, cuando su corazón ya fuera lo bastante fuerte para soportar los posibles efectos secundarios de que lo contrario fuera verdad.

Beckett se tensó, pero mantuvo la mirada fija y firme en dirección de Mark.

—Mmm... supongo que no —respondió Mark mirándonos a ambos.

—Los niños no tienen que estar informados ni dar su consentimiento hasta que cumplan doce años. Solo tenemos que hablar con el juez Iverson. Y puesto que siempre te ha favorecido y odia a los Danbury, bueno, me parece que podría estar de acuerdo.

—Entonces, ¿sí podemos hacerlo? —pregunté. Una pequeña llama de esperanza volvió a encenderse—. ¿Aunque no estemos casados?

—El matrimonio sería el camino más fácil —dijo Mark encogiéndose de hombros.

—No puedo. No después de lo que pasó la última vez. No tengo prisa por ponerme un anillo de compromiso.

—Y eso es exactamente lo que debes decirle al juez Iverson si te pregunta. Nuestra definición de familia ha cambiado mucho en las últimas décadas y el matrimonio ya no es un factor determinante. Y como tú eres la madre de los niños y ellos no están bajo la tutela del Estado ni nada de eso, la única complicación sería la opinión del juez Iverson. Un hombre soltero puede perfectamente adoptar a los hijos de su pareja sin que tengan que estar casados. Quizá tengan que fingir un poco esa parte de ser pareja.

Me sonrojé. No había tenido una «pareja» desde Jeff y, de todos modos, él nunca fue eso en realidad.

—Entonces, básicamente estaría cediendo mi derecho único a tomar las decisiones, ¿eso es todo?

—Básicamente.

Jugueteó con su copa de vino sin dejar de mirarnos, sus ojos veían demasiado.

—Pero ganarías la vida de Maisie —respondió Beckett—. Y sabes que yo nunca haría nada que te hiciera enojar cuando se trata de los niños. No soy un villano, solo estoy tratando de ayudar.

—Lo sé —dije en voz baja, y era cierto, pero la confianza no era algo que regalara así sin más.

—Hay otra cosa. Vas a tener que hacer que Jeff renuncie a sus derechos parentales.

Una bomba nuclear me hubiera afectado menos.

—¿Por qué? Él no aparece en las actas de nacimiento y los niños son MacKenzie, no Danbury.

—Ella, todo el mundo sabe que Jeff es el padre. Que aparezca o no en las actas de nacimiento no le quita sus derechos. Una prueba de paternidad y la adopción se anula. No digo que haya ejercido esos derechos, pero el juez va a solicitar esa renuncia Sin renuncia no hay adopción.

—Claro —respondí con voz abatida.

No quería ver a Jeff. Nunca. Era como rasgar por diversión una cicatriz que ya había sanado por completo.

Le agradecimos a Mark, Beckett pagó la cena y regresamos a la casa en un silencio tenso.

—¿Por qué opción te inclinas? —preguntó Beckett cuando cruzamos la reja del Solitude.

—Por la opción en la que no tengo que ver a Jeff. —Apreté los párpados—. Eso es mentira. Sé que lo que nos ofreces es una bendición, no solo para Maisie, sino para Colt. Para mí. Es solo que no soporto la idea de tener que pedirle nada.

—Yo me encargo de Jeff —prometió Beckett—. Además, lo más seguro es que salga corriendo y gritando si te viera. Al menos yo puedo caerle por sorpresa.

—¿Harías eso por mí? —pregunté cuando llegamos a mi cabaña y paró la camioneta.

—Haría cualquier cosa por ti. —Nuestras miradas se encontraron, intensas como las luces del tablero y un poco dolorosas—. ¿Qué necesito hacer para que me creas? ¿Para que confíes en mí? ¿Quieres revisar mis antecedentes? Hazlo. ¿Quieres mi historial crediticio? Maravilloso. ¿Mis cuentas bancarias? Te pondré en ellas. Tienes mi palabra, mi cuerpo, mi tiempo y te estoy ofreciendo mi apellido. ¿Qué más puedo darte?

—Beckett.

Me incliné hacia él, pero se apartó.

—No te estoy diciendo que les pongas a ellos mi apellido, no cuando ni siquiera sabrán lo que estamos haciendo, ¿no? Puedo ser su padre legal, aunque no soy lo suficientemente bueno como para ser su papá.

—Eso... no se trata de eso.

—Lo sé. Se trata de que no confías en que me voy a quedar. Piensas que me largaré igual que hizo Jeff. Crees que eso lastimará mucho más a los niños.

—Pensé en que podríamos decirles cuando Maisie se cure.

—Si aún sigo por aquí, ¿no?

Odiaba y amaba que me conociera tan bien. No era necesario que respondiera. Lo vio en mis ojos.

—Sí. Okey. —Apagó el motor y sacó la llave—. Ni siquiera tengo derecho a estar molesto. Sé lo que estoy ofreciendo y que la parte de ser el papá no está en la mesa, ¿cierto? Solo la protección legal, tal como lo prometí. Así de simple.

Abrió la puerta y salió de la camioneta. Yo lo seguí de inmediato, observé cómo se alejaba por el sendero hacia el lago.

—¿Qué haces?

—Voy a dejar aquí mi camioneta. Vendré mañana por ella antes del partido. Caminar me hará bien.

—¡Beckett! —lo llamé.

—No te preocupes, Ella —gritó sobre su hombro—. Sé cuál es mi papel. Entiendo. Y aquí estaré. Tanto así deseo...

No acabó la frase, solo alzó las manos y siguió caminando.

Pero yo terminé la frase por él en mi mente, de una docena de maneras diferentes.

«Tanto así deseo estar contigo».

«Tanto así deseo estar con tus hijos».

«Tanto así deseo estar en tu vida».

«Tanto así deseo estar presente para ti».

«Tanto así deseo que Maisie viva».

Cada frase que imaginaba me hacía sentir peor por no confiar en él. Pero este hombre se enfrentaba a toda una vida de personas que me habían hecho promesas y me abandonaron.

Y yo me enfrentaba a toda una vida de que nadie confiara en él.

Éramos el uno para el otro.

CAPÍTULO DIECISÉIS

Beckett

Carta núm. 15

Caos:

Lamento mucho que hayas perdido a alguien. No puedo imaginar lo difícil que debe ser tener ese dolor y seguir haciendo lo que haces. Cada vez que yo perdí a alguien, mis padres o mi abuela, siempre me cerraba, como si mi cuerpo no pudiera procesar la enormidad de mis sentimientos. Si puedes continuar y estar ahí, eso habla mucho del tipo de hombre que eres, y hablo en el mejor de los sentidos. Dices que eres malo con las relaciones con otras personas, que no conectas, pero esa no es la persona que veo cuando abro tus cartas. Más bien, a la que leo. Alguien que no puede relacionarse no podría ser tan abierto. Diablos, ni siquiera hubiera respondido la primera carta. Pero tú lo hiciste y te lo agradezco. Quizá eres selectivo con las personas con quienes te quieres relacionar y eso está bien. No creo que nadie se despierte y decida ser el más sociable, como mi hermano. Quizá esa sea la razón por la que ustedes son buenos amigos. Se complementan. ¿Sabes también con quién creo que te llevarías bien? Con niños. Quizá no con cualquier niño, pero sin duda con los tuyos. ¿Alguna vez has pensado en tener hijos? Es una pregunta al azar, pero tengo curiosidad. Tal vez se debe a que yo tuve a los míos muy joven y no puedo imaginar no tenerlos; de alguna manera pienso que todas las personas que conozco tienen hijos. Salvo Hailey. Es una de mis mejores amigas y estoy segura de que un día será una gran mamá... cuando se convierta en una adulta. Ahí, la palabra clave es convertirse. Te apuesto que la adorarás cuando vengas. Es maravillosa y divertida, y ella no se imagina que todo el mundo tiene hijos. En fin, apuesto que serías un padre excelente. Protector y firme, pero también dispuesto a hacer maratones de Star Wars *los fines de semana. Lo podría imaginar sin problema... si pudiera imaginarte. Sí, sigo esperando una fotografía. Espero haberte distraído unos minutos. Ojalá sepas lo mucho que lamento tu pérdida.*

Ella

Me paré junto a la ventana del rascacielos en el centro de Denver y miré la ciudad. Sin duda este no era un lugar en el que pudiera echar raíces. Dos meses en Telluride me habían enseñado que el concreto y yo no éramos compatibles a largo plazo.

Además, Denver no tenía a Ella. Había pasado una semana desde nuestra pelea en la camioneta y desde entonces nos habíamos portado amables... incluso amigables. Pero esa relación fácil que siempre tuvimos había desaparecido. Había muchas cosas no resueltas entre nosotros.

Si no tenía cuidado, se daría cuenta de que estaba enamorado de ella y entonces estaría en más problemas.

Ninguna mujer me había sacado tanto de mis casillas como lo hacía Ella. Demonios, ¡maldije cuando hablé con ella! Tampoco una mujer me había interesado tanto como para verla una o dos veces, o había sido propietaria de mi alma como ella. Por supuesto que accedería a cualquier condición que estableciera para la adopción. No solo porque estaba desesperado por salvar a Maisie y proteger a Colt, sino porque a Ella podía darle cualquier cosa que deseara con tal de hacerla sonreír.

A cambio, ella me ofrecía una familia, por jodida que fuera la justificación. Los niños serían míos en todos los sentidos que eran importantes para mí. Podía amarlos, protegerlos, asegurarme de que tuvieran todo lo que necesitaban. Lograría que aceptaran a Maisie en todos los tratamientos y me aseguraría de que Colt supiera que yo lo apoyaba cada día de su vida. Se lo demostraría a Ella, estaría a su lado hasta que no volviera a dudar de mí y luego me ganaría su corazón.

«Hasta que se entere de lo que hice».

Sí. Eso. No importaba cuánto me esforzara por ignorarlo, mi secreto pendía sobre mi cabeza como una guillotina.

Al menos los niños estarían protegidos cuando Ella me echara. No iba a dar marcha atrás en la adopción ni arriesgaría a Maisie. Esta era la manera en la que podía cumplir mi promesa a Ryan y aplacar el dolor que sentía en el corazón, sabiendo que algún día el pasado me alcanzaría.

Mi teléfono sonó y deslicé el dedo sobre la pantalla para abrir los mensajes.

> **Donahue:** Los documentos actualizados están listos con las nuevas fechas. ¿Estás seguro?

Mis dedos se detuvieron sobre el teclado. Estaba seguro de que quería que Maisie viviera y esta era la única manera de hacerlo.

> **Gentry:** Sí. Pero eso no quiere decir que voy a regresar.

> **Donahue:**
> Eso dices.

Metí el teléfono a mi bolsillo sin molestarme en responder.

—Señor Gentry —me llamó una voz a mi espalda que me hizo voltear.

—Señor Danbury —respondí.

Así que este era Jeff. Parecía un chico de fraternidad grandulón al que habían metido en el traje de su padre. Era rubio y llevaba el cabello embadurnado hacia atrás, sus ojos eran grises y calculadores.

Estrechamos manos y de inmediato me senté frente a él en la mesa de conferencias, con miedo de volverme loco y hacerlo pedazos por haber tocado a Ella, sin hablar de su abandono hacia ella y los niños. Al demonio con él. No se la merecía y sin duda no se los merecía a ellos.

Se ajustó el saco del traje y yo hice lo mismo, desabrochando el último botón. Al menos Denver tenía buenos sastres que trabajaban rápido.

—¿Qué puedo hacer por usted, señor Gentry? —preguntó.

—Entiendo que usted es el asociado más joven de la firma.

—Lo soy. De hecho, me acabo de graduar de la Escuela de Derecho.

—¿Los beneficios de tener un papá cuyo nombre está en la pared? —pregunté señalado el nombre del bufete.

Su sonrisa desapareció. Al niño Jeffy no le gustaba que se mencionara su cuchara de plata. Los tipos como él eran todos iguales: les servían una vida fácil en charola y despreciaban cualquier obstáculo que los alejara del premio. De ahí que hubiera abandonado a Ella.

—Lo considero como propiedad parcial del negocio familiar —dijo encogiéndose de hombros.

—Ah, la familia. Me da gusto que hable de eso.

Empujé el sobre manila sobre la mesa y él lo tomó.

—¿Qué demonios es esto? —preguntó leyendo los papeles.

—Sabe lo que es, a menos que ese lujoso diploma de Derecho no le haya enseñado a leer. Fírmelo.

Lo leyó de nuevo y lo dejó despacio sobre la mesa. Luego lo vi: la mirada que decía que pensaba que tenía una ventaja sobre mí ahora que sabía qué quería.

—¿Cuánto le pagó Ella para hacer esto?

—¿Perdón?

—Debe haber una razón. Han pasado años.

—Hay una. Yo voy a adoptar a los mellizos.

Su sonrisa sarcástica se borró de su rostro de preparatoriano y miró mi mano en busca de un anillo.

—¿Se va a casar con ella?

—No veo cómo eso sea asunto suyo.

—Bueno, puesto que quiere adoptar a mis hijos...

Toda emoción desapareció de mi cuerpo, un sentimiento familiar de retirada, similar al que experimentaba cada vez que entraba en combate y me preparaba para cometer atrocidades imperdonables.

—No son sus hijos —espeté.

—Sí... me permito disentir. Si tomamos en cuenta todas las veces que me la cogí en los dos meses que estuvimos casados. Solo que la chica de pueblo pequeño con mentalidad de pueblo pequeño quería el anillo primero.

Si Havoc hubiera estado aquí se le hubiera ido a la yugular solo con sentir mi tensión.

—Es posible que usted sea el padre biológico, pero que me lleve el diablo si es el papá. Ni siquiera los ha visto, hablado con ellos o tenido ninguna interacción. Ellos-no-son-sus-hijos. Son míos.

Tan pronto como las palabras salieron de mi boca, esa dulce presión volvió a mi pecho: el amor que sentía por ellos superaba mi instinto de vaciar mis emociones.

—¿Y qué gano yo con todo esto?

—¿Habla en serio?

Se encogió de hombros.

—Considérelo como una transacción comercial. Usted quiere algo que yo tengo. ¿Qué me dará por eso?

—¿Qué tal si le digo lo que no le voy a dar?

Se quedó ahí sentado a la espera, mientras yo hacía un gran esfuerzo por mantener la cabeza fría.

«Tres cosas: Maisie. Colt. Ella». Ellos eran la razón y lo único que importaba.

—No le voy a dar la factura de más de dos millones de dólares por los tratamientos de Maisie para el cáncer que llegará el próximo año.

Tragó saliva, pero no mostró ninguna otra señal de estarme escuchando.

—¿Razón suficiente? O podemos meterla a su seguro médico, puesto que está tan entusiasta en decir que son suyos —continué—. Estoy seguro de que su padre lo aceptará muy bien, considerando que le dijo a Ella hace como seis meses que a él no le importaba si Maisie vivía o moría, siempre y cuando los dejara a usted y a él en paz. Estoy seguro de que eso sería maravilloso para los negocios si esto se supiera.

—¿Me está amenazando?

—En lo más mínimo. ¿Por qué lo haría si va a firmar la renuncia y su secretaria ahí afuera va a notarizar todo como se debe?

Me recargué en el respaldo de la silla.

—Bien. Lo firmaré.

Tomó una pluma del portalápices que estaba en el centro de la mesa y garabateó su nombre en el papel. Yo no me había relajado. Aún no.

—Notarícelo.

Maldijo entre dientes, se alejó de la mesa y le gritó a su secretaria desde el umbral. Una mujer de veintipocos con falda ajustada llegó apresurada, firmó en la parte inferior del documento, lo selló y volvió corriendo a su escritorio.

Jeff aventó el fólder en mi dirección. Revisé el documento para asegurarme que estuviera firmado y notarizado correctamente. No haría esto dos veces.

—¿Algo más?

Me permití sonreír.

—Sí. Saque su chequera.

—¿Cómo? —Sus ojos se salían de las órbitas por la indignación.

—Saque-su-chequera. Va a hacer un cheque a nombre de Ella por los seis años de manutención de los niños. Ahora.

—¡Es ridículo! Además, acabo de empezar a trabajar el mes pasado. ¿Qué quiere? ¿Treinta por ciento de nada?

—Sí, pero su fideicomiso de un millón de dólares se liberó en el momento en que asistió a su primera clase en la universidad. Así que va a escribir ese encantador y generoso cheque para Ella.

—¿Cómo sabe eso?

—Eso no importa. Va a darle lo que le debe o le llevaré este documento al papá de su prometida. ¿Qué es? ¿Senador? Y luego le filtraré a la prensa que no solo abandonó a esos niños, sino que dejó a su madre sin un centavo mientras ella luchaba para pagar los tratamientos de cáncer que Maisie necesita. ¿Cómo cree que lo tome la prensa?

—Me arruinaría.

Respiré profundo. Ni siquiera saber que Maisie tenía cáncer afectaba a este imbécil egoísta.

—Sí, esa es la idea.

—¿Por qué? ¿Porque arruiné a Ella? Como si alguna vez ella hubiera tenido un futuro.

—¿Usted cree que arruinó a Ella? Ningún hombre en el planeta podría hacerlo. No se vanaglorie. La única razón por la que ella no está aquí es porque no merece su tiempo. Ahora, saque su chequera.

Salió de la sala de conferencias y regresó de inmediato con la pluma sobre su chequera abierta.

—¿Cuánto?

—Lo que usted considere que vale mantener feliz a su futuro suegro y el apellido de su padre en esa pared.

Garabateó sobre el cheque y lo aventó en mi dirección.

El cheque se deslizó suavemente hasta que se detuvo frente a mí. Lo tomé, lo doblé a la mitad y lo metí en el bolsillo delantero.

—¿Ni siquiera lo va a ver? —espetó.

—No. Es suficiente o no lo es.

Me puse de pie, me abotoné el saco y me dirigí a la puerta con el documento en la mano.

—¿Cómo supo del fideicomiso? —preguntó de nuevo sin ponerse de pie.

Me detuve con la mano en el pomo de la puerta, deliberando.

«¡Qué demonios! ¿Por qué no?».

—Ah, ya sabe. La gente de pueblo pequeño con mentalidades pequeñas tiene gran corazón y boca más grande. Y solo para que lo sepa, lo mejor que usted ha hecho en su vida fue salir de la vida de Ella. Nunca volvió para lastimar a sus hijos y, si fuera usted, seguiría con la tradición. Yo protejo lo que es mío.

Me marché sin pensarlo dos veces y me dirigí a la pequeña

base militar justo fuera de Denver. Habían otros documentos que debían ser firmados hoy.

—¡Beckett!
Colt salió volando por la puerta y se lanzó a mis brazos, como si me hubieran sido dos semanas en lugar de dos días.
—¿Cómo estás, hombrecito?
Le di vueltas en el aire, saboreando el olor de canela y luz solar, al tiempo que pasaba el fólder de una mano a otra.
—¡Estamos horneando!
Lo llevé cargando a la casa y el mismo aroma me dio la bienvenida.
—¿Pay de manzana? —pregunté.
—¿Cómo supiste?
—Bueno, lo único que huele tan bien mientras se hornea es el pay de manzana o el pay de niño, y como sigues aquí, creo que es de manzana.
Havoc dio vueltas alrededor de mis piernas para saludarme, bajé a Colt para poder acariciar a mi chica detrás de las orejas.
—Buen trabajo —le dije, sabía que había permanecido al lado de Colt.
—¡Beckett! —me llamó Maisie desde el sofá.
—¿Cómo está mi chica favorita? —pregunté acercándome y poniéndome de cuclillas junto a ella. Estaba pálida, su piel era casi translúcida—. ¿Te sientes bien?
Negó con la cabeza.
—A ver si tú puedes hacerla beber algo, yo ya me di por vencida —dijo Ella, que salía de la cocina con una mancha de harina en la frente.
Sentí una punzada de deseo y lujuria. Quería esta vida y a esta mujer. Quería tener la libertad de robármela de los niños

un segundo para ponerle las manos encima. Besarla. Tocarla. Verla cerrar los párpados de placer, observar cómo se borraban las arrugas de preocupación en su frente.

—Pay de manzana, ¿eh?

—Es su favorito, así que pensé que quizá... —Se encogió de hombros.

—¿Con qué puedo sobornarte para que tomes unas cucharadas de Gatorade? —le pregunté a Maisie.

Me miró, esos ojos azules expresaban su determinación.

—No más *Moana*. Quiero *Star Wars*. No da miedo.

Fulminó a Ella con la mirada.

Ella rio, pero asintió para decir que estaba de acuerdo con el trato.

—Trato hecho. En mi casa tengo el de sabor a manzana que te gusta. Dame unos minutos con tu mamá y voy por él, ¿okey?

—Es un trato.

Subí su cobija un poco más y seguí a Ella a su oficina.

TÚ ERES SUFICIENTE

El letrero escrito a mano que le había enviado colgaba en el tablero de anuncios. Diablos, sí, ella era suficiente. Era yo quien era deficiente en todos los demás aspectos. Incluido el de la honestidad.

¿Era muy extraño estar celoso de uno mismo? ¿Saber que otra versión de mí era dueña de una parte de la mujer a la que amaba?

—¿Cómo están sus niveles de plaquetas?

—Mañana en la mañana vamos al centro médico para otra transfusión. Pueden hacerlo en Telluride, así que al menos está cerca.

Asentí y le di el fólder a Ella. Sus dedos temblaban un poco, pero lo abrió. Quedó boquiabierta.

—Lo hiciste.

—Lo hice. Eres libre. Los niños son libres.

—¿Cómo? —preguntó leyéndolo de nuevo.

—Soy muy convincente.

Me miró con una sonrisa.

—Eso lo creo.

Dejé caer el cheque sobre el fólder, encima del documento. Volvió a quedar boquiabierta.

—¿Qué es esto?

—Lo que te debía.

Se sentó en el borde del escritorio.

—Es medio millón de dólares. ¿Por qué…? ¿Qué hiciste?

—Te conseguí un poco del dinero que debió darte hace mucho tiempo.

Me miró y su rostro era una miríada de expresiones que no pude discernir.

—No lo quiero.

—Eso imaginé.

—¿En serio?

Asentí.

—Los criaste sola. Imaginé que lo último que harías sería aceptar ahora el dinero. Eso le daría a él un sentimiento de propiedad que nunca le permitirías.

—Entonces, ¿por qué lo trajiste?

—Alguna vez dijiste que para lastimarlo tenía que ir por el dinero. Así que lo lastimé. Traje el cheque porque nunca tomaría esa decisión por ti. Ese dinero podría liquidar todas las deudas del Solitude o pagar los tratamientos de Maisie. O puede ser para la universidad en el futuro. Yo no iba a tomar la decisión.

—Ya no lo necesito para Maisie.

—No. Si la adopto, no lo necesitas. Esa es otra decisión que no te obligaré a tomar. Yo no soy Jeff. Y esto te da opciones. Ese cheque significa que no estás arrinconada. No tienes que elegirme a mí.

Nos miramos a los ojos en una conversación silenciosa mientras ella pensaba. Los míos le rogaban que confiara en mí, que se apoyara en mí, que me necesitara aunque fuera un poco, como yo la necesitaba a ella. Los de ella ponderaban, sopesaban y decidían, sin apartarse de los míos, al tiempo que hacía pedazos el cheque.

—Te elijo a ti. Y ahora soy libre. Somos libres.

Sonreí porque sabía que ya no era libre: era suyo, de ellos.

CAPÍTULO DIECISIETE

Beckett

Carta núm. 3

Caos:

Ser madre apesta. Perdón, sé que no nos conocemos tan bien como para decirte esto, pero así es. Al menos hoy. Acabo de pasar la mayor parte de la tarde en la oficina del director. No solo eso, era el mismo director que estaba cuando yo era niña. Lo juro. Me senté en esa silla desgastada de falsa piel, al otro lado de su escritorio, y volví a tener siete años. Salvo que ahora soy una adulta y mis hijos son los que me ponen en el banquillo de los acusados. Colt y Maisie están en el mismo salón del jardín de niños. Lo sé, me han dicho un montón de cosas por meter a los mellizos en la misma clase, que eso les impide cultivar su propia identidad, pero esos dizque expertos nunca han tenido que ver los ojos azules de mis dos salvajes y escucharlos cómo se niegan a que los separe. Digo negarse porque lo he intentado. La primera semana de clase tuve que recogerlos todos los días a las nueve de la mañana porque no dejaban de salirse para ir al otro salón. Acabé por ceder. ¿Conoces el dicho «elige tus batallas»? Más bien es «acepta la derrota, perdiste». Está bien. En fin, hay un niño que está muy enamorado de Maisie. Qué lindo, ¿verdad? Pues no tanto. Hoy, en el recreo, decidió que toda la clase debía jugar «encantados de beso», que supongo que en lugar de corretear a alguien y tocarlo con la mano, le plantas un beso. ¿Encantador? Maisie no quería jugar, pero el niño empezó a corretearla de todos modos. Al final, hizo que se tropezara y la besó aunque ella no quería. Ella lo empujó y lo derribó. Mi hermano hubiera estado orgulloso, el golpe que le dio fue justo como él le había enseñado. Colt escuchó el escándalo y llegó corriendo. Cuando Maisie le dijo lo que había pasado, mantuvo la calma, pero el otro niño se refirió a ella con una palabra no muy amable que rima con «ruta» (según Colt) y bueno... Colt se puso furioso. El otro niño salió con un ojo morado y la boca llena de arena del patio de juegos. ¿Te comenté que yo fui a la escuela con su mamá? La vida en pueblo pequeño es superextraña. Suspendieron a Colt una semana y Maisie está pidiendo que lo castiguen con él. Tienen cinco años. ¡Cinco años!, Caos. Este es el kínder. ¿Cómo demonios voy a sobrevivir a la adolescencia? Uf. Eso es todo por hoy. Ser madre apesta.

Ella

La alarma del despertador sonó y de inmediato estaba despierto y en marcha. Literalmente. Terminé el recorrido de diez kilómetros dentro de la propiedad del Solitude, me bañé y me fui a trabajar, algo que ahora hacía de manera por completo voluntaria porque había firmado los papeles de Donahue. Ahí, hice que Havoc realizara algunos ejercicios de entrenamiento y practiqué con ella con el arnés de rapel.

Era un viernes bastante típico. Salvo que hoy era el día de la adopción y eso lo cambiaba todo.

Hacía poco más de un mes que Jeff había firmado los papeles

y hasta hace unos días nos habían dado la fecha de hoy. Cada día de espera había sido agotador, pero mi seguro médico me permitió inscribir a los niños con base en los papeles de adopción pendientes, lo que significaba que en dos semanas ya estarían cubiertos. Y en un mes, Maisie podría hacer su primer tratamiento con MIBG.

Estacioné la camioneta frente a la casa principal. Asentí a modo de saludo a los nuevos huéspedes cuando Havoc y yo entramos. El negocio seguía a reventar en el verano y Ella estaba ocupada atendiendo a los clientes y calmando a los más exigentes. Supongo que las palabras «alojamiento de lujo» eran una señal que atraía patanes.

Ah, ahí estaba lidiando con otro.

Havoc y yo esperamos detrás de las puertas dobles mientras una mujer de mediana edad agitaba la cabeza en dirección de Ella.

—Y eso no es lo que estábamos buscando. Pedí específicamente vista al lago y aunque tenemos una vista encantadora, ¡definitivamente no es agua!

A medio sermón, Ella me miró sobre el hombro de la mujer y le respondí con una mirada de compasión. Al menos esperaba que fuera de compasión, porque casi lanza una risita.

Entendí la señal que me hizo con la cabeza para indicar el fondo de la casa. Crucé la casa con Havoc, vi a Hailey en la recepción y a Ada en todo su esplendor, ponía galletas recién horneadas en la mesa. Avanzamos hacia el fondo y abrí la puerta de la residencia.

—¡Beckett! —Maisie salió corriendo de una esquina y la atrapé antes de que derrapara contra la pared—. ¡Tienes que ayudarme! Colt tiene el mejor escondite y no puedo encontrarlo. ¡No es justo! ¡Él puede correr más rápido y lo sabe!

Era impresionante lo que un mes sin quimioterapia había hecho con su nivel de energía.

—¿Cuánto tiempo llevas buscando?
—¡Siglos!

Pronunció la palabra despacio para asegurarse de que yo entendía con exactitud cuánto eran «siglos». La miré y recapacitó.

—Veinte minutos.

—¡Hombre!, esos son siglos —admití—. ¿Quieres encontrarlo superrápido?

—¡Sí! —exclamó dando saltos.

—¿Lista? —pregunté.

—¡Sí! —repitió sin dejar de saltar.

«Dios, si pudiera embotellar esa energía sería millonario».

—Havoc, sentada.

Havoc se sentó y me miró en espera de mi siguiente orden. Había escuchado el tono y sabía que era hora de trabajar. Además, quería hacer un experimento.

—Busca a Colt.

Salió disparada, olisqueando el piso de la sala y el comedor, luego fue a la escalera.

—Deberías seguirla, Maisie.

Maisie salió corriendo lo más rápido posible justo cuando Ella abrió la puerta. Entró apresurada y la cerró. Luego se recargó contra la madera y sus hombros se relajaron.

—¿Esa era mi hija haciéndose pasar por una estrella del atletismo? —preguntó con un tono de cansancio.

—Sí. Está con Havoc. Al parecer siente que Colt aprovechó su salud de manera injusta en el juego de las escondidas, así que estoy equilibrando la partida.

Justo en ese momento, Havoc ladró. Se escuchó un pequeño golpe sordo y una serie de carcajadas.

—¡No es justo! ¡Esa es trampa! —gritó Colt.

Hubo una avalancha de pisadas que bajaban y los tres aparecieron en el pasillo.

—Buena chica —le dije a Havoc, que se acercó para recibir el último premio que me quedaba en el bolsillo de nuestra sesión de esta mañana.

—¿Podemos salir? ¿Por favor? —preguntó Maisie.

Su mamá se mordió el labio.

—¿Por favooor? —suplicó Colt, haciendo que la palabra fuera la más larga del mundo.

—Okey. Solo aléjense de los huéspedes y tengan cuidado —cedió Ella—. ¡Y pónganse una gorra!

—Havoc, quédate con Colt y Maisie.

El trío salió por la puerta trasera antes de que Ella pudiera cambiar de decisión.

—Es como tenerla de vuelta —dijo Ella con un suspiro—. Cuando no tiene quimioterapia tiene mucha energía y es feliz, y tiene un gran apetito. Cuando sus niveles están altos puede ser una niña durante un segundo. Me alegra que tengamos este mes antes del tratamiento con MIBG.

—A mí también.

Ella se empujó en la puerta, caminó a la ventana e hizo la cortina a un lado para ver a los niños jugar en el jardín detrás de la casa.

—Nunca me preocupo cuando Havoc está con ellos. ¿Es extraño? Vi cómo se puso a gruñir con los padres de Jeff y aun así no me preocupa.

Me acerqué a ella. Nuestros hombros se tocaban y miramos a Havoc dar un salto y perseguir el juguete que Colt le había lanzado.

—Le dije que los protegiera. En general solo le ordeno que se quede con ellos, pero esa vez estábamos en la calle y le ordené que los protegiera. Podría matar a cualquiera que se metiera con ellos ahora, pero no a un niño, a un huésped ni a cualquiera que no mostrara cierta tensión que ella advirtiera. Cuando digo «protege», eso la pone en alerta. Ahora solo está jugando con ellos.

—Es increíble.

—Ha cambiado mucho desde que dejamos la unidad. Cuando trabajaba estaba en la jaula, entrenando o siguiendo mis instrucciones, pero no tenía tiempo real para divertirse. Incluso en los despliegues dormía conmigo, trabajaba conmigo y nunca se apartaba de mi lado, pero eso no era diversión. Aquí trabaja, pero ha aprendido a sentirse segura con los niños y los huéspedes.

—Se está domesticando —dijo Ella con una sonrisa; luego me dio un empujoncito con el hombro—. Como alguien que conozco.

Reí.

—¿Estás lista para esta tarde?

—Sí —respondió con entusiasmo—. ¿Y tú?

—Nervioso, conmovido, feliz y muy asombrado de la responsabilidad que implican los humanos pequeños.

Me miró con ojos cansados, aunque felices.

—Es lo que siempre dicen los papás primerizos.

—Nunca he conocido a uno.

—Yo tampoco. Supongo que lo averiguaremos juntos. Me cuesta trabajo creer que esta era nuestra casa, estoy ya tan acostumbrada a vivir en la cabaña.

—¿Crees que volverás cuando sea seguro para Maisie?

—Francamente, no sé. Me gusta mucho vivir en la cabaña y tener esa privacidad, esa división entre mi casa y mi trabajo. Cuando vivía aquí, siempre estaba en el trabajo.

Se frotó la frente con los dedos y luego se apretó la cola de caballo.

—¿Estás bien? Quiero decir, no me vayas a golpear por mi estupidez masculina, pero pareces un poco cansada.

Volteó y se sentó en el alféizar.

—Es porque estoy cansada. Tal vez se debe a que Maisie solo tiene que hacer exámenes de rutina este mes y mi cerebro puede descansar un poco de la locura normal, pero tengo que ponerme al día con todo lo que había dejado pendiente.

—¿Qué puedo hacer?

—Hoy vas a adoptar a mis hijos para que mi hija no muera. Creo que eso ya cumple con todos los requisitos en los que pudieras pensar.

—No solo lo hago por Ryan —dije, pero callé cuando la puerta de la residencia se abrió y Hailey entró corriendo con las mejillas encendidas y los ojos brillantes.

—¡Conner Williamson me acaba de invitar a salir! —exclamó.

—¡No es cierto! —respondió Ella dando un salto.

—¿Qué tal? Solo me ha gustado... ¿desde cuándo? ¿Tercero de secundaria? —Dio vueltas en medio de la habitación con los brazos extendidos—. ¡Conner Williamson me invitó a salir!

—¡Estoy feliz por ti!

Hailey corrió para abrazarla.

—¡Es el indicado! ¡Lo sé! Va a enamorarse locamente de mí y nos vamos a casar y tendremos bebés. Todo será perfecto.

—Sí, ¡así será! —exclamó Ella.

Vi un gesto como una mueca en su rostro, como si su alegría se hubiera transformado de alguna manera en dolor y pánico.

—¿Está bien si me tomo una hora libre mañana temprano? —preguntó tomando a Ella por los hombros.

—¡Por supuesto!

La boca de Ella forzó una sonrisa que yo hubiera creído sincera de no haber visto su expresión anterior.

—¡Gracias!

Hailey volvió a apretar los hombros de Ella y se alejó bailando y dando vueltas hasta que llegó a la puerta y salió.

—Ella —dije en voz baja parándome frente a ella para que no pudiera huir.

—¿Qué?

Se encogió de hombros haciendo un enorme esfuerzo por forzar la sonrisa, pero su labio inferior temblaba.

—¿Qué pasa? Y no me digas que nada.

Puse las manos sobre sus hombros con cuidado. Ella se encogió de hombros.

—Estoy bien.

—Ella, en cinco horas vamos a compartir a los niños. Sí, entiendo, no soy su papá, solo el proveedor de seguro médico, pero ¿no crees que debemos ser capaces de ser honestos entre nosotros? Lo bueno, lo malo, lo que nos abruma.

—Está tan emocionada —murmuró.

—Sí.

—Y yo ya ni siquiera recuerdo qué se siente estar tan emocionada. Que te inviten a salir. Han pasado siete años. Siete, Beckett. —Puso las manos sobre mis bíceps y seguramente sus uñas dejaron marcadas medias lunas en la piel—. Estoy segura de que soy virgen otra vez, después de tanto tiempo.

—Sí, bueno, no creo que funcione así...

—Y amo mi vida. Amo a Colt, a Maisie, este negocio. Estoy orgullosa de mis decisiones, ¿sabes? ¡Estoy orgullosa de ellas! —Su voz se hizo más aguda.

—Deberías estarlo.

—Y todo lo que pasa con Maisie. Últimamente es lo único en lo que pienso. Quiero decir, ya es julio, ¿no? Así que hace nueve meses que la diagnosticaron. Nueve meses. Y haría cualquier cosa para asegurarme de que viva...

—Como dejar que la adopte —interrumpí, pensando que eso ayudaría.

—¡Exacto! Como encontrar al hombre más sexi, adictivo y

exasperante que haya conocido y luego meterlo no solo en el rubro de los amigos, sino en el de amigo de mi hermano, y luego catapultarlo al de papá, en el cual, ¡sorpresa!: sigue siendo intocable.

Una oleada de calor recorrió mi cuerpo. Había logrado con éxito mantener las manos tranquilas desde nuestro casi desastre en el sofá. Corría diez kilómetros al día, me bañaba con agua fría, nadaba en el lago, lo que fuera, todo con la intención de no tocar a Ella, y con una sola diatriba suya me dejaba tambaleando al borde del autocontrol. Había pasado casi un año desde que tuve relaciones sexuales y mi cuerpo estaba recordando de una manera muy difícil, muy dolorosa, que la única mujer a la que deseaba estaba frente a mí y se quejaba de que yo solo fuera su amigo.

—Okey, basta. Tú no me etiquetaste como amigo, yo me puse en esa situación. Y en la de papá también. Esa es mi culpa, no tuya.

—¡Entonces eres un estúpido! —gritó con los ojos brillantes de una indignación adorable—. Lo de los amigos, quiero decir, no la parte de papá.

—Eres adorable.

Entrecerró los ojos.

«Demonios, mala elección de palabras».

—¿Adorable? ¿yo, adorable? No, ese es el problema. Hace un año que no me corto el cabello, ¿sabes qué se siente? No es el cabello, no soy tan superficial, es el tiempo, Beckett. El tiempo que toma invertir en ti misma como mujer, y ya no soy una mujer. Abandoné el maquillaje, mis baños en tina de los domingos en la noche a la luz de las velas, no he dormido una noche completa desde el diagnóstico de Maisie y llevo un mes usando pantalones porque no me he rasurado las piernas.

—Me gustan tus pantalones.

—¡No se trata de eso! ¡Es julio, Beckett! Julio es para andar en shorts, salir a pasear y broncearse, para que te besen bajo la luz de la luna. Y yo estoy en jeans, sin besos, ¡y parece que un Yeti de los Himalayas me prestó su pelaje para ponérmelo en las piernas!

—¡Guau! Eso sí que es… muy visual.

«No te rías. No-te-rías».

Ah, sí, esas uñas estaban dejando marcas.

—Ya no soy una mujer. Soy una mamá. Una mamá que no puede ser más que mamá porque su niña quizá no viva el próximo año. —Se desinfló como un globo ponchado, sus manos abandonaron mis bíceps y su cabeza aterrizó sobre mi pecho con un golpecito seco—. Dios, soy una egoísta.

La rodeé con mis brazos y la apreté con fuerza.

—No eres egoísta. Eres humana.

—El cabello no importa. Ni el de mis piernas ni el de mi cabeza. No cuando Maisie ni siquiera tiene. Te lo dije, tenemos un mes de descanso y mi cerebro se descontrola en cosas que no son importantes —masculló contra mi pecho.

—Importa porque tú importas. Es como cuando estás en un avión y te dicen que te pongas la máscara de oxígeno antes de ponérsela tus hijos. Es igual. Si solo le pones el oxígeno a tu hijo, entonces tú pierdes el conocimiento y no puedes ayudarlos. De cuando en cuando tienes que respirar, Ella, de lo contrario te sofocarás.

—Estoy bien. Solo tenía que sacarlo.

—Sé que lo estás y puedo con eso.

Se apartó dos centímetros y me lanzó una sonrisa endemoniadamente sexi.

—¿Qué?

Casi sentí miedo de su respuesta.

—Nada. Es solo que no me siento como si fuera tu amiga —dijo encogiéndose de hombros.

Mierda. Tenía una erección y la había acercado a mí.

—Nunca dije que no te deseara, Ella. De hecho, estoy bastante seguro de que dije lo contrario. Nada ha cambiado.

Dejó escapar un gran suspiro entre los labios que levantó un mechón rubio que se había escapado de su cola de caballo.

—Sí, y de todas formas no importa. Con todo y las piernas peludas.

—Me estás matando.

Tomé su mano y di media vuelta para salir de la residencia con ella detrás de mí, abriéndonos paso hasta la recepción, donde Hailey lidiaba con algunos papeles.

—Hailey.

—Beckett —respondió medio en serio, medio en broma.

—Llévate a Ella ahora mismo a que se corte el cabello. Que le den un masaje, un baño de algas o lo que sea que les guste hacer a ustedes las chicas. Pintarse las uñas de los pies, comprar ropa nueva, todo. Tienen cinco horas y luego necesito que estén en el tribunal. ¿Puedes hacerlo?

—Beckett... — Ella se quejó.

—Basta —le supliqué—. Me estás dando el regalo de tus hijos. Déjame regalarte unas cuantas horas. Y después saldremos a un verdadero restaurante con verdadero menú y sin crayolas en la mesa. Sin abogados, sin niños. Solo nosotros. Y te sentirás tan hermosa como siempre lo eres para mí.

—Ella, si no te acuestas con este hombre, lo haré yo —afirmó Hailey.

Ella la calló echando chispas por los ojos.

—Hailey tiene que trabajar.

—Yo me encargo de los teléfonos y de los huéspedes —ofrecí.

—¿Lo harás? —Ella arrugó la boca hacia un lado igual que Maisie—. ¿Y no matarás a nadie que te moleste?

—Haré mi mejor esfuerzo para dejar intacto tu negocio.

—Saqué mi cartera y le di a Hailey mi tarjeta de crédito—. No se la des a Ella, no la usará. Por favor, haz que se sienta mujer.

—¡Esto va a ser tan divertido! —exclamó Hailey rodeando la recepción—. ¡Voy por mi bolsa y nos vamos!

—Y yo cuido a los pequeños —intervino Ada al escuchar el final de la conversación—. Yo los acostaré. Niñas, ustedes tómense el tiempo que quieran —gritó esa última parte de regreso a la cocina.

—¿Estás seguro? —preguntó Ella.

Dios, era tan hermosa. Tomé su mano y la llevé hasta la habitación que estaba justo después del vestíbulo.

—Eres impresionante. No necesitas maquillaje. No ha habido un solo momento desde que te conocí que no te viera como una mujer increíble, exquisitamente hermosa. Pero entiendo que no te sientas como yo te veo. Así que sí, estoy seguro.

—Siempre me cuidas —murmuró.

Me dejé ir por el impulso y deslicé mi pulgar por la piel suave y perfecta de su mejilla.

—Esa es la idea.

Estábamos muy cerca, el aire estaba bastante cargado y amaba a esta mujer demasiado como para mantener la cabeza fría. Antes de acorralarla inevitablemente contra la pared y demostrarle que la virginidad no volvía a crecer, necesitaba dejarla ir.

—Nos vemos en el tribunal a las 4:30 —dije.

Levanté su mano, le di la vuelta y le di un beso largo y suave en el centro de la palma… cuánto hubiera deseado que fuera su boca.

Contuvo el aliento cuando sostuve su mano, como si pudiera aferrarse a ese beso.

—¿Por qué hiciste eso?

—Para demostrarte que me importan un comino las piernas

peludas. Además, ya no son siete años desde que te besaron por última vez.

Entreabrió los labios y miró mi boca.

«Mierda. Mierda. Mierda».

No estaba seguro de que «necesitar» fuera la palabra apropiada para lo mucho que deseaba a Ella. Era un dolor constante que se había normalizado. Antes de hacer cualquier cosa de la que pudiera arrepentirme después, salí al vestíbulo.

—¿Estás absolutamente seguro de que puedes con la recepción?

Le sonreí y le guiñé un ojo.

—Yo me encargo.

Y así lo hice. Quizá Ella y los niños eran las únicas personas con quienes podía relacionarme, pero había progresado mucho con el público en general en los últimos cuatro meses.

Hailey la tomó de la mano y la sacó de la casa; con cara de asombro, Ella no dejaba de balbucear.

Tenía que recordar guiñarle el ojo más seguido a esa mujer.

CAPÍTULO DIECIOCHO

Ella

Carta núm. 4

Ella:

Tus hijos son maravillosos. En serio. Supongo que reír probablemente no es la reacción correcta para esa historia, pero, vamos. A ese niño le dieron una paliza, no solo uno de tus hijos, sino los dos. Estás criando a un par de rudos. Perdón, pero esa es la mejor palabra para describirlos después de lo que me contaste. En cuanto al tema de mis propios hijos, no estoy seguro de que sea algo para mí. No porque no me gusten los niños. En verdad sí me gustan. Son brutalmente honestos, un rasgo que en general se pierde en la adultez. Pero no tengo ni idea de cómo ser papá, puesto que nunca tuve uno. Quizá eso sea bueno porque tampoco tengo el mal ejemplo de la paternidad, pero la verdad es que los únicos ejemplos de paternidad que he tenido en mi vida son de la televisión. Me daría mucho miedo equivocarme con un niño. Pero ¿si supiera lo que estoy haciendo? Sí, tener hijos sería maravilloso. Lanzar un balón de futbol no ha sido mi parte de mis fantasías, pero sin duda puedo imaginarlo. Francamente, no pienso en eso ni en nada a futuro. Cuando quieres algo o tienes un sueño, tienes algo que perder. No me gusta mucho ponerme en una posición en la que tenga qué perder. No digo que no sea un poco imprudente, pero solo conmigo mismo y con las cosas que puedo controlar. Querer algo es lo que te mete en problemas. El deseo te deja insatisfecho, cuando lo que yo necesito es sentirme agradecido por lo que tengo. Esa lección la aprendí de joven. Me gusta pensar que me hace una mejor persona, estar satisfecho con lo que tengo, pero cuando escucho a tu hermano hablar de ti y de tu familia a veces me pregunto si quizá la falta de deseo sea en realidad una pequeña forma de cobardía. En ese sentido tú eres mucho más valiente que yo. Tienes la capacidad de amar más allá de ti, de arriesgar tu corazón todos los días a través de tus hijos. Eso lo respeto mucho, en la misma medida en que lo envidio. Además, dile a Maisie que la próxima vez que un chico la moleste, que se vaya a las pelotas. Los pequeños bullies se convierten en grandes bullies.*

Caos

—Me guiñó el ojo —le dije a Hailey mientras me probaba el vestido color lavanda—. Un guiño.

Amaba a ese hombre, estaba a segundos de compartir a mis hijos con él y me había guiñado el ojo. Estoy segura de que estuve al borde de un orgasmo solo con eso. ¿Desde cuándo se convirtió en un encanto? ¿Y dónde estuvo ese encanto los últimos cuatro meses?

El Becket paternal me encantaba.

El Becket protector y bromista me encantaba.

Pero ¿el Becket que me guiñaba el ojo y besaba la palma de mi mano? Sí, tuve suerte de no haber entrado en combustión espontánea e incendiado mi negocio.

—Ya me lo dijiste como una docena de veces desde que salimos de la casa. Otras cuantas en el salón de belleza, y seis o siete mientras nos depilábamos. ¿Viste el letrero «Estas habitaciones son para relajarse en silencio»? Estoy segura de que nunca nos dejarán volver al spa.

Deslizó el dedo sobre la pantalla de su teléfono.

—En fin. Es solo que nunca había visto ese lado de él. Fue...

—¿Coqueto...? —preguntó alzando la mirada—. Ah, me encanta ese. Tus pechos se ven muy bien.

Pasé un dedo por el escote.

—¿No es demasiado?

—No. Es retro y sexi. Pareces un ama de casa de los cincuenta a la que le gusta ser perversa en la recámara.

Puse los ojos en blanco, pero moví las caderas para que la falda en A que me llegaba a la rodilla ondeara un poco. Me encantaba el cuello *halter*, el cinturón brillante que marcaba mi cintura e incluso el escote un poco pronunciado. Sobre todo, disfrutaba la sensación de usar un vestido, de ser una mujer con curvas, piel suave, recién consentida.

—Creo que lo voy a comprar.

—Beckett se va a poner como loco —dijo levantándose de un salto para caminar alrededor de la tarima y admirar la caída del vestido—. Sí. Este vestido va a acabar en el piso de la recámara.

—Sin duda. En el de la mía.

—¿En serio?

Hailey ladeó la cadera y me miró irritada.

—Tiene miedo de que seamos más que... lo que sea que somos, podría dañarnos a largo plazo, y con los niños y lo de Ryan... —Me encogí de hombros.

—Pues entra desnuda a su recámara. Eso le cambiará las ideas.

—¿Estás loca? ¿Por qué haría eso? Me he acostado con un solo hombre, Hailey. Uno. Y eso fue hace siete años. Para ser sincera, no me gustó mucho.

—Porque probablemente él no sabía qué hacer para que te gustara.

Negué con la cabeza y alisé la suave tela púrpura con mis manos recién manicuradas.

—No importa. Beckett no está interesado en mí de ese modo, y francamente ni siquiera debería hablar de eso. Tengo problemas más importantes por los que preocuparme.

Me bajé de la tarima y fui al vestidor, dejando a Hailey afuera.

—No se ha acostado con nadie desde que llegó, ¿lo sabías? —preguntó del otro lado de la puerta.

—¿Qué? ¿Y tú como sabes eso?

Me quité el vestido y lo colgué en el gancho con cuidado.

—Porque vivimos en un pueblo pequeño, boba. Todos hablan y Beckett es un buen candidato para el chisme. La especulación es que o es gay o que está interesado en otra cosa…

—Estoy segura de que no es gay.

Había sentido cada delicioso centímetro de él esta mañana, vi la manera en la que sus músculos se tensaron cuando me aparté.

—Pfff. No anda acostándose por ahí porque te quiere a ti. Créeme, si yo tuviera una oportunidad, la aprovecharía. Francamente no sé cómo no te le has echado encima y…

—¡Porque él me dijo que no! —Me sonrojé, pensando en el momento fallido que tuvimos en el sofá—. En serio. Me dijo que no. Su lealtad a Ryan supera todo lo demás.

—¿Ella?

—¿Qué? —pregunté tomando mi blusa.

—No te quitaste el vestido, ¿verdad? Porque se supone que tienes que verlo en el tribunal como en diez minutos.

Saqué mi teléfono, deslicé el dedo sobre la pantalla y vi la hora.

—Mierda —masculló.

—Ponte estos también —dijo pasándome un par de zapatos negros de tacón y un bolero color plata por la puerta—. Vamos, a menos que quieras ir desnuda al tribunal. Aunque pienses que eso lograría la misión sexual, creo que podría interferir con la misión adopción.

Me vestí rápidamente y salí del vestidor.

—Date la vuelta —ordenó Hailey.

Cuando lo hice, arrancó la etiqueta de la espalda. En la caja de zapatos ya había más etiquetas.

—¡Vamos! —agregó.

Con el brazo cargado de mi ropa fuimos hacia la caja.

—Se puso todo esto —dijo Hailey poniendo las etiquetas junto a la caja.

El adolescente me miró con una sonrisa.

—Ya lo veo.

—Pero no por mucho tiempo —añadió Hailey con un pequeño guiño.

«En serio, ¿cuál era el problema hoy con tanto guiño?».

Hailey pagó con la tarjeta de crédito de Beckett y yo sentí la misma culpabilidad que había sentido en el salón de belleza. Pero no tenía tiempo para concentrarme en eso y salimos a toda prisa al tribunal.

Beckett estaba afuera, vestido con un traje de corte perfecto. Su cabello despeinado era muy sexi. Cuando me vio, sonrió despacio hasta que esa sonrisa llenó su rostro, arrastró la mirada desde las uñas de mis pies recién pintadas hasta las suaves ondulaciones rubias de mi cabello que caía justo debajo del busto. Por último, me miró a los ojos y trago saliva.

—Guau.

—Las 4:31, ¡es toda tuya! —exclamó Hailey al tiempo que le regresaba su tarjeta de crédito.

—Gracias, Hailey.

Metió la tarjeta en el bolsillo de su camisa.

—Qué dices, Ella MacKenzie. ¿Quieres hacerme papá? —Me ofreció el brazo y mi corazón palpitó como si miles de mariposas habitaran en mi estómago.

—Sin duda pueden hacer eso después —murmuró Hailey cuando pasé a su lado.

La fulminé con la mirada y desvié mi atención hacia Beckett. Olvidé por completo a Hailey y tomé su brazo. Olía increíble y cuando abrió la puerta para que yo pasara, me incliné para inspirar su aroma con mayor intensidad. Era como si se frotara con cuero nuevo, viento y otras cosas deliciosas. Lo que fuera, era evidente que le funcionaba.

Cruzamos el vestíbulo y me detuve frente a la amplia escalera.

—¿Qué pasa? —preguntó con tono amable.

—La última vez que estuve en ese tribunal salí casada con Jeff. Y por mala que haya sido esa decisión, no lo lamento porque me dio a los mellizos. Me llevó hasta este momento. Hasta ti.

Me apretó la mano y miró mis labios.

«Bésame».

—¡Por fin llegaron! —exclamó Mark desde lo alto de la escalera—. Manos a la obra, ¿sí?

—¿Vamos? —preguntó Beckett en voz baja y ronca.

—Sí. Vamos.

Media hora después salimos del tribunal con un papel que decía que ahora Beckett era el padre de Maisie y de Colt.

Sabía que era solo para proteger a Maisie, para darle la mejor probabilidad de que venciera la enfermedad, pero en el momento en que ambos firmamos me pareció más significativo que una transacción comercial.

Una diminuta, aunque innegable, llama de esperanza se

encendió en mi corazón y no solo estaba plasmada en un papel, era real.

Mis hijos ahora también le pertenecían a Beckett.

Y yo estaba locamente enamorada de él.

—¡Lo odio! —grité al tiempo que azotaba la puerta de mi cabaña cuatro horas más tarde.

Los faros de la camioneta de Beckett desaparecieron conforme avanzaba a su cabaña.

—¿A quién odias? —preguntó Ada saliendo de la cocina.

—Yo diría que a Beckett —dijo Larry desde el cuarto de servicio, donde reparaba la casa de muñecas de Maisie.

—¡Sí, a Beckett! —espeté—. Ah, gracias, Larry. Te lo agradezco mucho.

—¿No salió bien lo de la adopción? —preguntó Ada en voz baja al tiempo que me llevaba a la oficina.

—No, salió perfecto. ¡Toda la noche fue perfecta! Me llevo a cenar, pidió vino y luego me llevó en góndola hasta el Village para ver uno de esos conciertos al aire libre y bailamos. ¡El hombre bailó conmigo! Luego me trajo a casa, me acompañó hasta la puerta y me abrazó. ¡Me abrazó para darme las buenas noches!

La preocupación desapareció de su rostro y suspiró con una leve sonrisa.

—Oh, Ella. Ya te enamoraste de él, ¿verdad?

—¡Me abrazó!

—No te culpo. Es un buen hombre, en verdad lo es. Es genial con los niños, amable, confiable y bastante guapo. A eso le agregamos el complejo de héroe y no queda más que enamorarse de él.

Me tomó las manos.

—Me abrazó —murmuré.

—¿Y qué vas a hacer al respecto?

—Nada. Ya dejó muy claro que eso está descartado, y no lo culpo. No es que yo no tenga historia, ¿sabes? Dos hijos, una enferma, un negocio que dirigir, enormes problemas de confianza. La verdad no soy alguien de quien se enamoraría alguien como él.

—¿Y cómo es él exactamente?

—Bastante perfecto.

Ada suspiró y me soltó las manos.

—Bien, puedes quedarte aquí a hacer pucheros si quieres. Pero solo en caso de que te den ganas de actuar como una persona de tu edad y hagas algo espontáneo, Larry y yo nos quedaremos en el cuarto de invitados esta noche. Así que estaremos aquí. Toda la noche. Y en la mañana. Ya sabes, por si acaso.

—Actúo como una persona de mi edad.

—No, querida. No lo haces y nunca lo has hecho. No estás vieja, no estás dañada, no eres una solterona amargada. Tienes veinticinco años. Esos son los hechos. Me voy a la cama.

Me quedé en mi oficina poco dispuesta a moverme, pero tampoco lista para quitarme los zapatos. Me sentía derrotada.

TÚ ERES SUFICIENTE

Miré las palabras de Caos y las repetí en la mente. Tenía razón. Yo era suficiente y ya estaba harta de participar de manera pasiva en cualquiera que fuera mi relación con Beckett.

Miré el diploma hecho a mano de Maisie y mi mirada se detuvo en la caligrafía irregular de Beckett. ¿Cómo era posible que los militares tuvieran una caligrafía peor que la de los médicos? La suya era tan fea como la de Caos, y era mucho decir.

Perdí a Caos antes de poder actuar con mis sentimientos, y no iba a volver a cometer ese error con Beckett.

Salí de la oficina, tomé las llaves que estaban en la mesita de la entrada y salí. Hubiera podido jurar que escuché un «¡así se hace!» que venía de la ventana del cuarto de invitados cuando me subí al coche, pero al voltear, la habitación estaba a oscuras.

—Tú eres suficiente —balbuceé durante todo el camino a la cabaña de Beckett.

Las luces estaban encendidas, por lo menos no lo despertaría. Estacioné el coche y reprimí el pánico que empezaba a invadirme. Me enderecé al subir los escalones.

«Toc. Toc. Toc».

Toqué la puerta con los nudillos sin acobardarme. Sin embargo, en los segundos que le llevó a Beckett abrir empecé a perder toda mi resolución.

—¿Ella? —dijo abriendo la puerta de par en par.

Seguía con el traje puesto, pero se había aflojado la corbata y desabrochado el primer botón, sentí un deseo urgente de besar la parte de piel que quedaba al descubierto.

—¿Está todo bien? ¿Es Maisie? —preguntó.

—Maisie está bien —respondí.

Su pregunta me molestó y me hizo amarlo más por haber pensado primero en ella.

—Ah, qué bueno. ¿Qué sucede? Pasa.

Se hizo a un lado y entré a su casa, hacia el pasillo. En el lugar que antes había sido frío e impersonal ahora colgaban en varios sitios dibujos que Colt y Maisie habían hecho, como los que vi pegados en el refrigerador cuando entré a la cocina. Había cedido su «orden y limpieza» y nos permitió «complicar» el espacio en el que vivía. Fue extraño, pero de algún modo los dibujos calmaron un poco mi miedo incontrolable de que Beckett desapareciera algún día.

—¿Quieres tomar algo? —preguntó despacio.

—No. —Di media vuelta y lo vi recargado contra la barra. Se había quitado el saco—. Me invitaste a salir.

—Sí.

Me ofreció una pequeña sonrisa sexi y se desabrochó los puños de la camisa. Tuve ganas de patearlo.

—Me invitaste a salir. Cena, baile, un pequeño paseo romántico. Luego me llevaste hasta la puerta de mi casa y me abrazaste.

Avancé hacia él y su expresión cambió: una mirada de deseo destelló antes de que pudiera controlarla.

—Lo hice. Soy culpable de todos los cargos.

—No soy tu hermana, Beckett.

—Ya me había dado cuenta.

Contuvo el aliento y puso la mano sobre la barra; al instante, sus nudillos palidecieron.

Me acerqué a él y me sonrojé, casi gimo al presionar sus músculos fuertes con mis dedos cuando puse las manos sobre su pecho.

—Quizá las citas han cambiado en los últimos siete años o así, pero en mi limitada experiencia, terminan con un beso.

Me paré de puntas hasta que mi boca casi roza la suya.

—Ella.

Pronunció mi nombre como una súplica, pero ¿para qué? ¿Para darnos lo que ambos deseábamos? ¿Para que me apartara y lo dejara dormir con su honor intacto?

—Dime qué quieres. Porque yo quiero besarte. Aunque solo sea esta vez.

Acorté la pequeña distancia entre nuestras bocas y rocé mis labios contra los suyos. ¿Cómo era posible que un hombre tan duro tuviera labios tan suaves?

Su cuerpo se hizo de piedra contra el mío, todos sus músculos se tensaron. En la yema de los dedos sentí que su corazón palpitaba con fuerza.

Cada vez más audaz, lo besé con suavidad y me concentré en su labio inferior. Luego me alejé lo suficiente para mirarlo a los ojos. El resto de su cuerpo podía ser una estatua, pero esos ojos decían todo lo que él no se atrevía a formular y estaba a un segundo de...

Apretó su boca contra la mía y su cuerpo cobró vida. Pasó una mano por mi nuca y con la otra rodeó mi cintura y me acercó más a él. Cedí bajo su peso, metió la lengua en mi boca para tomar, consumir y aprenderse cada línea de la mía. Dejé escapar un ligero gemido, hundí las manos en su cabello y jalé un poco los mechones cortos. Le devolví el beso como lo había soñado durante meses.

Nuestras bocas se entrelazaron en un beso dulce, como el vino que tomamos después de bailar, igual de intoxicante. Succionó y acarició mi lengua. Dios mío, este hombre sabía lo que hacía.

Todo mi mundo existía en ese beso, en la sensación de los brazos de Beckett a mi alrededor.

Cambió el ritmo y con cuidado succionó mi labio inferior, luego inclinó la cabeza y me besó con mayor pasión hasta que me convertí en puro deseo. El calor recorrió mis venas y me devolvió la vida, era como una variación eufórica del hormigueo en las extremidades cuando se entumecen y poco a poco recuperan la sensación.

—Dios, Ella —gimió sujetando mi cabello con fuerza.

—Sí —lo alenté, amaba todo esto.

Curvó su cuerpo sobre el mío y luego me cargó por las nalgas para sentarme sobre la barra. Sujetó mi rostro con ambas manos y me besó hasta que ya no pude recordar mi propio nombre, solo sabía que le pertenecía a él.

Acaricié su cuello y bajé las manos hasta la corbata, luego metí la mano en el espacio que el nudo había dejado libre.

—Podría besarte para siempre —dijo sin despegarse de mi boca.

—Me parece bien.

Sonrió y no pude evitar devolverle la sonrisa. Era increíble lo bien que se sentía todo esto. Apartó un mechón de mi rostro con tanta ternura que mi corazón dio un vuelco, como se saliera de mi pecho para ir hacia él. «Amo a este hombre». La idea aumentó mi pasión hasta hacerse dolorosa, inquieta.

Mi deseo sexual los últimos siete años había sido un circuito roto, y de pronto las luces volvían a encenderse conforme Beckett prendía un interruptor tras otro.

Me besó de nuevo y me rodeó con sus brazos, me jaló hasta el borde de la barra, abrí los muslos hasta que estuvimos pegados por los labios, el pecho y las caderas. El beso cambió para convertirse en cruda desesperación que era resultado del deseo que ambos habíamos mantenido bien a raya los últimos meses.

Maldije la capa de ropa que nos separaba, debí haber elegido un vestido más corto, menos abultado. Dejó de besarme y contuve el aliento para después respirar el aire que tanto necesitaba. Después, llevó su boca a mi cuello. «Carajo».

—Beckett… —gemí echando la cabeza hacia atrás para que pudiera tener un acceso sin restricciones a cualquier parte de mi cuerpo que deseara. Era toda suya.

Con una mano sostuvo mi espalda arqueada y desabrochó el único botón de mi bolero con la otra, sin dejar de besarme. Una lluvia de besos húmedos recorrió mi cuello, mi clavícula y el escote.

Me saqué los zapatos de tacón y golpearon el suelo, luego abracé su cintura con mis piernas para acercarlo más a mí. Este movimiento hizo que lanzara otro gemido. Me incliné hacia atrás y me recargué sobre el granito frío que contrastaba con el calor de mi piel. Deslizó las manos por los costados de mis senos, por la cintura y hasta mis muslos cubiertos por el vestido. Por último llegó a la piel desnuda de mis rodillas. Nunca en mi vida me había alegrado tanto de negarme a usar medias.

Sus manos fuertes me acariciaron bajo el vestido y subieron por mis piernas. Su piel era áspera, callosa, sin embargo, su tacto era suave, salvo por la presión de sus dedos en la parte alta de mis muslos. Sentí la loca urgencia de pedirle que me apretara con más fuerza, que dejara alguna marca que me recordara al día siguiente que esto había sucedido, que no había sido solo un sueño.

Me besó, se apoderó de mi boca con un ritmo que me hizo empujar las caderas hacia él, deseaba que no quitara las manos. Nunca me habían besado con tanta experiencia, con tanto cuidado; nunca había sentido que la sangre me hirviera de esta manera. Era una locura absoluta y completamente deliciosa.

Sus pulgares recorrieron el interior de mis muslos hasta rozar el borde de la ropa interior y lo sentí en todo el cuerpo. Al interior, en el vientre, y en los pezones. Ese simple movimiento acarició y disparó los latidos de mi corazón.

—Más —supliqué apretando los muslos alrededor de su cadera, necesitaba la presión para aliviar las ansias, aunque fuera un poco.

Como si lo hubiera mordido, soltó mis muslos y dio un paso atrás. Asombrada, lo solté y desenlacé mis tobillos.

—Sí, bueno, eso es lo contrario de más —dije con voz entrecortada como mi aliento.

Se recargó contra la barra opuesta, su pecho subía y bajaba con la misma rapidez que el mío. Al menos no era yo la única a quien había afectado ese beso. Parecía que lo estaban torturando. Enojado, se quitó la corbata en un solo movimiento.

Demonios, qué sexi.

Cerró los ojos y se llevó las manos a la cabeza. Era la viva imagen de un hombre sumamente excitado e incapaz de controlarse, quizá yo era cruel, pero me gustaba saber que yo era la causa.

—Beckett.

—No. —Negó con la cabeza y abrió los ojos. La manera en la que recorrió mi cuerpo con su mirada, mi vestido que apenas cubría mis muslos, fue tan intensa que me hizo sentir otra oleada de deseo puro—. Así no.

El miedo bajó por mi esternón. ¿El beso no había tenido en él el mismo efecto que había tenido para mí?

—¿Preferirías esperar otros cuatro meses para que nos besemos? Porque esto somos, Beckett. Yo siempre seré la hermana de Ryan. Siempre voy a desearte, y a juzgar por la manera en la que me acabas de besar, tú me deseas en la misma medida.

—Siempre supe que sería así entre nosotros. Desde el momento en que te vi, lo supe en el segundo en que mis manos...

Se mordió el labio inferior un segundo y sujeto la barra con fuerza.

—¿En que tus manos qué? —lo provoqué irguiéndome para descansar los brazos.

—En el momento en que mis manos te tocaron supe que necesitaría un milagro para poder controlarme el tiempo suficiente para pensar con racionalidad. Tocarte... Dios mío, Ella, si tuvieras idea de cuánto te deseo no estarías sentada en la barra mirándome así.

—Quizá sí lo sé —dije humedeciendo mi labio inferior con la lengua—. Quizá yo me siento igual y los pensamientos racionales están sobrevalorados.

—Piénsalo.

—¿Por qué? Quizá quiero ser imprudente por una vez. Tal vez me gusta la manera en la que haces desaparecer todos los pensamientos racionales. Quizá eso es exactamente la razón por la que necesito esto, por la que te necesito a ti.

El deseo se concentró entre mis muslos y cambié las caderas de posición. El sexo nunca fue algo que buscara, como tampoco esperaba un gran espectáculo de fuegos artificiales, pero nunca había empezado con esta necesidad tortuosa y desgarradora.

—Estoy haciendo un esfuerzo.

«Un esfuerzo por colmarme la paciencia».

El dolor que me causaba su rechazo era agudo. Cerré las piernas y abroché mi bolero con manos temblorosas.

—No te entiendo. Te digo que quiero que me beses y saltas al otro extremo del sofá. Me rasuro las piernas y me pongo un vestido, y tú me abrazas para darme las buenas noches. Me abalanzo sobre ti y me besas como si fuera la única mujer en el mundo, y ahora estás allá. Beckett, no puedo ser más clara en lo que quiero y no puedo ser la única que te persiga todo el tiempo. Si me deseas físicamente, pero no me quieres a mí, dilo. Porque ya me harté de escuchar tus negativas como si hubiera algo malo conmigo.

Tuvo el descaro de parecer lastimado, como si la distancia que constantemente ponía fuera más dolorosa para él que para mí. Como si fuera yo quien siempre lanzara nuestra relación al ámbito de la amistad.

—¿Me ves como a una hermana? ¿Es eso?

—¡Mierda, no! —Suspiró—. Y ahora van dos veces que uso groserías frente a ti.

—La verdad, no me importa. Por mí puedes usar la palabra que empieza con «C» si eso significa que estás interesado en usarla como verbo.

Puse las manos sobre la barra y me preparé para bajar, encontrar mis zapatos y mi dignidad, y volver a casa con mi sexualidad frustrada.

—Mírame. —Su voz había adquirido ese tono grave que me gustaba.

Levanté los ojos hacia los suyos, deseando entender en qué demonios pensaba ese hombre, qué le impedía tomar lo que yo sabía, o al menos esperaba, que quería.

—¿Qué piensas? —pregunte sin poder aguantar más.

—Estoy contando cuántas copas de vino te tomaste. Dos en la cena. Una después del concierto, y eso fue ¿hace cuánto? ¿Cinco horas?

Entrecerró los ojos, pensando.

—¡No estoy borracha, si eso es lo que estás implicando! Como si necesitara alcohol como excusa…

—Oh, no —me interrumpió bajo la voz aún más—. No lo digo por ti, lo digo por mí, para saber que cuando haga la siguiente pregunta no estás muy borracha para responderla.

Mojé con la lengua mis labios secos.

—Okey.

—¿Me quieres, Ella?

—Creo que he sido muy clara en que sí.

Negó con la cabeza.

—No. No pregunté si querías besarme. ¿Me quieres a mí? Porque aquí estoy, tratando de mantener las manos sobre la barra para no levantarte el vestido y acariciar tus muslos.

Entreabrí los labios, los sentía demasiado pesados como para mantenerlos cerrados.

—Porque sé que una vez que acaricie tu piel suave, no podré respirar sin tomarte, sin deslizarme en ti como he imaginado durante tanto tiempo —enunció la última parte para que quedara claro lo que pasaría en caso de que yo no lo hubiera entendido.

Eso era precisamente lo que deseaba, lo que ansiaba… lo que necesitaba más que la respiración de la que hablaba.

—Y una vez que eso suceda, todo cambiará entre nosotros,

Ella. Así que necesito que me digas que me quieres a mí, o que te vayas antes de que pase algo para lo que no estás preparada.

No recordaba haber estado más preparada para nada en mi vida.

—Yo. —Desabroché mi bolero—. Te quiero. —Me lo quité—. A ti. —Lo dejé caer al piso.

—Ella.

Se empujó contra la barra.

—Aquí y ahora —agregué desabrochando el botón del *halter* en mi nuca, solo en caso de que necesitara que mi consentimiento, demonios, mi súplica, fuera patente. Los tirantes cayeron a ambos costados y el escote se detuvo sobre las curvas de mis senos.

—Gracias, Dios.

No se molestó con desabrocharse los botones de su camisa, se la quitó por la cabeza de esa manera tan sexi en que hacen los hombres. Pero con Beckett fue como cien veces más sexi cuando su torso quedó desnudo.

Era todo músculo, su piel perfecta para ser besada. «Seguro podía tener un orgasmo solo con verlo». Nunca me había pasado sin un poco de ayuda impulsada por baterías, sin embargo, si alguna vez hubiera un momento, sería este.

—Eres tan... —sacudí la mano en su dirección—. Todo eso es... no tengo palabras.

—Qué bueno —dijo tirando la camisa al piso—. Porque voy a necesitar esa boca para otras cosas que no sean hablar.

En dos zancadas acortó la distancia entre nosotros, puso las manos sobre mis rodillas y las separó. Luego cumplió su promesa, subió las manos por debajo de mi vestido hasta llegar a la parte alta de mis muslos, donde me sujetó con fuerza haciendo que a ambos se nos subiera la sangre a la cabeza.

Entrelacé las manos sobre su nuca cuando me besó. Fue profundo, poderoso y primitivo; su boca tomó la mía como si la reclamara como propia. Sin nada que lo detuviera, Beckett me besó con menos delicadeza y mucha más urgencia. Mi cuerpo respondió: mis pechos se endurecieron y mi piel ardió.

Perdí el aliento cuando su pulgar se deslizó por el borde de mis calzones y enterré un poco las uñas en su cuero cabelludo cuando rozó mi clítoris.

—Beckett —supliqué empujando las caderas hacia él como reflejo.

—Te tengo —prometió.

Luego me besó despacio. Su lengua se entrelazó con la mía sin dejar de acariciarme con el pulgar en movimientos y presiones suaves que hicieron que el calor que sentía en el vientre se convirtiera en un nudo de tensión que él enrollaba cada vez más apretado.

Me moví inquieta, mi necesidad de sentir su piel contra la mía rivalizaba con un apuro similar de que sus manos se quedaran exactamente donde estaban. Como si me leyera el pensamiento, pasó la otra mano a mi espalda y bajó el cierre del vestido.

La tela cayó fácilmente y dejó al descubierto mi brasier *strapless*. Me arqueé, apretando mis senos contra su pecho y él presionó el pulgar contra mi clítoris. Una oleada de placer recorrió mi cuerpo, dulce e intenso al mismo tiempo.

Dejó de mover el pulgar y como por arte de magia desabrochó el brasier, que cayó sobre mi regazo y mis pechos quedaron libres. Se apartó un poco y me miró. Con reverencia, tomó mis senos en cada mano y con los dedos acarició los pezones erectos.

—Perfectos —dijo.

Se inclinó y tomó uno en su boca, moviendo el pulgar al mismo tiempo sobre el otro. Arqueé la espalda y gemí.

La sensación era maravillosa.

Eché las manos hacia atrás para sostener mi peso y poder abandonarme a su boca y a sus dedos. La tensión aumentó hasta que se volvió insoportable, mis músculos se tensaron en lo que esperaba fuera mi primer…

—¡Beckett!

Grité su nombre cuando presionó mi clítoris con un movimiento intenso que hizo que mi cuerpo se dejara ir por completo conforme el orgasmo me llevaba al límite. La liberación llegó en oleadas tan poderosas que hubieran podido inclinar el eje de la tierra.

Me besó acariciando con suavidad sus labios sobre los míos. Cuando reuní la fuerza para abrir los ojos, lo sorprendí mirándome con completa adoración en su rostro.

—Podría verte hacer eso un millón de veces y querer siempre más.

—Eso fue…

¿Qué tenía este hombre que me robaba todas las palabras y me convertía en una tonta que pronunciaba frases a medias?

—Buen trabajo —agregué.

—¿Buen trabajo? —preguntó con una sonrisa.

Dios mío, acababa de chocar las palmas verbalmente con este hombre.

—Bueno, sí. Nunca había… sin… bueno, con alguien.

Abrió los ojos como platos cuando entendió.

—Hay mucho más.

—Me gusta ese plan.

Antes de que pudiera decir algo ridículo lo besé, deslizando las manos por su espalda. Tenía la piel firme, cálida y muy suave. Cuando llegué al cinturón, pasé los dedos por su cintura, disfrutando la manera en la que sus abdominales se flexionaban, y contenía el aliento entre beso y beso.

Cuando llegué al cierre de su pantalón reuní el valor para

tomar su erección en mi mano y apreté con suavidad. Estaba duro como el granito debajo de mí, largo, grueso y, si era igual que el resto de su cuerpo, sin duda perfecto.

Su inspiración se convirtió en un siseo entre sus dientes apretados.

—Ella...

Lo miré y dejé que se convenciera de cuánto lo deseaba, cuánto disfrutaba esto, nosotros. Todo.

En lugar de detenerme, solo asintió y cerró los ojos durante el tiempo que acaricié su miembro de arriba abajo.

—Dios, mi amor —murmuró.

Me dejó acariciarlo una vez más, luego apartó mi mano y la puso sobre la barra. Antes de que pudiera quejarme, sacó la cartera de su bolsillo trasero y la azotó sobre la barra a mi lado. Agradecí a todo lo bueno y correcto en el mundo, porque después se quitó los pantalones, se deshizo de los zapatos de un movimiento de los pies y quedó por completo desnudo. Lo hizo tan rápido que no pude hacer más que mirarlo admirada.

Ese hombre era pura perfección y todo mío para tocarlo. Se me hizo agua la boca. Deslicé mis dedos desde sus pectorales hasta sus abdominales, tomando tiempo para detenerme en cada marca. No solo estaba definido, sino esculpido, sus músculos sobresalían hasta el vientre.

Avanzó hasta quedar entre mis muslos y me besó hasta que ya no pude pensar en nada más que la sensación de su boca, la calidez de su piel, el ritmo de su respiración. Me levantó un poco para acomodar mi vestido hasta que mis nalgas tocaron el granito. Luego alzó la tela para pasarla sobre mi cabeza y quedé desnuda, salvo por los calzones azules de seda.

Me miró a los ojos, metió los pulgares entre mis caderas y la prenda y la bajó por mis piernas hasta sacarla. No había tiempo para sentir vergüenza, no mientras me besaba y estábamos piel contra piel. El contacto exacerbó todo. Tocábamos, buscábamos, descubríamos con premura el cuerpo del otro.

Cuando metió las manos entre mis muslos, esa tensión tan familiar volvió a aumentar, el ansia en mi interior empezó a pulsar.

—Estás tan mojada. Es hermoso —murmuró entre besos.

Deslizó un dedo dentro de mí y casi me caigo de la barra.

—Se siente increíble —dije moviéndome al ritmo de su dedo.

Luego metió otro y mi deseo aumentó hasta ser casi doloroso.

Abrió su cartera con la mano libre y sacó un paquete de papel aluminio.

—¿Arriba? —preguntó.

—Aquí. Ahora. No más espera.

Casi sin sentido por las caricias firmes e intensas de sus dedos, tomé el condón y abrí el paquete. Mis manos temblaban cuando lo acerqué a la punta de su erección. Tenía razón, hasta eso era perfecto.

—No sé... ¡Dios, Beckett!

Había agregado un tercer dedo, mientras su pulgar acariciaba con suavidad mi clítoris hipersensible.

—¿Necesitas ayuda?

—Sí. No tengo experiencia con... —Gemí cuando dobló los dedos para encontrar ese punto huidizo en mi interior que me hizo mover las caderas para adaptarme al ritmo de su mano—. Estas cosas. Embarazada a los dieciocho, ¿recuerdas?

Cubrió mi mano con la suya y la empujó despacio hacia abajo hasta cubrir todo.

—Esto debe ser lo más erótico que he hecho en mi vida —murmuré.

—Yo también. Tú haces que todo en mi vida sea más intenso.

Su boca se encontró con la mía en un beso largo y carnal que terminó con una mordida suave de mi labio inferior. Sacó los dedos y me tensé cuando presionó sus caderas contra las mías.

—¿Nerviosa? —preguntó besándome detrás de la oreja.

—Un poco. Hace siete años que no hago esto.

Tomó mi rostro entre sus manos y me beso con suavidad.

—Estoy seguro de que sigue funcionando de la misma manera.

Sonreí y al instante me relajé con otro beso.

—No te preocupes, te tengo —dijo de nuevo.

Sus palabras hicieron desaparecer mis nervios como si nunca hubieran existido. Besó mi boca con cuidado y en segundos rodeé su cintura con mis piernas, saboreando el contraste de su cuerpo firme contra mis curvas. Acarició todo mi cuerpo y el calor que sentí fue más abrasador que antes.

Cuando empecé a mecer las caderas contra sus dedos, inclinó su frente sobre la mía y, en el momento en el que mi deseo estalló, lo tomé por las caderas, él sujetó las mías y acercó su pene a la entrada de mi vagina.

—Por favor —supliqué arqueándome contra su cuerpo.

Mantuvo una mano sobre mi cadera y con la otra tomó mi nuca; estábamos tan cerca que nuestros alientos se mezclaban, pero no me besó, se limitó a mirarme a los ojos al tiempo que me penetraba centímetro a centímetro.

Dejé escapar un gemido conforme se introducía en mí, tan profundo que podía sentirlo en todo mi cuerpo, como si me perforara el alma.

—Ella —gimió—. Dios mío, eres todo.

Movió la mano que tenía en mi cadera hasta debajo de mis nalgas y me levantó un poco para jalarme hacia él, en el borde de la barra; su movimiento era cada vez más profundo y rítmico. Nuestros cuerpos reaccionaban como si lleváramos años haciendo el amor, en lugar de solo un momento, como si fuera el único hombre para el cual había sido creada.

Lo rodeé con mis brazos y entrelacé las manos en su nuca mientras él me llevaba al éxtasis con cada arremetida, hasta que nuestros cuerpos quedaron cubiertos de sudor.

No cambió el ritmo, continuó incansable como si fuera a durar para siempre, como si el único objetivo fuera sentir ese instante. No había alarmas de despertador ni horarios, ningún lugar en el que debía estar más que aquí, entre los brazos del hombre al que amaba.

Mis músculos se tensaron en busca de alivio y Beckett me besó al tiempo que deslizaba el pulgar entre nosotros para acariciar mi clítoris. Perdí el control y grité cuando el orgasmo se apoderó de mí, más intenso de lo que nunca había sentido en mi vida. Bebió mis jadeos con su boca como si se alimentara de mi placer, como si para él yo también fuera mucho más que sexo.

No me separé, la emoción superaba mi razón.

—Te amo.

Las palabras salieron de mi boca sin preámbulo ni pensamiento.

Se detuvo y abrió los ojos como platos. Luego me besó con profunda pasión y me penetró con fuerza, sin ritmo, tensándose entre mis brazos hasta que se abandonó, hundiendo su rostro en mi cuello cuando llegó al clímax. Sus labios pronunciaron mi nombre.

Antes de que yo me sintiera incómoda, se apartó y tomó mi rostro entre sus manos. Nuestro jadeo era errático y él recuperó el aliento antes que yo.

—Te amo —dijo mirándome a los ojos.

—¿En serio?

Esa felicidad era mucho más de lo que podía esperar.

—Te amé desde el principio. Me da gusto saber que me alcanzaste.

Mi sonrisa fue instantánea igual que la suya.

—¿Cuánto tiempo tenemos? Porque me gustaría llevarte a la recámara y volver a hacer esto correctamente.

Si esto no había sido correcto, no podía esperar a ver qué lo era.

—Toda la noche. Tenemos toda la noche.

—Puedo hacer algo con eso.

Y lo hizo.

Otras tres veces antes del desayuno.

CAPÍTULO DIECINUEVE

Beckett

Carta núm. 4

Caos:

David Robins me invitó a salir hoy. Seguramente te estás preguntando quién es David Robins. A decir verdad, es uno de los mejores partidos aquí. Veintiocho años, apuesto, bombero, todo un ejemplar de novela romántica. Cualquier chica en su sano juicio hubiera accedido. Por supuesto, yo le dije que no. Ya te lo había dicho, no tengo tiempo para hombres y nada ha cambiado en las últimas seis semanas que llevamos escribiéndonos. Por fin el Solitude está listo para tomar el mundo por asalto y no puedo permitirme ninguna distracción. Sin embargo, a veces cuando estoy acostada en mi cama en la noche me pregunto si esto es todo. Claro, no salí con nadie mientras estuve embarazada. Aunque ya estaba divorciada, tenía cosas más importantes en la cabeza. Cuando nacieron Colt y Maisie, ese primer año fue un caos: dar comidas, dentición y dos bebés con dos horarios. Ahora son encantadores, pero no lo eran tanto a las dos de la mañana, te lo prometo. Luego fueron niños pequeños y yo seguía corriendo de aquí para allá, como gallina degollada o como mamá soltera con mellizos, en fin. Ahora están en el kínder y siento que por fin el piso se estabiliza a mis pies. Pero aun así me negué a salir con David cuando me lo pidió. ¿Qué demonios estoy esperando? No es que necesite amor a primera vista, ya no soy la chica tonta y romántica. Sé que una gran relación es mucho más que química. Pero tampoco quiero acabar siendo la loca de los gatos. La verdad es que nunca me han gustado los gatos, así que es seguro que en algún momento sería un problema. ¿Qué hay de ti? ¿Es difícil tener una relación cuando estás ausente tanto tiempo? ¿Es algo en lo que piensas? ¿Soltero feliz? Debe ser complicado tratar de empezar algo cuando casi siempre estás al otro lado del mundo, ¿no?

Ella

Parecía tan tranquila mientras dormía. En general, Ella iba a mil por hora: siempre había un lugar en el que debía estar o algo que necesitaba hacer, pero mientras dormía, todo en ella se relajaba.

Merecía estar así todo el tiempo.

Aparté la vista de su rostro plácido y miré el reloj. Las 7:30 a. m. No había dormido tan tarde ni tan bien desde... no recordaba desde cuándo. Sin pesadillas ni pensamientos desbocados, solo Ella y un sueño dulce y feliz.

Havoc despertó, se sacudió para espabilarse y recargó la cabeza sobre la cama.

Me levanté con el mayor sigilo posible, tomé unos pants y me los puse. Aunque este lugar estuviera apartado, no tenía ganas de escandalizar a algún huésped que tomara un paseo matinal por el lago.

Cruzamos la casa y abrí la puerta de la terraza trasera. Havoc salió corriendo, llegó al bosque al mismo tiempo en que yo bajaba la escalera hasta el patio.

Las piedras estaban frías bajo mis pies desnudos, pero no me moví, dejé que el frío me quitara el calor de las cobijas. El frío me decía que esto era real. Ella estaba arriba acostada en mi cama. Pasé la noche mostrándole exactamente qué sentía por ella, y si Havoc se apuraba, quizá podría meterme de nuevo a la cama para demostrárselo una vez más.

Me amaba.

La alegría que sentí al saberlo se atenuó por la culpa que experimentaba al reconocer que no lo merecía. Gané su amor por falta de opciones, porque ella solo conocía esta parte de mí; la otra la había mantenido cuidadosamente oculta, escondida como el secreto vergonzoso que era.

—¿Qué hago ahora? —le pregunté a Ryan mirando hacia la isla.

La había mantenido alejada hasta que no pude más, mi autocontrol desaparecía por completo cuando se trataba de esta mujer. Si fuera una mejor persona le hubiera dicho anoche que se marchara. Me hubiera detenido después de ese beso. Sin duda no le habría hecho el amor en la barra de la cocina y luego en mi cama y en la regadera. Una mejor persona le habría dicho el secreto en ese momento, ahora que la adopción era un hecho, y que Colt y Maisie estaban protegidos en cuanto a lo financiero.

Una mejor persona se habría sincerado y aceptado las consecuencias. Era obvio que yo no era esa mejor persona.

No dije nada porque no quería perder esa expresión en su rostro. No quería perder la calidez de su amor, de su cuerpo, de su corazón. Aún no estaba listo para que mi sueño terminara. Demonios, no le dije nada porque fui egoísta y ahora estaba demasiado implicado como para poder salirme.

Havoc regresó corriendo, la acaricié detrás de la oreja.

—¿Vamos a desayunar?

Subimos la escalera de la terraza y cruzamos la puerta corrediza.

—¡Ah! —Ella se detuvo con el trasero hacia mí, tratando de ponerse un zapato—. ¿Buenos días?

Ya estaba vestida con la ropa que llevaba en nuestra cita, llevaba el cabello recogido en un chongo y sus mejillas estaban sonrosadas por el sueño y el sexo.

—¿Es una pregunta? Porque a mí me parece que es una mañana maravillosa.

Crucé la sala hasta donde estaba, junto a la cocina.

—Sí, bueno. Quiero decir, ¿eso creo?

Me lanzó una sonrisa tímida que hubiera enorgullecido a cualquier director de comedia romántica.

—Pero ¿no estás segura?

Sus ojos bajaron por mi pecho y volvieron a subir, sus mejillas se ruborizaron más.

—Sí, estoy segura. Es una buena mañana.

Carajo, estaba avergonzada. Mi Ella, a quien no le importaba lo que pensaran de ella, estaba desconcertada en mi cocina a las siete de la mañana.

—¿Café? —pregunté deslizando la mano por su cintura y hasta su espalda cuando me acerqué a ella.

—Tengo que regresar a casa. Estoy segura de que los niños ya despertaron y… todo eso.

Buscó alrededor de la barra e hizo la cafetera a un lado.

—Ella, ¿qué buscas? —pregunté.

—Mis llaves. Sé que las tenía, ¿verdad? Porque manejé hasta aquí pero no recuerdo qué pasó con ellas cuando entré. Supongo que me distraje.

Extendí el brazo, tomé su mano y la hice girar para que quedara frente a mí.

—No las tenías cuando entraste. Supongo que están en tu coche.

—¡Oh, no! ¿Y si alguien lo robó?

Empezó a alejarse, pero le obstruí el camino dando un paso.

—Querida, estamos en medio de la nada. Nadie robó tu coche.

Cerró los ojos.

—¿Por qué las dejaría en el coche? Porque eso es lo que hacen los adultos ¿no? Dejan las llaves en el coche mientras salen corriendo para hacer lo que sea que deben hacer.

Estaba tan nerviosa y bella; sin embargo, yo sabía qué estaba provocando su pequeño ataque de nervios y teníamos que solucionarlo. Ahora.

—Abre los ojos. Ella. Por favor.

Parpadeó despacio y esos ojos azules me miraron.

—¿Qué?

—Estoy enamorado de ti. Estaba enamorado de ti antes de que nos acostáramos juntos y estaré enamorado de ti el resto de mi vida, si mi corazón es una señal. Nada de anoche cambia eso. Yo soy yo. Tú eres tú. Nosotros somos... lo que tú quieras que seamos.

—¿Qué somos?

—¿Qué quieres que seamos?

Sentí una presión en el pecho en espera de su respuesta. Lo que ella quisiera, se lo daría.

—¿Qué quieres tú que seamos? —preguntó dándole vuelta a la situación.

De pronto vi todas las discusiones que tendríamos en las cenas los siguientes cincuenta años.

—Te quiero a ti. Te lo dije anoche.

—Querías sexo. Ya es de día y no voy a hacerte cumplir nada de lo que dijiste anoche. Sé que esta debe ser la mañana siguiente más extraña, perdón, pero no tengo mucha experiencia en esa área.

Se mordió el labio tembloroso.

—Te quiero a ti. Toda tú. Créeme, poder tocarte es una enorme ventaja, porque no estoy seguro de si alguien te lo ha dicho o no, pero eres increíblemente hermosa. Pero te quiero más que una noche en mi cama, o en mi cocina o en la barra.

Supongo que sí podía ruborizarse aún más, aunque no lo hubiera creído posible.

—Entonces, ¿dónde nos deja eso?

—Bueno, hoy no tengo nada que hacer. Así que imagino que podríamos ir a tocar la puerta de la oficina del registro civil hasta que abran el lunes y nos casen de inmediato. —Quedó boquiabierta y no pude hacer más que continuar—: A menos que seas el tipo de chica que prefiere una escapada a Las Vegas, en cuyo caso, estoy de acuerdo. Luego nos mudaremos a mi pequeño pero leal culto de seguidores del Día del Juicio Final. Ya hice preparativos para ti y para los niños en el refugio nuclear, donde se ocuparán de las uvas.

Parpadeó, aún boquiabierta.

—A menos que prefieras que te asignen a las cabras —agregué.

Agradecí todas las noches en las que Ryan me obligó a jugar póker, era capaz de mantenerme impasible.

—Estás bromeando.

—Sí.

Tomé su rostro entre mis manos.

—Oh, gracias a Dios —exclamó aliviada.

—Me imagino que podemos salir. Como la gente normal. Mira, te casaste antes de acostarte con tu primero, así que sé lo que significa para ti. Y si quisieras casarte hoy, yo estoy por completo a…

—¡No termines esa oración! —exclamó tapándome la boca con la mano—. Salir está bien. Me gusta la idea.

Le besé la mano y la dejó caer.

—Okey. Entonces salgamos.

Mi sonrisa era tan ancha que me dolieron las mejillas.

—De manera exclusiva —dijo asintiendo.

—Ay, qué remedio. —Me incliné para besarla y ella dio un paso atrás, con esa mirada de advertencia «no te burles de mí» que tanto amaba—. Sin ver a nadie más —afirmé—. Ella, hay una razón por la que no he estado con nadie desde que llegué aquí.

—Ah, ¿porque estás fuera de forma y antes querías recuperarla un poco? —dijo bromeando y ladeando la cabeza.

—Ja. Porque desde el momento en que te vi, que te escuché hablar, fuiste lo único que quería. Me echaste a perder para cualquier otra persona antes de que supieras cómo me llamaba.

Me echó a perder desde el momento en el que dijo que lamentaba escribir con pluma. Se apoderó de cada gramo de mi alma cuando terminé de escribir aquella primera carta.

—Ahora que pasé una noche contigo —continué—, no solo quiero una. Las quiero todas y estoy dispuesto a tomar lo que tú me quieras dar.

Pareció indecisa un segundo y luego suspiró frustrada.

—Muy buena respuesta. Yo no podría decir nada igual de maravilloso. Solo que te amo.

La besé con ternura, una simple caricia en los labios, porque no podía evitarlo.

—Es lo más maravilloso que podías decir. Créeme. No es algo que estoy acostumbrado escuchar.

Ni nada que mereciera, pero sí era el imbécil que lo aprovecharía.

—¿Qué le decimos a los niños? Sé que esta no es la conversación acostumbrada para una primera cita, pero no somos precisamente comunes.

—Haré lo que tú hagas. Les diremos lo que tú quieras decirles.

Me rodeó el cuello con los brazos.

—Bueno, a fin de cuentas, eres su padre.

—Tengo que reconocer que me encanta escuchar eso también.

«Aunque solo sea entre nosotros». Sabía que esto no cambiaría la forma en que se sentía en cuanto a mantener la adopción en secreto y estaba bien. Por primera vez desde que llegué a Telluride sentía que tenía tiempo. Tiempo para conquistarla, tiempo para ganarme su confianza.

—Okey, les diremos que estamos saliendo. De cualquier forma, no creo que podamos esconderlo mucho tiempo —respondió presionando su cuerpo contra el mío.

—¿Y eso por qué?

—Porque no tengo idea cómo voy a evitar besarte todo el tiempo ahora que sé lo increíblemente bueno que eres para eso —dijo entrelazando sus dedos en mi cabello.

—Mira quién dice cosas maravillosas ahora.

Luego le recordé precisamente lo bueno que era para eso, hasta que me robó todo pensamiento y, de nuevo, quedé a su merced.

¿Cómo era posible ser tan feliz? Parecía casi antinatural que esta fuera mi nueva normalidad. Despertaba, iba a trabajar, cenaba con Ella y los niños y le robaba besos cuando ellos no nos veían.

No mentía cuando dije que podía besarla para siempre. Besar a Ella era como sentir mil besos diferentes en una sola mujer: suaves y tiernos, intensos y apasionados, fuertes y desesperados. Nunca sabía a quién tomaba en mis brazos, pero todas eran Ella.

Todo era Ella.

En un acto de fe reservé mi cabaña por tiempo indefinido. Ella no estuvo de acuerdo con el costo, pero le di mi tarjeta de crédito a Hailey con una sonrisa. Indefinido no significaba para siempre, y ya había encontrado el lugar perfecto para empezar algo más permanente. Un amigo me había dado un excelente consejo de inversión y el sitio era perfecto.

—¿Qué piensas de una tirolesa? —preguntó Colt.

Estábamos en la parte trasera de la cabaña de Ella y Colt miraba la casa en el árbol que llevábamos diez días construyendo.

—Creo que eso es algo que tienes que preguntarle a tu mamá, porque yo no me voy a meter en esa pelea.

Despeiné sus mechones cortos de cabello. Había dejado de rasurarse la cabeza cuando Maisie terminó la quimioterapia y el cabello le volvió a crecer rápido.

Hacía un mes que había adoptado a los niños y once días desde que Ella se había llevado a Maisie a Denver para su primer tratamiento con MIBG.

—¡Usaré un casco! —afirmó.

«Sé fuerte», recordé. Estos últimos once días solo habíamos sido Colt y yo, con un poco de ayuda de Ada y Hailey, claro, y me sorprendía que no fuera él quien llevara la batuta. Quizá se debía a que había pasado más de la mitad de ese tiempo en la escuela.

—Uy, no creo que ese sea el problema. No abuses de tu suerte, niño.

Suspiró.

—Está bien. Pero ¿qué tal una rampa de tierra para mi cuatrimoto?

Esa idea sí tenía algún mérito.

—Mmm...

Advirtió mi debilidad y la aprovechó con una gran sonrisa.

—¿Sabes qué?

—¿Qué? —pregunté poniendo una mano sobre su hombro.

—Creo que tenía razón. Ya sabes, en el partido de futbol.

Traté de pensar a qué partido se refería, de la docena que había tenido hasta ahora.

—¿Sobre qué?
—Esto es lo que se siente tener un papá.
Mierda, me dieron ganas de llorar.
—Bueno, quizá no todos los papás —agregó—. Sé que el papá de Bobby no podría construir esto. Y el papá de Laura es genial, vuela aviones. Tal vez todos los papás son magníficos de diferentes maneras, ¿sabes? Aunque algunos papás ni siquiera son... ya sabes, papás.
—Sí —dije en voz baja porque no podía pensar en qué decir. Tenía el cerebro hecho papilla, igual que mi corazón.
—Lo he pensado mucho. —Asintió, serio, en mi dirección.
—Lo veo. Te quiero, hombrecito.
—Sí, yo también te quiero. Y me gustaría mucho tener una rampa de tierra.
Lancé una carcajada. En ese momento Ella entraba por el sendero.
—¡Ya llegó mamá!
Colt salió corriendo por la colina, Havoc salió feliz tras él, y yo les seguí los pasos. Era curioso cómo estos últimos once días me habían parecido mucho más largos que cuando estaba en misión durante un año, o a veces más. El tiempo es más lento cuando extrañas a la persona a la que amas.
Llegué a la entrada a tiempo para ver cómo Ella bajaba de un salto del coche y abrazaba a Colt. Luego acarició a Havoc detrás de las orejas y le murmuró algo antes de erguirse y subirse los lentes oscuros sobre la cabeza.
—Hola —dijo.
Sonrió, y mi pecho amenazó con explotar. La amaba más ahora que hacía un mes o incluso cuatro meses. Si seguía aumentando a este ritmo, no sabía cómo mi corazón iba a contener toda esta emoción.
La tomé en mis brazos, la levanté y la besé. Sentí que estaba

en casa, como siempre me sucedía cuando nuestros labios se tocaban.

—Te extrañé.

Tomó mi rostro rasposo por la barba incipiente entre sus manos y me besó de nuevo.

—Te extrañé.

—Sí, ya entendimos. Los dos se extrañaron —dijo Colt con una carcajada y abrió la puerta trasera—. ¿Brillas? ¿Tienes superpoderes?

—No creo —respondió Maisie con la voz más apagada que de costumbre.

—¿Cómo sabes? ¿Ya revisaste? Quizá tienes sentidos arácnidos.

Solté a Ella y fui hacia la puerta abierta, donde colgaban los pies de Maisie. Bajó y al instante Colt la envolvió en sus brazos. Le llevaba ya como cinco centímetros de estatura.

—¡Te extrañé!

—Yo también —murmuró Maisie recargando la cabeza sobre el hombro de su hermano.

Volteé hacia Ella y me miró con los labios apretados y una sonrisa triste.

—¡Tengo muchas cosas que enseñarte!

Colt la tomó de la mano, ella asintió y lo siguió. Seguramente iban a la casa del árbol.

—Está cansada —le dije a Ella.

Tomé su mano y seguimos a los niños.

—Exhausta. Le hicieron una transfusión cuando estábamos ahí, pero sigue sin apetito. El recuento de glóbulos rojos es bajo y está… ¿Es una casa en un árbol?

Se detuvo y miró boquiabierta la casa que habíamos construido entre dos pinos.

—¿Te gusta?

Rio.

—Le construiste una casa en el árbol. Siempre quiso una.

Su risa se convirtió en un ligero sollozo entrecortado y durante un momento su expresión fue triste. Luego apretó mi mano y forzó una sonrisa.

—Gracias —agregó—. Ryan... él y... en fin, tú la construiste y eso es maravilloso.

«Ryan y Caos». Sabía exactamente qué había querido decir.

«Estoy aquí. Nunca te he dejado. Pero te destruí». No dije nada de esto, solo besé su muñeca.

—¿Quieres ver?

—¡Sí!

La llevé hasta la escalera donde estaban Colt y Maisie.

—Colt, ¿por qué no llevas a tu mamá allá arriba?

—¡Okey!

—¿Estás seguro de que esta cosa va a soportar nuestro peso? —preguntó Ella mientras veía cómo Colt escalaba.

El niño trepaba la escalera con una rapidez peculiar. De grande sería un escalador espectacular.

—La mitad del equipo de búsqueda y rescate me ayudó la semana pasada —expliqué—. A menos que suban diez como tú, aguantará.

—Trajiste a la artillería pesada —bromeó.

Colt gritó. Alcé la vista y vi cómo caía de la parte superior de la escalera.

«¡Mierda!».

Di un paso adelante con los brazos extendidos, listo para atraparlo. Ella contuvo el aliento. Justo antes de que cayera en mis brazos, se sujetó con las manitas de uno de los peldaños de madera.

—¡Colt! —gritó Ella.

Encontró apoyo en el peldaño que estaba justo encima de mis manos, miró hacia abajo y nos ofreció una gran sonrisa.

—Eso fue genial.

Respiré hondo y saqué el aire despacio, esperando que mi corazón volviera a latir. Ese chico me iba a matar.

—¡Eso no fue genial! —gritó Ella con una voz tan aguda que casi rayaba en pánico.

—Estoy bien. ¿Ves?

Soltó la escalera y rápidamente se volvió a sujetar antes de caer.

—¡Ya basta! ¡Llevo semanas en el hospital con tu hermana y no estoy preparada para regresar!

—Okey, okey —masculló.

Volvió a subir la escalera, llegó hasta arriba y desapareció por la trampilla.

—¿Estás bien? —le pregunté a Ella.

Avanzó dos pasos y hundió su rostro en mi pecho con un profundo suspiro.

—Está bien. Solo se resbaló. —La abracé y la besé en la cabeza—. Los accidentes suceden.

—No tengo mucha energía para accidentes. ¿No podemos ponerlos a los dos en una burbuja?

—Eso será lo siguiente que voy a construir. —Miré a Maisie, quien examinaba los soportes de la casa del árbol—. ¿Qué piensas?

—¡Es increíble! —exclamó sonriendo.

—Hoy eres mi favorita.

—¡Eso lo escuché! —gritó Colt sobre nosotros—. ¡Haz que suba o camina por la plancha!

—Nadie va a caminar por la plancha —advirtió Ella apartándose de mis brazos para subir la escalera.

—No hay plancha —le prometí.

—Creo que es al revés —le dijo Maisie a Colt—. Ya estamos abajo.

—¡Como sea! ¡Sube!

—Mira esto —le dije a Maisie sacando el arnés de red del lugar en el que lo guardaba en el árbol. Lo abrí con una mano y con la otra la ayudé a sentarse—. Ahora sujétate de ambos lados.

Sus ojos se iluminaron cuando se instaló en el arnés y se sujetó de los bordes, pasando los dedos por los broches blancos.

—¿En serio?

—¡Ella, prepárate para la recepción! —grité.

Miré hacia la segunda trampilla, desde donde Ella asintió, confundida pero lista. Luego tomé la polea y empecé a elevar a Maisie.

—¡Ahhh! ¡Esto es genial! —exclamó con un gritito.

Pasó por la trampilla y Ella le quitó arnés. Luego subí por la escalera para reunirme con mi pequeña familia en el porche. Estábamos como a cuatro metros y medio del piso y habíamos escogido un lugar en el que los niños podían ver el lago. Empezaron a examinar todas las cosas que Colt me pidió para la casa del árbol: una mesa y sillas, una cocina de juguete y un tubo de cartón gigante que pintamos de rojo porque quería llamarla la «Estrella de la Muerte».

—Es increíble —dijo Ella abrazándome por la cintura—. A Ryan le hubiera encantado.

—Sí, pero queríamos un trampolín gigante para que Colt pudiera saltar desde aquí.

Abrió los ojos como platos.

—Bueno, Colt pidió una tirolesa.

—¿Desde aquí arriba?

—Oye, es tu hijo —dije encogiéndome de hombros y acercándola más a mí.

—Esto me gusta —murmuró—. Volver a casa, a ti, tranquila porque Colt no estuvo solo.

—A mí también. —Besé su frente—. Todo es muy normal y sé que suena como una locura, pero lo normal me está gustando mucho. Pasar tiempo contigo y los niños, tenerte sola cada que puedo es en verdad...

—Perfecto —dijo.

—Perfecto —repetí mirando sobre mi hombro para asegurarme de que los niños estaban ocupados antes de besarla.

Nuestros labios se encontraron, Ella me besó con pasión. Me daba mucho gusto devolverle el gesto. Nuestras lenguas se tocaron brevemente y nos apartamos cuando escuchamos a los niños.

—¿Verdad que es genialísima? ¡Es como estar solo aquí arriba! —dijo Colt.

—Casi solo —respondió Ella, lanzándome una sonrisa cómplice.

—Casi, pero no por completo —dije detrás de los niños mientras ellos miraban al lago.

—Me encanta —me dijo Maisie con una sonrisa.

Corrieron al otro lado de la casa y Ella se recargó en mi espalda, rodeándome con sus brazos.

—¿Te puedo ver a solas más tarde? —preguntó deslizando las manos debajo de mi camisa para acariciar mis abdominales.

—Sí, tantas veces como puedas manejarlo.

Dios, la deseaba. Necesitaba tenerla bajo mi cuerpo, sobre mí, a mi alrededor. Necesitaba sentirme conectado a ella de una manera que solo el sexo nos daba, los momentos cuando no hay preocupaciones ni cáncer ni niños en medio del camino, solo nosotros y el amor que nos teníamos.

Mi teléfono sonó antes de que ella pudiera responder. Llevé la mano al bolsillo trasero, lo saqué y deslicé el dedo sobre la pantalla para responder.

—Gentry.

—Hola, sé que no estás de guardia esta semana, pero tenemos a unos senderistas perdidos.

Escuché la voz de Mark al otro lado de la línea. Suspiré. Todo lo que quería hacer era cenar con los niños, mirar sus sonrisas cuando los metiera a la cama y luego tener tiempo a solas con su madre.

—¿Qué tan perdidos?

—Hace cuatro horas que debían reportarse.

—Ve —dijo Ella besándome el brazo—. Sé que te necesitan. Ve.

—Llego en veinte minutos. —Colgué el teléfono y abracé a Ella—. Lo siento. Esto es lo último que se me antoja hacer ahora.

—Oh, créeme, tú eres lo único que se me antoja ahora —dijo dándome un beso en la barbilla. Luego me soltó—. ¿Te quedas conmigo esta noche cuando termines?

Asentí. Limitábamos las veces que me quedaba a dormir en su casa, pero no me iba a quejar. No esta noche.

—Volveré lo más pronto posible. Lo prometo —dije antes de besar a los niños en la frente cuando pasaron corriendo—. ¿Puedes bajar a Maisie?

—No te preocupes. Vete —ordenó.

Recorrí su cuerpo con la mirada, suspiré e hice un puchero.

—Turistas.

Soltó una carcajada.

—Oye, esta es la vida normal. Eras tú el que defendía la normalidad, ¿o no?

—Siempre y cuando normal signifique que regreso a casa contigo esta noche, por mí está bien.

Y lo estaba. Yo, el hombre que nunca quiso echar raíces, estaba muy dispuesto a hacer que crecieran aquí.

Esto era lo que quería. Esta vida. Ella. Colt. Maisie.

Normal.

Todos los días, lo normal ordinario.

Solo necesitaba que Maisie viviera, porque nada era normal sin ella con nosotros.

SEIS MESES DESPUÉS

CAPÍTULO VEINTE

Ella

Carta núm. 5

Ella:

Ah, las citas. Francamente, no salgo. ¿Por qué? Porque mi vida no es justa para ninguna mujer. Hacemos las cosas de manera impulsiva. No decimos «Me voy la próxima semana». Es más como «Perdón, no vendré a cenar... los próximos meses». Parece una manera pésima de empezar una relación cuando nunca sé cuándo volveré a casa. Este viaje, por ejemplo. Nos imaginamos que duraría un par de meses, pero definitivamente nunca pensamos que haríamos tantas paradas. Así que, sin querer sonar como un imbécil, prefiero no tener relaciones a largo plazo. En cierto sentido, tampoco estoy seguro de ser capaz. Cuando creces sin saber qué es una relación sana y cómo funciona, es bastante difícil imaginarte en una. En cuanto a Robins, si quieres salir con él, hazlo. No te escondas detrás de tu vida o de tus hijos. Si te da miedo salir y arriesgarte, entonces dilo. Asúmelo. Sin duda, lo que viviste haría que cualquier persona normal fuera un poco cauta. Nadie va a pensar mal de ti. Solo no te escondas detrás de excusas. Serás más fuerte cuando identifiques qué te pone nerviosa. Aparte, he visto fotos tuyas. No vas a terminar como la loca de los gatos, te lo prometo. ¿Soy feliz soltero? Creo que la felicidad es relativa, en cualquier tema. Dejé de luchar por la felicidad cuando tenía como cinco años. Ahora me conformo con estar satisfecho. Es más fácil lograrlo y no me deja con el sentimiento de que carezco de algo. Al final, saldré del ejército y quizá nos veremos, pero para eso falta una década o más. Por ahora, esta es la vida que amo y estoy satisfecho. Objetivo cumplido. Háblame un poco de Telluride. Si llegara como turista, ¿qué es lo que no me puedo perder? ¿Qué debo hacer o comer?

Caos

Satisfecha. Busqué la palabra correcta para describir mis sentimientos sobre la confusión que últimamente era mi vida, y eso era: estaba satisfecha.

Amaba a Beckett con tal intensidad que casi me asustaba. Eso no había cambiado, y algo me decía que no cambiaría. Pero también sabía que había cosas sobre él que nunca conocería. Incluso en los siete meses de ser pareja no había podido llenar los huecos de quién había sido antes de llegar al Solitude.

La mayor parte del tiempo era el Beckett que yo conocía, pero en ocasiones lo sorprendía mirando hacia la isla de Ryan o cuando despertaba de una pesadilla, no podía evitar pensar si lo conocía tan bien como él me conocía a mí.

Quizá son gajes del oficio cuando amas a un hombre como él. A los pocos meses de nuestra relación aprendí que el amor consiste principalmente en compromiso, pero que siempre se trata de aceptación. Había docenas de pequeños detalles suyos que me sacaban de quicio, y lo mismo era para él, pero casi siempre éramos quienes éramos y nos amábamos. No tenía caso tratar de cambiarnos uno a otro, crecemos o cambiamos por voluntad propia, sencillamente. Una vez que aceptas eso de alguien y sigues amándolo, te conviertes en alguien indestructible.

Beckett había aceptado que siempre sería sobreprotectora con los mellizos y que no estaba nada lista para decirles que los había adoptado. Yo había aceptado que sencillamente había partes de él que siempre estarían ocultas y reservadas.

Pero no podía negar que mi decisión de mantener en silencio la adopción se veía directamente afectada por los momentos en los que Beckett se distanciaba cuando le preguntaba por su pasado.

No era que no confiara en él. Moriría por mí. Por los niños. Pero hasta que estuviera cien por ciento segura de que se quedaría, que esa sombra en su mirada no me llevaría a encontrar sus maletas empacadas, los mellizos no lo sabrían. Ellos lo amaban, y la posibilidad de que Beckett pudiera destruir su corazón al ser el segundo padre que los abandonaba era demasiado riesgo. No mientras Maisie seguía peleando por su vida.

La idea de perder a Beckett me partía el corazón y extendí el brazo en la camioneta para tomar su mano, mientras conducía por los caminos familiares de Montrose. Sin apartar la vista del camino, levantó mi mano y besó el interior de mi muñeca, un hábito que me encantaba. La nieve se amontonaba a ambos lados pero al menos los caminos estaban despejados. Febrero siempre era un mes impredecible.

—¿Estás bien allá atrás? —le pregunté a Maisie.

Jugaba con el iPad que Beckett le había regalado en Navidad. Era casi idéntico al de Colt, salvo por la funda.

—Sip, estoy trabajando en un juego de ortografía que me dio de tarea la maestra Steen —respondió sin alzar la vista y sin dejar de deslizar el dedo sobre la pantalla.

—¿Trajiste a Colt? —pregunté al ver el oso rosa sentado en el asiento al lado de ella.

—Sí. Se enojó porque no podía venir y le prometí que Colt vendría —dijo mirándome por espejo, con una sonrisita forzada.

—Estás nerviosa.

—Estoy bien.

Beckett y yo nos miramos por el rabillo del ojo y ambos hicimos a un lado el tema. El mes pasado había vivido treinta y tres días de infierno. La megaquimio había sido la parte más agresiva del tratamiento.

Vomitó. Su piel se escamó. Tenía irritado el tracto gastrointestinal y le colocaron una sonda de alimentación porque devolvía todo lo que comía. Pero tan pronto como terminó ese tratamiento y le trasplantaron las células madre se recuperó de inmediato. Era la niñita más impresionante, en todos los sentidos.

No podía decir que era feliz, porque Maisie seguía peleando por su vida, aunque en noviembre superamos el plazo original y aún seguía aquí. Celebró otro cumpleaños y otra Navidad. Colt estaba tomando clases de surf en nieve. El Solitude tuvo reservaciones completas durante la temporada de esquí y de verano, y Hailey se mudó unos meses atrás porque sabía que yo podía depender de Beckett, quien tomaba turnos entre Telluride y Denver para estar donde más lo necesitaran.

Todo volvía a Beckett. Se hacía cargo de los peores días y los hacía soportables. Tomaba los días buenos y los hacía exquisitos. Recogía a los niños, llevaba a Colt a la escuela, llevaba a Maisie a sus consultas locales, preparaba la cena cuando yo estaba ocupada en la casa principal, no había nada que no hiciera.

Quizá no podía decir que era feliz, pero estaba satisfecha y eso era más que suficiente.

Caos hubiera estado orgulloso.

Habían pasado casi catorce meses desde que lo perdí a él y a

Ryan, y aún no tenía idea por qué. Eso era parte del pasado de Beckett que me parecía casi imposible aceptar. Solo casi, porque hace unos meses lo escuché gritar el nombre de Ryan en una de sus pesadillas. Ese grito me indicó que no estaba cerca de sentirse dispuesto para hablar.

Ryan y Caos habían muerto.

Beckett estaba vivo en mis brazos y eso significaba que tenía todo el tiempo del mundo para esperar que estuviera listo.

Entramos al estacionamiento del hospital y Beckett cargó a Maisie por el lote cubierto de aguanieve mientras los seguí, agradecida de haberme puesto botas.

Maisie permaneció callada mientras nos registramos y le tomaron los signos vitales, y en silencio absoluto cuando le sacaron sangre y la sometieron a la tomografía computarizada.

Cuando nos pasaron a la sala de exploración para esperar a la doctora Hughes, parecía una estatua.

—¿Qué piensas? —le preguntó Beckett sentándose en la mesa de exploración.

Maisie se encogió de hombros, balanceando los pies bajo la silla. Habían hecho un trato después del segundo tratamiento con MIBG: ella no iba a sentarse en la mesa de exploración más tiempo del que fuera necesario. Decía que la hacía sentirse como una niña enferma y quería creer que estaba mejorando. Así que Beckett se sentaba en la mesa hasta que llegaba el doctor y luego intercambiaban lugares.

—Yo también —dijo él, imitando el movimiento de hombros.

—Y yo tambor —agregué.

Los tres sonreímos.

La doctora Hughes tocó y abrió la puerta.

—¡Hola, Maisie! —le dijo a Beckett.

—Me cacharon —dijo en murmullo que todos escuchamos.

Maisie sonrió, bajó de la silla de un salto y tomó su lugar, al tiempo que Beckett se sentaba en la silla y tomaba mi mano.

—¿Cómo te sientes? —preguntó la doctora Hughes haciendo los exámenes físicos acostumbrados.

—Bien. Fuerte. —Asintió para hacer énfasis en su respuesta.

—Te creo. ¿Sabes por qué?

Apreté la mano de Beckett. Por más que quisiera parecer tranquila frente a Maisie, me aterraba lo que la doctora diría. Parecía tan injusto hacerle pasar todo esto a una niña tan pequeña y que no funcionara.

—¿Por qué? —susurró Maisie apretando con fuerza el oso de peluche de Colt.

—Porque tus resultados se ven muy bien, igual que tú. Bien y fuerte. —Le dio un golpecito en la nariz con el índice—. Eres una estrella, Maisie.

Maisie nos miró sobre su hombro con una sonrisa tan ancha como el estado de Colorado.

—¿Qué significa exactamente? —pregunté.

—Menos del cinco por ciento en la médula ósea. Sin cambios desde que salió del hospital el mes pasado. Y ningún tumor nuevo. Su niña está estable y en remisión parcial.

Esa palabra activó algo en mi cerebro que hizo corto circuito, igual que la primera vez que dijeron la palabra «cáncer», salvo que ahora estaba en el extremo alegre de la incredulidad.

—¿Podría repetirlo? —supliqué.

La doctora Hughes sonrió.

—Está en remisión parcial. Eso quiere decir que por el momento no habrá nuevos tratamientos. Es probable que hagamos una sesión de radiación en un par de meses para lidiar con las células microscópicas, pero si sus exámenes salen limpios, creo que podemos darle un descanso.

Mi visión se nubló y Beckett enjugó las lágrimas de mis mejillas. Reí al darme cuenta de que lloraba.

Escuchamos la explicación de la doctora Hughes de que no se trataba de una remisión total. Su mejora era significativa, pero no había sanado. Esperaba que el tratamiento de radiación limpiara todo, y más adelante podríamos programar la inmunoterapia.

Después reiteró que más de la mitad de todos los niños con neuroblastoma agresivo recaían después de haberlos declarado en remisión total, que esto no era garantía, sino más bien un descanso muy necesario. Incluso podíamos hacerle los análisis en Telluride y los revisarían en Denver, sin tener que venir hasta Montrose.

Escribí todo lo que pude procesar en la carpeta de Maisie, esperando poder darle algún sentido más tarde. Luego bajó de la mesa de exploración y caminamos al coche. Maisie y Beckett hablaban y reían, bromeaban sobre cuánto helado consumiría durante ese par de meses sin tratamiento. Muy seria, afirmó que se comería una canasta completa de chocolates de Pascua y de pastelitos de mantequilla de cacahuate.

Beckett subió a Maisie a la camioneta y le puso el cinturón de seguridad. Luego cerró la puerta, me tomó de la mano y me acompañó a mi lado del coche.

De pronto lo entendí. Maisie hablaba de Pascua, que sería en dos meses. Mi visión se volvió a nublar y me cubrí el rostro con las manos.

—Ella… —murmuró Beckett acercándome a su pecho.

Me aferré a los bordes de su abrigo y sollocé, el sonido era feo, ronco y real.

—Pascua. Estará aquí para Pascua.

—Sí, así es —dijo acariciándome la espalda—. ¿Sabes?, está bien planear. Mirar hacia adelante, hacia lo que la vida podrá ser para nosotros cuatro cuando ella se cure. Está bien creer en cosas buenas.

—He estado paralizada tanto tiempo. Solo vivía de un examen a otro, de la quimio al MIBG. Ni siquiera compramos los regalos hasta una semana antes de Navidad porque no podía pensar tan a futuro. Y ahora puedo considerar un par de meses.

Por supuesto, habría exámenes semanales, pero un par de meses me parecía una eternidad, el único regalo que me habían negado: tiempo.

—Disfrutaremos y aprovecharemos cada minuto que ella se sienta bien.

—Sí —acepté asintiendo, pero la palabra «remisión» que se lanzó como una pelota de playa en un concierto me hacía sentir el doloroso anhelo de más.

Siempre hice a un lado los pensamientos de la muerte de Maisie, pero tampoco había pensado en su vida. Mi mundo se había reducido a la lucha. Mi infinito existía dentro de los confines de su tratamiento, sin mirar más allá por miedo a distraerme de la batalla.

—Me estoy volviendo codiciosa.

—Ella, eres la persona menos codiciosa que conozco.

Me abrazó con más fuerza para darme estabilidad.

—Lo soy. Porque he estado rogando por semanas y ahora que tengo meses, quiero años. ¿Cuántos otros niños con neuroblastoma murieron mientras ella luchaba? ¿Tres en Denver? Y ahora que veo la luz al final del túnel, rezo por que un tren de carga no nos atropelle. Eso es codicia.

—Entonces, yo también soy codicioso porque renunciaría a cualquier cosa para que ella tuviera tiempo. Para que tú lo tuvieras.

De regreso a casa, Maisie cantó las canciones en la lista de reproducción de Beckett. Había dejado para otro día y para otro examen su preocupación anterior.

Yo seguía inquieta. Desear algo que estaba tan fuera de alcance había sido una idea distante. Ahora que era una verdadera posibilidad, ese deseo era una necesidad impresionante que hacía a un lado todo lo demás y pedía a gritos que la escuchara.

No solo quería esos pocos meses. Quería toda una vida.

Por primera vez desde que diagnosticaron a Maisie tenía una esperanza real. Eso significaba que tenía algo que perder.

Dos semanas después, mi espalda golpeó la pared de mi recámara sin que yo me diera cuenta. Mis piernas rodeaban la cintura de Beckett, había perdido la blusa en algún lugar entre la puerta de entrada y la escalera. La suya cayó entre la escalera y la recámara.

Su lengua estaba en la mía; mis manos, en su cabello, y ambos ardíamos de deseo.

—¿Cuánto tiempo tenemos? —preguntó.

Su aliento era cálido en mi oreja y luego sus besos bajaron por mi cuello hasta el lugar que siempre me hacía estremecer y me calentaba la sangre.

—¿Media hora?

Era un cálculo aproximado.

—Perfecto. Quiero escucharte gritar mi nombre.

Me llevó cargando a la cama. Unos segundos y menos ropa después, ambos estábamos felizmente desnudos.

Éramos expertos en el sexo silencioso: cubríamos el sonido de los orgasmos con la boca y las manos, aprovechábamos la regadera o las sesiones a media noche para evitar las inevitables interrupciones de los niños. Hacía ya mucho tiempo que habíamos quitado la cabecera de la cama.

¿Tener toda la casa para nosotros durante media hora? Esa era una excelente excusa para ser por completo hedonistas.

Se puso encima de mí y pegué mi cadera contra la suya, al tiempo que su beso hizo que todo se me olvidara. No importaba lo reservado que pudiera ser sobre el tiempo que había pasado en el ejército, cuando estábamos en la cama era un libro abierto. Nuestros cuerpos se comunicaban sin esfuerzo y de alguna manera lográbamos que cada vez que hacíamos el amor fuera mejor. El fuego que pensé que se apagaría, solo ardía con mayor intensidad.

—Beckett —gemí cuando puso la boca en mi pezón y deslizó la mano entre mis muslos.

—Siempre estás lista. Te amo, Ella.

—Te amo.

Cada palabra se enfatizaba con un grito ahogado. Ese hombre sabía exactamente cómo llevarme al límite con solo unos pocos...

«Ring. Ring. Ring».

Volteé y vi que la pantalla del teléfono celular de Beckett se iluminaba en el piso junto a sus jeans.

—Es... el tuyo.

—No me importa —dijo besándome.

Entre su lengua y sus dedos mi cuerpo se arqueaba hacia él, desesperado por aprovechar nuestro tiempo a solas al máximo. En momentos como este, nada más importaba, cuando el universo entero desaparecía y nada existía fuera de nuestra cama, de nuestro amor.

«Ring. Ring. Ring».

Demonios. Miré de nuevo y leí la pantalla.

—Es la estación, y si ya llamaron dos veces...

Beckett se quejó, molesto, pero se inclinó sobre la cama para tomar su teléfono.

—Gentry. —Puso la boca sobre mi vientre y acaricié sus hombros anchos—. No me importa. No.

Su lengua volvió a subir hasta la curva de mi seno y se detuvo de pronto. Se sentó sobre las rodillas y supe que se iría antes de que dijera una sola palabra, porque ya estaba a un millón de kilómetros de distancia.

—Llego en diez minutos.

Soltó el teléfono y me lanzó esa mirada que decía que no se iría si no fuera porque lo necesitaban.

—Está bien —dije enderezándome.

Puso una mano en mi rodilla.

—No iría si no...

—Te necesitaran. —Terminé su frase.

—Exacto. Un coche se volcó cerca de Bridal Veil Falls y una niña de diez años está desaparecida. Salió volando del vehículo. Es... es una niña.

Los niños eran lo único que nunca rechazaba. Aunque no estuviera de guardia, si había un niño implicado, participaba.

Me incliné hacia adelante y lo besé con cuidado.

—Entonces, es mejor que te vayas.

—Lo siento. —Recorrió mi cuerpo con la mirada—. Lo siento tanto, tanto.

—Lo sé. Te amo. Ve a salvar a la hija de alguien.

Hice una señal para que él y Havoc se fueran y cinco minutos más tarde estaba completamente vestida en mi recámara.

En una casa vacía.

Las opciones eran interminables. Podía leer un libro, ver alguno de los programas que había grabado hacía meses. Incluso podía darme un baño. Una dulce y maravillosa tranquilidad. En su lugar, decidí lavar ropa.

—Voy a fundar una colonia nudista —mascullé.

Levanté la canasta de ropa sucia de Maisie y bajé la escalera.

Mi teléfono sonó a medio camino. Sostuve la canasta contra la cadera y respondí.

—¿Señora Gentry?

«Por hermoso que suene...», hice a un lado ese pensamiento.

—No, soy la señorita MacKenzie, pero conozco a Beckett Gentry.

Avancé hasta la pequeña lavandería y dejé mi carga. Si al final decidíamos quedarnos a vivir aquí cuando Maisie ya estuviera curada, lo primero en mi lista será pedirle a Beckett que instalara una lavadora y secadora nueva y más grande.

Carajo, estaba haciendo planes no solo pensando en que Maisie viviría, sino que Beckett seguiría conmigo. Hoy estaba muy optimista.

—¿Señorita MacKenzie?

La optimista que había ignorado por completo el teléfono por su fantasía.

—Aquí estoy. Perdón, ¿qué decía?

Eché el jabón a la lavadora y la puse en marcha, luego salí de la lavandería para poder escuchar a la mujer.

—Me llamo Danielle Wilson. Trabajo para Tri-Prime —dijo en tono de formal.

—Ah, la compañía de seguros, claro. Yo soy la mamá de Maisie MacKenzie. ¿En qué puedo ayudarla?

Hombre, también tenía que lavar esos platos. ¿Qué demonios habían preparado Ada y los niños esta tarde?

—Hablo en relación con la carta que le envié al comandante del sargento primero Gentry. La misma de la que le envié a usted una copia.

Parecía molesta. Pensé en el pequeño montón de sobres del seguro que estaba sobre mi escritorio con los detalles de los reembolsos.

—Lo siento, la verdad es que no he abierto esa correspondencia en un par de semanas. En general, me ocupo de ella de inmediato.

Pero como sabía que teníamos un par de meses sin tratamiento me sentí temeraria al no abrir el correo relacionado con el cáncer. Me sentía como Ross en ese episodio de *Friends*, cuando le dice a su correspondencia que deben separarse durante un tiempo.

Sin embargo, de pronto entendí lo que acababa de decir.

—¿Su comandante?

—Sí, ¿el capitán Donahue? También le enviamos la carta la semana pasada, como notificación.

Beckett se había salido. Me dijo que estaba en licencia especial cuando llegó aquí en abril y ya era la primera semana de marzo. No entendía mucho lo del ejército, pero no creía que la licencia especial durara un año. Dios mío, ¿me había mentido?

—Quisiera programar una cita para una entrevista preliminar. La próxima semana, digamos ¿lunes a mediodía?

—Lo siento, ¿quiere venir a Telluride?

—Eso sería lo mejor, sí. ¿Lunes está bien o preferiría el martes?

Quería venir a Telluride en dos días.

—Lunes está bien. ¿Puedo preguntarle de qué se trata? Nunca había tenido una visita de una compañía de seguros.

Lo que explicó me dejó muda. Permanecí paralizada hasta que los niños llegaron a casa con Ada. Durante la cena y el baño de los niños seguí callada. Mi mente giraba en mil direcciones distintas cuando los llevé a la cama... y no se detuvo durante horas.

Beckett cruzó la puerta después de las diez de la noche, usó la llave que le había dado siete meses antes.

Estaba exhausto y tenía el rostro manchado de tierra. Se

quitó la chamarra de Búsqueda y Rescate, la colgó en el perchero junto a la puerta y Havoc se detuvo para que la acariciara un poco antes de dirigirse a su plato de agua.

—¿Por qué yo no tengo llave de tu casa? —pregunté.

—¿Qué?

Se detuvo de pronto cuando me vio sentada frente a la mesa del comedor, en medio de la correspondencia abierta del seguro médico.

—Te di una llave de mi casa y ahora duermes aquí casi todas las noches. Parece muy simbólico, ¿sabes? Te dejé entrar hasta la cocina y tú mantienes todo bajo llave, absolutamente hermético. Solo puedo visitarte cuando abres la puerta.

Se sentó en la silla en el otro lado de la mesa.

—Ella, ¿qué pasa?

—¿Sigues teniendo comandante? ¿Donahue?

La manera en la que su expresión se puso en blanco me dio la respuesta. Ryan ponía la misma cara siempre que le preguntaba algo sobre su unidad.

—¿Alguna vez me ibas a decir que no renunciaste?

Se quitó la gorra de beisbol y pasó las manos por su cabello.

—Es un tecnicismo.

—De alguna manera me parece que el ejército es como estar embarazada. Estás o no estás. No hay tecnicismos a medias. —La duda sorda y enfurecida que había mantenido a raya empezaba a lacerar mi pecho hasta llegar al corazón—. ¿Me has mentido todo este tiempo? ¿Sigues en el ejército? ¿Solo estás esperando que ya no te necesite para regresar? ¿Para ti soy solo una misión? ¿La hermanita de Ryan?

—Dios mío, no. —Extendió la mano, pero yo aparté la mía—. Ella, no es eso.

—Explícame.

—Un tiempo después de que llegué aquí, alguien vino para pedirme que regresara y me negué. De cualquier forma, tras lo que pasó no estaba en condiciones de regresar, y si bien es posible que Havoc los obedezca a ustedes, no responde a ninguna orden de ningún otro entrenador.

—Ah, otra mujer a la que le quitaste la posibilidad de estar con otro hombre —dije, brindando con mi botella de agua.

—Lo tomo como halago. —Se inclinó sobre la mesa y recargó los codos sobre la madera oscura y pulida.

—No lo hagas.

—Este… hombre me ofreció otra opción: aceptar una licencia por discapacidad. Eso me permitiría conservar todos los beneficios del ejército como si siguiera trabajando. Podría regresar cuando quisiera con solo firmar unos papeles que empezaban con un reclutamiento de un año, renovables hasta cinco años. Utilizó el sistema e hizo todo lo que pudo para ofrecerme una manera fácil de regresar al servicio.

—Y aceptaste.

No podía ni mirarlo a los ojos. El cuanto lo hiciera me convencería de que se iba a quedar, cuando toda la evidencia probaba lo contrario.

—Lo rechacé. —De inmediato lo miré—. Pero la noche en que me di cuenta de que podía poner a Maisie y a Colt en mi seguro, supe que tenía que firmarlo. Era la única manera de que estuvieran cubiertos al cien por ciento.

—¿Cuándo lo hiciste?

—La mañana que fui a ver a Jeff. Fue justo un día antes de que el ofrecimiento venciera.

—¿Por qué no me dijiste?

Un poco de mi desconfianza se evaporó.

—Porque sabía que odiabas todo lo que había hecho, la vida

que había llevado. Que pensarías que firmar esos papeles era mi puerta de salida cuando me hartara de jugar a la casita aquí en Telluride. ¿O no?

Se recargó en el respaldo de la silla y alzó una ceja como cuestionándome.

—Quizá —admití—. Aunque no puedes culparme, ¿o sí? Hombres como Ryan y tú... y... —«Caos», pensé—. Todos ustedes tienen la necesidad constante de adrenalina. Ryan me dijo una vez que el tiempo en que se sentía más vivo era en medio de un combate. Que en esos momentos todo sucedía en colores vivos y el resto de su vida palidecía un poco debido a eso.

Beckett jugueteaba con su gorra y asintió despacio.

—Sí, eso puede pasar. Una vez que ese nivel de adrenalina corre por tus venas, cuando experimentas la intensa sensación de la vida y la muerte, las cosas cotidianas normales te parecen un poco menores. Como si la vida fuera el monorriel de Disney y el combate fuera la montaña rusa: las subidas y bajadas drásticas, las curvas y los giros. Salvo que a veces la gente muere en la montaña rusa y eso te hace sentir incluso más afortunado cuando sales vivo, y muchísimo más culpable.

—Entonces, ¿cómo no temería que regresaras a eso? Si nosotros somos el monorriel debes aburrirte, y si no te has aburrido, lo harás.

—Porque te amo —dijo con increíble certeza, como cuando alguien dice que la Tierra es redonda o los océanos son profundos. Su amor era una conclusión obvia—. Porque cuando te beso, cuando hago el amor contigo, cuando estamos juntos, tú eclipsas todo eso. Ni siquiera está al fondo, sencillamente no existe. El combate nunca me molestó antes porque no tenía nada que perder. Nadie me amaba y solo me importaban Ryan y Havoc. No podría dejarte. No podría atravesar el mundo y preocuparme por ti, por los niños. No podría entrar en combate con la misma efectividad porque sabría que si me muero te quedarías sola. ¿Lo entiendes?

—Soy tu criptonita.

Eso no sonó muy halagador.

—No, me diste algo qué perder. Los otros chicos que están casados están bien, pero quizá porque no tuvieron una infancia tan caótica. Para ellos, el amor es el monorriel. Tú eres la primera persona a la que he amado, tú eres la montaña rusa.

Bueno, si eso no desinflaba mi burbuja de furia...

—Debiste decirme.

—Lo siento. Debí decirte. Pero en ese entonces empezábamos a acercarnos y tenía tantas ganas de ti que no quise arriesgarme. —Se enderezó y tomó mi mano. Me miró a los ojos con tanta intensidad que sentí escalofríos en la columna vertebral—. Si alguna vez te oculto algo se debe a que me aterra arriesgarme a perderte. ¿Todo eso de la montaña rusa? Nunca me había sentido así. Nunca había sentido que el corazón se me salía del cuerpo y le pertenecía a otra persona. No sé cómo tener una relación y estoy destinado a echar a perder esta.

Acaricié su muñeca con el pulgar.

—Lo estás haciendo bien. Estamos bien. Ahora que lo pienso, para mí esta también es la relación más larga que he tenido. Solo no me ocultes las cosas, ¿okey? Siempre puedo lidiar con la verdad, pero las mentiras... —Tragué el nudo que tenía en la garganta—. Las mentiras son mi límite. Debo poder confiar en ti.

Y sí confiaba en él, aunque me hubiera ocultado este detalle.

—Hay cosas sobre mí que harían cambiar la manera en la que me ves.

—Eso no lo sabes.

—Lo sé.

Estaba tan seguro.

—Inténtalo.

Tensó la mandíbula, parecía que iba a...

—¿Cómo supiste de mi comandante?

«O quizá no».

Me invadió la decepción.

—La compañía de seguros llamó. Va a enviar a alguien el lunes para entrevistarnos.

—¿Qué? ¿Por qué?

—Supongo que el monto de las facturas de Maisie encendió una alarma por su inscripción reciente. Nos están investigando por fraude a la aseguradora.

Cerró los ojos despacio y echó la cabeza hacia atrás.

—Maravilloso.

—Beckett...

Se alejó de la mesa, tomó su gorra y se la puso.

—Creo que esta noche dormiré en mi casa. No eres tú, es el rescate, necesito...

—¿Encontraron a la niña? —pregunté avergonzada por no haber pensado en preguntarle antes, demasiado absorta en mi propio drama.

—Sí. Va a estar bien, pero estuvo cerca.

Suspiré de alivio.

—Entonces, me alegro de que hayas ido.

Qué diferente era esta conversación de la que tuvimos unas horas antes de que se fuera.

—Yo también.

—Quédate. Por favor, quédate —le pedí en voz baja—. Sé que a veces tienes pesadillas después de un rescate. Puedo con eso. —Si quería tener algún futuro con este hombre tendría que probarle que yo no huía cuando mostraba lo que ocultaba deliberadamente—. Ya te lo dije, no hay nada que pueda cambiar la manera en la que te veo.

—Maté a una niña.

Lo dijo tan bajito que casi no lo escuché, pero sabía que no lo repetiría, aunque se lo pidiera. Me quedé sentada, sin moverme, y solo lo miré a la cara.

—Fue una bala que rebotó. Tenía diez años. Yo la maté y nuestro objetivo ni siquiera estaba en ese lugar que nos habían indicado. Maté a una niña. ¿Aún quieres dormir conmigo?

—Sí —respondí de inmediato con lágrimas en los ojos.

—No hablas en serio. Tenía cabello castaño y ojos café claro. Nos vio y trataba de sacar a su hermanito del camino. —Sujetó el respaldo de la silla—. Todavía puedo escuchar los gritos de su madre.

—Por eso vas a todos los rescates de niños, pase lo que pase.

Asintió. Quizá también era parte de la razón por la que estaba tan decidido a salvar a Maisie.

—No fue tu culpa.

—Nunca me vuelvas a decir eso —espetó—. Yo jalé el gatillo. Sabía los riesgos. Maté a esa niña. Cada vez que me veas con Maisie o con Colt, piensa en eso y luego decide cuánto quieres saber de lo que hice en la última década.

Me partía el corazón. Por él, por esa niña y por su madre. Por el hermano que trató de sacar del camino. Por la culpa que Beckett llevaba a cuestas. Quería decirle que no podía asustarme, que sabía que me desnudaba su alma y que era un hombre maravilloso. Pero su expresión me decía que esta noche, esa no era una opción: no estaba listo para ningún tipo de absolución.

«Y si acaso nunca nadie te lo dijo, eres valioso. Mereces tener amor, una familia, un hogar».

Recordé las palabras de Ryan en la última carta que le envió a Beckett. Era la única persona que quizá conoció a Beckett mejor que yo y tenía la sensación de que si bien yo conocía todos los aspectos hermosos de Beckett, Ryan vivió los oscuros.

Me levanté y extendí la mano, esperando que él tomara la decisión.

Después de lo que me pareció toda una vida, tomó mi mano y subió la escalera conmigo. Se bañó y cuando nos acostamos en la oscuridad de la recámara, Beckett me abrazó, pegando mi espalda contra su cuerpo.

—No te di llave porque tú eres la dueña de la cabaña, Ella. Imaginé que tenías una. Quizá debí decirte que la usaras cuando quisieras, pero supongo que pensé que lo sabías.

—¿Que sabía qué?

—Tú me diste la llave cuando nuestra relación llegó a un punto en el que confiabas en mí y tenía permiso de acceder a ti.

—Así es.

—Me había ganado tu confianza. Pero tú tuviste la mía desde el primer día. Tú ya tenías mi llave. Sé que la cerradura del ático todavía está un poco trabada, pero solo dame un poco de tiempo.

Giré entre sus brazos. Recordé todas las veces que me preguntó cómo podía ayudarme. El día en que encontró a Colt en su casa. La noche que fui para leer la carta de Ryan… y luego la noche de la adopción. Cuando él vino por primera vez, fui yo quien le cerró la puerta en las narices.

—Te amo.

—Lo sé y te amo —me dijo.

Luego, pasó la siguiente hora demostrándomelo con cada caricia, con cada beso.

Como ya dije, éramos expertos en el sexo silencioso. En el sexo increíble, vital, transformador.

CAPÍTULO VEINTIUNO

Beckett

Carta núm. 21

Caos:

Es Navidad. Mmm. ¿En serio me he convertido en alguien tan triste y consumida por la preocupación que incluso escribir la palabra parece deprimente? No debería ser así. Maisie está aquí y como hace ya una semana fue su último tratamiento de quimio, está un poco más animada. Ha perdido todo el cabello. Desapareció después de la segunda quimio, en su cumpleaños, para ser exactos. Cuando empezó, me pidió que la rapara. Dijo que era más fácil estar triste por completo que un poco cada día. Mi niña de seis años es muy sabia. Así que es Navidad y mientras mis hijos juegan con sus nuevos juguetes, quiero concentrarme en lo bueno. Primero, gracias por la bata. Es muy suave y me encanta. Te preguntaría dónde la encontraste, pero eso quizá signifique que tengas que decirme cosas que no tienes permiso de decir. Espero que tu regalo te haya llegado ahí. En segundo lugar, pronto vendrás. Tengo que admitir que estoy mucho más emocionada de lo que debería. Siento que ya te conozco tan bien, que verte en persona será solo eso: verte. Te he leído durante veintiún cartas. Qué extraordinario es entablar una relación con alguien a través de sus palabras, antes de conformar una imagen; conocer una mente atractiva y luego ver si el cuerpo corresponde. No es que juzgue tu cuerpo, estoy segura de que es magnífico por lo que haces. Quiero decir que está bien. Pluma estúpida y horrible. Solo digo que debo admitir que me siento atraída por quien eres como persona. ¿Es extraño? Espero que no. Más gente debería conocerse así, entender en realidad a alguien antes de ver el exterior. Y sé que solo han sido cartas, pero tengo esta loca sensación de que me comprendes, quizá mejor que nadie. Así que ya llega.

Ella

—Pórtate bien —le dije a Havoc cuando escuché que tocaban la puerta.

Abrí y encontré a Ella con la carpeta en la mano y una expresión tensa. Era lunes y la mujer de la aseguradora llegaría en diez minutos. Decidimos hacer la reunión en mi casa para no preocupar a Maisie.

Además, puesto que yo era el titular de la póliza, en realidad era a mí a quien investigaba.

—¿Café? —le pregunté a Ella cuando entró.

—Ya tiemblo lo suficiente.

Se quitó el abrigo y lo colgó en el perchero. Llevaba unos jeans que se ajustaban a sus curvas a la perfección y una blusa azul que hacía juego con sus ojos. Demonios, se veía muy bien. Sana. Sus ojeras estaban desapareciendo y su piel brillaba de forma hermosa.

No podía esperar a ver cómo la luz calentaba su piel a través del ventanal policromado que acababa de instalar en la nueva casa, la que llevaba seis meses construyendo y de la que aún no le había hablado. Me alegraba guardar ese secreto. Dos semanas más y al fin estaría lista para que me mudara ahí. Así podría disponer de esta cabaña para su negocio y no sentiría que la estaba presionando para que viviéramos juntos.

El hecho de que la casa estuviera junto al Solitude y fuera lo suficientemente grande para todos nosotros solo era un beneficio.

—No te preocupes. No hicimos nada incorrecto. Te lo prometo. Esta solo es una visita de rutina.

—Viene desde Denver, Beckett. ¿Estás seguro de que no necesitamos a Mark? Nada de esto es de rutina. Es inconveniente para ella e invasivo para nosotros.

—Bueno, así es —dije abrazándola—. Llamaremos a Mark si tenemos que hacerlo, pero francamente creo que no hay nada de qué preocuparse.

Volvieron a tocar la puerta y suspiré.

—Parece que llegó temprano. ¡Viva!

Me aparté de la calidez de los brazos de Ella y abrí la puerta.

—¡Guau! ¿Qué haces aquí?

La boca tensa de Donahue me decía que no era una elección.

—Me citaron. Al parecer es más fácil, por seguridad, que las visitas aleatorias a nuestra «oficina» —explicó alzando los dedos de cada mano como entrecomillando la palabra.

—Pasa.

Entró y colgó su abrigo en el perchero. De pronto se paró en seco al ver a Ella.

—Señorita MacKenzie —dijo a modo de saludo, inclinando un poco la cabeza.

—Usted vino al funeral de Ryan —respondió en voz baja.

Tomé su mano.

—Ella, él es...

—Capitán Donahue —interrumpió—. Ya sé que esa demonio de la aseguradora se lo dijo.

—Bueno, me da gusto verlo de nuevo. Lamento no haber

sido más agradable en el funeral de Ryan. Estaba un poco... desconcertada.

—Estaba de luto, es comprensible. Además, Caos me contó tantas cosas de usted que sentía como si la conociera.

Un golpe bajo no me hubiera asombrado más.

—Caos —repitió Ella el nombre como si fuera un maldito santo—. Lo conoció. Claro. La misma unidad.

Donahue me miró al instante. Negué con la cabeza, de manera imperceptible para cualquier persona que no hubiera trabajado conmigo en situaciones en las que ese movimiento significaba la vida o la muerte. Como ahora.

De inmediato miró a Ella con una sonrisa tranquila.

—Muy bien tipo. Loco por usted, eso puedo decir. —Esta vez, cuando me vio su mirada era un poco reprobadora—. Gentry. Ofréceme un poco de café.

No era una sugerencia.

—Claro.

—Esperaré aquí. Creo que ese coche que está entrando es el de ella —dijo Ella con el rostro casi pegado al vidrio de la puerta.

—¿Qué demonios estás haciendo? —preguntó Donahue mientras yo preparaba el café.

—Lo que Mac me pidió.

—¿Y ella no sabe?

—No. Y así necesito que se quede.

Cuando el café estuvo listo, le pasé la taza. Sabía que el café le gustaba como las mujeres: negro y fuerte.

—Adoptaste a sus hijos, y si mi sentido arácnido es correcto, te estás acostando con ella y ella no...

—Cuando lo sepa, todo acabará entre nosotros. Tú sabes qué pasó. Me sacará de una patada de aquí tan rápido como un latigazo. ¿Cómo demonios voy a hacer para ayudarla entonces?

Lo odio, pero así están las cosas. Entre más tiempo he tardado en decirle, más profundo se ha hecho y ahora estamos aquí.

La puerta se abrió y se cerró, seguido del sonido de pasos femeninos que se dirigían hacia nosotros.

—Carajo, Cao... —Negó con la cabeza—. Gentry.

—Bien, caballeros. Es bueno ver que están aquí, listos para empezar. Soy Danielle Wilson y ustedes deben ser Samuel Donahue y Beckett Gentry.

Tenía unos cuarenta y tantos años, iba vestida de manera formal y no llevaba casi nada de maquillaje. Tenía el cabello castaño recogido en un chongo francés, y de su collar colgaban unos lentes. Mis instintos me decían que estaba preparada para derramar sangre. Mi sangre.

—¿Café? —ofrecí.

—No, gracias. ¿Empezamos?

Todos nos sentamos en la mesa del comedor. Danielle tomó el asiento de la cabecera y sacó carpetas y cuadernos como si se preparara a estudiar para exámenes finales. A mi costado se sentó Ella y tomó mi mano con firmeza, y Donahue se acomodó al otro costado, se recargó en el respaldo de la silla tomando su café.

Ese hombre siempre tenía su maldita cara de póker.

Pero ¿por qué lo habían citado?

—Empecemos. Señor Gentry, ¿puede por favor explicarme cómo fue que decidió adoptar a los hijos de la señorita MacKenzie?

Se puso los lentes y sacó una pluma que sostuvo sobre el bloc amarillo.

Vieja escuela.

—Presté servicio en una unidad militar con su hermano, Ryan. Él me pidió en su última carta que viniera a Telluride y cuidara a su hermana, Ella.

Asintió y empezó a escribir con rapidez.

—¿Puedo ver esa carta?

—No —respondió Ella—. Eso es privado y no es asunto suyo.

Danielle se inclinó hacia adelante, fijando su mirada de halcón sobre Ella.

—Su hija fue adoptada en julio y desde entonces a la compañía le ha costado más de un millón de dólares en tratamientos para un padecimiento previamente conocido, y de inmediato recibió una terapia que no fue aprobada por su proveedor anterior. A menos que usted quiera pagar esas facturas, le sugiero que me enseñe esa carta.

Esta mujer era todo un personaje.

Me hice un poco hacia adelante, saqué la carta de mi bolsillo trasero y la deslicé sobre la mesa en su dirección.

—No se la puede quedar.

—¿La lleva con usted? —preguntó mirándome sobre el armazón de sus lentes.

—Sí. Cuando tu mejor amigo te pide algo así, lo mantienes cerca.

Abrió la carta, la leyó y luego le sacó una fotografía con su teléfono.

Lo sentí como una violación, como si acabara de fotografiar el alma desnuda de Ryan sin su permiso. «Es lo que él querría. Quiere que su familia estuviera protegida».

Y yo también.

—Interesante. ¿Y la unidad aprobó esta misión? —le preguntó a Donahue.

—No estoy seguro de saber de qué unidad habla —respondió encogiéndose de hombros.

—Sé muy bien lo que hace, capitán Donahue. Seguí el rastro documental y el trato que hizo con el señor Gentry para mantenerlo en ese vacío legal de discapacidad. ¿Usted planeó todo esto? ¿Mantenerlo en discapacidad temporal para que pudiera sacar de apuros a la hermanita?

Donahue bebió un sorbo de café, me sorprendió que la bebida no se congelara, con lo frío que él estaba.

—No, pero si ese fue el beneficio de mi ofrecimiento, me alegro que ayudara. Le ofrecí a Gentry ese tiempo de discapacidad porque tengo el poder de ofrecérselo y él no estaba capacitado para volver al servicio.

—Y esas razones eran... —dijo mirándolo.

—Está por encima de su rango. Mire, accedí a venir aquí por Ella y Beckett, y no tengo problema en aclarar cualquier duda que tenga. Pero usted no tiene la autorización para conocer... bueno, casi nada. Todo lo que puede saber es que yo autoricé el ofrecimiento de discapacidad temporal con la esperanza de que sanara y regresara al servicio activo en cualquier momento, dentro de los próximos cinco años. Se presentaron los documentos adecuados y sigue cumpliendo los requisitos para beneficiarse del cuidado de salud. Eso es todo. Es todo lo que obtendrá de mí.

Danielle se ajustó los lentes y volteó a vernos a Ella y a mí.

—Así que usted llegó por casualidad a Telluride para cumplir con la petición que su amigo muerto le hizo y adoptar a los hijos de la hermana.

—No fue por casualidad, pero sí. Me enamoré de los niños y de Ella. Cuando se ama a alguien, uno desea protegerlo. No tenían a un padre en su vida y yo quise serlo para ellos.

—Pero pudo casarse con la señorita MacKenzie y hubiera logrado lo mismo, ¿no? —preguntó mirándonos.

—Eso hubiera sido fraude —respondí, y sentí que Ella me apretaba la mano con más fuerza—. Eso le hubiera dado un caso, aunque si persiguiera a todas las jóvenes que atrapan a soldados por sus beneficios estaría muy ocupada como para venir aquí.

—No creo en el matrimonio —agregó Ella.

¿Qué demonios?

—¿No cree? —preguntó la señorita Wilson; era obvio que no le creía.

—No. Estuve casada con el padre biológico de Colt y Maisie. Se largó cuando supo que tendría mellizos. Poco después se divorció de mí. Casarme con Becket hubiera sido un fraude absoluto porque no le tengo ninguna fe a esa institución. Después de todo, ¿qué es cuando los votos no significan nada y un pedazo de papel te ata de por vida a alguien tan fácilmente como el siguiente que disuelve el vínculo? No significa nada. Pero la adopción sí. Tiene una relación maravillosa con mis hijos y comparte las responsabilidades de su crianza en la misma medida que yo. Lleva a Maisie a los tratamientos, a Colt al futbol y a surfear en nieve. Les construyó una casa en el árbol para ellos y hace su almuerzo para la escuela en las mañanas. ¿Eso le parece un fraude?

Se hizo un silencio incómodo mientras la señorita Wilson fingía mirar sus notas. Nada de esto tenía sentido. Claro, las facturas de Maisie eran astronómicas, pero todos los días la gente adoptaba niños con distintos niveles de necesidades.

—Si ya terminamos aquí… —dijo Donahue.

—No estoy satisfecha.

Su tono de voz y la manera en la que fulminó a Donahue con la mirada me hizo inclinarme y examinar los detalles de su rostro. Esto era personal.

—¿Cómo supo de la unidad? —le pregunté.

—Supongo que lo averiguó con su hermana, Cassandra Ramírez —respondió Donahue mirándola fijamente.

«Ramírez». Él se había salido después de perder el brazo. Por lo que escuché de los chicos antes de que me fuera, la transición no fue fácil. En ese sentido, Ella tenía razón: los hombres como nosotros no renunciábamos a la adrenalina sin pelear. Yo tenía Búsqueda y Rescate. Ramírez... no.

Danielle tragó saliva y con la pluma dio unos golpecitos sobre el papel antes de levantar la mirada.

—Sí, soy hermana de Cassie. Pero eso no tiene nada que ver con esta investigación.

Mierda.

—Por supuesto que sí —dijo Donahue encogiéndose de hombros—. Usted quiere justicia por lo que le pasó a él. Por el hecho de que tuvo que renunciar antes de que estuviera preparado y que yo no pude ofrecerle a él el mismo trato que tengo con Gentry. No por el dinero, el seguro médico de su jubilación cubría eso, sino la esperanza de poder regresar. Por eso está aquí. No es por Maisie ni por Beckett ni por Ella. Es por mí.

Se aclaró la garganta y apiló sus documentos.

—No tiene nada que ver con esto. En ningún sentido. Lo siento, pero a menos que puedan proporcionarme pruebas de que tenía una relación establecida con esta niña antes de su diagnóstico, voy a recomendar que examinen su caso y que se detengan todos los tratamientos actuales mientras se realiza una investigación.

—¡No puede hacer eso! —espetó Ella—. Por ley, son sus hijos. Se preocupa por ellos, los apoya y actúa como un padre todos los días.

—Qué extraño, porque me encontré a Colton esta mañana, en la escuela, y me dijo que no tenía papá. Y cuando le pregunté sobre usted, dijo que era el mejor amigo de su tío y el novio de su mamá, pero ni una sola vez mencionó que lo hubiera adoptado. ¿Por qué será?

—¿Habló con mi hijo sin mi consentimiento? —exclamó Ella, y salió volando sobre la mesa, todo lo que pude hacer fue rodear su cintura con mi brazo y jalarla para que volviera a sentarse.

—Cálmese. Por supuesto que no era parte de mi investigación. Fui a la escuela para tener más información sobre la fecha en que sacaron a Margaret de la escuela y los contactos de emergencia que cambiaron para Colton. Fue ahí que me tropecé con él.

—Mentirosa —masculló Ella.

—Se pasó de la raya —dije lo más tranquilo posible—. Toda esta investigación es excesiva y cuando acabemos con usted, puede estar segura de que recurriremos a sus superiores.

—La vida de una niña está en juego —dijo Ella en tono parejo, pero me apretaba la mano con todas sus fuerzas—. Y a usted solo le importa vengarse de Donahue.

—Me importa que se sigan las reglas, que estos hombres no deberían tener problema en respetar. La verdad es que este señor adoptó a dos niños de quien ahora es su novia, uno de los cuales necesita millones de dólares en tratamientos, y ni siquiera les han dicho a ellos que los adoptaron. Es muy sospechoso. Si resulta que no es necesaria una investigación completa de Tri-Prime, les ofreceré mis disculpas, por supuesto. Este año estamos llevando una verdadera lucha contra el fraude.

Era una cacería de brujas, y aunque lo que habíamos hecho era por completo legal, en ningún sentido un fraude, iba a distorsionarlo todo y a meternos en un infierno mientras «investigaban». Podían suspender los pagos de los tratamientos de Maisie, sus exámenes y la próxima radiación... todo. Aunque nos encontraran inocentes de todo delito, llevaría el tiempo suficiente para que Maisie sufriera las repercusiones.

A menos que pudiera probar que conocía a los niños antes del diagnóstico.

Un zumbido sordo llenó mis oídos mientras Ella y la señorita Wilson intercambiaban palabras. Perdería a Ella, pero siempre lo supe, desde el momento en que llegué a Telluride. El tiempo que había pasado con ella fue un regalo al que no tenía derecho. Demonios, lo había robado. Ella no conocía al hombre de quien se había enamorado porque yo no se lo había dicho.

«Tres cosas». Tres razones. Ahora, era así como tomaba las decisiones, como calmaba mi necesidad de reaccionar primero y lamentarlo después.

Ella merecía la verdad.

Maisie merecía vivir.

Mi amor por los niños no era un fraude.

«Está decidido».

—Si espera un momento —dije sobre el barullo.

Me disculpé y me levanté de la mesa. Subí los escalones de dos en dos y saqué una caja que mantenía enterrada bajo un montón de ropa interior en el buró. Con la evidencia en mano, bajé la escalera despacio. La señorita Wilson y Ella seguían discutiendo, pero Donahue volteó a verme. Advirtió la caja y mi expresión.

—¿Estás seguro? —preguntó en voz baja.

—Es la única manera.

Asintió. Pasé a su lado y me paré junto a Ella. La conversación se detuvo, todos los ojos estaban fijos en mí.

—Te amo. Siempre te he amado —le dije a Ella.

—Yo también te amo, Beckett —respondió con el ceño fruncido, sorprendida—. ¿Qué haces?

Lo primero que me pasó por la mente fue besarla, aprovechar el último momento con ella para poder memorizar todo. Pero ya le había quitado mucho.

—Debí decírtelo y sé lo que esto me va a costar: a ti, pero no puedo dejar que otro niño pague por mis errores. Sobre todo Maisie.

La caja raspó ligeramente la mesa cuando la deslicé sobre ella. La señorita Wilson la tomó y quitó la tapa cuadrada.

—¿Qué estoy viendo?

Sacó la evidencia de mi pecado y la puso sobre la mesa. Ella contuvo el aliento.

—¿Por qué tienes mis cartas? ¿Sus cartas? —preguntó en un murmullo.

Mantuve la mirada fija en la señorita Wilson, incapaz de lidiar con la situación y ver cómo el amor se apagaría en la mirada de Ella cuando entendiera todo.

—Dijo que necesitaba evidencia de que conocía a los niños antes del diagnóstico, de que tenía una relación con ellos. Ahí encontrará cartas fechadas antes del diagnóstico, así como dibujos de los niños y algunas notas. Conocía a los niños, los amaba y amaba a Ella antes de que diagnosticaran a Maisie. No tiene por qué investigar. Si esto solo se tratara de los tratamientos de Maisie no habría adoptado también a Colt. La verdad es que quería ser su papá.

La señorita Wilson suspiró mientras hojeaba las cartas.

—Tengo que salir a hacer una llamada.

Tomó algunas fotos de las cartas de Ella y los dibujos de los niños, juntó sus cuadernos y caminó hasta la puerta de la entrada.

—Ella... —dije.

—No. Ni una palabra. Todavía no.

Tenía los nudillos blancos y la marca de las uñas que enterraba en su brazo.

Donahue me miró con tanta compasión que casi me destrozo en ese momento.

Pasaron algunos minutos. Los únicos sonidos en la habitación eran el tictac del reloj y el latido de mi corazón que rugía en mis oídos y consumía todos mis pensamientos. ¿Sería suficiente? ¿Acababa de renunciar a todo, para nada?

La puerta principal se abrió y la señorita Wilson volvió a entrar, tenía las mejillas un poco enrojecidas.

—Parece que me equivoqué. Lamento... —La palabra se le atoró en la garganta— ...haberlos molestado. Si bien la situación sigue siendo... muy confusa, no hicieron nada que justifique la cancelación de la póliza y mi supervisor decidió que la investigación terminó.

Casi me desplomo de alivio, ganamos, sin importar el costo.

—No parezca tan decepcionada. Hoy pudo ayudar a los buenos —dijo Donahue poniéndose de pie—. La acompaño a la salida.

La señorita Wilson se levantó y me ofreció una sonrisa forzada.

—Mi cuñado dijo que usted era uno de los buenos, si eso cuenta para algo. Dijo que usted y su perra eran la pareja perfecta, algo que nunca había visto antes. Hasta sus nombres significan lo mismo. Fue un placer conocerlos, señor Gentry, señorita MacKenzie. —Volteó hacia donde estaba Havoc, sentada a mi lado—. Havoc, ¿verdad?

—Por aquí, señorita Wilson —dijo Donahue. Fijó su mirada en la mía mientras ella caminaba en su dirección. Sabía que tendría mucho con lo que lidiar ahora—. La oferta sigue en pie. Siempre puedes volver.

Asentí. Salieron y el ruido de la puerta al cerrarse fue siniestro, sus pasos hicieron eco al otro lado.

—¿Cómo pudiste ocultármelas? ¿Por qué tienes estas cartas? —preguntó Ella poniéndose de pie y alejándose de mí para acercarse a la caja.

—Ella.

Se llevó las manos a la cabeza y la agitó.

—No. No. No. Dios mío. La casa del árbol, la misma caligrafía en el diploma de Maisie. Havoc, que significa «Caos» en inglés. No es una coincidencia, ¿verdad?

—No.

Toda mi vida había sido capaz de compartimentar, de apagar mis emociones. Así fue como sobreviví todos esos años en los asilos, así sobreviví en operaciones especiales. Pero Ella había cambiado algo en mí. Abrió mi corazón y ahora no podía cerrar esa maldita cosa. Este dolor era insoportable, y solo era el principio.

—Dilo. No voy a creerlo hasta que lo digas. ¿Quién eres?

Apreté los párpados y mi garganta se cerró. Era todo lo que podía hacer para respirar. Pero ella merecía la verdad y ahora Maisie estaba protegida. Había hecho todo lo posible para cumplir lo que Ryan me había pedido y las consecuencias para mi corazón no importaban. Me enderecé y abrí los ojos. Vi la súplica y el terror en su mirada.

—Soy Beckett Gentry. Mi indicativo es Caos.

CAPÍTULO VEINTIDÓS

Ella

Esto no estaba sucediendo. Sencillamente me negaba a creer que algo de esto fuera real. Pero esas eran mis cartas sobre la mesa, junto con los dibujos y notas que los niños le habían enviado a Caos.

«Beckett».

Miré de nuevo, solo para asegurarme de que no había perdido la razón. No. Solo había perdido el corazón.

—¿Cómo? ¿Por qué? ¡Me dijiste que había muerto!

Las palabras salieron de mi boca sin ninguna pausa que le permitiera explicarse. Quizá se debía a que en verdad no quería oírlo. No quería que mi pequeña burbuja de cristal de satisfacción se hiciera añicos.

—Nunca dije eso. Te dije que saber lo que le había pasado a Ryan y a mí solo te haría sufrir más de lo que ya habías sufrido.

Sus manos apretaron el respaldo de la silla. Tenía suerte de tener algo a qué sujetarse mientras yo estaba en caída libre.

—¿En qué sentido? ¡Estás vivo! —grité—. ¿Cómo dejaste que pensara que habías muerto? ¿Por qué me hiciste eso? ¿Es una broma? Dios mío, todo lo que sabías sobre mí cuando llegaste... ¿por qué, Beckett?

Al sentir la tensión, Havoc se levantó, pero no fue a sentarse junto a Beckett, sino a mi lado.

—No es una broma… nunca lo fue. No te lo dije porque sabía que cuando supieras quién era, lo que había pasado, me echarías de aquí. Y lo tendría merecido. Cuando inevitablemente lo hicieras, yo ya no podría ayudarte. No podría hacer lo único que Ryan me pidió que hiciera, que es cuidarte.

—Mi hermano. ¿Todo esto fue por mi hermano? ¿Te acostaste conmigo por él también? ¿Solo para tenerme cerca? ¿Por eso hiciste que me enamorara de ti? ¿Cuánto de lo nuestro fue una mentira?

—No. Me enamoré de ti mucho antes de que Ryan muriera.

—No. —Me aparté porque necesitaba distancia y aire.

¿Por qué no había aire? El pecho me dolía tanto que el simple acto de respirar desviaba mi concentración.

—Es cierto.

—No lo es. Porque se mi hubieras amado, nunca me hubieras dejado creer que estabas muerto. No me hubieras dejado sola en el peor momento de mi vida para aparecerte unos meses después como si fueras otra persona. ¡Me mentiste!

—Por omisión, sí, lo hice. Lo siento, Ella. Nunca quise lastimarte.

Parecía sincero, pero ¿cómo podía serlo cuando me había mentido durante once meses?

—Lloré tu muerte, Beckett. Esas cartas eran especiales para mí, tú eras especial para mí. ¿Por qué lo hiciste?

Se quedó ahí de pie, en silencio y estoico. Mi incredulidad y conmoción se transformaron en algo más oscuro y doloroso de lo que hubiera podido imaginar.

—¡Dime por qué!

—¡Porque Ryan murió por mi culpa!

Su grito fue gutural, como en carne viva, como si le hubieran arrancado esa confesión contra su voluntad. El silencio que siguió era más ensordecedor de lo que habían sido nuestras voces.

Havoc me abandonó y se sentó al lado de él. Havoc y Caos. Perfectos el uno para el otro.

—No entiendo —acabé por decir.

Beckett se inclinó un poco y acarició la cabeza de Havoc como lo había visto hacer cientos de veces. No lo hacía por ella, sino para tranquilizarse él. Havoc era su perra de trabajo y su perra de terapia al mismo tiempo.

—¿Recuerdas cuando te dije que había matado a una niña?

—Sí.

No era algo que pudiera olvidar.

—Fue el 27 de diciembre. Ese operativo no salió bien y perdí el control. Te dices que eres de los buenos, que estás ahí para detener a los terroristas, para devolverle a los civiles el país que merecen, que mantenemos al país seguro. Pero cuando vi que esa niñita murió por mi culpa algo se rompió en mí. No podía dejar de pensar en ella, en lo que había hecho o cómo pude hacerlo diferente.

Se frotó el rostro con las palmas y se recompuso. Mi estúpido corazón se inclinaba hacia él, a pesar de todo lo que había hecho. Había sido testigo del efecto que este incidente tenía en sus pesadillas. Quizá todo lo demás fuera una mentira, pero sabía que esto no.

—La noche siguiente llegó nueva información y teníamos órdenes. La mitad del escuadrón tenía que ir, yo incluido, pero solo pensar en poner la mano sobre el arma me hacía literalmente vomitar. Sabía que era un peligro, no solo para mí y la misión, sino para mis hermanos. Fui con Donahue y le dije que no participaría. Sé que suena sencillo, pero no lo es. Significa admitir frente a tus hermanos que ya no perteneces, que estás roto. Donahue estuvo de acuerdo y dijo que necesitaba unos días de descanso para aclarar mis ideas.

—Eso es comprensible —dije en voz baja.

—No lo hagas. No me tengas compasión. Porque cuando decidí no participar quedó un lugar libre y Ryan lo tomó.

Respiré para aliviar el dolor, de la misma manera que cuando supe que mamá y papá habían muerto. Desde que esos hombres aparecieron en el umbral de mi casa, todo lo que quería era que mi hermano volviera, pero me hubiera conformado con saber qué le había pasado. Ahora esa puerta se entreabría hacia la verdad y yo dudaba entre las ganas de saber y la desgarradora necesidad de cerrarla de un azotón y seguir en la ignorancia.

—Él tomó tu lugar.

Pronunciar estas palabras hizo que un torrente de emociones recorriera mi cuerpo. Orgullo, de que Ryan se hubiera ofrecido. Rabia, de que arriesgara su vida una vez más. Gratitud, de que Beckett viviera. Pero la tristeza sobrepasaba todo. Extrañaba a mi hermano.

—Él tomó mi lugar. —Beckett tensó la mandíbula, su respiración era un jadeo—. Durante la misión quedó separado del resto del escuadrón. Lograron el objetivo, pero Ryan había desaparecido. Los rumores indicaban que lo habían capturado.

Mis ojos ardían con la sensación familiar de las lágrimas. Los cerré y a mi mente llegó un recuerdo de Ryan: reía con los niños junto al lago y saltaban sobre las rocas, pero como renunciaron a hacerlo con cuidado, al final se convirtió en un concurso de chapoteo. Estaba vivo, sano, entero. Me aferré a esa imagen con tal fuerza que casi podía sentir el agua en la piel. Luego abrí los ojos.

—Cuéntame todo.

Negó con la cabeza y apretó los puños.

—No quieres saber el resto.

—Perdiste el derecho de decirme lo que crees que necesito. Termina, ahora.

Esto era como la megaquimioterapia de Maisie, ¿cierto? Acabar con todo mediante un procedimiento potente y lacerante para poder reconstruir.

—Dios mío, Ella. —Miró el techo, luego bajó el rostro hacia mis cartas y poco a poco encontró mi mirada—. Lo torturaron. Nos llevó tres días encontrarlo. Cuando me dijeron que estaba desaparecido recobré la compostura y Havoc y yo salimos a buscarlo. La información en la radio, fuentes... no hubo nada después de esa primera noche. Incluso busqué en internet, pensando que si lo habían matado lo habrían publicado en línea. —Resopló—. Perdón, no tenía por qué decirte eso.

—Tienes que decírmelo todo.

Asintió.

—Okey. Al final recibimos información de un grupo de niños, pastores de cabras que vivían fuera del pueblo. Salimos en su busca, pero cuando llegamos ahí, el lugar estaba vacío. Havoc... encontró a Ryan como a unos cincuenta metros.

—Estaba muerto —dije.

—Sí. —Su rostro estaba contorsionado, sus ojos iban de un lado a otro a toda velocidad y supe que estaba perdido en el recuerdo—. Sí, estaba muerto.

—Dime.

—No, no te va a ayudar a dormir, Ella. Créeme, es de pesadilla. Mis pesadillas.

¿En verdad quería saber? ¿Me ayudaría de alguna manera? ¿Lamentaría haber dejado pasar en oportunidad única?

—Dime lo básico —agregué.

Después de esto era posible que no volviera a ver a Beckett y nadie más en esa unidad me diría nada.

—¿Lo básico? No hay nada básico al respecto. —Su expresión cambiaba cada segundo: los labios apretados, el ceño fruncido, la tensión en la mandíbula—. Cuando lo encontramos no tenía el uniforme, estaba solo en bóxer y camiseta. Lo habían torturado de manera horrible.

La primera lágrima escapó de mis ojos y bajó por mi mejilla con un nuevo y horrible dolor.

—Ella...

El murmullo angustiado era algo que jamás había escuchado en Beckett.

—Sigue. —Parpadeé, un raudal de lágrimas escurrió por mi rostro, pero no me molesté en enjugarlo. Si Ryan había padecido todo eso, podía llorar por él sin limpiarme la cara por formalidad social—. No me dejaron verlo. Dijeron que los restos no eran aptos para que los viera.

—Le dispararon en la nuca, y ese tipo de herida...

—Ejecutado.

—Sí. Es lo que pensamos. Lo hicieron de prisa cuando escucharon que nos acercábamos y... lo dejaron ahí para escapar a las montañas.

Asentí y ese movimiento hizo que mi llanto cayera sobre mi blusa.

—¿Qué pasó después?

Beckett jaló una silla y se desplomó en ella, destrozado, con las manos sobre el rostro.

Debía sentirme culpable por ponerlo en esta situación, por obligarlo a que me lo contara. Pero incluso después de lo que había hecho sufrir con sus mentiras, todo lo que sentía era un vínculo inexplicable con el hombre al que amaba, que había estado ahí y que había recuperado a mi hermano. De una manera extraña y horrible, el dolor nos relacionaba en un nexo que me aterraba cortar, al tiempo que estaba desesperada por hacerlo.

—Por favor, Beckett.

Su mano cayó sin energía sobre su regazo y se enderezó un

poco en la silla. Cuando me miró, la agonía marcaba cada arruga, su mirada estaba apagada.

—Había muerto pero su cuerpo seguía caliente. Lo giré, pensando que podía darle reanimación cardiopulmonar, pero no pude. No había... —Negó con la cabeza—. No puedo, no puedo. —Sus ojos cambiaban de dirección como si su mente avanzara a toda velocidad—. Llegó el helicóptero y lo evacuamos. Yo tomé su placa de identidad, sabía que querrías tenerla, y me senté con él toda la noche antes de que llegara el avión. Luego Jensen lo trajo a casa, contigo. A mí me consideraban demasiado valioso para la misión y no me dieron licencia, sobre todo en ese momento que nuestro objetivo había cambiado e íbamos tras los asesinos de Ryan.

—¿Los encontraron? No sé por qué eso es importante, no es que en la guerra haya justicia.

—Sí. Lo hicimos. Y-no-preguntes.

Su mirada se endureció, peligrosa. Lo vi de nuevo, al hombre que era capaz de compartimentar todo. Vi la tormenta en su mirada, la manera en que apretaba los puños. Este era Caos.

Y en alguna época tuve sentimientos profundos y verdaderos por él.

—¿Recibiste las otras cartas? ¿Las que envié después? —pregunté.

Necesitaba saberlo. Nunca me las devolvieron. Esas cartas eran testimonio de mi dolor. ¿Las leyó y sencillamente las ignoró?

—Sí. Pero no tuve el valor de leerlas. No podía tomar la pluma y decirte qué había pasado; aparte, no tenía permiso de hacerlo. Estaba enamorado de ti, de esa increíble mujer a la que nunca había visto. Nunca había amado, no de esa manera, y todo lo que quería era protegerte.

—¿Esfumándote? ¿Haciéndome creer que habías muerto junto con mi hermano?

—Al no hacer nada que pudiera lastimarte más en tu vida. Yo destruyo todo y a todos, Ella. Por eso me llaman Caos. Ese apodo me lo pusieron mucho antes de que entrara al ejército. Una vez salí en defensa de tu hermano en una pelea de bar y salió el apodo, así que ahí también se me quedó. Con razón. Llevo destrucción dondequiera que voy. Aún no te había conocido y ya te había hecho perder a Ryan. El último sobreviviente de tu familia inmediata murió porque yo no pude controlarme lo suficiente como para cumplir mi misión. Yo soy la razón por la que está muerto. ¿Querías seguir escribiéndole al culpable de la muerte de tu hermano? ¿Debí mentirte entonces? Tú no ofreces segundas oportunidades cuando se trata de tu familia, ¿recuerdas? Aunque te hubiera dicho la verdad y de alguna forma me perdonaras, ¿hubiéramos seguido con nuestra correspondencia sabiendo que yo había causado su muerte, que quizá yo sería el siguiente aviso de deceso que recibieras? No podía hacerlo. Merecías cauterizar esa herida y seguir adelante.

—¿Seguir adelante? —Caminé de un extremo a otro de la mesa, de pronto, mi energía era demasiada como para contenerla sentada—. Acababan de diagnosticarle cáncer a mi hija, mi hermano estaba muerto y no tenía a nadie. Ryan se fue porque tuvo que hacerlo. Tú, porque lo elegiste.

—Para ti era mucho mejor pensar que había muerto que saber que el hombre a quien le ofreciste tu amistad era responsable de la muerte de Ryan.

—Vete al demonio. —Giré y avancé hacia la puerta, pero me detuve antes de salir del comedor—. ¿Cuándo decidiste venir aquí? ¿Seguir con la mentira?

—Donahue me dio la carta de Ryan justo antes de que tomara mi licencia. Él guarda nuestra última carta. Yo ya había elegido quedarme, no había nada más para mí. Pero leí la carta y supe que tenía que venir. Aunque me partiera el alma estar tan cerca de ti sin poder decirte nunca quién era ni cuánto te amaba. Tenía que venir. Yo era la razón de que estuviera muerto. No podía negarle a mi mejor amigo lo único que me pedía.

—Por eso decidiste mentir. —Había invadido mi vida, mi corazón, cada molécula de mi existencia con engaños—. Sabías lo que mi padre había hecho, lo que hizo Jeff, y aun así elegiste mentirme.

—Lo hice.

Me recargué en la pared, mi corazón me pedía que saliera por esa puerta y salvara lo poco que quedaba de él, mientras que mi cerebro se debatía para obtener todas las respuestas posibles antes de que el dolor me destrozara. Ni siquiera el abandono de Jeff me dolió tanto, porque no lo amé como ahora amaba.

Amaba a Beckett hasta lo profundo de mi alma, de una manera que consumía hasta las partes más mínimas y los lugares más oscuros que había mantenido ocultos de todo el mundo. Incluso el amor que sentía por mis hijos se relacionaba con la forma en la que amaba a Beckett, porque él también los amaba.

—¿Pensaste en decírmelo alguna vez?

Giré despacio la cabeza, encontrando la fuerza para mirarlo.

—Desde el primer momento que te vi —admitió. Se recargó en el extremo de la barra de la cocina, la misma en la que hicimos el amor la primera vez—. Siempre lo tuve en la punta de la lengua, sobre todo cuando me preguntaste por Caos. Vi cuánto te lastimaba y me pregunté si te habías enamorado de él igual que yo me había enamorado de ti.

—Y aun así dejaste que creyera que estaba... que estabas muerto.

No respondí a esa pregunta implícita.

—Sentía muchos celos de mí mismo. Me preguntaba por qué te habías abierto conmigo cuando yo solo representaba una carta; sin embargo, mi verdadero yo no tenía la oportunidad. Desde el principio supe que decirte la verdad me llevaría al momento en el que estamos ahora, cuando inevitablemente me echarías de tu vida, y eso significaba que no podría hacer lo que Ryan me pidió y que tú necesitabas. La mentira era la única manera de ayudarte. Por esa razón acepté que nunca sería para ti nada más que el hombre a quien tu hermano envió.

—Y luego me enamoré de ti.

Corazón tonto, estúpido e ingenuo.

—Me ofreciste una probadita de la vida que jamás pensé tener. Me mostraste lo que significa tener una familia y contar con el apoyo de las personas, y yo hice todo lo estaba en mis manos para apoyarte. No tengo palabras para agradecerte estos últimos once meses ni para explicarte cuánto lamento lo que te hice y lo que has sufrido por mí. Ella, eres la última persona a la que quisiera lastimar.

—Pero lo hiciste.

El dolor era una avalancha que se dirigía hacia mí. Sentí el ruido sordo en el alma, vi cómo el polvo helado descendía sobre mi sentido común, incluso escuché las sirenas de alarma en la cabeza. Me había enamorado de este hombre y él me había mentido todos los días los últimos once meses.

Jeff prometió amarme para siempre. Fingió ser alguien que no era y luego se largó.

Ryan prometió que siempre nos cuidaríamos. Se alistó en el ejército y regresó en una caja.

Mi padre prometió que solo estaría en asignación temporal una o dos semanas, y nunca miró hacia atrás. Ni siquiera solicitó derecho de visita.

Beckett... Caos. ¿En qué más mintió? ¿Podía creer algo de todo lo que dijo el año pasado? ¿Les mintió a los niños? ¿Siquiera me decía la verdad en este momento? Quizá solo decía lo que pensaba que me haría perdonarlo. ¿Podía de nuevo creer algo de lo que me dijera en adelante?

—Lo siento tanto, tanto. No espero de ti el perdón, ni siquiera comprensión. En ningún sentido soy digno de eso o de ti. Nunca lo fui.

Mi corazón empezó a gritar. Estaba al límite de mis fuerzas y necesitaba salir de aquí antes de que me derrumbara por completo. La mirada en sus ojos hacía que mis pies se mantuvieran pegados al suelo. No había súplica ni terror por lo que nos estaba sucediendo, únicamente una aceptación abatida. Siempre supo que acabaríamos así, sin embargo, nos sometió a ello.

¿Habría alguna manera de salir de esto? Amaba a este hombre y él me amaba a mí. Valía la pena luchar por él, ¿no? Pero ¿qué tan tóxicos seríamos si encontráramos una manera de superarlo? Nunca olvidaría lo que hizo, persistiría sobre nosotros como una nube amenazadora cuya lluvia era venenosa.

—Tengo que hacerte una última pregunta.

—Lo que quieras —respondió.

¿De qué manera un rostro tan hermoso podía ocultar tanto engaño?

—Todo lo que hiciste, la adopción, nuestra relación, la graduación de Maisie, la casa del árbol de Colt, ¿todo fue por la carta de Ryan?

Contuve el aliento en espera de su respuesta. Por mucho que me lastimara, necesitaba saber que lo nuestro era real, que yo no había sido tan estúpida.

—No. La carta de Ryan me trajo aquí. Sin ella, no hubiera venido. Pero el resto, Ella, fue porque te amo. Porque amo a Colt y a Maisie. Porque durante este momento breve y maravilloso fueron mi familia, mi futuro, y parecía que sería para siempre. No hice todo eso por Ryan. Lo hice por ti. Por mí.

Los tres metros que nos separaban se alargaban de forma

que parecían interminables, aunque no me significaron nada mientras decidía qué debía hacer. Entre nosotros había la misma cantidad de amor y de mentiras, pero mi rabia por su traición superaba todo.

Lo seguía amando, sus dos facetas, pero nunca podría volver a confiar en él. Sin confianza, ¿para qué servía el amor? ¿Cómo se puede construir una vida con alguien si pones en duda todo lo que dice y hace?

—No es suficiente. —Cuando las palabras salieron de mi boca sentí que la verdad resonaba en mi alma—. Me miraste a los ojos durante casi un año y me mentiste. Yo compartí todo lo que tenía contigo: mi corazón, mi alma, mi cuerpo e incluso mi familia, y tú no pudiste ser sincero en cuanto a quién eres. No sé siquiera cómo procesar eso. No sé qué parte de ti, de nosotros, es mentira y qué es verdad. Quiero ser fuerte y superarlo porque nos amamos mucho, pero no creo que sea posible. De cualquier forma, no ahora. No me queda la fuerza suficiente para hacerlo. La muerte de Ryan se la llevó. El diagnóstico de Maisie se la llevó. Debí saber que tú también te la llevarías, pero confié en ti y ahora ya no tengo nada que dar.

Con la mano sobre la pared para conservar el equilibrio, avancé hacia la puerta principal. La luz del sol se filtraba por el panel de vidrio como si fuera una promesa: si pudiera salir de aquí un poco intacta, estaría bien. Porque debía estarlo. Tenía que cuidar a Colt y a Maisie. No podía darme el lujo de derrumbarme como una niña enamorada.

No podía darme el lujo de perdonar a Beckett.

—Entiendo.

Escuché su voz justo atrás de mí cuando sujeté el pomo de la puerta. Sentía su cercanía, esa corriente palpable que siempre crepitaba entre nosotros, y supe que si daba media vuelta, él estaría ahí junto.

—Si necesitas algo, sigo aquí —agregó.

Los ojos me escocieron de nuevo, pero esta vez no era dolor por Ryan, sino por Beckett. El sentimiento era similar porque sabía que había perdido a la persona a la que más amaba.

—Creo que lo mejor será que te vayas —dije como si le hablara a la puerta. Si Beckett se quedaba en Telluride me daría tiempo para enamorarme de nuevo y no podría sobrevivir otra mentira. No podía ser fuerte para mis hijos mientras Beckett me vencía, ellos iban primero. Siempre—. Empacaré las cosas que tienes en mi casa y te las mandaré. No quiero volver a verte nunca.

Como si cauterizara la herida con un hierro ardiente, cada nervio de mi cuerpo gritó de un dolor agudo y repugnante. Sin esperar su respuesta, salí de la cabaña y no miré atrás.

CAPÍTULO VEINTITRÉS

Beckett

Carta núm. 22

Caos:

Ryan está muerto. Pero estoy segura de que ya lo sabes. La verdad es que siento que te escribo esto solo para sentir que es real. Ryan está muerto. Ryan está muerto. Ryan... Nada de esto me parece correcto. Su cuerpo sigue en Dover, lo están preparando para el entierro y ya me dijeron que no puedo verlo. Por eso sigo esperando que todo esto sea una broma cruel y en verdad no esté en un féretro. Que no tengo que pensar dónde enterrar a mi hermano. Mi mamá. Mi papá. Mi abuela. Ryan. Todos se han ido y yo sigo aquí. ¿Maisie será la siguiente? ¿La vida es esto, una tragedia tras otra? ¿O sencillamente es la manera en la que se desarrolla mi vida? Colt y Maisie están devastados. Colt se negó a hablar ayer después de que se lo dije y Maisie no ha parado de llorar. Por mi parte, yo no he empezado a llorar. Todavía no. Me aterra que una vez que empieza no pare nunca. Sería como una fuente de agua salada que supura dolor. Ryan era mi mejor amigo, mi puerto seguro en la tormenta. Y ahora siento como si estuviera en mar abierto en medio de un huracán, y que las olas están decididas a volcarme y hundirme. Sé que suena como una locura, pero la única persona con quien quiero estar ahora eres tú. Eres el único con quien he sido por completo honesta estos últimos meses. Eres el único que podría entender el dolor que me debilita, que me parte el alma, que ni siquiera puedo empezar a imaginar. Porque sé que, por más que jures que no sabes lo que es una familia, Ryan era tu hermano. Era tu familia. Solo espero que vengas al funeral, estoy segura de que él hubiera querido que estuvieras aquí. Es lo que yo quiero. Si no puedes venir, entonces espero que no cambies tus planes. Por favor, ven a Telluride. Aunque solo sea para tomarte un café conmigo. Por favor, ven.

Ella

Leí la carta por centésima vez y luego la metí al cajón del buró. Los últimos dieciséis meses había evitado leerla, esa y las otras dos que siguieron, y ahora era lo único que quería leer: escuchar su voz en mi cabeza.

Si la hubiera leído cuando la envió, en lugar de esconderla, habría venido. No hubiera podido negarme y todo sería diferente. Pero claro, Ryan seguiría muerto por mi culpa, así que tal vez no.

Bajé la escalera de mi nueva casa y encontré a Havoc que dormía la siesta bajo el sol que entraba por los enormes ventanales de la sala. Mandé talar algunos árboles para poder ver la isla que estaba en medio del pequeño lago. Por fortuna, mi casa estaba orientada de tal manera que no podía ver la casa de Ella.

Quizá me torturaba al tener siempre a la vista la tumba de Ryan, pero saber que Ella estaba tan cerca y tan jodidamente lejos era mucho peor. Había pasado más de un mes desde que había salido de mi cabaña. Mis cosas llegaron esa tarde. Toda mi presencia en la vida de Ella se reducía a cuatro cajas.

Hasta donde yo sabía en cuanto a separaciones, esperaba

que gritara, llorara, que me arrojara cosas por lo que había hecho, pero su silencio estoico fue peor. Aceptó que habíamos terminado y ahora yo tenía que seguir adelante sin ella y sin los niños.

Dios mío, extrañaba a los niños. Enamorarme de Ella me había vinculado a ellos como una bendición y una maldición al mismo tiempo. Una bendición por todo lo que me habían enseñado, por el amor que jamás pensé que fuera capaz de sentir. Una maldición porque Ella me negó todo acceso a ellos, como era su derecho. No confiaba en mí y eso incluía a los niños. Le rompí el corazón, pero el mío estaba hecho trizas por haberlos perdido a los tres.

Suspiré al ver la sala vacía. Tenía que comprar muebles. Mi recámara ya estaba lista y gran parte de los utensilios de la cocina seguían llegando todos los días gracias a Amazon.com. Pero el resto de los muebles simplemente no me parecía importante, pues aunque esta fuera mi casa, por alguna razón no la sentía como mi hogar.

Mi teléfono sonó cuando abrí el refrigerador para hacerme algo de comer.

—Gentry —respondí, preguntándome quién se había perdido ahora.

Conforme entraba la primavera había más senderistas que padecían mal de montaña, que se perdían o se rompían algún hueso en lugares inconvenientes.

—¿Señor Gentry? Lamento molestarlo. Soy el director Halsen, de la escuela primaria. Colton está en mi oficina.

El estómago me dio un vuelco.

—¿Está bien? ¿Se lastimó?

¿Por qué me hablaban a mí?

—No, no. Nada de eso. Tuvo un altercado con uno de sus compañeros de clase y tiene que regresar a casa.

—¿Una pelea?

No era posible. No Colt. Sin duda algo lo enfureció, pero nunca lo había visto ponerse violento a menos que se tratara de Maisie.

—Sí, una pelea.

—Guau. ¿Llamó a su mamá?

—Lo intentamos, pero no responde, y Colt nos dijo que está en Montrose para una de las terapias de Margaret. Esperaba que usted pudiera venir a recogerlo.

Alejé el teléfono de mi oreja para revisar el número, quería asegurarme de que no era una broma.

—¿Recogerlo? —pregunté despacio.

—Sí. Nuestra política establece que se vaya a su casa el resto del día y usted es el segundo nombre como contacto de emergencia.

Mierda. Ella no había actualizado aún la información de los niños. Eso quería decir que podía ver a Colt. Sin embargo, de inmediato hice a un lado mi emoción. Ella no quería que lo viera y yo no tenía derecho a hacerlo.

—¿Hay alguien más en la lista?

—Solo Ada y Larry, y por lo que me dijeron están de vacaciones estos días en Glenwood Springs.

Solo quedaba yo.

—Está bien. Llegaré en veinte minutos.

Me agradeció y colgamos.

Dudé un segundo con el dedo sobre el nombre de Ella en mi lista de contactos, pero me armé de valor y presioné el icono del teléfono. Entró directamente al buzón, aunque no me sorprendió. Traté de llamarla algunas veces esa primera semana y obtuve el mismo resultado. Ella había terminado conmigo. Me había dicho que las mentiras era un límite que no podía rebasar y hablaba en serio.

—Hola, Ella, soy Beckett. Mira, la escuela acaba de llamarme. Parece que Colt se peleó y hay que ir a recogerlo. Soy el único en su lista, así que voy por él. Avísame si quieres que lo deje a la casa principal en el Solitude o si prefieres que te lo lleve a Montrose. Si no tengo noticias tuyas, lo traeré aquí a mi casa. Sé que no quieres que lo vea, pero esto está un poco fuera de mi control, así que espero que entiendas. Gracias.

Colgué y me llevé el teléfono a la frente. Incluso escuchar su mensaje en el buzón era una tortura.

Dejé a Havoc dormir bajo el sol y salí. Manejé por el camino de tierra que cruzaba la propiedad. Veinte minutos más tarde me estacioné frente a la escuela. Hubiera pensado que el hueco que sentía en el estómago se debía al director. Sin embargo, se debía a Colt.

Crucé la puerta, firmé la lista de visitantes y miré a la recepcionista.

—Hola, soy Beckett Gentry, vengo a recoger a…

—Colton MacKenzie —respondió la joven con una sonrisa—. Sé quién eres, todas sabemos.

Le hizo una seña con la cabeza a otras mujeres que estaban en la recepción detrás de ella.

—Ah, okey. Entonces, ¿puedo llevármelo?

—¡Oh, claro! Te dejaré entrar.

Sonó el timbre de la puerta y entré a la escuela. La última vez que estuve aquí fue con Ella, para la obra de teatro de Colt de primero de primaria, hace varios meses. Por reciente que me pareciera, también lo sentía como si fuera el recuerdo de otra persona.

—Por aquí —dijo la recepcionista pasando un mechón de cabello detrás de su oreja y ofreciéndome una sonrisa coqueta—. Soy Jennifer, por si no lo recuerdas.

—Jennifer, sí. Nos conocimos el año pasado, ¿verdad?

Me guio hasta las oficinas administrativas.

—¡Sí! Cuando viniste con tu perra para hablar de Búsqueda y Rescate. Te di mi número de teléfono cuando te registraste.

—Sí, lo recuerdo. —Traté de forzar una sonrisa. Nosotros no estábamos juntos en esa época, pero no importaba, y nunca llamé a Jennifer—. Lamento no haber llamado. Espero que no haya rencores.

Jennifer me tocó el brazo cuando llegamos a la puerta de la oficina del director.

—Ninguno. Me dio mucha tristeza escuchar que Ella y tú rompieron. Si alguna vez necesitas algo o solo quieres hablar, con gusto te vuelvo a dar mi número, por si acaso.

«Diablos». Parecía tan optimista, tan sin complicaciones, tan distinta a Ella.

—Gracias, lo... tendré en cuenta.

Era lo mejor que podía hacer sin ofenderla.

—Hazlo.

Sonrió de nuevo. «Demasiadas sonrisas». Apostaría que la mayor parte del tiempo estaba contenta. Que no luchaba para mantener vivo a su hijo ni lidiaba con la muerte de su hermano o la traición del hombre al que amaba. Resplandecía como una moneda nueva.

Pero en los últimos dieciocho meses había aprendido que me gustaba un poco de oscuridad. Le daba profundidad a las arrugas y hacía que las facciones resplandecientes fueran más atractivas. Ella era mucho más que hermosa debido a lo que había vivido. La tragedia no acabó con ella, la refinó.

Jennifer tocó y abrió la puerta de la oficina del director. Entré y mi mirada se fijó de inmediato en la de Colt. Él abrió los ojos como platos.

—Director Halsen —saludé al administrador, quien señaló la silla vacía al lado de Colt.

Me senté junto a Colt, quien se mantenía muy erguido. Cada músculo de su pequeño cuerpo estaba tenso y tenía los labios apretados. Sujetaba con fuerza el reposabrazos y extendí la mano para darle un apretón tranquilizador. Su postura se relajó poco, pero era suficiente.

—Señor Gentry, lamento haberlo convocado, pero en este tipo de incidentes, cuando hay violencia, tenemos que enviar al alumno a su casa.

—¿Me puedes decir qué pasó? —le pregunté a Colt.

—Atacó a un compañero de clase...

—Me gustaría escucharlo a él primero, si no le molesta —interrumpí al director Halsen.

—Estábamos en el patio y Drake Cooper no dejaba tranquila a Emma. A ella le cae mal. —Colt miraba fijamente al frente—. Le dijo que se fuera y él no lo hizo. Y trató de besarla.

«Drake». Reconocí el nombre. La carta número tres.

—¿Es el mismo niño que molestó a Maisie con ese juego de los besos? —pregunté.

Era la primera vez que recurría a algo que solo Caos hubiera sabido. Por supuesto, Colt no estaba al tanto, no se daba cuenta de eso ahora que estaba aquí junto a él. Sentí una extraña fusión del tipo que había escrito esas cartas y el hombre que había adoptado a Colt.

—Sí. Supongo que no aprendió.

—Supongo que no.

El director Halsen me lanzó una mirada reprobadora que ignoré abiertamente.

—Así que lo alejé de ella y lo golpeé —explicó Colt encogiéndose de hombros—. Él trato de golpearme también, pero lo esquivé.

—Muy bien —dije asintiendo.

—Es lento. —Otro encogimiento de hombros.

—Señor Gentry, como puede ver, su hijo instigó a la violencia en un ataque no provocado. Lo enviaremos hoy a casa y mañana está suspendido. Tenemos que enviar el mensaje de que no podemos tolerar este tipo de agresividad.

—No soy su hijo —murmuró Colt.

«Sí, lo eres».

—Claro, perdón, Colt —corrigió el director Halsen mirándome de nuevo con reproche.

Él sabía de la adopción por los registros.

—No tengo problema en llevarme a Colt a casa ni con su suspensión. Tiene razón, él golpeó primero. Pero mi pregunta es qué van a hacer con Drake.

Colt volteó a verme de inmediato, asombrado.

—¿Perdón? —preguntó Halsen.

—Supongo que le dijo a Colt que solo él tiene la culpa de todo esto, ¿cierto? Después de todo, él golpeó primero, hizo lo que usted considera un escalamiento de violencia.

—Fue él quien actuó mal.

—Puede ser. Pero Drake también actuó mal. De hecho, estaba ya llevando a cabo un acto de violencia que Colt frenó.

—Difícilmente llamaría violencia a las travesuras en el patio de juegos. —El director Halsen lanzó una risita—. Ya le dijimos a Drake que sus actos son inaceptables. Pero seguramente usted conoce a los niños enamorados.

Miré a Colt. Tenía la misma expresión que Ella cuando estaba a punto de estallar.

—Sí, los conozco. Actúan como Colt y protegen a las niñas que les caen bien. Lo que hizo el otro niño, lo crea usted o no, está mal. Y claro que puede minimizarlo como una travesura, como estoy seguro de que ha hecho los últimos treinta años que lleva en esta escuela. El problema no es esta vez, sino que se convierta en un patrón. Usted no hizo nada el año pasado cuando se trató de Maisie. Ahora estamos aquí y ese niño ya es un año mayor. Pero claro, puedo llevarme a Colt a casa y tener una plática seria sobre cuándo es apropiado usar la fuerza. Pero es probable que acabe por enseñarle cómo lanzar mejor un puñetazo, porque algún día ese otro niño tendrá dieciséis años y ya no solo serán besos en el patio lo que haga por la fuerza.

El director Halsen abrió la boca y se puso de pie.

—Gracias por llamar mi atención sobre el tema —agregué—. Estoy seguro de que su madre tomará las medidas apropiadas. ¿Colt? ¿Listo para irnos? Creo que nos merecemos un helado.

Colt asintió, bajó de un salto de la silla y se llevó la mochila al hombro. Salimos de la oficina y cruzamos la puerta de doble hoja para salir al aire fresco de marzo. Colt permaneció callado cuando subimos a la camioneta y se puso el cinturón de seguridad en su asiento para niños. No los había quitado, hacerlo me parecía algo más definitivo que cuando Ella salió de mi casa.

—Tu mamá no ha llamado —dije revisando mi teléfono.

—Está en Montrose con Maisie —respondió Colt.

—Sí. ¿Quién te está cuidando ahora que Ada y Larry están de vacaciones? —pregunté cuando salía del estacionamiento en dirección al Solitude.

El tráfico no era tan pesado a esta hora del día, pero tan pronto como se pusiera el sol, sería el caos acostumbrado en la temporada turística.

El hecho de que hubiera vivido en un lugar el tiempo suficiente como para reconocer que había algo así como una temporada turística era bastante revelador.

—Hailey.

—Okey. ¿Quieres que te lleve a la casa principal? —Miré por el retrovisor, Colt observaba por la ventana—. ¿Colt?

—No me importa.

Nunca antes tres palabras me habían dejado paralizado. Por

supuesto que estaba enojado conmigo, tenía todo el derecho de estarlo.

—Bueno, le dejé un mensaje a tu mamá que si no me hablaba te llevaría a mi casa. ¿Te parece bien? ¿O preferirías ir con Hailey?

Era como estar entre la espada y la pared, lo sabía. Deseaba más que nada pasar unas horas con él. Necesitaba saber cómo estaba, que había de nuevo en su vida, si su equipo de futbol había entrado a la liga de primavera. Extrañaba a los mellizos tanto como extrañaba a Ella. Pero también sabía que iba en contra de los deseos de Ella y no podía robar esas horas así nada más.

—¿Qué tan lejos vives? —preguntó sin dejar de ver el paisaje—. No puedo subirme a un avión ni nada parecido. Mamá se enojaría mucho.

Mi corazón dio un vuelco.

—Amigo, sigo viviendo en Telluride…

—¿Sí? Pensé que… —Negó con la cabeza—. Supongo que podemos ir a tu casa, así no le mentirías a mamá. Se enoja mucho con las mentiras.

Sabía que Ella era el tipo de mamá que no explicaría los detalles de por qué ya no estábamos juntos, pero esas palabras me llegaron al alma.

—¿Estás seguro?

Asintió.

—Hailey está trabajando y a la ayudante de la cocina no le gusta tener niños a su alrededor. De todos modos, a Ada no le cae bien. Y si no te importa, me gustaría mucho ver a Havoc.

Su tono era monótono, como si decidiera entre comer brócoli o coliflor.

—Sí. A ella también le gustaría mucho. A mí también. Te extraño, amigo.

—Okey. —Lanzó una risita.

—Es en serio, Colt.

No respondió y siguió callado hasta que entramos al camino de terracería que empezaba en el límite de la propiedad del Solitude.

—¿Adónde vamos? —preguntó.

—A mi casa.

Se inclinó hacia la ventana y observó la propiedad.

—¿Vives allá atrás?

—Así es.

Entré al pequeño claro donde estaba construida la casa. Colt miraba de un lado a otro.

—¿Vives del otro lado del lago?

—Sí. Es genial, ¿no?

Avancé hasta el garaje y apagué el motor.

—Seguro.

Colt tomó su mochila y llegó a la casa antes que yo. Abrí la puerta y entró corriendo, echándose de rodillas frente al cuarto de servicio y junto a la cocina, para rodear a Havoc en un gran abrazo.

La perra gimoteó, golpeaba el piso con la cola y recostó la cabeza en uno de los hombros de Colt y luego en el otro.

—Ya sé. Yo también te extrañé, chica —dijo Colt acariciando detrás de sus orejas—. Está bien.

No sé qué me mataba más en ese momento: si las suaves palabras de Colt o los gemidos de Havoc. Se comportó igual cuando Maisie volvió a casa de su megaquimioterapia en diciembre.

—Tengo helado en el congelador —ofrecí.

—No, estoy bien. ¡Vamos a jugar!

Antes de tirar la mochila en el suelo, sacó su chamarra. Havoc abrió el paso hasta la puerta, con su Kong en el hocico.

Los seguí y me senté en los escalones del porche delantero.

Colt lanzaba el juguete en la ribera del lago. Estaba a solo nueve metros de distancia, pero, demonios, me había apartado de forma tan eficiente que me parecían kilómetros.

Unos minutos más tarde caminé hacia ellos.

—¿Te gusta? —le pregunté.

—No puedes ver mi casa desde aquí —dijo con otro encogimiento de hombros.

—No, está detrás de la isla.

—¿Por eso me olvidaste? —preguntó lanzando la pelota sobre la ribera.

A este paso no sobreviviría unas cuantas horas con él. Ella me encontraría muerto y a Colt con los restos deshilachados de mi corazón.

—Nunca te olvidé, Colt. Eso sería imposible.

Havoc le regresó el Kong y él lo volvió a lanzar, con más fuerza, su movimiento provenía más del enojo que del ejercicio.

—Sí, claro.

—Colt. —Me arrodillé y lo hice girar hacia mí, luego respiré hondo para calmarme. Dos lágrimas bajaban por sus mejillas—. No te olvidé.

—Entonces, ¿por qué no has ido a vernos? Un día fui a la escuela y cuando regresé mamá me dijo que ustedes dos ya no eran amigos. Y eso fue todo.

—Amigo, es complicado.

Puse las manos sobre sus hombros.

—Eso es lo que dicen los adultos cuando no quieren explicar las cosas.

Parpadeó y más lágrimas de rabia resbalaron por su rostro.

—¿Sabes qué? Tienes razón. Las relaciones de adultos son muy difíciles de explicar, pero trataré de hacerlo. Yo me equivoqué. ¿Entiendes? No fue tu mamá. No es su culpa, es la mía. Y metí tanto la pata que rompimos.

—¡Pero no rompiste conmigo! —gritó—. ¡Ni con Maisie! ¡Solo desapareciste! Y cuando me escapé para ir a buscarte ya te habías ido. Te fuiste sin decir adiós, sin dar una razón.

—Estoy aquí —prometí con un nudo en la garganta que casi ahoga mis palabras.

—¡Pero yo no lo sabía! Dijiste que me querías y que éramos amigos. Los amigos no hacen eso.

—Tienes razón, Colt, lo siento. —Puse toda la emoción de la que era capaz en mis palabras, esperando que se diera cuenta de lo sinceras que eran—. Te he extrañado cada día. No ha habido un minuto en que no haya querido verte o hablar contigo. Lo que pasó entre tu mamá y yo no quiere decir que no te ame a ti y a Maisie. Es solo…

¿Por qué no había palabras para esto? ¿Por qué no podía explicarle las cosas sin culpar a Ella? No era su culpa, era mía.

—… complicado —dije por último.

—Sí. Complicado.

Su enojo cedió un poco, entreabrió la boca y su labio tembloroso expresaba una profunda tristeza.

—Es solo que… —agregó—. Pensé que eras como mi papá. O que podrías serlo algún día. Y luego te fuiste.

Esta vez, sus lágrimas me destrozaron. Lo jalé contra mi pecho y lo abracé con fuerza.

—Yo también, Colt. Nada me hubiera hecho más feliz que ser tu papá. Eres el mejor niño que jamás hubiera imaginado tener. No es culpa tuya. No es culpa de tu mamá. Es mi culpa. Así que si quieres estar enojado, está bien, pero tienes que enojarte conmigo. Con nadie más. ¿Me lo prometes?

—No quiero estar enojado —sollozó en mi hombro—. ¡Quiero que lo arregles!

—Ojalá pudiera. Pero hay heridas demasiado graves como para sanarse.

Se echó hacia atrás y me miró fijamente.

—Maisie estaba muy grave, y mamá y tú la compusieron. Se enferma y llora, pero mamá dice que se va a poner bien si lucha y que después todo habrá valido la pena.

—Lo sé.

En general yo era muy bueno con la lógica infantil, pero con esto me dejaba mudo.

—No puedes estar más grave que Maisie y no tratar de arreglarlo. Maisie no se ha dado por vencida y lo suyo ha durado siglos. —Arrastró la última palabra—. Mamá y tú rompieron en un día.

—En serio desearía que fuera así de simple, Colt.

—Maisie también. Pero es muy valiente y lo intenta.

Este niño de siete años en verdad me estaba educando sobre las relaciones.

—¿Sabes a quién me recuerdas en este momento?

Alzó las cejas, pero no respondió.

—A tu tío Ryan —dije—. Igualito a él.

Miró hacia la isla y de regreso a mí.

—Okey. Entonces, ¿vas a tratar de arreglarlo o te vas a dar por vencido?

Para Colt todo era fácil. Aún no había visto lo peor de la humanidad, de lo que las personas son capaces de hacerse unas a otras. No veía lo que yo le había hecho a su mamá, no sabía que por mi culpa no tenía tío. En ese momento, amé a Ella mucho más por no haberlos puesto en mi contra.

—Puedo intentarlo, amigo. Por ti y por Maisie puedo intentarlo.

Respeté el deseo de Ella de que desapareciera. Puesto que le había arrebatado todas sus elecciones, me pareció la mejor manera de honrarla. Además, yo no merecía una segunda oportunidad. Sin embargo, aunque cometí un error, ¿qué hubiera pasado si hubiera insistido?

«Te hubiera rechazado de nuevo».

—Bien. Ofrece disculpas. A las chicas les gusta eso —dijo asintiendo y dándome una palmadita en el hombro.

—Lo tendré en cuenta. ¿Algo más?

Arrugó la frente un momento y luego me ofreció una sonrisa satisfecha.

—También les gusta que pelees por ellas.

¡Hombre!, amaba a este niño.

—Emma es la que te gusta, ¿verdad?

Por lo que recordaba de la fiesta de cumpleaños de Colt, Emma era bonita, amable e inteligente, de grandes ojos castaños y cabello negro rizado un poco más oscuro que su tez.

—Tiene piel bonita —explicó asintiendo para hacer énfasis.

Asentí a mi vez y traté de no reír.

—¿Se lo dijiste?

—¡No! —Volteó alrededor un segundo y luego reflexionó—. Tal vez cuando tenga doce años.

—Planeas a largo plazo, entiendo. —Me puse de pie mientras él lanzaba el Kong de nuevo para que Havoc, quien esperaba paciente, fuera a buscarlo—. Creo que lo que hiciste hoy por ella fue increíble. Siempre es bueno proteger a los más pequeños. Aunque quizá sea mejor golpear menos.

Asintió.

—Me enojé mucho.

—Sí, eso también lo entiendo. Pero eso es lo importante de ser un hombre: saber cuál es tu fuerza y controlar tu enojo.

—Tengo siete años.

Casi lanzo una carcajada y me di cuenta de que había estado en su vida el tiempo suficiente como para escucharlo decir «Tengo seis años».

—No por mucho tiempo. Pudiste solo jalarlo, y aunque el

resultado no hubiera sido tan satisfactorio, habría sido igual de efectivo. Además, te hubieras ahorrado al director.

—Lo tendré en cuenta —respondió repitiendo mis palabras.

—¿Qué te parece la casa?

La había construido para él, para Maisie… para Ella. Era una ironía que hubiéramos terminado nuestra relación justo antes de que pudiera darle la sorpresa. Quizá debí decírselo desde el principio, como todo lo demás.

Colt miró la casa, su valoración se expresaba en su rostro.

—Está bien. Me gusta.

—Es bueno oírlo.

—Necesita una casa en un árbol —agregó señalando una arboleda de pinos—. Ahí estaría bien.

—Anotado.

—Y una tirolesa.

—No vas a renunciar a ella, ¿verdad?

—¡Nunca!

Salió corriendo detrás de Havoc por el borde del lago y mi teléfono sonó.

Ella.

—Hola —respondí.

—¿Qué le pasó a Colt? —preguntó con voz aguda—. Perdón, no tengo recepción en esa parte del hospital, no recibí las llamadas y la escuela ya está cerrada. Qué lío.

Su voz recorrió mi cuerpo para aliviarlo y partirlo en un solo movimiento suave.

—Está bien.

Me aclaré la garganta esperando que no fuera tan ronca.

—No puedo creer que fueras hasta allá. ¿Qué tan lejos estabas?

—¿A unos diez minutos?

—Espera. ¿Sigues en Telluride?

—Te dije que no me iría.

Su respiración se volvió entrecortada, como si quisiera decir algo y luego cambiara de parecer.

—Drake trató de besar a Emma —expliqué—, y Colt la defendió.

Ella lanzó un quejido.

—Ese imbécil. Drake, quiero decir. No Colt.

—Sí, lo sé. Aunque tal vez tuve un pequeño altercado con el director. Le dije que en parte era su culpa por no solucionar el problema cuando pasó lo mismo con Maisie.

—¿Verdad? Dejan que ese niño se salga con la suya. Espera, ¿cómo...?

Escuché un ligero jadeo cuando se dio cuenta de cómo lo supe.

—Tu tercera carta. —Sentí cómo cambiaba el tono de nuestra llamada conforme mis pecados irrumpían entre nosotros, pero no retrocedí—. Le dije a Colt que estaba muy bien que defendiera a la niña que le gustaba, pero que quizá sería mejor golpear menos.

—Sí. Así es.

El silencio se alargó entre nosotros, triste y pesado por lo que ya habíamos dicho el mes pasado.

—Ahora está jugando con Havoc, pero si quieres se lo puedo llevar a Hailey. Está suspendido mañana.

—Demonios, regreso a casa hasta mañana en la tarde y Hailey lo está cuidando ahora que Ada y Larry están de vacaciones, pero mañana trabaja todo el día. No me importa que se quede en la casa principal, pero...

—Pero a la cocinera que reemplaza a Ada no le gustan los niños. Colt me dijo.

—Sí, no es muy amable, pero es muy buena cocinera.

Suspiró y pude imaginar la manera en la que se echaba el

cabello hacia atrás y miraba de un lado a otro tratando de decidir qué hacer.

—Puede quedarse conmigo. Hay una recámara para él y nada me haría más feliz que pasar un tiempo juntos. Pero comprendo perfectamente si no quieres. También podría llevártelo a Montrose.

«O partir mi corazón en dos y desangrarme, como tú quieras».

Pasaron unos segundos de silencio y estuve a punto de retractarme, odiaba haberla puesto en esa situación.

—Eso estaría muy bien, y estoy segura de que a él le encantaría. Te ha extrañado mucho. —Su voz se hizo un murmullo—. Maisie también.

—Y yo los he extrañado también. Ha sido… muy difícil.

«Te he extrañado cada segundo, tanto que me duele respirar».

—Sí.

Más silencio. Hubiera dado cualquier cosa por verla en ese momento, por abrazarla, caer a sus pies y hacer cualquier sacrificio que me pidiera.

—Mira, llamaré al Solitude para avisarle a Hailey y llegaré mañana como a las cinco. ¿Está bien?

—Sin ningún problema.

—Gracias, me alegra que sigas aquí, ahí, quiero decir. En Telluride. Okey. Adiós, Beckett.

—Ella. —No soportaba decirle adiós, aunque fuera solo por teléfono.

La llamada se cortó y miré a Colt. Tenía veinticuatro horas con él. Hice lo que cualquier hombre racional hubiera hecho: llamé al trabajo y aproveché cada minuto.

CAPÍTULO VEINTICUATRO

Ella

Carta núm. 2

Ella:

Estas galletas son lo mejor. No te miento. En primer lugar, no dejes que te amedrenten las señoras moralistas de la Asociación de Padres y Maestros. Aunque conozco la guerra, mucho, esas mujeres me siguen intimidando a mí y ni siquiera tengo hijos, así que solo te aplaudo como en Los juegos del hambre *y te deseo lo mejor. Sí, aquí vemos muchas películas. Me preguntaste cuál es la decisión que más me ha asustado tomar. Tener miedo significa que tienes algo que perder, y en realidad nunca he tenido eso. Sin hablar mucho de mi pasado, sencillamente diré que no tengo más familia que las personas de mi unidad. Tampoco hay nadie que me espere en casa después de este viaje. Incluso alistarme en el ejército fue algo evidente, ya que tenía dieciocho años y estaba a punto de que me sacaran del sistema de protección infantil. Tengo miedo por mis compañeros. Odio verlos lastimados, o algo peor. Me asusto cada vez que tu hermano hace algo temerario, aunque no es mi decisión. Pero te platicaré de la mayor decisión que he tomado: compré un terreno. No lo he visto, lo hice porque me lo recomendaron. El propietario estaba en dificultades y me arriesgué. No tengo idea de qué hacer con eso. El hombre que lleva mis inversiones (sí, tengo uno de esos para no morir en la indigencia) me dijo que lo conservara y se lo vendiera a constructoras cuando quisiera jubilarme. Tu hermano me aconsejó construir una casa y echar raíces. Eso me asusta. La idea de echar raíces en algún lugar, de no volver a empezar unos años después, es un poco aterradora. La vida nómada brinda cierta paz. Empiezo de cero cada que me mudo. Una hoja en blanco que espera que haga un lío con ella. Oye, te lo advertí, soy pésimo con las personas. Echar raíces significa que tengo que hacer un esfuerzo para no alejar a todo el mundo a mi alrededor porque estaré atorado con ellos. Eso, o volverme un ermitaño de montaña, dejarme crecer la barba muy larga, podría ser una verdadera opción. Supongo que te lo haré saber cuando averigüe qué decisión tomaré. Tu lugar suena magnífico y tengo la seguridad de que hiciste bien en hipotecarla para hacer mejoras. Como dijiste, el que no arriesga no gana. ¿Qué demonios le pusiste a esas galletas? En verdad son adictivas. Quizá te maldiga después de correr unos cuantos kilómetros, pero valen la pena. Gracias otra vez.*

Caos

—¿Estás segura de que es por aquí? —le pregunté a Maisie cuando entramos al camino de terracería—. Estamos muy cerca del Solitude.

Telluride. Beckett seguía en Telluride. No se había ido, no había seguido su camino como yo asumí de manera estúpida.

—Eso es lo que dice la mujer del GPS de la ubicación que él te mandó —respondió Maisie agitando el teléfono en el que estaba abierta la aplicación de Google Maps—. ¿En serio podré ver a Beckett?

La esperanza en su voz fue brutal.

—Sí. Unos minutos.

Traté de mantener un tono ligero, pero fue un fracaso lamentable. Quizá se debía al agotamiento por las dos semanas de hospitalización para la radiación de Maisie o por haberme enterado de que otro niño que Maisie conoció en Denver falleció la semana pasada. Quizá era por Beckett.

O tal vez solo se debía a que mi corazón estaba roto por todo lo anterior.

—Lo extraño —murmuró.

—Yo también, mi amor —respondí sin pensar.

—No, tú no. Si lo extrañaras lo llamarías. Nos dejarías verlo.

Su tono era todo menos comprensivo. Avanzamos por el bosque.

—Maisie, no es tan fácil. A veces las relaciones simplemente no funcionan y quizá no lo entiendas hasta que seas más grande.

—Okey.

Dios mío, tendría muchos problemas cuando esta mocosa fuera adolescente. Luego sonreí al pensar que ahora sí tendría una oportunidad de llegar a ser adolescente.

«Gracias a Beckett».

Pero en el amor estaban entretejidas las mentiras y ese era el problema. Las mentiras no borraban todo lo que había hecho por mí, por nosotros. No aniquilaban la manera en la que me sentía cuando me besaba, la forma en la que mi cuerpo se encendía cuando estábamos en la misma habitación. No invalidaban la forma en la que él amaba a los niños o en la que me amaba a mí.

Pero ese amor tampoco borraba las mentiras, ni el miedo que yo sentía de que me mintiera más. Ese era el *impasse*.

Tal vez podría ignorar lo que había hecho para comprender

por qué lo había hecho. Era solo que no podía darme el lujo de confiar en él.

—Dios mío —murmuré cuando nos acercamos a la casa.

Miré el lago, solo para asegurarme, y después la casa. Le iba a preguntar a Maisie si estaba segura cuando Colt salió corriendo, con Havoc a los talones. Eso respondió mi pregunta.

Beckett había comprado las diez hectáreas que vendí hace dos años a una compañía de inversión. La casa era hermosa, tenía el estilo de una cabaña de madera parecida a las del Solitude. Tenía dos pisos con varios techos de dos aguas y columnas de piedra. Era clásica, rústica y moderna al mismo tiempo. Como el mismo Beckett.

Colt abrió la puerta de Maisie.

—¡Ahí estás! ¡Te extrañé!

—¡Yo también! —respondió.

Ambos se abrazaron.

—¡Hola, mamá! —Colt me sonrió desde el asiento trasero—. Hicimos la cena, ¡vengan!

—Ah, Maisie no se siente muy bien —dije de inmediato, sentí pánico al pensar en pasar más de unos minutos con Beckett.

—Nos imaginamos. Por eso tenemos pollo y arroz, y galletas saladas si las necesitas, Maisie. Vamos, ¡tienen que ver la casa!

Maisie bajó de un salto, más ágil de lo que la había visto las últimas dos semanas, y ambos salieron disparados.

—Bueno, supongo que está decidido —dije entre dientes.

Sentí la necesidad de revisar mi peinado y maquillaje, pero cambié de idea. No tenía por qué impresionar a Beckett. Era extraño que antes pensara lo mismo porque me amaba, ahora era porque se suponía que no me importaba lo que pensara.

Me eché un vistazo en el espejo retrovisor y me arreglé el cabello en movimientos rápidos, porque sí me importaba. «Carajo».

—No seas gallina.

Me sermoneé mientras bajaba de la Tahoe. Yo lo dejé a él, no fue al revés. Entonces, ¿por qué me dolía tanto? ¿Por qué mi corazón latía a toda velocidad? ¿Por qué moría de ganas de verlo casi tanto como de evitarlo?

Uf.

Tenía veintiséis años y el corazón verdaderamente roto por primera vez. Cuando Jeff se fue, los mellizos y mi propia obstinación aliviaron el dolor y me distrajeron. Pero ¿Beckett? No había distracción para Beckett. Estaba en mis pensamientos, en mis sueños, en los mensajes de voz que me negaba a borrar y en las cartas que no echaba a la basura. Era una locura que estuviera en todas partes.

Avancé despacio hacia la casa. El interior era igual de hermoso, con duela oscura y techos altos. Era exactamente la casa que hubiera diseñado para mí; pero no era mía ni él tampoco.

Un momento. ¿Dónde estaban los muebles? No había cuadros en las paredes ni señales de que se hubiera mudado aquí. ¿A fin de cuentas se marcharía?

—Hola —dijo al salir de un pasillo.

Mierda, qué bien se veía. Los jeans y la playera de manga larga con el logotipo del equipo de futbol de Colt ya eran mucho, pero su cabello estaba un poco más largo y despeinado a la perfección, y además tuvo el descaro de dejarse la barba incipiente.

—Hola.

De todas las palabras que necesitábamos decir, eso fue lo único que pude formular.

—Los niños están explorando. —Levantó la mirada hacia el techo cuando se escucharon sus pisadas—. Colt quiso prepararles la cena. Le dije que quizá no era una buena idea, pero insistió. Imaginé que quizá podrías llevártela, si no te quieres quedar.

—Vives en las diez hectáreas detrás del Solitude que vendí hace dos años.

—Sí.

Respondió con demasiada facilidad.

—¿Aquí fue donde viniste?

—¿Después de nuestra ruptura?

Asentí despacio.

—Cuando dejaste la cabaña y Colt me dijo que ya no estaban tus cosas le pregunté a Hailey si habías dejado alguna dirección.

—No lo hice.

—Lo sé. Por eso supuse que habías vuelto al ejército.

Como los otros dos hombres a los que había amado.

—No dejé ninguna información de contacto porque imaginé que llamarías a la estación. Nunca pensé en dejarte ni a ti ni a los niños después de que te prometí no hacerlo. —Suspiró y se frotó el rostro—. Pero claro, te mentí sobre quién era así que…

Tenía razón. Ambos lo sabíamos.

—No me gustó la manera en la terminamos todo. En la que terminé todo —corregí.

—A mí tampoco —respondió en voz baja.

—No llamaste.

—Traté de hacerlo la primera semana, pero no contestaste. Imaginé que hablabas en serio cuando me dijiste que no querías volver a verme.

—Lo siento. Nunca debí decir eso. A veces soy… exagero cuando se trata de mentiras y…

—Y construyes una fortaleza alrededor de los niños —completó mis pensamientos con las palabras que yo misma escribí en mis cartas—. Lo entendí y lo merecía. No es como que no me lo hubieras advertido en tu primera carta, ¿cierto?

Dios, este hombre me conocía muy bien y odiaba sentir que yo no lo conocía a él.

—No tienes muebles.

Alzó las cejas asombrado por mi cambio de tema.

—Solo en la recámara y la cocina. No quiero insinuar nada. Solo necesitaba una cama para dormir. Solo dormir. —Alzó los hombros y metió los pulgares en los bolsillos de los jeans—. Y la cocina, por supuesto, para comer. Porque es una cocina.

La manera en la que ambos llevábamos esta incómoda conversación hubiera sido divertida si no fuera porque verlo hacía que el corazón se me hiciera pedazos y diera sus últimos latidos.

—¿Por qué? ¿Por qué no tienes muebles?

—¿Con toda honestidad?

—Sí. Me parece que ya hubo suficientes mentiras entre nosotros, ¿no crees? —Hice una mueca—. Eso no era necesario. Lo siento.

—Di lo que quieras, merezco todas las pestes que quieras decir de mí.

—¿Los muebles?

Quería recordarle que dejara de hablar de ese tema.

—Compré lo que necesitaba. Siempre tuve planeado que fueras tú quien escogiera el resto y después... bueno, ya no me importó. Aunque tal vez necesite comprar una sala antes de la temporada de futbol. Es un poco incómodo comer toda esa basura chatarra en la cama.

Los niños bajaron corriendo por la ancha escalera que formaba una curva hacia el segundo piso.

—¿No es maravilloso, mamá? —preguntó Maisie mientras bajaba corriendo con Colt a los talones.

Era impresionante cómo esa niña podía recuperarse. Havoc se detuvo a mi lado para que le diera una caricia rápida y luego empezó a perseguirlos.

—¡Espera a ver el cuarto de juegos! —le dijo Colt a Maisie, y de inmediato tomaron otro pasillo.

—¿Por lo menos te saludó? —le pregunté a Beckett con una risita.

—Sí, me dio un gran abrazo antes de que Colt se la llevara arriba para ver las recámaras.

—¿Cuántas hay? —pregunté, aunque no necesitara saberlo.

—Seis. Cinco aquí y una *suite* sobre el garaje.

—¡Guau, qué grande! —exclamé sacudiendo la cabeza—. Por favor, no hagas la broma al respecto.

—Ni lo soñaría.

Su sonrisa era hermosa y me partía el corazón. Como siempre, todo con él era natural y sencillo, pero en este momento también era extremadamente difícil.

—Sé no que me incumbe, pero ¿tú construiste esto? ¿Eres propietario del terreno que vendí?

Vi cuando la construían y cada vez que espiaba a los constructores me daba de topes contra la pared por haber vendido esa propiedad. Por fortuna, la isla la ocultaba cuando yo estaba en casa, así que pude ignorarlo.

—La mandé construir en estos últimos siete meses, más o menos. Para ti.

Me obligué a tomar aire, aunque era evidente que mis pulmones se resistían a la idea.

—Para mí.

—Dijiste que sin mentiras. —Lanzó una sonrisa sobre el hombro—. Y fue la mayor decisión que jamás he tomado.

—¿Compraste estas diez hectáreas hace dos años? Creí que había sido una compañía de inversión.

—Así fue. Ryan me preguntó si estaba interesado en invertir en una propiedad. Yo estuve de acuerdo y le pedí a mi agente que se encargara, porque en esa época estábamos en el extranjero. Ya me había propuesto que diversificara mi inversión, y eso hice. Bueno, él lo hizo. Yo solo firmé los papeles cuando regresamos de esa misión. No sabía que era tu propiedad hasta que llegué aquí.

—Y no me lo dijiste. ¿No encuentras el patrón?

—No. Una cosa son los secretos y otra las sorpresas.

—¡Eres dueño de las diez hectáreas en la parte trasera de mi propiedad!

—En realidad, solo de hectárea y media. Puedes verificarlo con el condado. Salvo hectárea y media para la casa, te cedí todo el terreno. Ah, y hay un usufructo en camino. Espero que no te moleste.

—¿Me lo devolviste?

—Salvo la casa. Es decir, sí, la construí para ti, pero también para mí. Y está bien si quieres la casa, pero yo entro en el paquete. Ahora, llévate la comida. Puedo envolverla en unos platos si no quieres quedarte. Sin presiones.

Dio media vuelta, avanzó y yo lo seguí. La casa era en verdad espectacular. Me guio hasta la cocina grande y moderna que, en efecto, tenía una mesa y sillas. Se abría a un patio enorme por una puerta corrediza de vidrio.

Era escalofriante que fuera tan perfecta.

—No puedes construirme una casa.

—Ya lo hice —respondió rodeando la isla donde estaba la comida.

—No es normal construir una casa para una mujer y no decirle.

Entré a la cocina y me recargué en la barra de granito oscuro. Tenía muy buen espacio. Perfecto para… «No pienses eso».

—Sí, bueno, tenía esa idea estúpida y romántica que al construirla te demostraría que no me iba a ir, y que cuando Maisie se curara y todo se calmara, quizá querrían vivir aquí. Conmigo. Pero también sé que te gusta vivir en tu propiedad, así que no iba a presionarte, y la verdad no estábamos aún preparados para hablar de vivir juntos. —Llenó dos platos de comida—. Los dos sabemos que no soy muy bueno en esto de las relaciones. Mi experiencia se reduciría a la de un adolescente de catorce años en lo que a eso respecta.

Encogió los hombros, como bromeando.

—¿En serio esto es tan fácil para ti?

Ah, eso sonó muy duro.

Los platos tintinearon cuando los dejó sobre el granito, después volteó despacio hacia mí.

—No. No lo es. Es muy difícil verte, estar en la misma habitación contigo, y no arrodillarme y suplicarte que me perdones. Me estoy esforzando por no tocarte, no besarte, no recordarte lo bien que estamos juntos y cuánto te amo. Me mata no poder llevarte allá arriba y enseñarte la recámara que construí para ti, aunque solo sea para dormir a tu lado. Todo esto me hace sentir como si me clavaran un cuchillo en el estómago y le dieran vueltas, y lo peor fue ayer cuando Colt me dijo que no lo amaba. Que pensó que yo sería su papá, pero que en vez de eso yo lo había olvidado; y después me dijo que era un cobarde por no arreglar las cosas entre nosotros. Puedo mentir y decir que sé que no quieres que luche por ti, que ni siquiera merezco una segunda oportunidad, pero la verdad es que me da mucho miedo hacer cualquier cosa y empeorar todo. No solo te perdí a ti, Ella, también los perdí a ellos. No hay nada fácil en esto y estoy haciendo mi mejor esfuerzo para hacerlo llevadero. Así que, ¿quieres estos malditos chícharos? Porque el sitio web que leí decía que son buen alimento después de la radiación.

Había vuelto a lanzar una maldición.

—Los chícharos son buenos —murmuré.

—Excelente. También hay arroz integral. Y pollo desgrasado porque es más fácil de digerir. —Sirvió los chícharos en los platos—. ¿Puedo saber qué sigue o tengo que esperar a recibir los estados de cuenta del seguro?

—Le harán unos análisis de sangre la próxima semana. Si salen bien, empezamos con la inmunoterapia.

Una sonrisa de alivio cruzó su rostro, pero yo no era la razón.

—Ese es el último obstáculo, ¿verdad?

—Tal vez. Esperemos. La verdad es que no quiero tener esperanzas.

—La esperanza es buena. Siéntela. Porque no tienes idea qué hay a la vuelta de la esquina. Debes tomar lo bueno cuando llega, porque lo malo no te dará opción.

Los niños entraron corriendo a la cocina y Maisie se sentó encorvada en una de las sillas.

—¿Maisie?

—Estoy bien, mamá.

—No hagas mucho esfuerzo —dije por la costumbre.

—¿Se quedan o se van? —me preguntó Beckett en un murmullo para que los niños no lo escucharan.

Me daba la opción. Siempre me daba la opción.

—Beckett, Colt entró al equipo de futbol de la liga de primavera —dijo Maisie balanceando las piernas de adelante hacia atrás—. Además, Hailey terminó con otro novio y yo no quise pedir un deseo otra vez.

—Espera, ¿que hiciste qué? —preguntó Beckett acercándose a ella—. ¿Por qué? ¿No quieres disfrazarte de Batichica para el día en Denver? ¿O ser una sirena de las Bahamas? ¿Trabajar en una película por un día con Ron Howard?

Maisie se encogió de hombros.

—Tengo todo lo que quiero y lo único que podría pedir no me lo pueden dar, así que deberías darle el deseo a alguien que lo necesite.

Se puso en cuclillas frente a ellos.

—¿Qué es lo que quieres?

—Ya no importa. ¿Comemos?

«No solo te perdí a ti, Ella, también los perdí a ellos».

Sus palabras volvieron a golpearme con el doble de fuerza que la primera vez. Había amado a este hombre, seguía amándolo si era franca conmigo misma; había confiado en él tanto como para que adoptara a mis hijos. Sin embargo, paradójicamente rompí todo contacto para proteger mi corazón y, al hacerlo, destrocé el de los mellizos, lo único que había temido que él hiciera. Todo porque yo no era capaz de estar con él y respirar tranquila al mismo tiempo. Nunca fue un peligro para los niños y quizá yo me comportaba como una tonta, pero un poco de distancia me había despejado las ideas y estaba segura de que siempre sería honesto con los niños. Demonios, él había sido su papá de más formas que solo las legales. No los abandonó como Jeff. Les construyó una maldita casa y dejó lo que estaba haciendo para ir por Colt, aunque ya no estábamos juntos.

Y aunque yo lo corté de tajo, él ni una sola vez usó ese acuerdo de adopción para obligarme a nada. Me dio la opción y yo elegí mal.

—Nos quedamos.

Beckett se puso de pie y me miró asombrado.

—Se quedan.

—Solo es una cena.

Hizo una mueca de emoción que al instante cambió por una inclinación de cabeza y una sonrisa forzada.

—Sí, comamos. Colt, sirve algo de beber a las chicas.

Colt lanzó un grito de alegría y sirvió limonada de una bonita jarra de vidrio.

Comimos, fue normal e insoportable a la vez. Mis hijos estaban felices y no dejaron de hablar para poner a Beckett al corriente sobre todo lo que había sucedido este último mes. Él escuchaba y respondía, su mirada resplandecía conforme absorbía cada una de sus palabras.

Lo miré en silencio y bajaba la mirada cuando él la advertía, para luego volver a observarlo. Era Beckett, pero también era Caos. Con cada bocado, las frases de sus cartas bombardeaban mi corazón para recordarme que el hombre que estaba sentado frente a mí era el mismo por quien me había sentido atraída de inmediato. El mismo que estaba triste, solo y que sentía que no merecía tener una relación, una familia.

Terminamos de comer y me puse de pie.

—Colt, ¿recoges la mesa? Me gustaría que Beckett me enseñara el segundo piso.

—¡Sí! —exclamó asintiendo con entusiasmo.

Luego le murmuró algo a Beckett que parecía mucho un «pídele perdón».

Beckett asintió con solemnidad, despeinó a Colt y le guiñó un ojo a Maisie. Luego me hizo una seña para que lo siguiera y subió la escalera.

La escalera acababa en un rellano que se dividía en dos secciones, con un puente que cruzaba sobre la entrada.

—Esto es de los niños… las otras habitaciones están por allá.

—Enséñame la principal.

Avanzamos hacia el otro lado y me llevó hasta una magnífica recámara principal con techo abovedado y ventanas enormes. Una cama king-size ocupaba una pared, con ropa de cama plateada y blanca que yo hubiera elegido.

—Por allá está el baño, con dos vestidores y una lavadora-secadora. Hay otra abajo, junto al cuarto de servicio, porque bueno… los niños… ensucian cosas. No es importante, claro. Puedes ir a ver si quieres.

Se sentó en la piecera de la cama.

—No necesito hacerlo. Sé que es perfecto.

—Bueno, si no subiste para ver la tina, ¿qué pasa?

—No vamos a volver.

La frase salió de mi boca.

—Bueno, no empecemos a lanzar golpes.

—Perdón. Quiero decir, quería que eso quedara claro antes de decir lo siguiente.

Empecé a caminar de un lado a otro frente a la cama. Dios mío, la alfombra era muy suave.

—Después de esa introducción, no puedo esperar a escucharlo. —se inclinó un poco hacia adelante, sosteniéndose en la piecera—. Pero primero se supone que debo disculparme. Otra vez, quizá más fuerte para que Colt pueda escuchar. Me aconsejó que a las chicas les gusta que pidas perdón. Lamento mucho, mucho haberte mentido. Haberte hecho pensar que estaba muerto. Lamento no haber leído tus cartas después de que Ryan murió. Si lo hubiera hecho, no me hubiera mantenido alejado cuando me pediste que vinieras.

—¿Leíste las cartas?

Después de todo, al final las abrió.

—Sí, y lo siento. Debí responder. Debí venir. Nunca debí ocultártelo. No tienes idea de cuánto lamento el dolor que te he causado y no hay palabras suficientes de remordimiento para expresar cuánto siento que hayas perdido a Ryan por mi culpa.

Me detuve.

—Beckett, no te culpo por lo de Ryan.

Me miró de inmediato.

—¿Cómo puedes no hacerlo?

—¿Cómo podría hacerlo? —Me senté a su lado sobre al ancho borde de la piecera—. No fue tu culpa. Si hubiera alguna posibilidad de que lo salvaras, lo hubieras hecho. Si hubiera alguna manera en que pudieras haber podido cambiar el resultado, lo hubieras hecho.

Recité las palabras de memoria.

—Ryan.

—Sí, Ryan. Lo que te sucedió ahí es algo que nadie debería vivir. Tú no mataste a esa niña de manera intencional, fue un accidente. Te conozco, Beckett. Tú no lastimarías a un niño. Los accidentes son horribles, cosas espantosas que pasan sin ninguna razón y sin culpa de nadie. No fue tu culpa. ¿Lo que le pasó a Ryan? Eso tampoco fue tu culpa. No eres más responsable de eso que del hecho de que una mariposa africana provoque un huracán.

—No es lo mismo.

—Lo es. Hay diez mil maneras de culpar a alguien de la muerte de Ryan. Es culpa de mis padres porque murieron. De mi abuela por no haberse opuesto con más convicción cuando quiso alistarse. De los terroristas por hacerlo sentir que necesitaba ir y hacer algo. Mía porque recé mucho tiempo por que volviera a casa sin decirle en qué condiciones lo quería de vuelta. Pero nada de eso importa. Él se prestó voluntario para ir en una misión, e imagino que lo hubiera hecho, aunque tú hubieras ido, porque él era así. Era igual que mi padre, solo que me llevó años darme cuenta. Si quieres culpar a alguien, culpa a los hombres que jalaron el gatillo, ellos son los únicos a los que vale la pena culpar.

Dejó caer la cabeza. Volteé, tomé su rostro raposo entre mis manos y lo levanté para que me viera a los ojos.

—A veces suceden cosas malas y no es culpa de nadie —agregué—. No puedes razonar con el universo, sin importar lo lógico que seas. No hubiéramos crecido como lo hicimos. Somos personas imperfectas, hechas así por un mundo imperfecto, y no siempre tenemos injerencia en lo que nos hace quienes somos. No te culpo por lo de Ryan. Solo tú lo haces. Y si no dejas ir ese dolor, va a moldear el resto de tu vida. Tienes esa opción.

—Te amo. Lo sabes, ¿verdad? No importa qué haya pasado o el lío que yo haya causado, te amo.

Dejé caer las manos, tragué saliva y asentí.

—Lo sé. Y desearía que ese amor y esa confianza fueran de la mano con nosotros; sin embargo, en algún momento se separaron y no sé si alguna vez se vuelvan a encontrar. Debo ser capaz de creer lo que me dices y eso está roto. Si Maisie no estuviera enferma y yo fuera un poco más fuerte... simplemente no puedo. No ahora, por lo menos. Sé que amas a los niños y ellos te aman a ti. Me equivoqué al separarte de ellos. Estaba lastimada y me hice excusas tontas. Pero la verdad es que siempre puedo confiarte a mis hijos. Después de todo, tú eres su padre.

Incliné la cabeza en su dirección.

—En papel.

—En la realidad. —Algo hizo clic en mi cabeza—. Por eso no me presionaste para que les dijera lo de la adopción, ¿verdad? Sabías que la verdad saldría a la luz.

—Sí.

—Y no quisiste ponerlos en esa posición.

—Así es.

Me paré y empecé a caminar otra vez.

—¿Quieres ser parte de su vida?

—Dios, sí. Aceptaré cualquier cosa que quieras darme.

Dijo esas mismas palabras después de la primera vez que estuvimos juntos. Lo cumplió desde que llegó a Telluride y siempre me ha dado la opción de qué tanto lo dejo entrar. Nunca presionó, nunca pidió nada más que lo que yo permití.

No importaba cuánto me había lastimado, Beckett seguía siendo el mismo hombre de quien me enamoré, la persona a quien mis hijos amaban y necesitaban. Lo único que había cambiado era mi percepción de él... de nosotros.

—Bien, esto es lo que vamos a hacer: nos comportaremos como si estuviéramos divorciados.

—Nunca estuvimos casados.

—Un detalle menor. Lo que quiero decir es que hay gente que se acuesta una sola vez y se las arregla para compartir a los niños. Tú y yo nos amamos... nos amábamos. Podemos adaptarnos. Si hablas en serio cuando dices que te vas a quedar...

—Construí una casa, Ella. ¿Qué más quieres?

—¿Sigues en el ejército?

Sabía la respuesta, por supuesto. No podía salirse, no mientras necesitáramos la cobertura para Maisie. Pero también sabía que cuando ella estuviera bien él no aguantaría quedarse en un solo lugar, ahora que ya no estábamos juntos, cuando todo lo que lo mantenía aquí eran los niños. Su alma nómada lo urgiría a seguir adelante.

—Eso no es justo.

—Sí, lo sé. —Suspiré—. Si te quedas, por el momento, entonces los niños pueden venir cuando quieran. Si deseas seguir llevando a Colt al futbol, nos pondremos de acuerdo. Si quieres pasar tiempo con Maisie los fines de semana o lo que sea, nos organizaremos para que funcione para todos. Puedes verlos y ellos a ti. Somos adultos y ellos son niños, así que necesitamos comportarnos más como adultos que los niños. Necesitas decir lo que piensas sobre tus derechos, y yo necesito dártelos. Y ya no quiero ocultar a los niños lo de la adopción, así que una vez que Maisie termine con todo esto, si sigues aquí y todo, deberíamos decirles que tú eres su papá. A fin de cuentas, eso era lo que yo pensaba hacer antes de...

Apenas hice una pausa en mi discurso, me encontré rodeada

por sus brazos cálidos y fuertes, presionada contra su pecho fornido, familiar.

—Gracias —murmuró a mi oído.

Olía tan bien y me hacía sentir tan bien. Quizá si nos quedáramos así el tiempo suficiente, nada más importaría. Podríamos congelar el momento y vivir en él, rodeados del amor que sentíamos uno por otro.

Pero no podíamos porque me hizo vivir un infierno durante más de un año, y por mucho que lo amara, no estaba segura de poder volver a confiar en él con todo mi corazón, nunca más me sentiría segura de que me decía toda la verdad en cuanto a nuestra relación.

—De nada. Y lamento haberlos alejado de ti. Siempre bromeas que no tienes ninguna experiencia con las relaciones, y la verdad, yo tampoco. Lo manejé mal. Pero mejoraré a partir de ahora.

—Aquí estaré —prometió—. Estaré presente para ellos y para ti. Sé que no tienes fe en mí y está bien. Te lo voy a probar y recuperaré tu confianza poco a poco. No te arrepentirás de haberme dejado adoptarlos, te lo prometo.

—Nunca me arrepentí de eso —dije abrazándolo. Luego me aparté de la seguridad de sus brazos, antes de que hiciera algo estúpido como creer lo que me acababa de prometer—. ¿Quieres decirle a los niños?

—Sí.

Su rostro se iluminó como el de un niño la mañana de Navidad.

Los encontramos sentados frente a la mesa limpia de la cocina. Cuando nos vieron, de inmediato dejaron de hablar.

—¿Lo arreglaron? —preguntó Colt.

—No de esa manera, hombrecito —respondió Beckett en voz baja.

—¿Le pediste perdón?

—Sí, pero pedir perdón no arregla lo irreparable.

Colt me fulminó con la mirada.

—No —continuó Beckett, avanzando y poniéndose en cuclillas. Siempre me gustó la manera en la que se ponía al nivel de mis hijos—. No puedes enojarte con la persona lastimada ni juzgarla por eso, porque solo esa persona sabe lo profunda que es la herida, ¿entiendes? Esto no es culpa de tu mamá, es mía. —Miró a Maisie, cuyos ojos estaban bañados de lágrimas—. Es mía.

Se irguió y volvió a mi lado.

—No estamos juntos —reiteré. No tenía caso confundir a los niños—. Pero sé que ustedes lo quieren y él a ustedes. Así que, a partir de ahora, y si estamos todos de acuerdo, pueden venir siempre que Beckett diga que está bien. En cuanto al futbol, tratamientos, llamadas telefónicas y visitas, lo resolveremos juntos.

Maisie quedó boquiabierta.

—¿En serio?

—En serio —prometí.

Colt había sido una bola de rabia silenciosa desde que me separé de Beckett, pero Maisie se expresaba abiertamente y a veces era en verdad cruel.

—Entonces, no están juntos, pero ¿nosotros sí podemos tenerlo? ¿Es nuestro?

«Más de lo que creen».

—Eso es lo que estoy diciendo.

Los niños bajaron volando de la silla y abrazaron a Beckett y luego a mí, después a Beckett de nuevo y, por último, entre ellos. Maisie abrazó otra vez a Beckett y murmuró algo en su oído. Él le sonrió, con los ojos húmedos y dijo:

—Yo también.

Acompañó a los niños hasta el coche y se pusieron el cinturón de seguridad. Cuando las puertas estuvieron cerradas volteé a ver a Becket, tenía de nuevo las manos en los bolsillos. Sabía que tenía mucho autocontrol, pero ya me había dado cuenta de sus gestos cuando estaba nervioso.

—Gracias. Por la cena, por cuidar a Colt, por la propiedad y la casa, aunque no sea mía. La intención fue increíble.

—Gracias por dejarme verlos de nuevo —respondió.

—¿Qué te dijo Maisie?

—¿En serio quieres saber?

—Beckett —le advertí.

—Dijo que su deseo, lo único que quería, era... a mí, pero con muchas palabras.

—Quería un papá —supuse—. Que tú fueras su papá.

—Son niños —respondió encogiéndose hombros, pero yo sabía cuánto significaba para él.

—Son nuestros niños.

—Mira, me quedó muy claro lo que dijiste allá arriba. Sé que estar juntos no es opción. Pero por trillado que suene, me gustaría mucho que pudiéramos ser amigos. Aunque solo sea por los niños.

Ahí de pie, frente a la casa que había construido para mí, deseé nunca haber sabido. Deseé que nunca me hubiera mentido o que pudiera retractarse de todo. Deseé que no fuera los dos hombres complicados de los que me había enamorado. Pero lo era, y lo hizo. Sin embargo, a pesar de todo yo seguía amándolo.

—Sí. Creo que podemos hacerlo.

—Recuperaré tu confianza. No me importa cuánto tiempo me lleve —prometió de nuevo.

Aunque yo no estuviera lista, ni siquiera estaba segura de que algún día lo estaría, quería creer que lo haría, y ese deseo encendió esa llama diminuta de esperanza en mi corazón.

No destellaba lo suficiente como para brindarme calidez, no como lo hizo nuestro amor. Pero era una chispa.

—Necesito aprender a dar segundas oportunidades. Poco a poco. Buenas noches, Beckett.

Asintió y permaneció en el porche hasta que nos perdimos de vista.

SEIS MESES DESPUÉS

CAPÍTULO VEINTICINCO

Beckett

Carta núm. 23

Caos:

Hace dos días que enterramos a Ryan. No viniste y no has respondido mi carta. Cuando le pregunté a los chicos de tu unidad si estabas bien, al menos supuse que eran de tu unidad por el corte de pelo, me respondieron que no tenía idea de quién les estaba hablando. Así que sí, eran de tu unidad. Si no me respondes y no viniste al funeral de Ryan solo me queda una opción que no quiero plantearme, porque no sé si pueda soportarlo. Te has convertido en algo que nunca esperé, en un apoyo silencioso que nunca juzga. No me había dado cuenta de cuánto dependo de ti hasta que no estás aquí. Estoy aterrada. Alguna vez me dijiste que solo se tiene miedo si tienes algo que perder. Y creo que, tal vez, nosotros tenemos algo qué perder. Hay tanto dolor ahora. Siento que cada segundo que estoy despierta estoy en diez en la escala de mi historia clínica. Borra eso, estoy en nueve. No puedo estar en diez, ¿o sí? No cuando tengo a Colt y a Maisie. Pero duele tanto. Ryan. Vi cómo lo bajaban en el ataúd para enterrarlo en nuestra pequeña isla y todavía no puedo darle sentido para tener la imagen real. Todo me parece borroso, como una pesadilla de la que no puedo despertar. Pero en las noches sueño que Ryan está en casa y tú tocas la puerta: una figura desenfocada que nunca puedo recordar en la mañana. Los sueños se han convertido en la realidad que deseo, pero me despierto en la pesadilla. Te lo ruego, Caos, no estés muerto. Por favor, sigue vivo. Por favor no me digas que estabas con Ryan, que tuviste el mismo destino. Por favor, dime que no te enterraron en algún lugar, en un funeral del que nunca me informaron. Dime que no me arrebataron la única oportunidad de estar a unos metros de ti. Por favor, aparece en un par de semanas y dime que estás bien, que era muy doloroso responder mis cartas. Dime que estás destrozado por Ryan. Solo, por favor, aparece. Por favor, no estés muerto.

Ella

—¿Estás seguro? —preguntó Donahue por el teléfono.
—Lo estoy. Tienes los papeles, ¿verdad?
Le quité a Havoc el chaleco de trabajo y lo colgué en su casillero, que estaba junto al mío.
—Sí. —Suspiró—. No ha pasado tanto tiempo.
—Es septiembre —dije riendo—. Eso quiere decir que han pasado dieciocho meses desde que tomé la licencia especial. —«Dos años desde que recibí la primera carta de Ella»—. No puedes tenerme para siempre en la banca, entrenador.
—Tienes tres años más.
—No. Ya es hora.
Tomé las llaves del coche que colgaban del gancho de mi casillero y miré las fotografías que cubrían el interior de la puerta. Un paseo por las montañas con Ella y los niños el mes pasado. Campamento este verano. Colt, después de ganar las semifinales de la liga. Maisie, que por fin pudo nadar en el lago

unos meses después de que terminara la inmunoterapia. Ella sentada con la cabeza de Havoc sobre su regazo. Ella y yo seguíamos siendo amigos, pero ellos eran mi familia y este era mi hogar. Me dieron la plaza de tiempo completo que se abrió hace un par de meses, y eso significaba que mi nuevo seguro médico cubría por completo a Maisie. Por fin, todo ya estaba en su lugar.

—Los extraño —agregué—. No voy a mentir. Ustedes fueron mi primera familia. Pero nunca me iré de Telluride. Ambos lo sabemos. Diablos, Ella terminó conmigo hace siete meses y sigo aquí. Encontré un hogar. Además, Havoc está engordando. —Havoc gimió e inclinó la cabeza hacia un lado en mi dirección—. Está bien, me gusta que estés un poco llenita —le dije acariciando su cabeza, consciente de que ella no tenía idea de lo que había dicho—. Solo son dos kilos.

—Okey. Si estás seguro, lo acepto. Pero si alguna vez cambia algo, me llamas. ¿De acuerdo?

—Sí, señor. Pero nada va a cambiar.

Suspiró.

—Eres un hombre en quien se puede confiar cuando hay problemas, Gentry.

—Qué extraño, no dijiste eso cuando estaba ahí.

—No podía dejar que se te subieran los humos. Hasta luego.

—Hasta luego.

Se escuchó un clic y la llamada se cortó. Metí el teléfono en mi bolsillo y cerré los casilleros. El de ella decía: HAVOC; el mío: CAOS.

Porque a final de cuentas seguía siendo yo, y una vez que dejé de combatirlo comprendí que estaba bien.

—Hola. Tess me dijo que te arrastrara a casa si necesitas cenar —dijo Mark cuando llegué al estacionamiento.

—Iría, pero hace un rato Ella me llamó para decirme que los

niños quieren que cenemos juntos, así que voy a su casa. Agradécele a Tess.

—Claro. ¿Cómo vas con eso? —preguntó, como lo hacía cada dos semanas.

Se había convertido en nuestro porrista declarado.

—Lento, pero ahí va.

—Sigue luchando por lo que vale la pena. —Se despidió con un movimiento de la mano y ambos subimos a nuestro vehículo.

Havoc se acomodó en el asiento y encendí la camioneta. Manejé a casa con las ventanas abiertas, Havoc sacaba la cabeza por la ventana. Era el verano indio, las temperaturas seguían por encima de 21 ºC y había senderistas tarde en la temporada. Sin embargo, puesto que el Día del Trabajo, el primer lunes de septiembre, había sido hacía dos semanas, la parte baja de Telluride estaba un poco más tranquila.

Apreté un botón del tablero y la voz de Ella llenó la camioneta.

—Hola, ¿ya vienes?

—Sí. ¿Quieres que recoja la pizza?

—Sería genial.

—Al rato llego.

—Okey. Maneja con cuidado.

Colgó y sonreí. No estábamos juntos, pero estábamos bien. Cierto que la tensión sexual seguía ahí y la amaba, eso no cambiaría nunca, pero todos los días se lo demostraba y no podía evitar esperar que en algún momento fuera suficiente como para reparar lo que había roto. Después de todo, le mentí durante once meses y apenas llevaba siete de penitencia.

La verdad era que esperaría para siempre. Mientras tanto, era como estar casados sin todo lo que implica el matrimonio.

Había días en los que pensaba que nuestra segunda oportunidad estaba al alcance de la mano, y otros en que me parecía que Ella estaba a millones de kilómetros de distancia. Pero ninguno de los dos salíamos con nadie más y me aferraba a la pequeña esperanza cuando la sorprendía que me miraba, como si eso significara que llegaríamos a algún lado.

Teníamos todo el tiempo que ella necesitara.

Me estacioné frente a la pizzería y Havoc me acompañó mientras hacía el pedido. Lo curioso de echar raíces era que la gente ya me conocía a mí y a Havoc.

—Aquí tiene, señor Gentry —dijo el chico Tanners pasándome tres cajas—. Hola, Havoc.

—Muy buen partido el del viernes —dije mientras pagaba.

—¡Gracias! ¿Vendrá la próxima semana?

—No me lo perdería —respondí al tiempo que salía con las pizzas.

Saludé con un gesto de la mano a una pareja que reconocí y puse las pizzas entre los asientos para niños de Maisie y Colt, Havoc saltó al asiento del copiloto. Los mellizos cumplirían pronto ocho años, eso quería decir que tendría mucho más espacio en la parte trasera de la camioneta. Advertí el paquete aplastado de galletas Oreo en el portatazas de Colt y puse los ojos en blanco. Ese niño me iba a matar.

Unas cuantas canciones en la radio después, me estacioné frente a la cabaña de Ella y abrí las puertas. Havoc salió volando para saludar a los niños.

—¡Beckett! —gritó Maisie mientras bajaba corriendo por la escalera.

Su cabello rubio había vuelto a crecer, un poco rizado, y ahora le llegaba hasta abajo de las orejas. Quince maravillosos centímetros de cabello sin quimioterapia. Seguíamos a la expectativa, revisando sus análisis de sangre y tomografías, pero salió perfecta de la inmunoterapia y ahora había que esperar que su cuerpo peleara por sí mismo.

—¡Hola, mi niña Maisie! —saludé dándole un abrazo con mi brazo libre—. ¿Cómo estuvo la escuela?

—¡Bien! Saqué diez en otro examen simulacro de ortografía.

—¡Eres una sabelotodo! —dije dándole un beso en la cabeza conforme avanzábamos hacia el porche—. ¿Y tú, Colt?

—Yo no —respondió Colt abriéndose paso para abrazarme.

—Es solo un examen simulacro. Estudiaremos, ¿okey?

Asintió y nos abrió la puerta.

—¡Traigo la comida! —anuncié.

—Ah, el cazador-recolector regresa —dijo Ella con una sonrisa cuando salió de su oficina—. ¿Tuviste un buen día?

—Ahora lo es.

Recorrí su cuerpo con la mirada. Su vestido blanco de verano, su piel bronceada, el cabello rizado y sus largas piernas. Diablos, extrañaba su cuerpo. Extrañaba la manera en la que perdía el aliento en mi oído, la forma en que arqueaba la espalda cuando la penetraba, la manera en que nos perdíamos uno en otro. Pero aún no llegábamos a eso, así que le dije a mi pene que se calmara y llevé las pizzas a la cocina.

—Qué bonito vestido —agregué—. ¿Va a pasar algo?

Últimamente se arreglaba un poco más. Ahora que Maisie había pasado de tener exámenes médicos cada semana a cada dos semanas, Ella tenía más tiempo para sí misma, era evidente. Su piel estaba radiante, sus ojos brillaban y esas, definitivamente, no eran las piernas de un yeti.

—Ah, bueno, David Robins me invitó a salir esta noche —explicó pasando la mano por mi brazo y mirándome con los ojos muy abiertos, parpadeando con demasiada inocencia como para que fuera serio.

Carajo, ¿estaba coqueteando conmigo? Me sentía divertido, excitado y celoso como loco.

No se me escapó la sonrisita cuando las cajas de pizza se

resbalaron de mis manos, pero las atrapé antes de que la cena acabara en el piso. Ah, sí, mi chica me estaba provocando.

Desde que ella y yo terminamos, Robins la invitaba a salir cada mes. Muy pronto me presentaría en su casa y lo invitaría a salir con mi puño. Estúpido niño bonito.

—¿Ah? —pregunté intentando no darle mucha importancia cuando logré manipular las cajas con torpeza.

—Bueno, sé que Jennifer Bennington te invitó a salir cuando almorzaste hoy con los niños. Está tras de ti desde hace... ¿cuánto? ¿El inicio de los tiempos?

Cambió de lugar y pasó la mano por la parte baja de mi espalda, luego me miró con una pequeña sonrisa cómplice. Nunca me tocaba tanto. No entendía qué pretendía, pero me gustaba.

—Si me buscas, me vas a encontrar. Sabes que le dije que no. Igual que le he dicho que no cada vez que me lo pide y que seguiré negándome.

Se mordió el labio inferior y me miró como no lo había hecho en siete meses, si no me controlaba, con esa mirada acabaría sobre la barra de la cocina en cuestión de diez segundos.

—¿Ella?

—¿Qué?

Rodeó bailando al otro lado de la isla de la cocina.

—¿Acabas de hacer una pirueta?

Algo estaba pasando.

—Quizá. Estoy de buen humor.

—Así parece. —Saqué cuatro platos de la alacena—. Entonces supongo que no cenarás con nosotros —dije para provocarla. Quería ver hasta dónde llegaría.

—¿Por qué le dijiste que no? —preguntó Ella deslizándose a mi lado.

Llevaba el cabello suelto sobre la espalda y anhelé pasar mis dedos por él, sentir sus mechones contra mi piel.

—Sabes por qué.

Sí, lo hacíamos bien, pero me estaba matando de manera lenta y tortuosa. Me miró, era tan hermosa que perdí el aliento. Volteé para asegurarme de que los niños seguían afuera, antes de lanzarle una mirada significativa.

—Porque sigo enamorado de ti —expliqué.

Se lo decía por lo menos una vez a la semana, quería que supiera que no estaba aquí solo por los niños. Asegurarle que no iría a ningún lado, que nuestra amistad estaba muy bien pero que yo buscaba su corazón. Intentaba ser completamente honesto y franco.

Entreabrió los labios. Si hubiera hecho esto hace ocho meses, la hubiera besado. Hubiera hecho mucho más que besarla cuando los niños ya estuvieran dormidos. Pero no era hace ocho meses, era hoy.

—Pues yo también le dije a David que no.

Sonrió, dio media vuelta y se alejó.

—¿Y cuáles fueron tus razones?

Carajo, ahora yo también sonreía. Esta mujer me volvía loco, pero la seguía amando con cada célula de mi cuerpo. ¿Cómo podría no hacerlo?

—Tú, por supuesto. Tenemos planes para cenar, ¿cierto? —preguntó desde el borde de la cocina, de camino a la puerta principal.

No era una declaración de amor. No había tenido una de esas desde la noche en que acordamos criar juntos a los niños. Pero yo era paciente.

—¡Ya está la cena! —gritó al abrir la puerta.

Se escuchó un alboroto de pisadas, tanto de bípedos como de cuadrúpedos.

—¡Yo me encargo de Havoc! —gritó Colt sacando la comida de la perra para llenar su plato.

Maisie repartió los platos llenos de pizza en nuestros lugares respectivos en la mesa. Al ver a todos en su asiento y a Ella que ponía un vaso de té dulce frente a mi plato, me di cuenta de que en realidad nada había cambiado en nuestra relación, salvo el aspecto físico.

Seguía siendo la primera persona a la que llamaba cuando algo salía bien. Yo seguía siendo la persona en quien se apoyaba cuando las cosas salían mal. Estuvo a mi lado cuando me enteré de que otro miembro de mi unidad había muerto el mes pasado. Seguíamos sentándonos en nuestros mismos lugares en la mesa.

Llevé el plato de Ella y lo puse frente a ella.

—¿Puedo dar gracias? —preguntó Maisie cuando me senté.

—Por supuesto.

Nos tomamos de la mano: yo con Ella y Maisie, Colt estaba frente a mí, e inclinamos la cabeza.

—Querido padre celestial, gracias por este día y por todo lo que nos has dado. Por nuestra casa y nuestra familia: Colt y mamá y Beckett y Havoc. Y gracias por la doctora Hughes. Pero sobre todo, gracias por quitarme el cáncer.

Levanté la vista de inmediato y miré a Maisie. Ella me sonrió, le faltaban los dientes delanteros. Asintió y casi pierdo el control por completo. Volteé a ver a su madre, las lágrimas surcaban su rostro.

—Ya no hay evidencia de la enfermedad. Hoy recibimos la llamada.

Su sonrisa era enorme y empezó a reír con una alegría, pura, auténtica y sin restricciones.

—¡Viva! —exclamó Colt lanzando las manos al aire en el clásico signo de victoria.

Por lo menos no fui yo el último en saber.

Me levanté tan rápido que mi silla cayó al suelo. Saqué a

Maisie, la tomé en mis brazos y la abracé. Ella hundió su rostro en mi cuello, mi cuerpo se estremeció cuando la apreté con fuerza.

Estaría bien. Lo había logrado. Viviría.

—¿Beckett? —preguntó.

—Dime, mi niña Maisie.

—No puedo respirar —gimió.

Reí y la bajé.

—Al fin logramos que vivieras y ahora yo te mato con mis ultramaravillosos abrazos.

—¡Es mi turno!

Colt abrazó a su hermana y ambos saltaron sin soltarse.

—Ey —dijo Ella detrás de mí.

Di media vuelta y me tomó mi rostro entre sus manos, enjugando las lágrimas que derramaba sin darme cuenta. Crucé el límite y la rodeé con mis brazos hasta pegarla a mi cuerpo. Sentí un gran alivio cuando se abandonó y dejó caer la cabeza en el lugar exacto que le pertenecía: el hueco de mi cuello. Me apretó con las manos abiertas sobre mi espalda y yo descansé la barbilla sobre su cabeza.

—Va a estar bien —murmuré. Asintió Ella. Así permanecimos varios minutos, mientras Colt y Maisie corrían por toda la casa, gritando y riendo.

—¿Buena sorpresa? —preguntó Ella apartándose lo suficiente para mirarme a los ojos.

—La mejor sorpresa del mundo.

Puse la palma en su mejilla y acaricié con el pulgar su piel suave y perfecta.

—¡Comida! —gritaron los mellizos, rompiendo el encanto.

Nos separamos y me senté frente a la mejor pizza tibia que había probado en mi vida.

—Déjame hacerlo —le dije a Ella unas horas después para ocuparme de los platos.

—¿Colt está bien? —preguntó envolviendo la pizza.

—Después de leerle *Dónde viven los monstruos* por décima vez, quedó satisfecho —respondí—. ¿Y Maisie?

—Se durmió sin quejarse. Creo que está emocionalmente agotada.

Se recargó en la barra y miró cómo metía los platos a la lavadora.

—Es comprensible. —Cerré la lavadora—. No puede creer que todo haya terminado.

—Sí, es irreal. —Miró al vacío—. Me hablaron de los índices de recaídas y son muy altos. Demasiado altos. Podría volver. Pero si está bien durante cinco años, entonces la posibilidad de que...

—Ella —la interrumpí parándome frente a ella y tomando su rostro entre mis manos—. Toma lo bueno. Siéntete feliz. Esto es mejor que bueno y lo lograste. Tú hiciste que llegara a esto.

—Tú también lo hiciste —dijo en voz baja, recargando su rostro contra mi mano.

—Okey, fuimos los dos. Así que disfrutemos de la felicidad.

Se levantó de puntas y me besó.

Mi asombró duró un milisegundo antes de que le devolviera el beso. Moví los labios sobre los suyos y saboreé cada roce, porque no sabía si lo tendría de nuevo. Cuando entreabrió los labios lo aproveché por completo y mi beso fue más intenso.

Su espalda golpeó la barra mientras mi lengua recorría el interior de su boca. Tomó mi camisa en un puño, sus gemidos me parecieron muy suaves cuando nuestro beso se volvió más apasionado. Tomé su boca una y otra vez, besándola hasta que se arqueó contra mi cuerpo, presionando sus senos contra mi pecho.

Me separé y di un paso atrás.

—Ella.

Jadeaba y mi corazón latía con fuerza. Estaba seguro de que si no me tranquilizaba mi pene se asfixiaría en mi bóxer en cuestión de minutos.

—Beckett.

—¿Qué estás haciendo?

—Tomando mi felicidad. Tú eres mi felicidad —dijo acercándose a mí.

—¿Qué...

Me interrumpió con un beso suave.

—Solo sé mi felicidad y déjame ser la tuya. Mañana podemos resolverlo.

Si hubiera sido más fuerte o un poco menos eufórico por la recuperación de Maisie hubiera podido marcharme. Hubiera podido decir no y obligarla a que definiera el tipo de relación que teníamos. Hubiera sido más cuidadoso con mi corazón.

«Tres cosas».

Una. La amaba.

Dos. Lo único que quería era a Ella, sin duda. Así que, si esto era todo lo que podía tener con ella, entonces no la rechazaría. De ninguna manera.

Tres. Aprovecharía esta noche para recordarle exactamente que éramos el uno para el otro, para que mañana todo lo que tuviéramos que resolver fuera dónde íbamos a vivir.

La tomé por las nalgas y la levanté contra mí, besándole con fuerza e intensidad.

—Entrelaza los tobillos —ordené sin dejar de besarla.

Envolvió mi cintura con sus piernas y lo hizo.

Cargándola, no dejé de besarla cuando subimos las escaleras y avancé por el pasillo como si fuera mi premio definitivo. No paré cuando cerré la puerta de la recámara con llave al entrar ni cuando la acosté en medio de la cama.

Dejó de besarme para quitarme con torpeza el cinturón y los jeans, mientras yo me quitaba los zapatos y los calcetines. Luego, mis manos subieron por sus muslos, seguidas de mi boca y besé cada lugar sensible que conocía de ella.

—Extrañaba esto —dije contra su piel.

—Yo también —respondió, pasando las manos entre mi cabello conforme yo pasaba la boca sobre sus calzones—. Beckett. —Meneó las caderas entre mis manos.

Con movimientos rápidos, en menos de un minuto le quité la tanga de encaje y pasé el vestido por su cabeza, luego fue el brasier. Quedó desnuda frente a mí, con los brazos extendidos a los lados y una sonrisa.

Sí, sin duda esto era mi felicidad.

Me quité el resto de la ropa y cubrí su cuerpo con el mío.

—¿Estás segura? —pregunté.

—Segura.

Me jaló para besarme y nuestras bocas se encontraron con la furia de la necesidad. No había nada suave en todo esto, era el resultado de meses y meses de deseo reprimido y dolor.

Recorrí su cuerpo hacia abajo con mis besos, ella se movía debajo de mí. Cuando llegué a la parte superior de sus muslos y la tomé por las caderas, arañó mi cabeza.

—Por favor, Beckett.

Si volvía a decir mi nombre de esa manera sería su esclavo por toda la eternidad. Sobre todo en la cama.

Empecé a usar la boca y ella se estremeció. La sujeté por las caderas y, sin cansancio, devoré su sexo hasta que empezó a decir mi nombre otra vez y aplastó su cabeza en la almohada. Extrañaba su sabor, la manera en que tensaba las piernas cuando estaba a punto de venirse, la forma en que jalaba mi cabello entre sus dedos cuando perdía el control. Mi lengua la excitó cada vez más, sin darle pausa, sin darle la oportunidad de escapar a lo que sabía que no tardaría en llegar.

Cuando empezó a temblar empujé con más fuerza hasta que se deshizo bajo mi boca, se metió el puño a la boca para amortiguar el grito. Era la mujer más sexi y más sensual que había visto en mi vida.

Cuando sus piernas se relajaron me levanté sobre ella y tomé un momento para apreciar el brillo de sus ojos azules, sus labios hinchados por los besos y el rubor en sus mejillas.

—Eres hermosa.

Su sonrisa fue lenta y de alguna manera más íntima que lo que acababa de hacerle.

—Casi había olvidado qué se siente cuando estamos juntos —admitió—. O me convencí de recordarlo mal.

—Eléctrico.

—Recuérdamelo de nuevo.

Levantó las rodillas y exhalé entre dientes cuando mi pene tocó la entrada húmeda de su cuerpo.

—¿Anticonceptivo?

—Nunca lo dejé, y no ha habido nadie más.

—Como tú lo has sido para mí desde tu primera carta. Solo tú. Siempre tú. —Me hundí en su cuerpo y ella me rodeó por completo. «Hogar»—. Te amo, Ella.

Jaló mi cabeza hacia la suya y nuestras bocas dejaron de hablar. Si bien su primer orgasmo había sido urgente, ahora me tomé tiempo. Dibujé cada caricia, cada vez que nos juntábamos, solo para alejarme un poco. Usé cada una de mis habilidades y vigor para mostrarle qué sentía por ella, besos apasionados y lentos, penetraciones profundas.

Se adaptó a mi ritmo, nuestros cuerpos se arquearon en perfecta complicidad hasta que perdimos el juicio. Cuando su cuerpo se tensó alrededor del mío, el segundo orgasmo se apoderó de ella. Mi nombre estaba en sus labios y mi corazón en sus manos. La seguí casi de inmediato y me colapsé sobre su cuerpo. Rápidamente giré hacia un lado para no aplastarla.

—¿Estás bien? —pregunté apartando el cabello de su rostro.

Yo estaba más que bien. Me sentía perfecto, satisfecho, completo. En casa.

Me lanzó una sonrisa dormilona.

—Feliz. Muy, muy feliz.

—Yo también.

Giró a un costado, se puso encima de mí y me sonrió, su cabello caía como una cortina a nuestro lado.

—Apuesto a que puedo hacerte aún más feliz.

Y empezamos de nuevo.

CAPÍTULO VEINTISÉIS

Ella

Carta núm. 20

Ella:

Así que Colt quiere una casa en un árbol, ¿eh? Apuesto a que tu hermano y yo podemos lograrlo. No te preocupes por que tu mente vaya a Maisie de manera automática. Me preocuparía que no fuera así. Lo que estás viviendo acapara casi todo. Diablos, pienso en ustedes muchísimo y ni siquiera los he visto. Ahora voy a distraerte un poco. Hace unos meses te prometí contarte la historia detrás de mi indicativo. Ahí va: Caos. Ese estado de total disfunción en el que todo vuela por los aires sin ton ni son, ¿cierto? Prácticamente, soy yo. Exacto. De joven me buscaba problemas siempre que podía, aunque a veces los problemas me encontraban a mí. Me llamaron Caos porque cuando aparecía, la destrucción seguía de manera inevitable. En general, era la devastación de la propiedad, pero a veces también de las personas. Demasiadas personas. Cuando alguien se encariña no puedo dejarlo entrar y empiezo un ciclo de autodestrucción hasta alejarlo. Tengo la edad suficiente como para ver los patrones, pero no me preocupa bastante como para cambiarlos. Justo después de que se hizo le selección de nuestra unidad, tu hermano y yo salimos a un bar. Empezó a coquetear con una mujer. *Yo no veía su rostro, solo un cuerpo cubierto de un vestido que no cubría mucho. Él supuso que era una prostituta, no me preguntes por qué, no tengo idea, y al final resultó que era la esposa de uno de nuestros instructores. Sí, se desató el infierno. El tipo se volvió loco, el bar quedó destrozado porque yo entré al pleito y cuanto las narices quedaron rotas y las botellas dejaron de volar por los aires, volteé a verla y me di cuenta de que conocía a esa mujer de cuando era joven. Me miró y dijo: «Como siempre, el Caos ambulante. Entras a un lugar y todo se va al demonio». Tu hermano y el instructor escucharon y el apodo se me quedó. Así que así me definen. Cuando llego a algún lugar todo se va al demonio. ¿Segura de que quieres que vaya a visitarte? Es broma, sabes que iré. Espero que ya hayas empezado a envolver los regalos para los niños y a podar los árboles y todo eso. Me encanta la pequeña guirnalda de baterías que me envió Colt y el arbolito rosa de Maisie. Nos vemos luego.*

Caos

Me estiré, un poco deliciosamente adolorida en lugares que no había sentido desde...

Un brazo fuerte y cálido envolvió mi cintura y me jaló hasta la curva de un fuerte cuerpo masculino.

«Beckett».

Esperé que el pánico me inundara, la sensación de arrepentimiento cuando ya has cometido el error y no puedes hacer nada más que lidiar con las consecuencias, pero nunca llegó, porque no era un error. Solo sentía una dulce satisfacción y el dolor en los músculos bien utilizados.

¿Cuántas veces nos habíamos abandonado uno en el otro anoche? ¿Tres?

Le dije que hoy lo resolveríamos y hablaba en serio. Era el papá de mis hijos, el hombre que construyó no una, sino dos casas en un árbol, quien estaba presente sin importar cuántas veces dudara de él.

Y a pesar de las mentiras, la decepción y todo lo que salió a la luz, lo amaba. Eso no había cambiado. La verdad era que hacía mucho tiempo que lo había perdonado por la mentira. Cuando logré apartar el dolor y volví a leer las cartas vi el odio hacia sí mismo que ocultaba, el verdadero sentimiento de que no merecía amor y que no podía relacionarse con las personas.

Cuando al fin pudo tener un vínculo con Ryan y luego lo perdió, cayó en picada. Por azares del destino, yo quedé atrapada en ese vórtice.

¿Y la confianza? La reconstruyó a conciencia en los últimos seis meses, jamás dudó y siempre manifestó su intención. Era imposible ignorar tanta perseverancia y ahora Maisie se había librado del cáncer. Ya era hora de averiguar qué haríamos Beckett y yo con nuestra relación.

Por primera vez en años podía tomarme un momento para pensar en mí. Lo que yo quería, era a él.

—¡Mamá! ¡Apúrate, vamos a llegar tarde! —gritó Maisie desde el pasillo.

Estiré el cuello para ver el despertador.

—¡Carajo! Beckett, ¡se nos hizo tarde!

Me levanté volando de la cama y tomé la bata que colgaba en la parte posterior de la puerta, pero que nunca usaba.

—¿Qué?

Se irguió de inmediato y las cobijas cayeron hasta su cintura. Dios mío, ese hombre era hermoso, se me hacía agua la boca. «Esa es precisamente la razón por la que se nos hizo tarde».

—Tenemos que irnos. ¡Ya son siete y media! ¡Los niños deben estar en la escuela a las ocho o se perderán la excursión!

Salí corriendo al pasillo y los encontré ya vestidos, con su gorra de beisbol y las botas de montaña puestas.

—Buenos días —dije.

La forma en que me sonrieron demostraba que sabían exactamente quién estaba en mi cama.

«El fracaso de la crianza».

—Entonces, ¿quién nos va a llevar a la escuela? —preguntó Maisie balanceándose sobre los pies.

—Sí. ¿Tú o Beckett? —agregó Colt haciendo el mismo movimiento.

—Okey, hablaremos de esto después. Tenemos que prepararnos. Ahora.

—¡Ya estamos preparados! —dijo Maisie. Parecía demasiado contenta.

—¿Desayuno?

—Cereal —respondió Colt—. Sabíamos que te enojarías si usábamos la estufa.

—Y quisimos dejarte dormir —dijo Maisie al tiempo que alzaba los dedos y empezaba a contar—. Desayuno, hecho. Dientes lavados, hecho. Havoc, alimentada. Durmió conmigo anoche, pero ocupa toda la cama, así que esta noche tendrá que dormir con Colt.

Y eso era exactamente lo que me merecía por dejar que Becket durmiera en mi cama. De inmediato, los niños supusieron que habíamos vuelto. Quizá así era. No había tiempo para pensar en eso ahora. Mi momento había terminado y los niños volvían a ser la prioridad. Más tarde, Beckett y yo tendríamos que resolverlo. En una mesa. Con mucha ropa encima. Toneladas de ropa. Quizá un abrigo con capucha.

—Tenemos las botas de montaña, las gorras, pants y sudadera, y nos embarramos de protector solar. Solo nos falta el almuerzo —agregó y dejó de contar.

—Almuerzo. Sí, puedo hacerlo… con los diez minutos que nos quedan.

Corrí a la recámara y encontré a Beckett ya vestido, sexi como el demonio y aún adormilado. El sexo se parecía mucho al azúcar: si renuncias a él dejas de extrañarlo después de un tiempo, pero empieza de nuevo y te vuelves adicto y no puedes esperar la siguiente dosis. ¡Hombre!, cuánto deseaba la siguiente. Demasiado.

—¿Los niños están bien? —preguntó atándose las agujetas de los zapatos.

—Ah, solo hacen suposiciones, pero aparte de eso, bien. Quizá necesite un equipo de ayuda. —Dejé caer la bata y me puse la ropa interior—. Beckett, concéntrate.

—Me concentro. Créeme.

Sus ojos estaban fijos en mi trasero.

—Nos quedan diez minutos para irnos… —dije poniéndome el brasier.

—¿Almuerzos?

—Eso.

—Yo me encargo —respondió caminando hacia la puerta. Cuando pasó frente a mí me tomó por los hombros para evitar que me cayera mientras yo saltaba como loca sobre una pierna, tratando de ponerme los jeans—. Buenos días —dijo en voz baja, besándome en la frente.

—Buenos días —respondí.

De inmediato salió. Dios, esto me gustaba mucho. Volver a ese dulce ritmo que teníamos cuando estábamos juntos. Saber que las risas que escuchaba abajo eran mis hijos felices, en una mañana agitada con su papá.

Me puse la blusa verde de manga larga y escote tipo barco, y bajé corriendo la escalera, con los calcetines y las botas en la mano. Me detuve en el umbral de la cocina y observé la escena durante un minuto que no teníamos.

Beckett trabajaba en la barra, preparando rollitos de jamón y queso, mientras Maisie llenaba las botellas de agua y Colt sacaba los yogures.

—Siento que había esperado este día toda mi vida —dijo Colt metiendo unas manzanas en bolsas de papel—. Un día completo sin escuela, solo pasear entre las hojas.

—Bueno, es un tipo de aprendizaje —contrapuso Maisie.

—Sabes lo que quiero decir —dijo Colt jalando la visera de la gorra de su hermana.

—Hombre, me gustaría pasearme todo el día y vivir de eso —bromeó Beckett mientras cortaba los rollitos.

—¡Lo haces! —intervino Maisie con una risa.

—¡Es cierto! —respondió con una expresión de asombro.

Era la imagen de la perfección y supe que podía tenerla el resto de mi vida... tan pronto como tuviéramos tiempo para hablar. Quizá esta noche.

—¿Qué tal unos dulces? —pregunté acariciando a Havoc de camino a la alacena—. ¿Les parecen unos M&M?

—¡Sí! —gritaron los niños al tiempo que metía los chocolates en las bolsas de papel que tenían que llevar a la excursión.

—Okey, ¿eso es todo? —preguntó Beckett.

—Creo que estamos listos —respondí—. Niños, recojan su mochila y súbanse al coche.

Ambos abrazaron a Beckett y salieron corriendo.

Nos miramos un segundo desde ambos extremos de la isla de la cocina. Luego se aclaró la garganta.

—Creo que tenemos que hablar de algunas cosas.

Rodeé la isla, me paré de puntas y le di un beso suave en la boca.

—Yo también lo creo. ¿Qué tal esta noche?

Un destello de esperanza cruzó esos ojos verdes y sonrió.

—Esta noche, entonces.

Salimos tomados de la mano y se despidió de los niños con un gesto de la mano cuando avanzamos por el sendero. «Quizá lleguen dos minutos tarde. Bueno, tres».

Estacioné el coche. Los niños de segundo grado subían a los autobuses.

—Vamos a buscar a la señorita Rivera —le dije a los chicos mientras atravesábamos la multitud.

—¡La veo! —exclamó Maisie señalando delante de ella.

—Disculpe, se nos hizo tarde —dije.

Sonrió y se marcaron unas pequeñas arrugas en el borde de sus ojos castaños.

—Está bien. Llegaron justo a tiempo. Colt, Maisie, ¿por qué no van al autobús con su clase?

—¡Adiós, mamá! —dijo Maisie dándome un beso rápido en la mejilla.

—Colt, ¿vienes? —preguntó Emma desde la ventana del autobús que estaba junto a nosotros.

—¡Sip! —respondió.

Ese enamoramiento seguía fuerte, en verdad era una niñita muy dulce. Colt me abrazó por la cintura y besé su cabeza.

—Diviértete y tráeme una hoja roja si encuentras una. En todas partes hay doradas, pero las rojas son muy poco comunes por aquí.

—¡Claro que sí!

Se despidió con la mano y salió corriendo. Tomó a Maisie de la mano cuando subieron al autobús.

Regresé al Solitude y me puse a trabajar. Este mes teníamos dos bodas y todas las cabañas estaban reservadas. Las tres que construimos en el verano ya casi estaban terminadas, solo faltaba teñir las duelas.

Las horas pasaron volando entre el papeleo y atender a clientes, hasta que me di cuenta de que ya casi era hora de la comida.

—Oye, ¿era la camioneta de Beckett la que vi salir esta mañana de tu casa? —preguntó Hailey asomando la cabeza en mi oficina.

—Quizá —respondí sin levantar la cabeza.

—Vaya, ya era hora.

—No es asunto tuyo —dije poniendo la pluma sobre la mesa y alzando la mirada.

Ni siquiera le había dicho a Beckett cómo me sentía, merecía ser el primero en saberlo.

—Debería serlo. Ese hombre te ama y, sí, sé que metió la pata horrible, pero es casi perfecto. Lo sabes, ¿verdad? Porque yo estoy en todos los grupos de solteros y si tuviera a alguien como Beckett, tan leal a mí y a mis hijos, lo amarraría.

—Te entiendo.

—Okey, porque es hermoso. He visto sus abdominales cuando sale a correr. Si se descompone tu lavadora de ropa, tienes una gran alternativa.

—Tiene dos lavadoras y secadores en su casa. Estaré bien —bromeé.

—¡Y te construyó una casa! ¿Es por el sexo? ¿Es malo?

Se recargó en el marco de la puerta.

—No creo que Beckett sepa qué es el mal sexo.

Algo que me había vuelto a probar anoche. Una y otra vez. Aunque fue rápido y frenético, nuestra química fue suficiente como para lanzarme por el borde. Con solo existir, ese hombre me ponía en un estado de lujuria y agitación desquiciada.

—En serio, amárralo.

—Ella —dijo Ada desde el umbral.

—No. ¿Tú también? —pregunté poniendo los ojos en blanco cuando entró con Larry a los talones—. Mira, sí. Beckett pasó la noche conmigo. Y sí, es... Beckett...

—¡Ella! —gritó Ada.

—¡Guau! ¿Qué pasa?

Larry se quitó la gorra de beisbol y pasó la mano por su espeso cabello canoso.

—Estaba escuchando la radio en la banda de frecuencia, en el granero.

—¿Sí? —Advertí por fin sus rostros afligidos—. ¿Qué pasa?

—Una llamada para Búsqueda y Rescate. Llamaron a Telluride, no solo al condado.

Ambos intercambiaron una mirada que hizo que el alma se me desplomara.

—¿Beckett? ¿Está bien?

Tenía que estar bien. Lo amaba. No había decidido qué hacer, pero sabía que no podía vivir sin él.

Larry asintió.

—Llamaron a Beckett. Ella, la llamada la hicieron del sendero de Wasatch.

Mi alma golpeó el piso.

—Los niños.

CAPÍTULO VEINTISIETE

Beckett

Los rotores giraban sobre mi cabeza con un ritmo familiar al elevarnos. Havoc estaba sentada a mi lado con las orejas echadas hacia atrás. No tenía problema para viajar en helicóptero, pero tampoco le entusiasmaba. Me ajusté el casco y encendí la radio.

—Okey, estamos listos. ¿Cuál es la emergencia?

Cuando recibimos la llamada, estábamos afuera haciendo algunos ejercicios. Escuché «el sendero de Wasatch» y eso fue todo, aunque no estaba muy familiarizado con cada sendero del condado como para recordar de cuál se trataba.

Tomé mi equipo y el arnés de rapel de Havoc, y salí a toda velocidad mientras preparaban el helicóptero para el despegue.

—Uno de los niños no aparece —dijo por la radio Jenkins, el médico residente.

—¿Perdido?

Un escalofrío recorrió mi espalda. ¿Dónde estaban los niños hoy? La hoja de permiso la había firmado Ella y no pregunté.

—Sí, es todo lo que sabemos. Recibimos el informe hace como diez minutos, decía que faltaba un niño.

Asentí y miré por las puertas abiertas cuando pasamos sobre la cascada de Bridal Veil en dirección al paso. Al bordear la montaña, acaricié la cabeza de Havoc sin pensarlo.

—Creo que podemos aterrizar aquí —dijo el piloto.

Miré hacia el lugar que indicaba. El pequeño claro cruzaba el sendero, que parecía ancho y transitado.

—Cuando toquemos piso, hagan su magia —ordenó el jefe Nelson desde el asiento al lado de Jenkins—. El condado está participando, pero saben que ustedes van a llegar, porque su perro nunca encuentra un carajo.

—Entendido.

Un niño. La sangre empezó a correr con furia por mis venas, así como me sucedía antes de cada misión en la que había participado. Era la misma adrenalina, pero mucho más escalofriante.

—¿Cuánto tiempo pasó antes de que lo reportaran como desaparecido?

—No saben. El testigo está en shock. Si el niño resbaló por el sendero, la zona después del acantilado es muy boscosa.

Carajo.

—¿El niño pudo haber caído por el acantilado?

Examiné el terreno, pero estábamos muy cerca del suelo como para tener una vista completa.

—Eso parece. No me sorprendería que esto se convirtiera en un esfuerzo de recuperación.

Tensé la mandíbula. No mientras yo esté de guardia. No iba a perder a un niño en las malditas montañas de Colorado.

—Esperaremos aquí. Dígannos si necesitan algo —dijo el piloto mientras nos quitábamos los seguros y los cascos.

Alcé ambos pulgares en su dirección cuando nos miró sobre su hombro, luego tomé la correa de Havoc y le di la señal de que era momento de irnos. Permaneció a mi lado cuando bajamos de un salto de algunos metros hasta el piso y nos dirigimos hacia el equipo del condado.

—El sitio está a unos cuatrocientos metros por esa vereda —dijo su jefe, quien estaba al centro del círculo—. Los maestros y algunos alumnos siguen ahí, así que manejen con tacto la situación.

«Maestros. Alumnos».

No quise esperar el resto del informe y salí corriendo por la vereda, Havoc me seguía al mismo ritmo. El camino era pedregoso y regular, pero el derrumbe del lado sur era cualquier cosa menos amable. Era irregular y accidentado, aunque no impresionante. Hasta que el barranco se hacía escarpado. Este era el acantilado.

Carajo, no había manera en que un niño saliera vivo de una caída así.

Aceleré el paso y el resto del camino lo hice a toda carrera, pasando frente a algunas personas uniformadas del departamento del alguacil, hasta que llegué al final del sendero. Me detuve tan en seco que derrapé un poco sobre las piedras.

La señorita Rivera se puso de pie y negó con la cabeza mientras hablaba con una persona uniformada. Temblaba y las lágrimas surcaban su rostro.

—¿Señorita Rivera? —la llamé avanzando hacia ella.

—Señor Gentry. Oh, Dios mío. —Se cubrió la boca.

—¿Dónde están mis hijos? —pregunté tratando de mantener un tono de voz tranquilo que salió como un grito ahogado.

Miró sobre su hombro. Pasé frente a ella y examiné el pequeño grupo de alumnos que estaba sentado contra la montaña. Sus almuerzos estaban afuera y todos guardaban silencio. Mis ojos recorrieron a los cincuenta y tantos niños hasta que…

—¡Beckett! —gritó Maisie.

Su cuerpecito salió de la multitud y corrió a toda velocidad hacia mí. La atrapé y la abracé con fuerza. Lloró en mi cuello, su cuerpo temblaba a cada sollozo.

Una a salvo. Respiré y sentí su corazón latir en la palma de mi mano que sostenía su espalda. Estaba bien. Estaba aquí.

—Está bien, mi niña. Te tengo —dije mirando sobre su hombro, sin dejar de buscar en el grupo.

¿Dónde demonios estaba Colt? Miré de nuevo y la sangre se heló en mis venas.

—Maisie —dije poniéndome en cuclillas para dejar que se parara. Luego la aparté de mi cuello—. ¿Dónde está Colt?

—No sé, y no nos dirán nada hasta que lleguen los adultos. —Las lágrimas resbalaban abundantes por sus mejillas—. Allá hay otro grupo —dijo señalando el sendero que estaba a unos doce metros, donde había otro grupo de niños.

—Okey. —Dudé en dejarla con su clase dos segundos. Al carajo. Si ya un niño había desaparecido, mi hija no sería la siguiente—. Ven conmigo.

La cargué, rodeándola con el antebrazo y subimos por el camino. Tan pronto como nos alejamos del primer grupo, bajé la mirada hacia Havoc y le quité la correa. Si alguno de los padres se asustaba, me importaba un comino.

—Busca a Colt.

Olió a Maisie, sin duda en ella olía a Colt, y luego empezó a olisquear el suelo, avanzando hacia un pequeño grupo de niños. Un par de personas uniformadas le hablaban a un grupo no mayor de diez niños, todos lloraban, salvo una.

Emma. Estaba un poco apartada, me daba la espalda, y miraba hacia el fondo del sendero.

—¿Señor Gentry? —Otra maestra dejó de hablarle a los niños y se acercó a mí, su labio inferior temblaba—. Dios mío. Solo nos paramos a comer el almuerzo y luego volvimos a tomar el camino... solo... —Empezó a llorar—. Nos separamos.

—¿Dónde? —pregunté al uniformado.

—El sendero termina al doblar allá, pero no hay rastro del niño. Algunos de los chicos creen que lo vieron del otro lado.

Bajé a Maisie y puse su mano en la de la señorita Rivera, quien nos había seguido.

—Por favor, quédense aquí. Maisie. Dame unos minutos, ¿okey?

Forcé una sonrisa y acaricié su mejilla. «Tranquilízate, no dejes que vea tu pánico». Me lo repetí mientras esperaba que asintiera. No podía ver esto, no podía vivirlo, y por mucho que quisiera tenerla a mi lado para mantenerla segura, necesitaba la protección de la distancia.

Luego me marché. Ignorando a la maestra seguí a Havoc adonde ya sabía que me llevaría: directo a Emma.

La pequeña estaba de pie y miraba el sendero fijamente, a unos buenos tres metros del borde del acantilado. Un oficial estaba arrodillado a su nivel y hablaba con ella, pero ella no respondía. Tenía la mirada perdida y la boca cerrada, pero relajada. En sus manos sujetaba una gorra de Búsqueda y Rescate de Telluride hacia la que Havoc llamaba mi atención.

«No. No. No».

Traté de hacer a un lado el pánico, como lo había hecho en innumerables ocasiones cuando estaba en combate, pero esto era diferente. Esta era mi peor pesadilla.

—No quiere hablar.

La expresión del oficial era tensa.

—Dele un poco de espacio y déjeme intentarlo.

Asintió y se alejó lo suficiente como para escuchar, sin interrumpir.

—Emma —dije con voz suave, acuclillándome a su nivel y la hice girar hacia mí—. Emma, ¿adónde fue Colt? ¿Por qué tienes su gorra?

Apartó despacio la mirada del acantilado y me miró.

—Te conozco.

—Sí, me conoces. Soy el papá de Colt y de Maisie —dije,

tratando de que mi voz fuera firme y tranquila, sabía que si se alteraba más perdería cualquier oportunidad de obtener información—. ¿Me puedes decir qué pasó?

Asintió, sus movimientos eran tres veces más lentos que lo normal.

—Estábamos comiendo, ahí —dijo señalando al grupo—. Y cuando terminamos caminamos en fila, como nos dijeron que hiciéramos. Ni siquiera estábamos cerca del borde, ¡lo prometo! —Su voz se quebró.

El oficial que estaba cerca empezó a tomar notas.

—Lo sé. Está bien. —Tomé sus manos entre las mías, la gorra de Colt estaba entre nosotros—. ¿Qué pasó después?

—Dimos la vuelta para regresar porque los otros niños comían despacio. Luego, el suelo desapareció. Se fue muy rápido.

—Okey. ¿Y después?

Más uniformados se reunieron detrás de nosotros y con una seña les indiqué que se alejaran. Emma los miró, luego vio la gorra de Colt y guardó silencio.

Miré sobre mi hombro y vi a Mark.

—Cobija.

Tomó una de uno de los oficiales que acababan de llegar y me la dio.

—Mantenlos alejados. La niña está en shock y lo están empeorando. —Asintió y empezó a gritar órdenes al tiempo que yo cubría a la niña con la cobija—. Solo estamos tú y yo, Emma. ¿Me puedes decir que pasó después?

Me miró a los ojos.

—El suelo desapareció y yo me empecé a caer. Creo que Colt tomó mi mano y me jaló, ¿o me empujó? Yo estaba detrás de él y luego estaba frente a él. El ruido era muy fuerte, como hielos en un vaso.

Seguramente fue un desprendimiento.

—Traté de sujetarlo, pero había terminado. Luego yo estaba en el borde y él ya no estaba. Me quedé con esto —explicó levantando la gorra.

Mi corazón se detuvo. Dejó de latir y todo a mi alrededor se paralizó. Luego empezó a latir con fuerza y el mundo volvió a la vida, pero dos veces más rápido.

«Colt. Dios mío, Colt».

—Algunos niños creen que lo vieron del otro lado. ¿Eso pasó? ¿Se separaron?

«Por favor, di que sí. Por favor».

Negó despacio con la cabeza.

—Emma, ¿se cayó? —Mi voz era aguda, tensa por el enorme nudo que sentía en la garganta.

Ella asintió.

Durante tres latidos de mi corazón pensé que no podría controlarme, pero respiré profundo y logré alejarme de ella.

—Gracias —dije.

Subí corriendo por el sendero y llamé a Havoc con un silbido. Llegó a mis talones y de inmediato se puso a mi lado. La vereda se estrechaba en la curva y derrapé hasta detenerme, al tiempo que me sujetaba del chaleco de Havoc.

—Cuidado, esa caída es peligrosa —gritó uno de los hombres del condado que estaba junto a la ladera—. No veo rastros del niño, eso es bueno. Probablemente está del otro lado del sendero, como piensa la maestra. Solo estamos esperando que lleguen los miembros del equipo a esa área.

Metro y medio frente a nosotros, la parte del acantilado que llegaba al sendero se había derrumbado y parecía que el resto estaba a punto de hacerlo. El corazón se me subió a la garganta.

—Quieta —le dije a Havoc con voz ronca.

Avancé muy despacio, apoyándome en la ladera para guardar el equilibrio. Me asomé por el borde y vi la caída escarpada, quince metros, quizá, que terminaba en una pendiente empinada cubierta de árboles.

—¿Ves? No hay rastro de él. La maestra dijo que llevaba una sudadera azul.

—Es azul brillante —respondí examinando el terreno abajo—. Con el logotipo del TSR en la espalda y la etiqueta «Gentry» en el pecho.

Fue lo único que pidió tener antes de regresar a la escuela, y lo único que poseía con mi apellido.

—Ah, okey. Bueno, no lo vemos. ¿Qué dice tu perra?

Volteé a ver a Havoc, quien estaba sentada, por completo inmóvil. No estaba en alerta ni inquieta por seguir por el camino. Sabía lo mismo que yo.

—Dice que está allá abajo.

Observé el terreno por última vez, tratando de aprenderlo de memoria.

—Carajo. Entonces va a ser una misión de recuperación, porque no hay manera de que ese chico esté vivo.

Giré de inmediato y empujé al tipo por la garganta con el antebrazo hasta inmovilizarlo contra la montaña.

—Eso no lo sabes.

Barboteó. Unas manos me jalaron hacia atrás. Mark. Me soltó y apretó mi hombro.

—¿Qué demonios te pasa? —preguntó el uniformado sobándose la garganta.

—Es su hijo —respondió Mark.

Su rostro se ensombreció.

—Carajo. Lo siento. Quiero decir podría haber una posibilidad…

Tomé a Havoc y nos fuimos corriendo por el sendero, con

cuidado de mantener el equilibrio en las rocas. Si me lastimaba el tobillo, Colt podría morir. Saqué el *walkie-talkie* y lo ajusté en el canal.

—Nelson, aquí Gentry. ¿Sigues en el helicóptero?

Pasó un momento en el que solo se escuchó estática hasta que llegué al primer grupo de niños. Maisie estaba sentada con Emma, afuera del grupo, con las manos entrelazadas.

—Sí —respondió Nelson.

—Mantenlo encendido. Havoc y yo vamos para allá y tenemos que bajar rápido por el acantilado.

—Copiado.

Mark llegó cuando me acuclillaba frente a Maisie, quien había dejado de llorar y ahora parecía por completo inexpresiva, con los brazos cruzados sobre el estómago.

La abracé, curvando mi cuerpo para rodearla lo más posible.

—Te voy a bajar de aquí, ¿okey? Luego, Mark te llevará a la estación y llamaremos a tu mamá.

—Beckett, ¿quieres que me vaya? —preguntó Mark en voz baja—. ¿No necesitas mi ayuda?

—Necesito bajar a mi pequeña de esta montaña —respondí poniéndome de pie con Maisie en brazos, y sujeta a mi cuello—. Sujétate bien, Maisie.

Corrí equilibrando su peso. Sabía que cada segundo contaba, pero jamás la dejaría aquí arriba. La voz de Ella llenaba mi cabeza al pensar en todas las veces que se sintió culpable por tener que dejar a uno para cuidar del otro.

Giramos en la siguiente curva y pudimos ver el helicóptero, junto con un grupo de padres que estaban detrás del perímetro que había marcado la policía.

—Las malas noticas viajan rápido. —Las palabras de Mark salieron en un tartamudeo entre jadeos.

—¡Beckett! —gritó Ada desde el frente del grupo.

—Ahí está Ada —le dije a Maisie—. Mark, cambio de planes. Súbete al heli.

Ada corrió hacia un extremo de la multitud, Larry la seguía de cerca. Llegaron hasta un oficial que los dejó pasar cuando le di la señal.

Se escuchaba la cacofonía general de los gritos de los padres que, sin duda, querían noticias, pero el zumbido del helicóptero detrás de mí ahogaba todas las palabras.

—¿Están todos bien? —preguntó Ada—. Dios mío, ¿dónde está Colt? ¿Por qué no trajiste también a Colt?

Su voz se agudizó en pánico y Larry le puso una mano en el hombro.

—Necesito que se la lleven —le dije a Ada, pero Maisie se aferró a mi cuello—. Maisie, tienes que soltarme, ¿okey?

Se echó hacia atrás y tomó mi rostro entre sus manos.

—Está herido. Puedo sentirlo. —Se tocó el vientre.

—Lo voy a buscar ahora mismo, pero necesito que te vayas con Ada, ¿está bien?

—Okey.

Me abrazó y la apreté con fuerza antes de pasársela a Ada.

—¿Dónde está Ella? —pregunté cuando Ada tomó a Maisie en sus brazos.

—Es Colt, ¿verdad? —preguntó Ada.

No podía decirlo. Si lo formulaba, las paredes de celofán que había levantado dejarían de sostenerme y esa no era una opción.

—¿Dónde está Ella? —repetí.

—Está en la estación del guardabosques, allá atrás, con otros padres. —Señaló más allá de la multitud— Están tratando de obtener información del condado. ¿Quieres que vayamos por ella? Alguien tiene que decirle —dijo acongojada.

Aparecieron luces intermitentes. Bien, la ambulancia llegaba.

—No, solo quédense con ella. No… no está bien. Los va a necesitar.

Colt no tenía tiempo para que yo esperara a Ella. Miré a Larry, estaba taciturno, tenso.

—¿Qué quieres que le diga? —preguntó Larry.

—Dile que voy a encontrar a nuestro hijo.

Antes de volverme loco, corrí hacia el helicóptero con Havoc a mi lado. La cargué como peso muerto para subirla y luego subí yo. Me puse el casco y ajusté el cinturón de seguridad.

—Vuela hacia el sur —le dije al piloto—. Hay una sección de la vereda que se desplomó. Tienes que dejarnos justo debajo.

—Copiado.

El piloto despegó y mi estómago dio un vuelco cuando nos elevamos en el aire. Me incliné hacia adelante y sujeté a Havoc por los ganchos de su chaleco, necesitaba mantenerla segura.

—Un pequeño problema, no tenemos dónde aterrizar —dijo el piloto.

—¿Sabes bajar en rapel? —le pregunté a Mark.

—En teoría —respondió.

—Llévanos adonde podamos bajar en rapel —ordené al piloto. Luego volteé a ver a Mark—: Síguenos.

Asintió.

—Jenkins, necesito que estés listo.

—Todo en orden —me aseguró desde su asiento—. La camilla rígida y la litera están listas.

—¿Tienes el último informe?

Asintió.

—¿A qué hora sucedió?

Hojeó las hojas en el sujetapapeles y miró su reloj.

—El informe llegó hace cuarenta y cinco minutos y dieron la alarma como diez minutos después.

Llevaba casi una hora allá abajo. Programé el cronómetro en mi reloj.

—Llama por radio y di que necesitamos toda la ayuda posible.

El helicóptero se estabilizó sobre el único claro visible. Estábamos a poca distancia de donde debieron caer las rocas.

—Estamos listos —dijo el piloto por la radio.

Me quité el casco mientras Jenkins aseguraba la cuerda. Sujeté a Havoc al deslizador y la mantuve entre mis piernas cuando nos acercamos a la puerta. Jenkins me pasó la cuerda y enganché el deslizador para poder controlar su velocidad de bajada.

—Sé que odias esto —le dije al tiempo que apretaba el nudo a la cuerda, unos centímetros por encima del arnés—. Pero nuestro Colt está allá abajo.

Sujeté la cuerda y el deslizador, con la rodilla le hice la señal a la que estaba acostumbrada y saltamos a la nada. Se quedó muy quieta mientras rapeleaba, con ella colgando entre mis rodillas.

Habíamos hecho esto cientos de veces, pero nunca había sentido tanta urgencia. La urgencia provocaba errores, así que tranquilicé mi respiración y bajamos despacio, una mano tras otra, hasta que tocamos el suelo.

Desenganché el deslizador y lo metí a la mochila de Havoc. Mark empezó a bajar de inmediato.

Saqué un premio de la mochila de Havoc y se lo di.

—Buen trabajo. Sé que fue horrible.

—¿Cómo haces eso con un perro? —preguntó Mark cuando llegó a tierra un minuto después.

—Mucha experiencia. —Me incliné sobre Havoc—. Busca a Colt.

Empezó a olisquear y caminamos en dirección del deslave.

—¿Cuánto tiempo le llevará? —preguntó Mark.

—No estoy seguro. No caminó hasta aquí, por lo que no hay un rastro que seguir. Tendremos que acercarnos lo suficiente para que advierta su olor en el aire o cualquier lugar que haya tocado.

Avanzamos cuesta arriba a través de un terreno cuya hierba nos llegaba hasta las rodillas y luego continuamos bajo una arboleda de pinos. Me concentré en mi respiración y mis pisadas, Havoc caminaba frente a nosotros, buscando. Entre menos pensara en lo que encontraríamos, mejor.

—¡Colt! —grité, rogando que nos oyera... que fuera capaz de escucharnos.

—¡Colt! —repitió Mark—. ¿Debimos traer a Jenkins?

—No. Debe quedarse en el helicóptero. Cuando lleguen los otros equipos, debe estar disponible y si está con nosotros y alguien más encuentra a Colt...

—Entiendo...

—Soy médico de combate, estoy calificado para hacer casi cualquier cosa salvo cirugía. Todos en nuestra... todos lo son, en donde trabajaba antes.

Era parte del entrenamiento para ser seleccionado como operador nivel uno.

—¡Colt! —grité otra vez.

Y otra.

Y otra.

El bip de mi reloj indicaba que había pasado una hora y media, y Colt seguía sin aparecer. Miré hacia la cima de la montaña. Estábamos fuera del límite del bosque, justo debajo de la zona del derrumbe; había muchas rocas a nuestro alrededor y todas se veían iguales. No podía distinguir cuáles eran nuevas y cuales habían estado ahí siempre.

Vimos que el helicóptero bajó a un par de equipos y Mark se

encargó de la coordinación de radio, asegurándose que eligiéramos diferentes zonas. Mi zona era la que Havoc decidiera tomar y los demás tendrían que adaptarse.

Havoc olisqueaba como loca hacia el sur y la seguimos a lo largo del límite del bosque.

—¡Colt!

Vi el azul brillante en el momento en el que Havoc salió corriendo a toda velocidad. Rápido, cubrí la distancia saltando rocas y esquivando ramas de pino. Havoc estaba sentada junto a él y gemía.

—Colt —lo llamé.

No respondió. La parte superior de su cuerpo estaba libre, pero la inferior estaba oculta por follaje que había caído.

—Buena chica —le dije a Havoc dándole un premio que saqué del bolsillo por puro hábito, antes de caer de rodillas junto a Colt.

—Colt, vamos amigo.

Estaba pálido. De algunas pequeñas heridas en su rostro salían hilillos de sangre. Puse los dedos en su cuello y esperé.

«Por favor, Dios. Haré lo que sea. Por favor».

Tenía pulso, pero era rápido y débil. Su piel estaba fría.

—Está sangrando de algún lado —le dije a Mark cuando se arrodilló al otro lado de Colt—. Tenemos que quitarle estas ramas de encima, pero solo las más ligeras. Si está pesada, espérame.

Mark asintió y empezó a despejar las ramas pequeñas.

—Rescate 9, aquí Gutiérrez y Gentry. Encontramos al niño. Tiene pulso débil. Envíen a un médico cuanto antes.

Se escuchó estática en la radio de Mark mientras yo abría la sudadera de Colt.

—Carajo. Gentry.

Observé la parte inferior de Colt y la bilis llenó mi garganta;

miré al cielo un momento y me obligué a bajar de nuevo la mirada. El muslo derecho de Colt estaba aplastado bajo una piedra grande y dentada, del tamaño de medio motor de coche.

—Corta los pantalones alrededor. Necesito ver la piel.

No se veía bien.

—Gutiérrez, aquí Rescate 9. Estamos cargando combustible. Vamos de inmediato.

«Mierda. Mierda. Mierda».

—Colt, ¿me escuchas, amigo? —pregunté acariciando su rostro—. ¿Te puedes despertar?

Parpadeó.

—¿Beckett?

En ese momento, la voz de Colt fue el sonido más dulce que había escuchado en mi vida. Estaba vivo y podía hablar.

«Gracias, Dios mío».

—¡Hola! —Me incliné sobre él sujetando su cabeza cuando abrió los ojos. Su pupila derecha estaba un poco más grande que la izquierda. Traumatismo craneal—. Hola. No te muevas, ¿okey? Aquí estoy.

—¿Dónde estoy? —preguntó girando los ojos de izquierda a derecha.

—Tuviste una caída grave, así que no te muevas, ¿sí? Quizá te lastimaste el cuello. Mark está aquí conmigo y el doctor no tarda en llegar. No muevas la cabeza.

—Okey. —Hizo un gesto de dolor—. Me duele.

—No lo dudo. ¿Me puedes decir dónde?

Movió los ojos.

—En todos lados.

—Entiendo. —Bajé la mirada a su pierna—. Colt, ¿puedes mover los dedos de los pies? ¿Solo los dedos?

—Sí —respondió.

Miré a Mark, quien negó con la cabeza con los labios apretados.

«No entres en pánico».

—Buen trabajo, amigo. ¿Puedes hacerlo otra vez?

Esperaba sonar más tranquilo de lo que me sentía porque estaba a punto de volverme loco.

—¿Ves? Los dedos están bien. Ni siquiera me duelen —dijo Colt con una leve sonrisa.

Mark volvió a negar con la cabeza y mi alma se arrugó en una bolita.

—¿No te duelen las piernas? —pregunté.

—No, solo todo lo demás.

Sus ojos se empezaron a cerrar.

—Colt. ¡Colt! —Tomé su cara en mis manos—. Tienes que quedarte conmigo, ¿okey? Mueve los dedos de las manos.

Pudo mover los diez dedos de las manos. «Eso está bien».

—Estoy cansado. ¿Emma está bien?

—Sí está bien, pero preocupada por ti. Lo hiciste muy bien, Colt. La salvaste.

Le volví a tomar el pulso. Carajo, era más rápido y más débil.

—Hay que proteger a los más pequeños —dijo con una sonrisa frágil—. Tengo frío, Beckett. ¿Hace frío?

—Mira debajo de la piedra. ¿Hay sangre? —le ordené a Mark.

Me quité la sudadera y cubrí con ella el pecho de Colt.

—¿Mejor?

Mark se agachó.

—No puedo ver. Seguro podemos quitársela de encima.

—Antes debemos ponerle un torniquete. Es muy probable que tenga una lesión por aplastamiento. Ya pasaron casi dos horas, no podemos levantar la piedra sin más. En la mochila de Havoc hay uno.

—Carajo, Beckett —dijo Mark entre dientes—. Sangre.

Saqué el torniquete y me arrodillé junto a Mark. De debajo de la roca salía sangre rojo oscuro.

—¿Dónde demonios está el helicóptero? Diles que traigan la camilla de cesta.

—Rescate 9, aquí Gutiérrez y Gentry. ¿Ya tienen la cesta?

—Gutiérrez, aquí Rescate 9. Vamos hacia allá. Llegamos en cinco minutos.

—Mierda —mascullé.

No había mejor palabra en este momento.

Excavé debajo del muslo de Colt, lo suficiente para poder pasar el torniquete; lo apreté y lo amarré justo encima del área donde la roca lo aplastaba.

—No lo muevas —le advertí a Mark.

Luego me arrodillé al otro lado de Colt. Sus labios estaban azules; su piel, pálida, fría y húmeda; su pulso, rápido y débil.

—Ey, amigo, ya detuve la hemorragia. Solo tienes que aguantar hasta que llegue el helicóptero. ¿Okey?

Sonrió un poco.

—¿Voy a subirme a un helicóptero? Genial.

—Así es. Además, eres un héroe. Todo el mundo va a pensar que eres magnífico, aunque yo sé que eres el mejor —dije—. ¿Te duele en otro lugar?

—No. No me duele nada.

Me paralicé. «Conmoción. Se está desangrando». Su pierna había dejado de sangrar, pero con esa caída debía haber otra lesión o una docena.

«Está herido. Puedo sentirlo».

Mellizos. Lo mismo pasó la noche que Colt despertó cuando a Maisie se le infectó el catéter.

—Okey. Solo sigue hablándome, amigo.

Le quité mi sudadera de encima y levanté su camiseta. Todo

el lado izquierdo del pecho era un moretón morado intenso. Tenía el vientre hinchado.

Me senté sobre los tobillos y me llevé las manos a la cabeza.

«Ryan. Tienes que ayudarme. Por favor».

—¿Dónde estamos? —preguntó Colt con voz débil.

Me incorporé rápidamente y tomé a Mark por el brazo.

—Tiene una hemorragia interna. Creo que es el bazo, eso significa que tiene solo minutos. Corre al lugar más cercano donde puedas ver el cielo y haz humo.

Mark era la imagen misma de la angustia mientras miraba a Colt, pero giró de inmediato y salió corriendo.

Me arrodillé al lado de Colt, me acosté junto a él y me acurruqué contra su cuerpo.

—Te amo mucho.

Giró la cabeza y ya no le grité nada sobre las lesiones del cuello. No tenía caso.

—Yo también te amo, Beckett.

Abrió los ojos y descansé mi frente en la suya.

—Estaba pensando que quizá podríamos poner una tirolesa en la casa del árbol. ¿Qué te parece?

Pasé mis dedos por su cabello.

—Sí. Creo que podemos hacer que llegue hasta el lago. Sería genial y mamá no se preocuparía mucho de las caídas.

Esta era una caída que nunca anticipé.

Havoc gimió y se acurrucó al otro lado de Colt. Sabía.

—Tienes toda la razón.

Revisé su pulso. Carajo, estaba tan débil.

—Creo que me estoy muriendo —murmuró.

—Estás muy herido —dije, ahogándome en la última palabra.

No quería mentirle, pero tampoco deseaba que estuviera aterrado sus últimos minutos. Ya no había nada que hacer. Lo perdería.

«Ella». Dios mío, necesitaba estar aquí.

—Está bien. No estés triste. Dile a mamá y a Maisie que tampoco estén tristes. —Respiró varias veces con dificultad—. Voy a ver al tío Ryan.

Yo no podía respirar. Mi pecho subía y bajaba al ritmo del suyo, mi corazón se sincronizó a su cadencia frágil.

—Solo aguanta, amigo. Hay muchas cosas que aún no has hecho. Tienes mucho por hacer.

Me miró y el amor brilló en sus ojos.

—Te pude tener. Como a un papá.

Las lágrimas brotaron de mis ojos y cayeron por un costado de mi cara hasta la tierra.

—Oh, Colt. Se los íbamos a decir. Solo estábamos esperando que Maisie estuviera bien. Los adopté el año pasado. Hace un tiempo que tienes un papá. Uno que te ama más que a la luna y las estrellas.

Su respiración se hizo cada vez más lenta, cada una le costaba un esfuerzo hercúleo, pero logró esbozar una sonrisa.

—Eres mi papá.

—Soy tu papá.

—Entonces, esto es lo que se siente. —Movió su mano fría y la puso sobre mi mejilla—. Me encanta tener un papá.

—A mí me encanta ser tu papá, Colt. Eres el mejor niño que jamás pudieron regalarme. Estoy tan orgulloso de ti.

Las palabras salieron con dificultad.

Cerró los ojos y la siguiente respiración estremeció su cuerpo. Escuché el sonido de los rotores al fondo.

—Soy un Gentry —dijo Colt haciendo un esfuerzo por abrir los ojos.

—Lo eres. Un Gentry y un MacKenzie. Siempre.

—¿Siempre? —preguntó.

—Siempre. Siempre seré tu papá. Pase lo que pase. Nada cambiará eso.

«Ni la muerte». Mi amor por él llegaría hasta donde Dios decidiera llevárselo.

—Colton Ryan MacKenzie-Gentry. Tengo todo lo que siempre quise.

Sus ojos se cerraron y su pecho se levantó apenas. La reanimación cardiopulmonar no serviría, no cuando no tenía sangre que circulara.

—Yo también —le dije besando su frente.

—Dile a mamá y a Maisie que las amo.

Sus palabras eran más lentas, puntuadas por jadeos parciales.

—Lo haré. Ellas te aman mucho. Tienes una mamá, un papá y una hermana que harían cualquier cosa por ti.

—Te amo, papá —murmuró.

—Te amo, Colt.

Su pecho se agitó de nuevo y su mano cayó de mi rostro cuando perdió la conciencia.

—¿Colt? —Le tomé el pulso, pero no sentí nada—. ¡Colt! ¡No!

Pasé los brazos debajo de su cuerpo y me senté, apoyándolo frente a mí, cubriéndolo con mis brazos. Su cabeza cayó contra mi pecho.

Un alarido primitivo desgarró mi garganta. Luego otro, hasta que mi cuerpo se estremeció en sollozos. A mi lado, Havoc se sentó y empezó a aullar con un lamento grave.

«Cuídalo, Ryan».

—Beckett —dijo Mark en voz baja.

Cuando alcé la vista, estaba arrodillado junto a mí con los ojos llenos de lágrimas sin derramar. Los míos se empañaban y se aclaraban de manera intermitente.

—Se fue.

Mis brazos apretaron su cuerpecito.

—Lo sé. Hiciste todo lo que pudiste.

—Esta mañana le hice rollitos de jamón y queso —dije pasando la mano por su cabello suave—. Quería más queso y se lo di. Le hice rollitos.

Eso había sido hacía horas.

Horas.

Y ahora ya no estaba.

—¿Qué quieres hacer? —preguntó Mark.

Me di cuenta de que a nuestro alrededor había media docena de hombres. Jenkins se hincó y revisó los signos vitales como yo había hecho antes, luego apretó los labios y volvió a ponerse de pie.

¿Qué quería? ¿Qué quería hacer? Quería gritar otra vez, destrozar el bosque hasta hacerlo pedazos. Quería golpear la montaña con los puños hasta hacerla añicos. Quería ver a mi pequeño niño y escucharlo reír, verlo correr por la plataforma de su casa del árbol. Quería verlo crecer, quería conocer al hombre en el que debió convertirse. Pero él estaba fuera de mi alcance.

Querer no importaba cuando todo estaba fuera de tu control.

—Tengo que llevárselo a su mamá.

CAPÍTULO VEINTIOCHO

Ella

El helicóptero aterrizó en el pequeño claro a unos treinta metros frente a mí y el alma se me cayó al piso. Solo había dos razones por las que llegaban: o no encontraron a Colt o...

—Respira —me dijo Ada.

Larry se había llevado a Maisie a casa. Yo no quería que estuviera aquí, no quería que estuviera en la primera fila de la tragedia.

Un grupo del condado estaba detrás de nosotras. Todos mirábamos. Esperábamos.

—Si lo encontraron tuvieron que llevárselo en el helicóptero a Montrose —dije, haciendo un gran esfuerzo para hacer a un lado el miedo que me atenazaba.

—Beckett lo encontrará. Sabes que lo hará.

Había visto el mapa, sabía que la caída era muy profunda.

La puerta del helicóptero se abrió y Mark bajó primero, luego bajó Beckett. Llevaba una camiseta de manga larga, pero no su sudadera azul.

Me miró. Yo no necesitaba ver su rostro a la distancia, su postura lo decía todo.

—No.

El sonido era apenas un murmullo.

«No. No. No».

Esto no estaba sucediendo. Era imposible.

Beckett volteó hacia los otros miembros de Búsqueda y Rescate de Telluride, quienes bajaban a su vez y sacaban una camilla rígida como portadores de un féretro.

Luego vi la sudadera de Beckett.

Cubría el rostro de Colt.

Mis rodillas cedieron y el mundo desapareció.

Parpadeé y todo a mi alrededor empezó a adquirir nitidez. Sobre mí brillaban luces blancas y pude aspirar el olor estéril del hospital. Volteé y vi a Beckett sentado en una silla a mi lado. Tenía los ojos rojos e hinchados.

Havoc dormía bajo la silla.

—Hola —me dijo inclinándose para tomar mi mano.

—¿Qué pasó?

—Te desmayaste. Estamos en el hospital de Telluride y estás bien.

El helicóptero. La sudadera. El recuerdo llegó como una avalancha.

—¿Colt?

—Ella, lo siento. Se fue.

El rostro de Beckett se descompuso.

—No, no, no —repetí—. Colt.

Las lágrimas salieron como diluvio, un torrente acompañado de un sonido entre grito y lamento que parecía no acabar. Quizá me detenía para respirar, pero eso era todo.

Mi bebé. Mi hermoso y fuerte hombrecito. Mi Colt.

Beckett se acostó a mi lado y me rodeó con sus brazos cálidos. Hundí la cabeza en su pecho y lloré. Dolor no era una palabra lo suficientemente fuerte como para definir lo que sentía. No había medida. Nada que medicar. Esta agonía era inconmensurable, insondable.

Mi hijito había muerto solo y frío al pie de una montaña donde se había criado.

—Estuve con él —murmuró Beckett como si pudiera leer mi mente—. No estuvo solo. Llegué a tiempo para estar con él. Le dije que lo amábamos y me pidió que te dijera que no estuvieras triste. Que tenía todo lo que quería. —Su voz se quebró.

Lo miré, mi respiración era entrecortada.

—¿Lo viste?

—Sí. Le dije que lo había adoptado, que tenía una mamá y un papá que harían cualquier cosa por él.

No estuvo solo. Eso contaba, ¿no? Nació en las manos de su madre y murió en los brazos de su padre.

—Qué bueno. Me alegra que lo supiera. Debimos decirle antes.

Todo ese tiempo desperdiciado porque yo tenía mucho miedo. Todos los días que pudo tener a Beckett y saber lo que significaba para él.

—¿Sufrió?

Debió haber tenido mucho dolor y yo no estuve ahí.

—Al principio, pero desapareció muy pronto. No sintió ningún dolor cuando murió. Ella, te prometo que hice todo lo que pude.

—Sé que lo hiciste.

Lo daba por hecho, incluso sin saber qué había pasado. Beckett hubiera muerto para salvar a Colt.

—¿Tuvo miedo?

Empecé a llorar otra vez.

—No. Fue muy fuerte, estaba muy seguro. Preguntó por Emma. Le salvó la vida, Ella. Por él está viva. La empujó para ponerla a salvo. Fue muy valiente y a ti y a Maisie las amaba mucho. Eso fue lo último que dijo. Que les dijera a ustedes que las ama. Y luego me llamó papá, y murió. Así, nada más.

Los sollozos comenzaron de nuevo incontrolables, imparables.

Esto no era sufrimiento ni tristeza.

Era la completa desolación de mi alma.

—No había nada que pudiera hacer —dijo el doctor Franklin al otro lado de la mesa.

Otros doctores estaban sentados a ambos lados de él. Miré por la ventana, empezaba a amanecer.

No quería que llegara el nuevo día, quería que fuera el mismo día en el que me despedí de Colt con un beso, en que lo abracé antes de que se subiera al autobús. No quería saber cómo sería el sol si no brillaba sobre él.

—Colton tenía lesiones internas graves. Además, la columna vertebral y el bazo estaban rotos, la aorta desgarrada y tenía laceraciones en la arteria femoral. Y eso fue lo que vimos solo en el ultrasonido. Por favor, créame cuando digo que no pudo haber hecho nada, señor Gentry. En todo caso, el torniquete que le puso en la pierna fue lo que le dio esos minutos más.

—Por eso no tuvo dolor —me dijo Beckett cubriendo mi mano con la suya.

—Había perdido la sensibilidad. No tuvo dolor.

Las lágrimas bajaban por mis mejillas, pero no me molesté en enjugarlas. ¿De qué serviría si de inmediato brotarían más?

—¿Si hubiera llegado más rápido? —La voz de Beckett se ahogó en la última palabra.

El doctor Franklin negó con la cabeza.

—Aunque hubiera caído frente a urgencias en el hospital, no había nada que hacer. Ni siquiera en Montrose. Las lesiones eran muy graves. El tiempo que tuvo con él fue un milagro. Lamento mucho su pérdida.

«Mi pérdida».

Colt no estaba perdido. Sabía exactamente dónde estaba.

Su lugar no era la morgue. Su lugar era en su hogar, durmiendo caliente y seguro en su cama.

—Tenemos que ir a casa —le dije a Beckett—. Tenemos que decirle a Maisie.

Un nuevo torrente de lágrimas volvió a bañar mi rostro. ¿Cómo iba a decirle a mi hijita que había perdido la mitad de su corazón? ¿Cómo se suponía que debía aceptarlo y seguir adelante como una persona incompleta?

—Sí. Vamos a casa.

El doctor Franklin le dijo algo a Beckett y él asintió. De alguna manera pude poner un pie frente al otro y nos dirigimos a la salida. Me detuve frente a las puertas principales. Los mellizos nacieron aquí. En este mismo lugar me levanté de la silla de ruedas y salí con ellos en sus bambinetos para el coche, ignorando las protestas de las enfermeras porque me iba caminando, tenía que saber que podía hacerlo sola.

—¿Ella?

—No puedo dejarlo aquí.

Sentí una opresión en el pecho y durante un segundo tuve dificultad para respirar. Mi propio cuerpo no quería vivir en un mundo sin Colt.

Beckett me abrazó.

—Ellos se ocupan. Está seguro. Nosotros nos encargaremos mañana. Ahora tenemos que llegar a casa.

—Creo que no puedo moverme —murmuré.

No podía desplazar los pies, dejar a Colt detrás mientras yo iba a casa.

—¿Quieres que te ayude? —preguntó.

Asentí. Beckett se inclinó para levantarme, pasó un brazo bajo mis rodillas y el otro en mi espalda. Rodeé su cuello con mis brazos y recargué la cabeza sobre su hombro mientras él me llevaba hacia la mañana.

Beckett condujo mi camioneta a la casa. Al menos creo que eso hizo. El tiempo había perdido todo significado y relevancia. Me sentía a la deriva en un océano, esperando que la siguiente ola me ahogara.

Parpadeé. Estábamos adentro de la casa, Ada se quejaba de algo. Beckett me sentó en el sofá y tapó mis piernas con una cobija. Ada dijo algo y yo asentí, no me importaba qué era. Una taza de café apareció en mis manos.

El sol salió y desafió mi dolor. Insensible al hecho de que mi mundo había terminado anoche, estaba decidido a seguir adelante.

—¿Mamá?

Maisie entró a la habitación, abrazaba su oso de peluche azul. Tenía puesta la pijama morada, estaba un poco despeinada y tenía marcas de la almohada en el rostro.

Un rostro tan similar al de Colt. ¿Alguna vez podría mirarla sin verlo a él?

—Ey —dije con voz ronca.

Beckett apareció a su lado.

—Está muerto —dijo como si fuera un hecho.

Su expresión era más solemne que en ninguno de sus tratamientos. Miré a Beckett de inmediato, pero él negó con la cabeza.

—Lo supe anoche. Dejé de sentir el dolor. Supe que se había ido. —Hizo una mueca y Beckett la abrazó para jalarla a su lado—. Se despidió de mí mientras yo dormía. Dijo que estaba bien y que revisara su bolsillo.

Beckett la sentó junto a mí en el sofá y levanté el brazo para estrecharla.

—Lo siento tanto, Maisie.

Besé su frente y ella se acurrucó aún más.

—No está bien. No se suponía que él muriera. Yo sí. ¿Por qué se murió? No es justo. Teníamos un trato. Siempre íbamos a estar juntos.

Empezó a llorar y eso provocó mi propio llanto. Su pequeño cuerpo se estremecía junto al mío y sus lágrimas bañaron mi camisa.

Traté de encontrar las palabras correctas, de no dejar a mi hija sola con su dolor porque yo era incapaz de ver una salida para el mío.

—No es justo —le dije acariciando su espalda, su osito azul estaba entre nosotros—. Y no se suponía que tú tenías que morir. Ninguno de los dos. Esto solo sucedió.

¿Cómo era posible que no hubiera una mejor explicación que eso? ¿Cómo se razonaba un accidente imposible de prever? ¿Dónde estaba la justicia en eso?

Beckett se sentó al otro lado y la rodeamos con lo más que podíamos darle. Lo necesitaba todo. Yo perdí a mi hijo, pero ella perdió la mitad de su ser.

Al cabo de una hora se quedó dormida sobre Beckett. Él la sostenía contra su pecho y acariciaba su cabello. No pude evitar preguntarme si así había abrazado a Colt mientras moría. Alejé esa idea y la aventé al otro lado de la puerta que había abierto para cuando estuviera preparada para la respuesta.

Ada entró con una bolsa plástico del hospital de Telluride.

—¿Querías esto? Maisie dijo que revisáramos el bolsillo.

Metí la mano a la bolsa y saqué la sudadera de Colt. No había sangre ni lágrimas, nada que indicara el traumatismo que había sufrido. Metí la mano a un bolsillo y estaba vacío. Si la lógica mandaba, el siguiente también lo estaría. Después de todo, solo porque eran mellizos no significaba…

Mis dedos tocaron algo delgado y arrugado. Lo saqué y perdí el aliento.

Era una hoja roja.

El día que dejamos a Colt en su última morada, el sol brillaba hermoso. Se filtraba por las hojas de los árboles de la pequeña isla, salpicando el suelo con manchitas de luz. La brisa había aumentado y traía consigo una cascada de colores, en su mayoría doradas de los álamos.

Estaba entre Beckett y Maisie cuando bajaron el pequeño ataúd blanco de Colt a la tierra. Maisie se negó a vestirse de negro, dijo que era un color estúpido y que Colt lo odiaba. Iba vestida de amarillo, el color del sol, y abrazaba el oso rosa de Colt.

Anoche le dio a él su oso azul, diciendo que esa era la única manera en podían separarse. Pero cuando vi que la luz se apagaba en su mirada supe que no solo enterrábamos a Colt, sino también parte de Maisie.

Emma, la niña a la que Colt había salvado, estaba con sus padres. Unas lagrimitas resbalaban por sus mejillas. Yo estaba tremendamente orgullosa de lo que Colt había hecho y no podía desearle nada malo a Emma, no fue su culpa. Sin embargo, no podía entender cómo Dios podía intercambiar la vida de un niño por la de otro.

¿Fue Colt en lugar de Emma?

¿O había yo rezado tanto este último par de años que por accidente cambié a Colt por Maisie con mis súplicas desesperadas para que viviera?

La fila de deudos empezó a avanzar en nuestra dirección para darnos las condolencias. ¿Por qué querría escuchar cuánto lo extrañarían? Mi propio dolor apenas me permitía respirar, aliviar el de Maisie, el de Beckett. No había más espacio para la pena de nadie más.

—No puedo —le dije a Beckett.

—Okey, yo puedo encargarme —respondió.

Me llevó hasta la pequeña banca que habíamos mandado

poner en la isla cuando Ryan murió. Maisie se sentó conmigo mientras Beckett y Ada recibían las condolencias y Larry los guiaba hasta los botes que contratamos para que volvieran a la costa.

—Ahora soy como tú, mamá.

—¿Cómo, mi amor?

Sus ojos estaban fijos en Colt.

—Las dos tenemos hermanos aquí.

Otra oleada de pena me inundó, arrastrándome hasta olas tan densas que no podía respirar, que me impedían salir a la superficie. ¿Cómo se podía sobrevivir a la pérdida de un hijo? ¿Por qué sencillamente el dolor no detenía mi corazón como amenazaba hacer todo el tiempo y me llevaba con él?

La mano de Maisie encontró la mía y un poco de aire entró a mis pulmones.

—Así es.

Por fin encontré la fuerza para responder.

—Beckett también es como nosotros. —Volteó a verlo. Beckett asentía y estrechaba manos con la última persona de la fila—. Sus dos mejores amigos están aquí.

Lo miré y tragué saliva por enésima vez para tratar de deshacerme del nudo permanente que tenía en la garganta. Estaba de pie, fuerte y firme, haciéndose cargo de lo que yo no podía, aunque su dolor fuera el mismo que el mío. Era así de fuerte.

Muy pronto solo quedamos Beckett, Maisie y yo, sentados en la banca, de cara a la casa que Beckett había construido para nosotros.

—¿Estás lista? —preguntó Beckett—. Podemos quedarnos todo el tiempo que quieras.

No podía soportar ver cómo cubrían de tierra a mi pequeño, cómo bloqueaban la luz del sol de su rostro. Me parecía tan definitivo, tan incorrecto.

—Sí, vámonos.

Pasamos frente a los trabajadores que se ocupaban de Colt y me detuve frente a la lápida de Ryan. Puse una mano sobre la suave superficie de granito.

—Ahora está contigo. Sé que nunca quisiste ser padre, pero tienes que serlo, solo por un tiempo. Hasta que lleguemos. Asegúrate de que juegue. Enséñale todo, cualquier cosa que quiera aprender. Abrázalo y ámalo, y luego déjalo brillar. Es tuyo por un tiempo.

Mi vista se nubló y Beckett tomó mi brazo. Volteé a ver a Maisie, estaba arrodillada al borde de la tumba de Colt y sus hombros temblaban. Avancé, pero Beckett me detuvo.

—Dale un segundo.

En ese momento la escuché, su vocecita, hablaba con él. No podía entender sus palabras, pero sabía que era solo para ellos dos, como tanto había sido cuando él vivía. Beckett permaneció en silencio, respaldándome hasta que Maisie estuvo lista.

¿Cómo despedirse de la persona con quien compartiste el alma? ¿De quien estuvo a tu lado cada latido de tu vida?

Se levantó, erguida y segura, volteó hacia nosotros con una sonrisa triste. Luego se enjugó los ojos y dejó de llorar.

—Ya está bien. Los dos lo estamos.

Y de alguna manera supe que era sincera. Había encontrado la paz con la certeza que solo puede tener un niño.

En lo que me pareció un abrir y cerrar de ojos, habíamos vuelto a la casa. Ada había organizado la recepción en la casa principal, por lo que la mía estaba vacía y en silencio, precisamente lo que necesitaba.

Le dije a Beckett que subiera con Maisie y me quedé sentada si hacer nada. Havoc yacía a mi lado con la cabeza en mi regazo mientras yo me esforzaba por meter aire a mis pulmones, concentrada en los mecanismos simples de la vida.

Tocaron a la puerta y luego entró el capitán Donahue.

—Lamento molestarla. No puedo imaginar cómo se siente, ni fingiré que lo sé. —Se paró frente a mí y luego se acuclilló para estar a mi altura. Muy parecido a Beckett—. Sé que quizá no es el momento, pero nos van a desplazar y no sé cuándo volveré a Telluride. Esto es para usted.

Me dio un sobre blanco, mi nombre estaba escrito con la caligrafía de Beckett.

—¿Qué es esto? —pregunté abriéndolo.

—No lo lea aún. No es el momento. Algunos de los chicos me piden que conserve su última carta. Guardé la de Mac para Gentry, y también la de Gentry para usted.

—¿Para mí?

Asintió.

—Se la dejo en caso de que empiece a sentirse perdida o que olvide cuánto la ama. Como le dije, no es para ahora. Pero algún día...

Se fue, aunque yo no recordaba su partida ni la llegada de nadie más. El ritmo constante de mi respiración era todo en lo que podía concentrarme, contaba hasta diez una y otra vez, tratando vivir con el dolor. Me quedé ahí sentada, tomando el agua que me daban, comiendo alimentos que me preparaban y fingiendo una sonrisa cuando Maisie dijo que era hora de dormir.

Reuní la fuerza suficiente para arroparla. Pasé su cabello detrás de su oreja y puse la mano sobre su pecho conforme se quedaba dormida, el día pasaba factura en su pequeño cuerpo. Los latidos de su corazón fortalecían el mío, saber que seguía aquí porque yo había luchado en cuerpo y alma para mantenerla viva.

Pero Dios no me dio esa oportunidad con Colt.

Encontré a Beckett en el pasillo, recargado en el marco de la puerta de la recámara de Colt.

—Es como una broma cruel —dije sorprendiendo a Beckett—. Como si no fuera real.

Volteó hacia mí.

—Sigo esperando encontrarlo aquí. Como si pudiera decirle a Havoc que lo busque para que salga de su escondite.

Asentí, no tenía palabras.

—Vamos a caminar —propuso.

Accedí y salimos. El aire fresco picó mis mejillas sensibles por la sal de las lágrimas. Al otro lado del agua mi hijo yacía junto a mi hermano y yo seguía sin poder comprender la contundencia de todo esto. La neblina que se había apoderado de mi cerebro desde el otoño empezó a disiparse con la brisa del lago y dio cabida a otras emociones por primera vez en varios días.

Esto no era justo. Nada de esto. Colt merecía más.

—Luché tanto por Maisie —dije sujetando el barandal de madera de la terraza—. Me decía que ella me necesitaba y que Colt estaría bien, pero Maisie se estaba muriendo. ¿Qué tan estúpido puede ser eso? —Mi voz se quebró.

Beckett se recargó contra el barandal y me escuchó, como si supiera que no buscaba una respuesta.

—Todos esos tratamientos, viajes, estancias en hospitales para tratar de mantenerla con vida contra el monstruo que tenía dentro. Todo ese miedo y la alegría cuando entró en remisión. Todas esas emociones... y luego pasa esto. Se cae a unos kilómetros de la casa y muere antes de que pueda despedirme de él.

Cubrió su mano con la mía sobre el barandal.

—¿Por qué no tuve la oportunidad de pelear por él? Debí tenerla. ¿Dónde estaban sus médicos? ¿Sus tratamientos? ¿Dónde estaba su carpeta y su organigrama? ¿Dónde carajo estaba yo? ¿Cambié su vida por la de ella? ¿Eso fue lo que pasó?

—No.

—Así lo siento. Como si las peores pesadillas que tuve por Maisie, preparándome para perderla, se hubieran vuelto realidad con Colt, pero esto es peor que cualquier cosa que hubiera podido imaginar. He pasado dos años peleando por la vida de Maisie al tiempo en que me aseguraba de hacer que cada momento fuera especial porque sería su último. Estaba tan ocupada observando el tren que se abalanzaba sobre Maisie que perdí a Colt de vista. Y ahora se ha ido. Lo perdí.

—Sabía que lo amabas —dijo Beckett en voz baja.

—¿Lo sabía? No dejo de repasar esa mañana en mi cabeza. Estábamos muy apurados y lo abracé, eso lo recuerdo, pero no creo haberle dicho que lo amaba. Se fue corriendo muy rápido y no le di importancia. Pensé que lo vería más tarde. ¿Por qué no lo detuve? Hubiera perdido el autobús. ¿Por qué no lo abracé más tiempo? Fue tan rápido, Beckett. Todo. Toda su vida pasó tan rápido y yo olvidé decirle que lo amaba.

—Lo sabía.

Negué con la cabeza.

—No. Falté a sus obras de teatro, a sus partidos y proyectos escolares, perdí meses de su vida porque elegí a Maisie y él lo sabía. Siempre elegí a Maisie porque no sabía que era él quien se iría. ¿Qué clase de madre hace eso? ¿Quién elige a un hijo sobre el otro una y otra vez?

—Si no lo hubieras hecho ahora estaríamos enterrando a dos niños. Ella, no es tu culpa. Tú no cambiaste a Colt por Maisie. No lo sacrificaste por ella, no lo perdiste por haber luchado por ella. Esto fue algo… ni siquiera lo sé. Fue un accidente.

—¡No hay una razón! Ninguna. No hay combate que lidiar ni cómo luchar contra lo que acaba de suceder. Terminó antes de que siquiera supiera que había empezado. No pude luchar por él. Lo hubiera hecho, Beckett. Hubiera luchado.

Beckett enjugó las lágrimas que yo no había sentido.

—Sé que lo hubieras hecho. Nunca conocí a una mujer que peleara como tú. Y sé que esto no te ayuda, pero yo luché. Hice todo lo que se me ocurrió y cuando eso no fue suficiente, me acosté a su lado y lo abracé, por ti y por mí. No estuvo solo. Tú no lo abandonaste. Nunca lo abandonaste. No lo hiciste durante la enfermedad de Maisie y tampoco el día de la excursión.

La angustia me invadió. No podía imaginar que algún día disminuyera, aunque tampoco sabía cómo vivir con ella día tras día.

—No sé cómo respirar, cómo me voy a levantar mañana.

Me abrazó por la espalda y descansó su barbilla sobre mi cabeza.

—Lo averiguaremos juntos. Y si tú no puedes respirar, yo lo haré por ti. Una mañana a la vez. Un minuto a la vez, si es necesario.

—¿Cómo puedes estar seguro?

—Porque una mujer muy sabia me dijo una vez que no se puede razonar con el universo, sin importar lo lógico que seamos. Y si no dejamos ir ese dolor, va a moldear el resto de nuestra vida. Así que estoy seguro de que lo haremos, respiración tras respiración, hasta que el dolor disminuya solo un poquito.

—Nunca va a desaparecer.

—No. Lo voy a extrañar cada día. Quizá perdimos un poco de nuestra luz de sol, pero Maisie sigue aquí y aunque no sea tan resplandeciente sin Colt, tampoco estamos por completo en tinieblas.

Tenía razón. Lo sabía en mi mente, pero mi corazón aún no podía ver más allá de los siguientes cinco minutos.

—El capitán Donahue vino. Quería despedirse. Supongo que desplazaron a la unidad —dije con cuidado.

Si Beckett se iba a marchar, este era el momento. Ahora que era tan doloroso estar en Telluride.

—Les deseo suerte.

—¿No quieres ir?

Sentí una presión en el pecho mientras esperaba su respuesta. Me volteó en sus brazos para verme a la cara.

—No. No quiero ir. Y de cualquier forma no importa. Firmé los documentos la semana pasada. Ya renuncié.

—¿Renunciaste?

—Renuncié. Además, cuando trabajas tiempo completo en Búsqueda y Rescate el seguro médico es muy bueno —explicó con una media sonrisa.

—Renunciaste. No te irás.

—Aunque me echaras, dormiría frente a tu puerta trasera. Nunca te voy a dejar.

La verdad sonó clara en su voz, en su mirada.

Había olvidado decirle a Colt que lo amaba. Nunca más volvería a cometer ese error.

—Te amo —dije—. Lamento no habértelo dicho durante tanto tiempo. Pero te amo. Nunca dejé de hacerlo.

—Te amo. —Me besó la frente—. Vamos a estar bien.

En ese momento no sentía que lo estaríamos, pero mi cerebro sabía que tenía razón porque por la fracción de segundo en la que me dijo que había elegido quedarse, un destello de alegría cruzó mi corazón, aunque un dolor abrumador lo extinguió de inmediato.

Pero el destello existió. Aún era capaz de sentir algo distinto de… esto.

Acepté esa felicidad y la guardé. La sacaría de nuevo cuando no fuera todo tan oscuro, cuando mi alma tuviera espacio para ella.

Por ahora, respirar era lo único que podía hacer.

Y eso era suficiente.

CAPÍTULO VEINTINUEVE

Ella

Ella:

Si estás leyendo esta carta significa que no podré verte en enero como planeamos. Lo siento mucho. Antes decía que no podía tener miedo mientras estaba aquí porque no tenía nada que perder. Pero en el momento en que leí tu primera carta, todo eso cambió. Yo cambié. Si nunca te lo dije, déjame decírtelo ahora: tus palabras me salvaron. Extendiste la mano en las tinieblas y me sacaste de ahí con tu amabilidad y tu fortaleza. Hiciste lo imposible y tocaste mi alma. Eres una madre fenomenal. Nunca lo dudes. Tú eres suficiente. Esos niños son muy afortunados de tenerte a su lado. Sin importar lo que pase con el diagnóstico de Maisie o la obstinación de Colt, eres la bendición más grande que esos niños jamás hubieran podido desear. ¿Puedes hacer algo por mí? Comunícate con mi agente financiero. Su teléfono está al final. Cambié mi seguro de vida a nombre de Colt y de Maisie. Úsalo para su universidad o para que les brinde la ayuda necesaria para encontrar su pasión. No puedo pensar en un uso mejor. ¿Quieres escuchar algo muy loco? Te amo. Así es. En algún momento entre la carta número uno y la veinte, o algo así, me di cuenta de que estaba enamorado de ti. Yo, el hombre que no puede relacionarse con otros seres humanos, se enamoró de una mujer con la que nunca ha estado en la misma habitación. Así que, si ya no estoy, quiero que lo recuerdes. Ella, eres tan increíble que hiciste que me enamorara de ti solo con tus palabras. No te guardes esas palabras. Pase lo que pase, encuentra a alguien que quiera escucharlas tanto como yo. Luego, ama. Y hazme un favor: ama lo suficiente por nosotros dos.

*Con todo mi amor,
Beckett Gentry
Indicativo: Caos*

Tres meses después

—¿Dónde quieres esto? —preguntó Beckett. Cargaba una caja rotulada «cocina».

—Probablemente en la cocina —bromeé.

—Ja-ja. —Fingió una risa y pasó frente a mí para dejar la caja con las otras.

—¿Cuántas más tienes allá afuera? —pregunté desde la sala.

—Unas pocas rezagadas en la camioneta. ¿Por? —Me tomó por las caderas y me jaló hacia él—. ¿Tienes planes para mí?

—Quizá —respondí esbozando una sonrisa.

En algún momento el mes pasado dejé de fingir esas pequeñas sonrisas. Las más grandes estaban reservadas exclusivamente para Maisie, pero ¿las pequeñas? Esas eran reales. Esas eran mías.

—Me gusta cómo suena. —Bajó la cabeza hasta que nuestros labios se juntaron en un beso—. ¿Esos planes incluyen tal vez un baño? Porque mandé construir una banquita al interior...

Una ráfaga helada nos golpeó desde la puerta principal que se abrió de par en par. Volteamos y vimos a Maisie y a Emma entrar volando, sus sombreros estaban cubiertos de nieve y entraron directo al cuarto de servicio entre risas.

—¡La tirolesa es lo mejor! —dijo Emma dejando caer sus botas al piso.

—¿Verdad? ¡Espera que sea verano y podamos hacer la que llega hasta el lago! —agregó Maisie.

La que Beckett construyó unas semanas después de la muerte de Colt. Hizo un millón de cosas similares para mantener a Colt con él a su propia manera. Maisie tenía razón, los dos mejores amigos de Beckett estaban en esa isla, y así como Ryan tenía una parte de Beckett que quizá nunca conocería, Colt también la tenía.

Beckett volvió a besarme rápido y fue al garaje por otra caja.

—¿Quieren chocolate caliente, niñas? —pregunté.

—¡Sí, por favor! —respondieron al unísono.

Saqué la cocoa y empecé a prepararlo, deteniéndome un momento para admirar el paisaje de la nieve que caía sobre el lago congelado. Mi corazón me dio la advertencia tan familiar y aparté la vista de la isla para concentrarme en sacar las tazas para las niñas.

Extrañaba a Colt cada día, cada minuto.

Pero los meses me habían brindado tiempo suficiente para que cada segundo no se concentrara en mi dolor. Y sabía que ese periodo sería cada vez mayor. Nunca se iría por completo, pero al menos ya no me ahogaba en ese océano de dolor con cada latido de mi corazón. Las oleadas seguían. A veces eran predecibles, como la marea; otras me golpeaban con la fuerza de un tsunami que hacían que me desplomara tan hondo que me parecía como el día uno, en lugar del día ciento cinco.

Las niñas entraron corriendo y de un salto se subieron a los bancos que compré para la barra de granito. Reían y hablaban sobre la próxima obra de teatro de Navidad. Serví la cocoa y eché unos malvaviscos antes de deslizar las tazas sobre la barra.

—Gracias, señora MacKenzie —dijo Emma antes de dar un sorbo.

No la corregí sobre el «señora», solo sonreí.

—Con gusto.

—¡Gracias, mamá! —dijo Maisie, tomando el suyo.

Beckett entró con otra caja y la puso en el montón junto a la mesa de la cocina. Luego se recargó en la barra a mi lado.

—¿Qué es ese idioma? —preguntó mirando a las niñas.

—Lenguaje de niñas —le expliqué—. Están hablando de la lista de invitados para la fiesta de cumpleaños de Emma el próximo mes.

El cumpleaños de Maisie acababa de pasar. Tenía ocho años, más grande de lo que Colt jamás sería. Crecería, maduraría, prosperaría, pero Colt quedará por siempre congelado en los siete años. El día fue difícil, pero Maisie invitó a su nueva mejor amiga.

Cuando Emma y Maisie perdieron a Colt, se encontraron ellas. Aun muerto, seguía dándole regalos a su hermana.

—Cocoa, ¿eh? —preguntó Beckett robando un trago del de Maisie.

—¡Papá! —exclamó entre risas.

Dios, amaba el sonido de esa palabra tanto como ella amaba decirlo. Se lo dijimos después del funeral, sabíamos que merecía saber cada día de su vida que Beckett la amaba tanto que se había convertido en su papá. Le había salvado la vida, pero esa información la guardábamos para nosotros.

Beckett me besó la mejilla y empezó a abrir las cajas. Lanzó una carcajada cuando encontró uno de los juguetes de Colt adentro de una cacerola. Amaba eso de él, la manera en la que hablaba de Colt y sonreía a pesar de su dolor. Lo mantenía vivo de muchas maneras: con las tirolesas, los dibujos colgados en toda la casa, la hoja roja enmarcada. Nunca tenía miedo de decir su nombre y más de una vez yo regresaba a casa para encontrarlo acurrucado con Maisie en el sofá, viendo videos de Colt.

Yo aún no podía terminar uno sin derrumbarme. Quizá algún día sería capaz de sonreír al escuchar la voz de Colt. Por el momento, era solo un recordatorio de lo que había perdido y del vacío que sentía sin él.

Beckett nos hacía avanzar a un ritmo incómodo, pero soportable. Nunca me dejaba obsesionarme demasiado, pero tampoco permitía que ignorara el dolor. Empujaba mis límites y luego retrocedía. De no ser por él, quizá hubiera dejado de moverme por completo.

Maisie hacía que mi corazón siguiera latiendo.

Beckett me mantenía viva.

Todos los días me aseguraba de que ambos supieran que los amaba.

Me había llevado casi tres meses, pero al final leí la última carta de Beckett y eso fue lo que me trajo aquí, a la casa que construyó para nosotros cuatro, y que ahora solo alojaría a tres.

Amar lo suficiente por nosotros dos. Eso decía en su carta. Y eso tocó mi corazón como nada más podía tocarlo. Porque eso es lo que Colt hubiera deseado. Hubiera querido mudarse a esta casa y vivir nuestra vida con el hombre al que todos amábamos. El hombre que anhelaba mis palabras y que era dueño de mi corazón. Firmó esa carta con su verdadero nombre. Las últimas palabras que Caos me dedicó unían a los dos hombres a los que amaba hasta verlos en el Beckett que ahora miraba una prensa de ajo como si fuera un instrumento de tortura.

—En este cajón —le dije abriendo el que estaba junto a mi cadera.

—¿Es un rizador de pestañas? —preguntó echándolo al cajón.

—Es para hacer *smoothies*. Es perfecto para las fresas —dije encogiéndome de hombros.

—¡Mentirosa! —Rio y siguió empacando.

Miré por la ventana hacia la isla y respiré para tranquilizarme cuando el dolor volvió a desgarrarme. Luego tomé la siguiente caja y empecé a desempacarla, objeto por objeto, uniendo así mi vida a la de Beckett. Seguí adelante porque ahí era donde estaban Beckett y Maisie, y eso es lo que Colt hubiera querido. Después de todo, él también estaba aquí, en cada tirolesa de esta casa que Beckett había construido para él, para nosotros.

Aún escuchaba ecos de sus pisadas por la escalera, su risa en los pasillos. Incluso había momentos en los que podía jurar que olía su cabello bañado por el sol, como si se hubiera escapado para darme un abrazo y se fuera corriendo antes de que pudiera capturarlo por completo. La recámara que Beckett guardaba para él seguía intacta, salvo por las cajas que habíamos traído de mi casa. Todavía no estaba lista para entrar en ella y eso estaba bien.

Había demasiados recuerdos que no estaba preparada para olvidar aún. Cuando vi el casco que Colt usó el primer Halloween en el hospital, supe que no podría siquiera abrir la primera caja.

Pero Maisie tomó el casco y sonrió, recordando cuando lo intercambió con Colt para que ella lo usara esa noche.

Él se puso su halo.

Como si supieran que al final iban a intercambiar papeles.

Como si todo hubiera estado planeado desde el principio, y simplemente yo no hubiera visto las señales.

—¿Crees que el lago está lo suficientemente congelado para caminar sobre él? —le pregunté a Beckett.

Me lanzó una de esas miradas que me indicaba que sabía con toda precisión lo que yo estaba pensando, y luego miró hacia el lago congelado.

—Fui ayer y las temperaturas son más bajas hoy. No debería haber problema. ¿Quieres que te acompañe?

Negué con la cabeza.

—No, me gustaría ir sola. Creo que ya estoy lista.

Asintió y me dio el espacio que necesitaba.

De manera automática me amarré las agujetas de las botas, cerré el abrigo y tomé mi gorra y guantes de camino a la salida. Mientras cruzaba el lago, el aire estaba fresco, la nieve ligera parecía brillantina recién caída.

Subí a la isla y llegué al centro, donde esperaban Colt y Ryan. Nunca había estado aquí sola, nunca me sentí preparada ni lo suficientemente fuerte. Quizá aún no lo estaba, pero estaba cansada de esperar a sentirme así. Tal vez la fuerza necesaria era el resultado de ser fuerte con tanta frecuencia que se convierte en la única opción.

Me faltaron las palabras cuando me arrodillé frente a la lápida de Colt sin que me importara la nieve que de inmediato empapó mis jeans. Necesitaba decirle tantas cosas, pero ninguna de ellas salía de mi boca, por lo que dejé de intentarlo, me limité a inclinar la cabeza y dejé que mis lágrimas le llevaran mis palabras directo desde mi corazón.

Por último, mi garanta produjo un sonido.

—Hubiera peleado por ti. Hubiera bajado la luna, Colt. Eres amado, no en pasado, ahora, cada segundo de cada día y eso nunca cambiará. Te veo en tu hermana, atisbos de tu alma brillan en la de ella. Te lleva con ella igual que todos lo hacemos. Te extraño tanto que algunos días siento que no puedo más, pero luego la veo a ella y de alguna manera puedo seguir adelante. Tú me enseñaste a hacerlo, ¿sabes? Cuando tu hermana estaba enferma y yo sentía que era demasiado, que no sería capaz de salvarla, te miraba y me daba cuenta de que tenía que ser fuerte, porque pasara lo que pasara con tu hermana, siempre seríamos tú y yo, hijo. Tú me enseñaste a levantarme y dar el primer paso. Es solo que no me había dado cuenta de cuánto necesitaba esa lección. Pero lo estoy haciendo. Por ti y por Maisie, y por tu papá. Debimos decírtelo antes... la verdad es que debimos hacer muchas cosas antes.

Levanté la cara al cielo y dejé que la nieve cayera sobre mi piel. Mis lágrimas se mezclaban con la nieve que se fundía hasta que fueron solo una y mis ojos se secaron.

Respiré hondo y el aire me quemó los pulmones, apartando el pesado sentimiento que me impedía llorar y que llevaba a cuestas como distintivo de supervivencia.

Necesitaba esa pausa para luego acercarme a la tumba de Ryan, que estaba a pocos metros.

—Nunca te di las gracias —le dije quitando la nieve de la parte superior de la lápida—. Por Beckett, quiero decir. No sé cómo supiste, pero lo sabías. Y sé que me habías dicho que las cartas eran para él y que a él le dijiste que las cartas eran para mí, pero tú sabías cuánto nos necesitábamos. Me salvaste con Beckett, Ry. Salvaste a Maisie. Mientras desempacaba en nuestra recámara encontré un anillo. Todavía no me ha preguntado, pero ojalá se espere un poco; sin embargo, sé que él es mi vida, y si lo tengo es gracias a ti. Así que gracias por Beckett y por tu carta que lo trajo a casa. Dale un beso a mi niño, ¿sí? —Puse un beso en la yema de mis dedos y lo coloqué sobre su nombre grabado—. Solo te lo presto, así que cuídalo.

Luego regresé a la tumba de Colt.

—Te amo y te extraño —dije—. No hay nada más verdadero

que eso. Hubiera querido estar contigo, pero me da mucho gusto que estuvieras con tu papá y ahora tienes a tu tío Ryan. Fuiste mi mejor regalo, Colt. Y por mucho que odie cada día que no estás, me siento muy agradecida por los días que te tuve. Gracias por ser mío.

Puse otro beso en los mismos dedos y rocé con ellos su nombre, las veintiún letras que lo conformaban.

COLTON MACKENZIE-GENTRY

Crucé el lago de vuelta en silencio, con una paz profunda. Lo había hecho. Había encontrado la fortaleza para avanzar un paso tras otro y llegar hasta ahí. Seguiría haciéndolo en todo lo demás porque ya tenía la fuerza suficiente. Gran parte de ella se la debía al hombre que estaba al borde del lago, esperándome para que volviera a casa con él.

—¿Estás bien? —preguntó Beckett envolviéndome en sus brazos.

—Sí. Por lo menos creo que lo estaré.

Acarició mis mejillas con las manos cubiertas con guantes.

—Sí, lo estarás.

—¿Alguna vez piensas en el destino?

Frunció el ceño.

—¿Te refieres a la manera en la que perdimos a Colt?

—Sí. No. Más o menos. He estado tan enojada con Dios por llevarse a Ryan, luego a Colt justo cuando Maisie estaba fuera de peligro, por llevárselo sin más.

—Yo también.

—Pero un día estaba mirando el lago y pensé algo. Quizá ese siempre fue su destino, el de ambos. Si Ryan no hubiera muerto, tal vez tú hubieras venido de visita, pero no te hubieras quedado. En esa época no estaba en tu naturaleza.

Beckett no respondió, solo asintió ligeramente y esperó que yo continuara.

—Pero murió. Y tú viniste. Y salvaste a Maisie con los tratamientos, salvaste el corazón de Colt al estar con él cuando yo no podía. Tú hiciste realidad todos sus deseos y le enseñaste cosas increíbles. Gracias a ti no estuvo solo. Gracias a ti fue doblemente amado. Me he dado cuenta de que el destino se lo hubiera llevado estuvieras o no aquí, hubieran muerto o no Ryan y Maisie. Pero sin ti, él hubiera estado solo. Nadie más lo hubiera podido encontrar ni le hubiera podido dar la paz que tú le diste. Sin ti hubiera enterrado a mis dos hijos.

Apretó la boca, haciendo un esfuerzo por mantener el control.

—No pude salvarlo. Hubiera dado mi vida si eso le hubiera permitido estar aquí contigo. He salvado a todos los niños desde que… —Tragó saliva y desvió la mirada.

—Con cada llamado tratas de expiar un pecado que cometiste sin saberlo. Veo tu expresión cada vez que encuentras a un niño.

—Pero no pude salvar al tuyo. No pude salvar a mi propio hijo. ¿Cómo puedes perdonármelo?

—Porque no hay nada que perdonar.

Las niñas rieron mientras corrían por la nieve en dirección de la casa del árbol.

—¿Eso crees?

Miré a Emma, su sonrisa era deslumbrante mientras ayudaba a Maisie a subir por la escalera.

—Lo sé. —Sentí una oleada de calor en el pecho—. Quizá no pudiste salvar al niño que estaba destinado a irse, pero sí la salvaste a ella al educar a Colt —dije señalando a Emma.

Beckett quedó boquiabierto.

—¿Destino? ¿Eso crees?

—Destino —respondí—. Y quizá no es verdad para todos, pero puede ser mi verdad. Para mí es suficiente.

Beckett besó mi frente con los labios helados.

—Te amo. Siempre te amaré.

Me paré de puntas y besé sus labios con suavidad.

—Te amo. Ahora, siempre. Todo.

Sí, era capaz de sentir una pena inmensa, pero también un amor infinito. Y amaría de nuevo mi vida. Quizá no hoy, pero algún día, porque aún no había terminado.

La vida es corta. Colt me enseñó eso.

Vale la pena pelear por la vida. Maisie me enseñó eso.

Las cartas pueden cambiar tu vida. Ryan me enseñó eso.

El amor, cuando es el correcto, es suficiente para salvarte. Beckett me enseñaba eso cada día. Y nuestro amor era más que suficiente.

Y yo también lo era.

EPÍLOGO

Maisie

Tiré una bolsa de M&M's en el pasto y abrí la mía.

—Adivina qué —le dije a mi hermano—. ¿No me vas a preguntar? Okey, pórtate así. Es como si te convirtieras en un adolescente unos meses antes o algo así. Ya pasaron cinco años. ¿Sabes lo que significa?

Metí un M&M en mi boca y empecé a masticar.

—Significa que sigo sin cáncer. Que mi riesgo de recaída es… cero. Significa que ganamos. Pero también significa que va a pasar mucho tiempo hasta que vuelva a verte. ¿Recuerdas cuando hicimos ese trato? ¿La noche que me enfermé? ¿Cuándo dijiste que si me moría tú también te morirías para que nunca estuviéramos solos?

Acaricié su lápida, tocando cada una de las letras de su nombre.

—Lo rompí. Solo que no sabía que lo rompía. Siempre pensé que el cáncer regresaría y cumpliría mi parte del trato. Pero no fue así. Espero que no te enojes. Porque la vida es buena. Claro, Rory está loca. Nuestra hermanita es una ardilla total. Ayer saltó sobre el barandal hasta el rellano. Pensé que mamá se iba a poner furiosa. Y Brandon es muy buen bebé, muy tierno y cariñoso. A Havoc no le importa que le jale las orejas. Emma y yo tenemos planes para el próximo fin de semana, no es gran cosa, pero ya sabes… son planes. Mamá y papá están bien. Siguen dándose de besos en la cocina cuando creen que nadie los ve. Es un poco asqueroso, pero son felices.

Llegué a la última letra de su nombre y suspiré.

—Cinco años y sigo extrañándote todo el tiempo. Bueno, no todo el tiempo porque hay muchas veces que siento que estás conmigo. Pero sí, te extraño. Todos te extrañamos. Pero voy a tener que romper nuestra promesa y sé cómo compensártelo: voy a tener que ser el doble de maravillosa y vivir por los dos. ¿Okey?

Me levanté y recogí la bolsa de M&M's para que mamá no se sorprendiera cuando viniera más tarde.

—Solo hazme un favor: quédate cerca. Porque definitivamente voy a necesitar ayuda para ser tan maravillosa si tengo que compensar tu ausencia. Te extraño, Colt.

Besé mis dedos y los presioné contra su nombre, igual que mamá siempre hacía. Luego me subí al bote y remé para cruzar el lago.

A partir de hoy, mi futuro estaba abierto.

El cáncer no volvería.

Viviría y Colt también, porque siempre lo llevaba conmigo. Algunos lazos eran imposibles de romper.

—¡Maisie! —llamó papá desde el porche cuando amarraba el bote al muelle que había construido un par de años antes—. ¿Quieres venir conmigo?

—¡Sí! —respondí.

No le pregunté adónde íbamos, si papá iba a algún lado, yo estaba dispuesta. Porque Colt lo hubiera estado y yo tenía una promesa que cumplirle.

El doble de maravillosa.

Agradecimientos

En primer lugar, quiero agradecer a Dios por bendecirme tanto y por la salud de mis seis hijos.

Gracias a mi esposo, Jason, por regalarme fines de semana tranquilos en hoteles, durante las tres locas semanas en las que escribí este libro. Por amarme cuando tengo los ojos adormilados por escribir hasta las tres de la mañana y por ser papá al cien por ciento los días en que tengo dificultades para equilibrar mi vida de autora con mi vida de mamá. Te amo. Gracias a mis hijos, quienes me demuestran cada día cuánto tengo que aprender de la vida y que lidian con mucho más de lo que deberían porque son hijos de militares. A mi hermana, Kate, porque al final pudimos criar juntas a nuestros hijos. A mis padres, quienes no se sorprendieron cuando me teñí el cabello de rosa o me hice un nuevo tatuaje, quienes incluso frente al cáncer siempre han estado juntos con una fortaleza y unidad inspiradoras, así como un amor enorme.

Gracias a mi editora, Karen Grove. Por las horas en el teléfono para afinar este libro con giros y volteretas, por tu guía, tu humor, tu experiencia y amistad. Por las catorce maldiciones que tuviste que pronunciar. Tú eres la razón por la que este sea nuestro quinto año juntas y quisiera tener las palabras para agradecerte como se debe por brindarme mi sueño más descabellado.

Gracias a esas amigas que constituyen nuestra trinidad, Gina Maxwell y Cindi Madsen, quienes hacen que permanezca frente al teclado cuando la incertidumbre me gana. A Molly Lee, por una fuente constante de amistad y comprensión. A Shelby, por lidiar con mi mente fantasiosa. Gracias a Linda Russel, por cazar a las ardillas, por traerme siempre pasadores para el pelo y mantenerme entera los días en que estoy a punto de venirme abajo. A Jen Wolfel por sus consejos, amistad y su retroalimentación. A KP, por las pláticas en México con los pies cubiertos de arena, a Emilie, y al equipo de Inkslinger, por todo lo que hacen por mí. A mi increíble agente, Louise Fury, por apoyarme siempre y tener mi carrera en sus manos tan capaces. A Liz Pelletier, por exhortarme a escribir este libro y nunca estar tan ocupada como para tomar mi llamada o abrirme la puerta de su casa para una pijamada espontánea.

Gracias a las mujeres valientes cuyas experiencias hicieron este libro posible. A Nicole y Darlene, por compartir sus historias conmigo, por ayudarme a entender mejor el mundo de los niños con cáncer. A Mindy Ruiz, por compartir su lucha conmigo y dejar todo para leer mis borradores. A Annie Swink, por tener la fuerza de compartir la lucha de Byedn conmigo y continuar con su legado. Un enorme agradecimiento a Ashton Hughes, no solo por una década de amistad, sino también por compartir los detalles del diagnóstico de neuroblastoma y tratamiento de David en el que se basa la línea cronológica de Maisie. Eres una mamá como ninguna. Gracias a las innumerables madres que hablan en blogs de la lucha de sus hijos contra el neuroblastoma; pasé muchas noches leyendo sus publicaciones, conteniendo el aliento por sus hijos, alegrándome cuando los diagnosticaban sin cáncer o llorando cuando sucumbían a la enfermedad. Ustedes no me conocen, pero me conmovieron. Sus hijos me cambiaron.

Por último, puesto que eres mi principio y mi final, agradezco de nuevo a mi Jason. Diecinueve años juntos y sigo sintiendo mariposas en el estómago cuando escucho tus pisadas en el recibidor. No puedo esperar a que acabe este desplazamiento. El quinto y último, mi amor. Ten un vuelo seguro y regresa pronto a casa.